suhrkamp taschenbuch 322

W0176302

Martin Walser, 1927 in Wasserburg (Bodensee) geboren, lebt heute in Nußdorf (Bodensee). 1957 erhielt er den Hermann-Hesse-Preis, 1962 den Gerhart-Hauptmann-Preis und 1965 den Schiller-Gedächtnis-Förderpreis. 1981 wurde Martin Walser mit der Heine-Plakette der Düsseldorfer Heine-Gesellschaft ausgezeichnet. Prosa: *Ein Flugzeug über dem Haus und andere Geschichten; Ehen in Philippsburg; Halbzeit; Lügengeschichten; Das Einhorn; Fiction; Aus dem Wortschatz unserer Kämpfe; Die Gallistl'sche Krankheit; Der Sturz; Jenseits der Liebe; Ein fliehendes Pferd; Seelenarbeit; Das Schwanenhaus.* Stücke: *Eiche und Angora; Überlebensgroß Herr Krott; Der Schwarze Schwan; Der Abstecher; Die Zimmerschlacht; Ein Kinderspiel; Das Sauspiel. Szenen aus dem 16. Jahrhundert.* Essays: *Erfahrungen und Leseerfahrungen; Heimatkunde; Wie und wovon handelt Literatur?; Wer ist ein Schriftsteller? Aufsätze und Reden; Selbstbewußtsein und Ironie.* Frankfurter Vorlesungen.

Mit dieser Ausgabe liegt nun die Trilogie *Halbzeit* (st 94), *Das Einhorn* (st 159), *Der Sturz* (st 322) in Taschenbuchform vor.

Der Roman *Der Sturz* ist der dritte Teil der Kristlein-Trilogie. Im Zentrum steht jener Anselm Kristlein, der in *Halbzeit* als Vertreter und Werbefachmann aggressiv und übermütig im Wirtschaftsleben Erfolge suchte; und der sich in *Das Einhorn* als Schriftsteller vergeblich bemühte, etwas aus dem gelebten Leben, z. B. Liebe, in die Erinnerung zu retten. Dieser Anselm Kristlein erreicht in *Der Sturz* sein letztes Stadium; seine Erlebniswelten, seine Reibungsflächen, seine Sturzbahnen sind die gleichen: Ökonomie und Liebe.

Konsequent und unerbittlich zieht der Roman *Der Sturz* die Summe von Kristleins Leben in unserer Zeit. In ihm endet die Biographie eines Mannes, der an der vorgegebenen Ordnung der Gesellschaft scheitert.

Der Sturz beschreibt die bundesrepublikanischen Verhältnisse mit einem leidenschaftlichen Interesse, also realistisch, das in der zeitgenössischen Prosa seinesgleichen sucht.

»Wenn man den ersten Satz des Buches gelesen hat, ist man gezwungen, weiterzulesen bis zum letzten Satz. Das ist Sprachkunst, die zum Lesen zwingt.«   *Aurel Schmidt*

Martin Walser
Der Sturz

Roman

Suhrkamp

suhrkamp taschenbuch 322
Vierte Auflage, 25.–32. Tausend 1981
© Suhrkamp Verlag Frankfurt am Main 1973
Suhrkamp Taschenbuch Verlag
Alle Rechte vorbehalten, insbesondere das des
öffentlichen Vortrags, der Übertragung durch
Rundfunk oder Fernsehen sowie der Übersetzung,
auch einzelner Teile
Druck: Ebner Ulm · Printed in Germany
Umschlag nach Entwürfen von Willy Fleckhaus
und Rolf Staudt

Für
Gottfried Just (1938-1970)
und
Johann Frederik Tharaldsen
(1946-1969)

I. Geldverdienen

*Bei den Goajiro-Indianern muß
jemand, der sich selbst zufällig
verletzt, der eigenen Familie einen
Ersatz leisten, weil er das Blut der
Familie vergossen hat.*
Georg Simmel

Wenn ich, als ich wieder zu mir kam, gleich hätte sprechen können, hätte ich gesagt, daß man mir den nassen Lappen wegziehen möge, den mir jemand über die Augen gelegt hatte. Ich hätte gesagt, daß ich ihn selber wegziehen würde, wenn ich meine Hände bewegen könnte. Dann wäre der Lappen weggezogen worden und ich hätte gesehen, daß du die warst, die auf dem Bettrand saß. Du hättest sofort gerufen: Philipp mach das Radio aus. Und wenn Philipp das Radio nicht sofort ausgemacht hätte, wärst du aufgesprungen, hättest das Gesumse abgemurkst, Philipp hätte das Radio unter'n Arm gepackt und wäre abgehauen. Ich hätte gesagt: Wie geht es euch, hockt Guido immer noch so oft vor'm Fernsehapparat und hat ihn eingestellt, daß das Bild durchfällt? Du hättest dich wieder zu mir gesetzt. Ich hätte gesagt, daß bei jeder deiner Handbewegungen deine Armreife klingelten. Wenn draußen Apollo geheult hätte und keines der Kinder hätte sich gerührt, ihn hereinzulassen, hätte ich gesagt, du würdest ihn sofort herein lassen, wenn du nicht meintest, du dürftest dich keine Sekunde von meinem Bett entfernen. Ich hätte gefragt, warum man mir die Hände ans Bett gebunden habe. Ein Selbstmordversuch sei das nicht gewesen, wenn sie das meinten. Ob ich getobt hätte? Oder ob man mir die Hände gar nicht angebunden habe und ich sei nur zu schwach, sie zu bewegen? Es fühle sich an, als lägen Gewichte auf meinen Händen. Direkt abgeklemmt fühlten sie sich an. Von der rechten Hand spürte ich noch 3, von der linken noch 2 Finger. Wenn ich hätte sprechen können, hätte ich dich gebeten, mir sofort eine Zigarette in den Mund zu stecken, mich ziehen zu lassen, mir die Zigarette aus dem Mund zu nehmen, zu warten, bis ich den Rauch wieder ausgeatmet haben würde, die

Zigarette wieder einzusetzen, mich ein weiteres Mal ziehen zu lassen. Du hättest mich so richtig berauchen können, du hast das Gefühl für den Rhythmus. Wenn ich hätte sprechen können, hätte ich dir gesagt, daß es wieder einmal kein Zuckerschlecken gewesen sei, und daß du das auch selber wissen müßtest, und daß du, bitte, nicht so krankenwärterisch dasitzen solltest, und daß du dich ruhig runterbeugen könntest, zu mir, weil ich doch verdurstete, nach dir, und das hättest du nicht geglaubt, mißtrauisches Stück. Ich hätte gesagt, daß es diesmal besonders lehrreich gewesen sei, und daß ich, wenn es nach mir gegangen wäre, viel früher heimgekommen wäre, und wie viele Monate es denn nun tatsächlich gewesen seien, und ich ginge nicht mehr hinaus, nie mehr, du hättest mich jetzt auf'm Hals, du würdest schon sehen.

2

Also, Anna, ich ging einfach stadtauswärts. Ich wollte zu dir. Klar. Im Mund hatte ich noch Englisch. Die Sonne schien. Sobald ich die Vororte hinter mir hatte, ging ich querfeldein. Gleich in der ersten Stunde diese Schwäche. Ich sank einfach ins Gras. Es war am Nachmittag. Die Sonne war schnell hinter den Tannenspitzen des nächsten Waldes versackt. Ich mußte aufstehen. So mutlos wie ein von Anfang an mißglückender Vergleich. Welch eine Idee, diese Strecke zu Fuß zu machen. Ich hätte vielleicht jemanden anrufen sollen. Rasch nach Krailling hinüber ins Telephonhäuschen. Es ist aber viel zu schön, in den Abend hineinzugehen, eine Brücke über die Amper oder Ammer zu suchen, als daß man sich durch Telephonieren unterbrechen könnte. Und die Mühe des Gehens ist sogar das Schönste. Die Schwere der eigenen Glieder, die ersten Schmerzstellen. Ich hätte nicht gedacht, daß es an den Fußsohlen anfangen würde. Dieses Gehen trennte mich auf jeden Fall von allen, von denen ich getrennt sein wollte. Da ich mich weder auskannte, noch eine Karte hatte und auch nicht fragen konnte, weil mir die Kraft zur Anrede fehlte, wußte ich nicht, ob ich den Ammersee unten oder oben umgehen sollte. Daß er in meinem Weg lag, wußte ich. Durchschwimmen, querdurch. Ach ja, bitte. Der Mond hing zuschauerisch im Himmel, ich zog mich aus, band mir meine Kleider als einen hohen Helm auf den Kopf und schwamm hinaus in den See. Irgend ein Ärmel rutschte und schleifte im Wasser, wurde schwerer, schon fürchtete ich, daß mein Kleider-Helm sich auflösen würde und ich käme ohne Kleider drüben an. Ich schwamm nur noch ganz vorsichtig. Das Wasser wurde kühler. Drüben empfing mich ein Hund. Der sprang am Ufer hin und her, als wäre ich sein über alles geliebter oder gehaßter Herr. Zwei Damen gab es, die über ein Pferd sprachen, das zwischen ihnen stand und offenbar Zdenka hieß. Sie ließen es stehen, kamen ans Ufer, beruhigten den Hund, entdeckten mich lange nicht, dann aber doch. Mutter und Tochter. Von Pferden verstehe ich nichts, darum zog ich mich an und ging weiter. Da ich hoffte, sie würden mir nachsehen, wurde mein Rücken rasch wieder warm. Ich wollte mich in Gesellschaftssachen, so attraktiv sie wegen ihrer beschränkten Verstehbarkeit auch sind, nicht mehr hineinziehen lassen. Bald begleiteten mich zwei Nachtfalter. Es waren Nuptioptera. Die können nur paarweise leben, d. h. ihre Fähigkeit, sich durch Farbänderung ihrer Umgebung anzupassen und so sich zu schützen, hört auf, wenn sie länger als eine Stunde getrennt sind. In dieser Nacht muß mein leuchtend blauer Rücken die Farbempfindlichkeit dieses Falterpaars gereizt haben. Sobald ich stehen blieb, landeten sie auf meinen Schultern und begannen, den Rücken hinabzustreben. Ging ich wieder, flatterten sie auf und hinter mir her. Ich legte mich in einen Heuhaufen und wartete, bis sie es satt hatten, auf den nächsten Aufgang meines Rückenblaus zu warten. Der Nachthimmel erinnerte mich durch seine geradezu knisternde Sternenübersätheit an einen Roman, den ich während des Krieges gelesen hatte, allerdings im Spätwinter, im aufhörenden Winter, die steileren Stellen waren schon trocken braun geworden und gut für Veilchen plus erstes Grün, in den Niederungen und Schattenlagen tropfte, schmolz und platschte es noch, die Berge waren vom Föhn ganz hergeschoben, 5. oder 15. März 1942 eben, und ich, Leser eines Romans, in dem einer in einem Heuhaufen liegt und auf eine wartet und dann kommt die und dann schnaufen beide so und Sterne verzischen um ihre Köpfe in der Tiefe des Raums, und ich hock da in der Wachstube und lese das, und andauernd kritzelt mir an der Bauchdecke die Angst, daß jetzt gleich ein Alarm losgeht und ich deshalb nicht weiterlesen kann. Inzwischen war das Nachtfalterpaar hoffentlich an mir verzweifelt, ich durfte meinen Weg fortsetzen, ohne fürchten zu müssen, daß ich die Nuptiopteren aus ihrer Heimat fortlockte.

3

Schau, ich kann nicht jedem gestatten, von mir Dankbarkeit zu fordern. Dankbarkeit fällt mir jetzt zwar schon leichter als am Anfang, aber so leicht doch noch nicht, daß jeder Iksbeliebige mich Dankbarkeit heischend anschauen dürfte. Sowas macht mich immer noch wild. Ich schrie diesem

Herrn Doktor ins Gesicht, daß ich mich schon selber überm Wasser zu halten gedächte, ich untersage es ihm deshalb, hier vor so vielen Münchner Bekannten den Anschein zu erwecken, als könne ich nur weiterleben, weil er andauernd und überall zu meinen Gunsten interveniere. Kruzifix. Ich hätte diesen Herrn am liebsten erwürgt. Aber ich schwitzte schon so in den Händen, ich durfte nichts mehr anfassen in dieser Nacht. Natürlich war dieser sich verselbständigende und durch die heiße Nacht sich hinziehende Streit nicht das Schlimmste. Er war wahrscheinlich nur eine Folge der Ereignisse des Tages, sozusagen seine Frucht. Zuerst ließ sich die Cousine verleugnen, zum ersten Mal, dann erwische ich endlich diesen Dr. Freudenreich, unten im Souterrain des Hotels am N.-Platz, wo sie um ein grünes Marmor-Schwimmbassin ein Weinrotplüschempirenischennachtlokal mit kannelürten Säulen haben, da sitzt er ganz allein am Nachmittag, den Kopf in die Hände gestützt, zwei Mädchen bedienen ihn. Er hat deine 72 000 Mark nicht mehr. Nein, schrei ich. Er sagt, sozusagen mit letzter Kraft: Maan Höörr, zwaarasiebzgdaasend Moak, i bitt Sie recht sehr, woos iis'n dös schoo! Es ist das Erbe meiner Frau, sag ich. Von einem Professor und seiner Frau in einem langen Leben erspart. Er schaut mich jetzt an, als spräche ich in einer Fremdsprache, die man von ihm nicht verlangen könne. Das gibt einen Prozeß, sag ich. Er lächelt wie jemand, der arge Zahnschmerzen hat und sich noch Vorwürfe wegen falschen Parkens anhören muß. Wat reden Se denn da fir'n ulkjet Zeuch, sagt er. Er gibt zu, daß er kein Recht hatte, uns das Hotel anzubieten und eine Kaution zu verlangen, es war voreilig von ihm, sagt er, immer wieder brutal zwischen Berliner und Wiener Ausdrucksweise wechselnd. Der Besitzer des Hotels lebe auf Teneriffa, ganzjährig, der hab's an einen verpachtet, der lebe im Wallis, halbjährig, und halbjährig unterwegs, der hab's an einen verpachtet, der lebe hier, seine Firma sei aber liechtensteinisch, und von dem habe er es pachten wollen, um es dann an uns zu verpachten, und natürlich müsse jeder vom nächsten etwas mehr Kaution und Pacht verlangen als er selber bezahle, er müsse ja auch leben, oder etwa nicht? Und unser Dr. Freudenreich hatte durchaus Hoffnung gehabt, von dem Liechtensteiner als Pächter akzeptiert zu werden, aber dann intrigierte einer in Liechtenstein gegen ihn, aus. Aan Prozeß fircht i neet. Maane Firmoo is eintrogn aaf an oroobischn Nommen in Danger. Un' die Zweensiebzichtausend hab ick nich mehr, 'stehn Se mir. Aber wir können das Hotel haben, wenn wir dem in Liechtenstein eine Kaution zahlen und jeden Monat 13 000 Pacht, und wenn wir dem schön tun. Er, Dr. Freudenreich, warnt uns aber, das Bett müßten wir pro Nacht mit 40 ansetzen und dann noch 70 % Belegung erreichen, andererseits, so teuer ist es auch wieder nicht, wenn man bedenkt, wer alles Geld kriegt: vaan diiesänn Hodtäll. Verstehst du, Anna, dein Erbe hin. Aber schau die Leute an, die du abends hier triffst, wie sie losgehen auf einander. Ich glaube, jeder kommt immer gerade von einem solchen Ruin.

Gegen fünf Uhr morgens rannte ich dann wieder zur Cousine. Jetzt klappte es. Allerdings campierten in der Wohnung auch 2 Ausländer, die Englisch sprachen. Es wurde sehr heiß. Die Ausländer mit ihrem Ausländerenglisch gingen mir plötzlich auf die Nerven. Die Cousine saß auf einer Matratze, violettgrau im Gesicht, rauchte ununterbrochen, ich stand auf und ging. Meine Schuhe zog ich erst gar nicht an, die trug ich, die Socken auch, barfuß rannte ich zum Bahnhof. Der nächste Zug ging erst zweieinhalb Stunden später. So lange konnte ich in dieser Stadt nicht mehr bleiben, also trabte ich los, Landsberger Straße, Pasing, hinaus ins Feld, wo ich dann erst mal umsank, hinsank, liegen blieb, bis die Dämmerung mich erfrischte. Kein Mensch kann dir sagen, ob deine Kraft ausreichen wird. Ich war in Versuchung, eine Zeit lang am Stadtrand von München auf- und abzutraben, um meine Kräfte kennenzulernen. Aber dadurch würde ich ja Kräfte verbrauchen, die mir nachher auf dem Weg fehlen würden. Erst wenn ich die den Boden- see schirmenden Wälder hinter mir hätte, dürfte ich stehen- bleiben, des Himmels Gewölbe mit der Hand nachziehen (weißt du noch?), fromm sein und in den Kiefern aufs neue das Tigergefühl wachsen lassen. Wehe dir, München, bzw. wehe dir, Herr Dr. Sowieso und Herr Dr. Sowieso und Herr Dr. Sowieso!

Also, Anna, das Hotel am N.-Platz kriegen wir nicht. Her- eingefallen. Zufällig traf ich nachts unter den Höhnischen einen Rechtsanwalt, der wollte noch kämpfen, für uns. Ich lehnte ab, das kostet doch bloß wieder, nein, sagt er, nur wenn was rauskommt. Nach 3 Tagen findet er mich wieder nachts irgendwo, ich saß in den Biergärten und murmelte (in Buchstaben) 72 000. Sie können das *Woodstock* kriegen in der Georgenstraße, das hat auch Ihr Dr. Freudenreich in Regie, das spann ich ihm aus, indem ich ihn mit einem Pro- zeß nagle, wollen Sie das, das *Woodstock,* da machen Sie allein am Hasch 200 gut pro Nacht und dann noch 200 am Orangensaft, Konzession bis 3 und vor allem die Frühkon- zession ab 5, die bringt noch einmal wenigstens 200, also was ist jetzt? Wir können's ja umbenennen, *Samisdat* viel- leicht, das ist doch genau das, was hier fehlt, ein Laden, wo'n anständiger joint rumgeht, dann ne tolle Eröffnung, Patronat Sergio Cosmai, Laszlo Marmorstein und der junge Krupp, den schaff ich her, und wenn der mitmacht, kommt das Hohenloher Prinzchen auch, und wenn das kommt, kommen noch'n paar Prinzen von Preußen, Bayern, Habs- burg, Württemberg, Sachsen und Siemens, Assaf Dajan hab ich auch an der Hand, Luis Miguel Dominguin sowieso, Jean Claude Brialy und Roman Polanski auch, also kriegen

wir jede Menge aktuelle 89-59-93-Bienen, also auch die
Finanz, Burda, Finck, Flick, Sachs, und den Krebs-Issels,
den ZDF-Viehöfer, den Uni-Maurer, den Ski-Bogner, den
Eis-Keller, die Quiz-Anette, die Schätzchen-Uschi, den
Hass-junior, den AZ-Graeter, und den Nobel-Lynen! Der
Gaumen-Käfer richtet an! Also nicht zögern, Herr Kristlein, wer was verloren hat, muß was gewinnen, ich
mänitsch Ihnen das schon. Der dachte, ich hätte noch Re-
serven. Ich saß unter Schweißausbrüchen. Mir wurde,
wenn ich irgendwo einen Siebener oder einen Zweier sah,
sofort schlecht. Am liebsten saß ich in Wirtschaften und
trank. Ich wollte hier nicht mehr Fuß fassen. Ich konnte
nicht mehr ins Hotel. Ich konnte mich nicht mehr hinlegen.
Ich rannte durch die Stadt. Wäre Fasching gewesen, hätte
ich, wie ich inzwischen aussah, als Anarchist in den Bayer-
ischen Hof gehen können zu einem Kostümball. Einen
Brandsatz in der Mappe. Überhaupt etwas anzünden oder
in die Luft sprengen, das würde mir, glaube ich, gut getan
haben. Etwas in die Luft fliegen sehen. Etwas Großes,
Prächtiges, Repräsentatives. Anstatt meine Ohnmacht und
Niedergetretenheit in Schweißausbrüchen erdulden zu müssen, anstatt herumrennen zu müssen nur zur Erschöpfung
und zur Verhinderung einer Einsicht in meine Lage, wollte
ich etwas niederreißen oder so hoch in die Luft sprengen,
daß die ganze Stadt warten würde, bis die Trümmer zu-
rückregneten aus dem blauen Himmel. Ich kaufte mir
Papier und setzte mich in den Englischen Garten und
schrieb – zu meiner Wiederherstellung – drauflos. Ein
wenig ruhiger geworden, suchte ich dann nach der Cousine.
Schon einmal, Anna, wollte ich uns mit Hilfe der Cousine
aufhelfen. Nimm mir diese Beichte noch ab. Wir wohnten
damals noch in München.
Ich gebe mich gern ab in Gedanken mit der Cousine. Ob-

wohl, die Unruhe, die sie mir einmal machte, ist mir jetzt fremd.

Bei welcher Beerdigung hab ich die denn zum ersten Mal wahrgenommen? Oder war das eine Hochzeit? Auf jeden Fall ein typischer Kristleintermin: Ramsegg für einen Tag von herbeiströmenden Kristleins besetzt. Die Autos zeigen zwar: keiner kommt weiter her als 39 km, wenn man den Vetter abrechnet, der gerade 1 Jahr auf der Sparkassenakademie in Bonn studiert. Weil er so gut rechnen kann, flüstert man von Tante zu Tante. Abitur hat er nicht. Die meisten Kristlein sind Volksschüler. Aber in einer Prüfung hat der als Landesbester abgeschnitten. Die Vorgesetzten haben einfach darauf bestanden, sie haben, stellt man sich, wenn man den Tanten zuhört, vor, unseren Vetter David einfach auf ihre Schultern genommen und haben ihn die 9 km nach Lindau in den Kurswagen nach Bonn getragen. Dazu zahlen sie noch alles, und er muß nur versprechen, daß er nachher noch 3 Jahre lang bei ihnen bleibe. Also der allein kommt momentan weiter her als 39 km, trotzdem hängen sie an solchen Tagen zusammen, als kämen sie aus verschiedenen Erdteilen und zum letzten Mal.

Sie ist die Tochter von Onkel Karl jr. von Primisweiler. Ich glaube, als ich mal bei denen in Ferien war, tat ich was im Stall und sie sah zu, da war sie zirka zwei. So alt ist unsere Bindung, Anna. Jetzt ist die Cousine schön groß wie alle Kristlein-Frauen. Beim Kommunizieren fiel sie mir wieder auf, weißt du. Die Frauen auf dem Land, weißt du, können einfach nicht genug kriegen, fast jeden Tag rennen die an die Kommunionbank. Bei einer Beerdigung sowieso. Wenn auf der Männerseite schon längst keiner mehr kommt, schiebt sich die schwarze Frauenschlange immer noch ununterbrochen. Und jede von denen fällt auf die Knie, gleich knickt der Hals, schräg hebt sie das Gesicht hinauf, auf klappt der Mund, sie schiebt die Zunge dick nach vorn, bis an die weghängende Unterlippe, auf daß der Herr Pfarrer ihr jetzt die weiße runde Sache drauflege. Ob alle die Augen zumachen dabei, oder manche Hochwürden ankommen sehen, weiß ich nicht. Dann klappt der Mund zu, sie schiebt ab, innige Blicke schräg über die gefalteten Hände auf den Boden hinab, der gesprenkelt ist wie der weiße Preßsack, weißt du. Ich glaube, auch durch diese Tradition ist die Cousine eine so unheimliche Kaugummikauerin geworden wie sie heute ist.

Das nach Osten ragende Kirchenschiff faßte also das Morgenlicht, in dem sie kniete. Sie war vielleicht 15, aber praktisch schon eine Frau. In roter Seide, glaub ich. Mit weißen Volants. Also doch eine Hochzeit. Halb Kalb, halb Schlange, weißt du. Tu solus sanctus, tu solus sanctissimus, tu solus altus. Natürlich eine Hochzeit. Die Ehe als Gnadenmittel (Sakrament) gibt dir die Kraft, die Pflichten zu erfüllen. Und ob das eine Hochzeit war. Den Rest des Tages veranstalteten wir auf ungeteerten Nebenstraßen ein Autorennen. Einem Vetter zweiten Grades wurde dabei ein Ohr abgerissen. Er schrie, bis keiner mehr lachte. Seine Mutter, die Theresia, sagte, als sie ihn sah: Jetzt kriegt er keine Frau mehr.

Ich lenke nicht ab, Anna, das weißt du. Die Ehe macht Erzähler aus uns allen. Das Sakrament funktioniert nicht, bevor nicht alles heraus ist. Die Beiden erzählen sich auf den großen Ausgleich zu und haben unversehens ihr Leben in den allergrößten Roman verwandelt. Laß es also damals so gewesen sein, Anna: Ich packe das Eingekaufte aus in ihrer länglichen Küche. Ich hatte ja eingekauft. Die Cousine war nur breitbeinig neben mir gestanden und hatte mich vor der Metzgerin blamiert, weil sie laut zu mir sagte: Senf nicht, hab ich noch, vier Sorten! Und gleich noch direkt zur Frau Metzgerin: Also jeder will mir Senf bringen, was sagen Sie dazu! Und die Hälfte von dem Fleisch täte es auch, wer das denn alles essen solle! Sie hatte mich übrigens, daß du das weißt, einfach am Hauptbahnhof abgeholt, damals, ich kam aus Göttingen, da steht sie burgunderrot in der ersten Reihe der Wartenden jenseits der Sperre.

Das fand ich damals schon gut, daß sie als povere stud med. gleich diese Riesendreizimmerwohnung hatte. Hoch droben an der Decke machst du Stuck aus, Gang und Zimmer voller blutiger und kalkiger Riesenbilder.

Du selbst hättest ihr gesagt, daß ich in Göttingen sei, und am Sonntag käme ich zurück. Also ließ sie sich, das Praxis-Genie, vom Reisebüro die 6 besten Hotels sagen, im 5. war ich. Und wenn ich erst am Sonntag zurückkäme, sei es ihr klar, daß ich wo dazwischen eine sitzen hätte und sie rufe mich nun gleichsam als Cousine an, ob ich die dazwischen nicht ihretwegen aufgäbe, verstehst du, mir wollte oder sollte es vorkommen, als brauche sie mich, verstehst du, Anna?

Im Abteil war ich mit zwei Fergusson-Engländern gefahren, und stell dir vor, Anna, was mir da... entschuldige! wenn ich dich, wie du meinst, aus deinem 2. Namen vertrieben habe, ebenso wie, nach deiner Meinung, früher einmal aus deinem 1., wäre es dann nicht besser, ich gebrauchte deinen 1. und deinen 2. Namen, in denen du nicht mehr bist, anstatt daß ich dich durch leichtfertigen Gebrauch auch noch aus deinem 3. und letzten Namen vertreibe, liebste Alissa Birga Anna? Vielleicht kann ich sogar etwas gut machen an deinen früheren Namen! Also bleibst du für den Haus- und Weltgebrauch unangetastet in deinem schönen 3. Namen, liebe Anna, und mir überläßt du zur Namhaftmachung eines weiblichen Vorkommens bloß auf dem Papier Alissa und Birga, einverstanden? Und du kannst mir glauben, lieber als etwas anderes machte ich dir jede Menge Ehre, Alissa. Ja, Alissa!

Ich bin dabei, diese weitere Bemühung um Unabhängigkeit zu erklären.

Heute weiß ich das auch, aber damals dachte ich noch, sowas gäb's.

Laß es mich also Unabhängigkeit nennen, was ich da suchte.

Ich war froh, daß der Weg vom Hauptbahnhof in die Türkenstraße nicht durch die Marsstraße führte.

Diese Wand schluckt praktisch überhaupt nichts, sagte ich, oder hat da drüben jemand eine Riesenschreibmaschine? Du wirst sehen, nachher hört sie gleich auf, sagte sie, und schaute mich an und lachte und steckte sich einen Kaugummi in den Mund und kaute los. Das hast du nicht von Kristleins, sagte ich.

Ich packe also Fleisch- und Wurstwaren aus, sie zieht aus ihrer Tasche ein Plastikbeutelchen, darin Zahnstocher aus Kunststoff, das legt sie sich auf ihre flache rechte Hand, diese Hand biegt sie irre durch, kichert plötzlich, tanzt ganz verrückt herum, den Blick immer aufs Kunststoffbeutelchen gerichtet. Sie hat es mitlaufen lassen, erklärt sie. Sie nudelt das Beutelchen, küßt es, dann verstaut sie's in einem Schrank. So brachte sie mich auf Ideen.

Sie geht nämlich in die Boutique, kauft 1 Bluse für 89 Mark, läßt 2 Ohrringe für 41 Mark mitlaufen, den Preis stellt sie erst auf dem Clo des nächstgelegenen Cafés fest, in das sie gierig rannte, um die Ohrringe gleich anzusehen und anzulegen. Aber, leider, in der Eile hat sie 2 verschiedene Ohrringe erwischt. Also ruhig zurück in die Boutique. Nicht ohne vorher noch die Bluse zu zerkrempeln. Dann der Verkäuferin kühl ins Gesicht: Wie ist denn das gebügelt, bitte! Die geht auch gleich nach hinten, um drüberzubügeln. Die Cousine aber holt den richtigen Ohrring raus. Jetzt stimmt der Laden. Die Verkäuferin bringt die Bluse. Noch hat die Cousine den falschen Ohrring. Also zeigt sie den, fragt nach dem Preis, will ihn dann doch nicht, auf Wiedersehen.

Öffnet sie doch den Schrank, holt einen Pelzmantel heraus wie von Chagall und sagt: Sibirischer Schneepanther. Und ich war angesichts dieser Rauchware gleich bereit, die Existenz eines solchen Tieres zuzugeben.

Also nicht nur Kunststoffzahnstocher! Aber Pelzmäntel läßt sie sich schenken, oder sie kauft sie von dem Geld, das sie einnimmt für Abtreibungen, die sie nicht machen lassen muß, weil sie nicht schwanger ist.

Die Cousine verkehrte nämlich auch mit Wohlhabenden. Kennt man einen, sagte sie, kennt man alle. Sie hat gleich im ersten Monat als Partyservierein gearbeitet, in Grünwald. Privat. 250 pro Abend oben ohne. Seit dem hat sie Kundschaft genug. Eine Abtreibung kostet mit Flug immer zwischen 3 und 4000, dann noch Minimum 1000 als Schmerzensgeld.

Genau genommen war's also gar nicht meine Idee, ich habe nur eingegriffen, rationalisierend, effektivierend, und immer in Sorge, daß uns der § 218 abhanden kommen könnte.

Es würde mich doch einmal interessieren, Alissa, ob du zwischen all deinen Kindern und Büchern und Kerzenständern und Antiquitäten je überlegt hast, wovon wir damals, während unseres letzten Münchener Jahrs, noch lebten?

Die eine Nacht, in der die Cousine sozusagen empfangen mußte, war für mich immer peinlich. Mehr als zwei- bis dreimal ließen wir das nicht vorkommen pro Monat. So kamen wir denn auf gut und gerne 8000 netto. Die Cousine mußte schon jedes Mal nach Zürich, Berlin-W oder London fliegen, um von dort aus dem ängstlich Harrenden telephonisch die erlösende Nachricht durchzugeben: Er macht es! Und 2 Tage später die noch erlösendere: Er hat es gemacht, alles o. k. Oder mal eine Karte: Herzliche Grüße vom Brook Advisory Center! Oder von der Abortion Law Association so ein kleines Kunststoffkärtchen mit Verhütungsregeln auf die witzig-britische Art. Atmosphärisch-Authentisches eben aus der Londoner Verhütungs- und Abtreibungswelt, *Would you be more careful if it was you that got pregnant?* Dann teilten wir also die 8000, und wenn einer Sperenzchen machte, trat ich noch selber auf, als empörter Vater: Was sagen Sie da, was haben Sie meine arme Tochter noch rasch gefragt? *Hoffentlich allianzversichert!* Ja und was soll das? Tun Sie doch nicht so, das weiß doch jeder, daß das eine Redensart ist für: Nimmst-du-die-Pille-Liebling? Kenn ich nicht, Irmgard, kennst du das? Nein, kennt sie nicht. Na bitte, also, mit dem Rückzug auf diese traurige Privat-Metaphorik kommen Sie nicht durch, Herr Doktor, meine Mandantin und Tochter konnte Ihren Ausruf *hoffentlich allianzversichert* für eine der vielen blöden Bemerkungen halten, die Männer machen, wenn sie mit sehr viel jüngerern Mädchen den Verkehr ausüben, deshalb fordern wir Erstattung der zur restitutio ad integrum anfallenden Kosten!

War das also leicht verdientes Geld? Frag mich nicht. Ich weiß nur, daß ich von Monat zu Monat unruhiger wurde, ängstlicher. Ich weiß nicht, warum. Ich hatte kein schlechtes Gewissen. Die geldgebenden Herren waren ja Fabrikanten, Künstler, Rechtsanwälte, Verleger, Ärzte, aber in mir wuchs einfach die Angst vor der Zeit, in der ich mein Geld wieder auf andere Weise würde verdienen müssen. Ich hatte das Gefühl, daß meine dafür nötigen Eigenschaften unter diesen angenehmen Bedingungen rapide verkümmerten. Morgen würden sie den § 218 abschaffen, dann säße ich da, zu keiner Arbeit mehr fähig.

Aber meine Cousine, Alissa, hat schon eine Riesennatur, also wirklich. Übrigens hat sie einiges mit dir, der völlig Unverwandten, gemein: du kannst nicht genug Kerzenständer ergattern und sie zu kahlen Zinn- und Messingdickichten zusammenstellen, und Irmgard, stell dir vor, sammelt genau so wild Kerzen und stellt damit jede nur mögliche Fläche voll. Aber obwohl deine Ständer viel älter, kunstreicher oder herzhafter sind als dieses viele Wachs, die Ständerwälder wirken totenhaushaft gegen die Kerzensky-line, die dieses Kind um sich aufzieht mit dünnsten und dicksten Kerzen.

Als keusch und erträglich hat sie mir, stell dir vor, alle Begegnungen geschildert, die nach ihrem Willen, und das heißt a tergo, sie studierte ja Medizin, stattfanden. Die Kristleins sind eben doch eine alte Viehzüchterfamilie. Schamlos und schmerzlich war es ihr immer, wenn sie ihre Schenkel zu öffnen hatte. Ach wie lobte sie es, niederknien zu dürfen, sich auf die Ellbogen niederzulassen und dem bloß die Kugel zu bieten zur Besteigung.

Dann verschaute sie sich natürlich in einen Oberarzt. Der war natürlich der Tollste überhaupt. Selbst der Professor schleicht neidvoll herein, wenn ihr Oberarzt operiert und schüttelt voller Haß den Kopf (der Professor): schon wie-der eine vaginale Totale, Herr Doktor! Weil er selber (der Professor) nur abdominale Totale kann. Hol's der Teufel, ihr Oberarzt nimmt, der Champion, auch noch den Blind-darm unten heraus. Bei ihm machen alle herzlich mit. Beim Professor dagegen sind alle verkrampft, weil er schon wie-der in ein Blutgefäß hineinschneidet und es dann gleich nicht mehr findet, also wenn der die immer noch kühl ab-klammernde Oberschwester nicht hätte (der Professor)! Ihr Oberarzt wollte sich, glaubte sie, scheiden lassen u. s. w. Auf einmal wollte sie im Winter 10 Scheine machen. Vor-her durfte man zweimal fehlen beim gynäkologischen Kurs, jetzt überhaupt nicht mehr. Sie lag jetzt auch nie mehr 6 Stunden lang nackt in der Damenabteilung des Ungerer-bads. Der Oberarzt, verstehst du.

Keine Kunden mehr von Siemens, BMW und Deutsche Bank. Eine Ader verödet, medizinisch gesprochen.

Mich hatte sie aus Göttingen auf sich zu dirigiert, weil sie damals hier niemanden hatte. Mich schätzte sie auch von allen Verwandten immer schon am meisten, weil ich es länger als jeder andere Verwandte in der Fremde ausgehalten hatte.

Und zu dieser Cousine in die Türkenstraße, weißt du, wollte ich in der letzten Nacht. 15 Herrn von Siemens, BMW, Deutscher Bank und die anhängigen Künstler, Rechtsanwälte, Ärzte: und ich könnte dir, Alissa, deine 72 000 bald wieder bringen.

Ich wollte sie schon einmal am Tag aufsuchen. Ich habe ja sonst niemanden mehr in München. Ich läutete, ein Araber öffnete und sagte sozusagen englisch, daß das Fräulein Irmgard nicht da sei, und schlägt die Tür zu. Als ich dann nachts, bzw. in der Früh um halbfünf kam, machte sie selber auf, zwei Araber waren da. Sie arbeitet jetzt, sagt sie, für Al Fatah. Ja, sowas, sagte ich. Und statt der blutigen und kalkigen Bilder jetzt überall Plakate. Da es leichter ist, etwas nach und nach als auf einmal mitzuteilen, kann ich dir ja jetzt sagen, daß es nicht das Ausländerenglisch war, das mich aus der Türkenstraße vertrieb, sondern die zwei arabischen Freunde der Cousine. Und zwar mit Gewalt. Sie hatten rasch raus, wer ich war. Offenbar befürchteten sie, ich sei zurückgekommen, um die Cousine wieder für mich tätig werden zu lassen. Exploiter! nannten sie mich und wurden direkt handgreiflich. Die Cousine tat nichts dagegen. Im Gegenteil. In einem Englisch, um das die beiden Arabian Knilche sie hätten beneiden müssen, hetzte sie die Hitzigen noch gegen mich auf. Aus dem Zusammenhang gerissene Details von früher, nachträgliche Interpretationen, tendenziöse Darstellungen, Verzerrungen von Sachverhalten, auf jeden Fall: ich war der Ausbeuter. Und das von meiner Cousine. Mensch, war die unverbindlich. Das hat sie nicht von Kristleins. Plötzlich sieht sie alles politisch, verstehst du. Der Oberarzt hat sich also doch nicht scheiden lassen. Sie hat ja nicht mal'n Abschluß, vor lauter Politik.

Ich konnte ihr da nicht einfach rechtgeben, als ihr Cousin. Und, entschuldige, einmal liebte ich sie doch. Und verwandt sind wir auch. Läßt die ihr ganzes Studium hängen, einfach wegen Al Fatah. Ich bitte dich, was geht sie Al Fatah an! Einen Film muß sie sich ins Gesicht kleben! Und was war das für ein Gesicht vor ein paar Jahren, mein Gott, mein Gott! Al Fatah! Na ja, die warfen mich dann die Treppe runter und Schuhe und Socken warfen sie hinterher, das schon. Hätten sie ja auch behalten können, für Al Fatah. Verstehst du. Irgendwie war da kein Halten mehr in München. Ich will nicht behaupten, ich sei dann zum Bahnhof gerannt oder nicht zum Bahnhof gerannt. Am deutlichsten komme ich mir vor, wenn ich sage, ich sei dann die Landsberger Straße lang gerannt – das ist die Richtung zu dir –, durch Pasing durch, dann ab nach Gräfelfing und in die Wiesen und dort tatsächlich hingesunken.

4

Das Leben selbst hat diese eher rhetorische Qualität. Alles, was ist, hat gleich diesen Hallraum. Diese Erscheinungs-Dimension. Da ich geldverdienen muß, führe ich diese Qualität auf den Zwang zum Geldverdienen zurück. Wenn man nicht geldverdienen müßte, gäbe man keinen Laut von sich. Still ruhte die Welt und sanft, und vor allem: jeder in sich, er wäre nicht unterworfen. Frau und Mann würden einander nicht so abschätzend ansehen u. s. w. Also ich, z. B., möchte einmal nicht mehr geldverdienen müssen. Von allem, inkl. Todesstunde, kann ich ein bißchen was durch Ahnung vorweg erfahren; nicht zu erspüren ist aber mein Zustand an dem Tag, an dem ich nicht mehr geldverdienen müßte. Manchmal sage ich einfach vor mich hin: bitte, keinen Lottotreffer! Ich fürchte, mein Leben hätte, wenn der Zwang zum Geldverdienen entfiele, sofort überhaupt keinen Sinn mehr. Es hatte ja bisher keinen anderen als Geldverdienen. Ob ich mutiger wäre? Ob meine Verkrüppeltheit sich noch einmal strecken würde? Mein Mundgeruch und meine Angstschweißdünstung, was alles würde weichen? Wie leicht würde ich sein? Oder tot umfallen? Oder hoch an die Decke schnellen, dort zerschmettern. Also gut, ich weiß es nicht. Und ich werde es nie erfahren.

Ich stand auf, blieb aber an meinem Sessel stehen. Das Sitzpolster spürte ich in der Kniekehle, etwas darüber. Ich dachte, es kommt jetzt einfach darauf an, und daß es darauf ankommt, darf mich nicht stören, das ist eben der Ernst, die Wirklichkeit, das, was verlangt wird: du siehst die Herren vor dir, auch drei Damen, sie hören noch zu, sie scheinen interessiert zu sein, obwohl du in ihrer gedruckten TO nur unter *Verschiedenes* vorkommst, du sprichst weiter: Ich möchte mich biegen und innen liegen, mich einschmiegen ohne Pfeffer und Salz, also so leise wie ungewürzt möchte ich liegen in einem schönen Stadthaus und etwas tun für etwas Gutes und Schönes, Ihre Vereinigung etwa. Entschuldigung, mir hängt nach dem Mittagessen das Gesicht durch, ich bin Jahrgang 20, aber wenn Sie das nicht stört, gibt es nichts, was Sie stören müßte, ich bin mir bewußt, kühn gesprochen zu haben, viel zu menschlich für eine Bewerbungssituation, aber ich will keine Überraschungen bereiten, verstehen Sie, ich muß geldverdienen, das kann ich nicht vergessen, trotzdem würde ich versuchen, dem BuSoM ein unentbehrlicher Sekretär zu werden, das wäre sozusagen mein Interesse, nicht wahr!

Du glaubst vielleicht, Alissa, die hätten jetzt laut und glücklich herausgelacht und sich dabei auf die Schenkel geschlagen. Das taten sie nicht. Sie wägten und wogen.

Brohammer ließ einen streichelhaften Herrn kommen. Ein richtungweisendes Brohammernicken. Der Streichelhafte ging unheimlich beflissen auf mich zu, blieb vor mir stehen, als wolle er sagen: Darf ich um den nächsten Tanz bitten! Ich starrte seine explodierende Krawatte an, der war 10 Jahre jünger als ich, er war überhaupt der jüngste hier. Bitte, folgen Sie mir, sagte er überraschend unbeholfen. Er führte mich in den Garten hinter der BuSoM-Villa, setzte mich auf eine weiße Bank, sagte noch, er heiße Dirlewanger und, als habe er mir damit genug Stoff zum Nachdenken gegeben, ging wichtigtuerisch rasch wieder ins Haus. Da wußte ich, der ist von irgendeinem der Lakai. Später kam er wieder genau so eilig und holte mich und ging stumm und dumm neben mir, ich meine: pathetisch. Er übertrieb. Er führte mich ja nicht vor ein Hohes Gericht, oder? Dann trat Herr Brohammer vor und sagte – Fingerspitzen gegen Fingerspitzen –, ich hätte auf alle einen tiefen Eindruck gemacht durch meine offene Sprache, des ungeachtet hätte aber die Mehrzahl der Anwesenden aus meiner Bewerbungsrede eine geradezu aggressive Resignation herausgehört. (Brohammer lächelte ein bißchen bei dieser seiner Wortzusammenstellung; er bot mir die Formulierung an, als wären wir beide jenseits der realen Situation, in der er nichts tun konnte für mich, ästhetische Komplizen.) Nun sei es aber gerade der Sinn des Bundes Sozialdemokratischer Millionäre, Resignation zu verhindern u. s. w.

Also, Alissa, ich habe wirklich alles versucht, aber vielleicht habe ich keine glückliche Hand. Im obersten Stock dieser weißen Villa draußen in Solln hätten wir gewohnt und ich hätte den BuSoM's die Geschäfte geführt und du hättest dich auch allmählich begeistert. Es wäre doch wieder geistige Arbeit gewesen, verstehst du. Diese Leute sind wirklich schlecht beraten. Und ich hatte doch den Skeptiker nur gespielt, Alissa, das weißt du. Mit viel zu viel Eifer hätte ich denen gedient. Wir können richtig froh sein, daß die uns nicht genommen haben, findest du nicht? Interessant finde ich, daß Professor Dr. Keckeisen mir nachging, als man mich durch Verstummen verabschiedet hatte; er sagte, ich litte wohl unter einer Zwangsvorstellung, weil ich das mit dem Geldverdienenmüssen so oft erwähnt hätte; ich hätte den Eindruck erweckt, als redete ich nur weiter, um noch einmal und noch einmal eine Möglichkeit zu finden, das Geldverdienenmüssen zu erwähnen; das habe ihn, den Psychiater, bewogen, mich wenigstens darauf aufmerksam zu machen. Er tue das Blomich zuliebe, den ich, bitte, von ihm herzlich grüßen möge, er hoffe, der Sommer sei dort schön. Und war schon wieder weg und drin bei den Seinen. Hättest du das gedacht, daß ein Psychi zu den BuSoM's gehört? Verdienen die so viel Geld? Ich war jetzt schon verdrossen. Wenn eine Zelle frei gewesen wäre, ich hätte dich sofort angerufen. In der Stadt griff plötzlich einer von unten nach meiner Hand. Stell dir vor: Edmund, der böse Geist, dein alter Widersacher. Hockt auf dem blanken Trottoir, und, als redeten wir täglich darüber, sagt er: Ich schaff's nicht, schau dir diese Dialoge an, mein Gehirn weigert sich, verstehst du, es kotzt. Die waren da am Filmen. Weil Edmund so aussieht, wird er von jungen Filmern beschäftigt. Und Wollensak. Ja, der Riese Wollensak, 2 Zentner schwer und kindlich, geht noch besser als Edmund. Wollensak mußte einer schwatzenden Frau über den überfüllten Einkaufskorb stolpern, sich nicht entschuldigen, sondern kichern, Tomaten wegkicken, wegrennen, von Passanten verfolgt werden und sich dann in einem Vorgarten totschlagen lassen. Als ich dazu kam, tat er's gerade zum 9. Mal. Sie sagen das laut an, damit es jeder hört und die Mitwirkenden ein schlechtes Gewissen haben, verstehst du. Der Filmer wolle, sagte Edmund, das Faschistische in den Leuten zum Vorschein bringen. Edmund hat seine Szene schon 11 mal ge-

macht. Dafür hockt er schon seit 16 Tagen hier auf dem Trottoir. Ihm egal. Er kriegt ja 50 Mark pro Tag. Wenn er dann wieder dran ist, muß er allerdings einem Mädchen unter den Rock fassen. Der Filmer sei ein Sadist, der wisse natürlich, daß Edmund schwul sei. Man sehe dann, daß Edmund sich ekle, das Mädchen sich ekle, jede quiekse noch schlimmer, der Filmer schaffe ja für jeden Versuch eine neue her, weil sich die Reaktion so schnell verbrauche. Edmund müsse ja was tun mit der Hand unterm Rock. Weitermachen, weitermachen, rufe der Filmer. Da, da drüben an dem Palais, das ist die für heute, mit ihrer Mutter. Die kriegen 25 pro Tag. Wetten, daß der das dann alles rausschneidet! Der läßt das nur machen für sich, 'stehst du. Wenn mir der Widerwille die Augen gegen die Gläser treibt, dann tänzelt er so richtig an Ort und Stelle und kichert leise und überirdisch, ich kenn ihn doch, wie lang bist du da? wir müssen uns unbedingt sehen, um 5 hau ich ab hier, da kann der mich, sehen wir uns um halbsieben in dem jugoslawischen in der Tengstraße, was sagst du auch zu Beumann, das hat dem doch keiner von uns zugetraut, also ich nicht, Mensch, und ich hock noch hier rum, aber wahrscheinlich muß man eben doch verheiratet sein, sonst hoffst du immer wieder, probierst immer noch was...
Du kennst ja Edmund. Dann wurde gleich der Aufnahmeleiter, ein kleiner Bursche mit vorgestrecktem Schädel, vom Regisseur zusammengeputzt, weil er es erlaubt hatte, daß ein Passant mit einem Darsteller schwätze, der gleich drankomme. Der Aufnahmeleiter rannte zu uns her und schrie Edmund an.
Ich ging rasch weg. Stadteinwärts. Ins Hofbräuhaus. Ein 30jähriger brauchte 3 Stunden, bis er mir und einem Jugoslawen erklärt hatte, warum er Nazi sei. Als er endlich nur noch weinte, ließ er mich und den Jugoslawen gehen. Wir tranken weiter in Schwabing. Dieser Jugoslawe hieß Ste-

fan, arbeitete als Gärtner und war nicht halb so alt wie ich. Bei einer Baufirma habe er 7 Monate keinen Lohn bekommen, jetzt sei die Firma bankrott, aufgelöst, verschwunden. Das ist furchtbar, sagte er, 7 Monate Arbeit und kein Geld. Er hat jetzt, sagte er, Magenweh. Als man uns aus dem letzten Lokal wies, regnete es schon heftig; es platschte, kann man sagen. Wir fanden einen schützenden Platz zwischen zwei großen Mülltonnen in einem Hof in der Bad-Soden-Straße. Weil es kühl wurde, wollte ich mich ein wenig an Stefan lehnen. Er ohrfeigte mich und gab mir zu verstehen, daß er nicht schwul sei. Er konnte sich gar nicht mehr beruhigen. Wahr ist, daß ich in früher Jugend in einer solchen Situation einmal unverschämt geworden bin. Einem Metzger gegenüber. Aber doch nicht in diesem Hof in der Bad-Soden-Straße. Stefan verabschiedete sich grob von mir, lupfte den Deckel der Tonne, kletterte hinein, verbat sich jede weitere Störung, klemmte zwischen Tonne und Deckel eine leere Milchtüte und schnarchte gleich darauf. Ich schlief schließlich auch ein. Ein Schrei weckte mich. 3 Tonnenmänner standen starr in der Sonne und horchten. Der Schrei kam aus ihrem Müllwagen. Furchtbarer Schrei. Aus der Müllzerkleinerungsmaschine. Einer stellte die Maschine ab. Der Schrei allein ging weiter. Dann nicht mehr. Ich rannte, Alissa, am Bahnhof vorbei, hinaus nach Pasing, über Pasing hinaus, ich glaube, ich torkelte mehr als ich rannte, dann fiel ich erst mal in die Wiese und schlief oder war ohnmächtig.

5

Ich ertappte meine Lippen beim Summen und Singen von Naziliedern. Dagegen kann ich, wenn ich wandere, fast nichts tun. Das sitzt zu tief. Swastika, Dublin's finest laundry, establ. 1912. So warf ich mir aus dem Gedächtnis einen Köder hin für einen inneren Monolog, der mich auch bald genug von Nazis ablenkte, nach Kinshasa führte, auf den Boulevard Lumumba, mitten hinein in eine Parade kongolesischer Fallschirmjägerinnen. Ich marschierte gegen deren Parade an, durch die durch. Das Schönste, was es gibt: so in der Mondnacht über den heißen weißen Boulevard Lumumba zu marschieren! Und zwar durch Fallschirmjägerinnen durch. Kongolesische. Aber welch ein Irrtum, welch ein Versehen. Geldströme waren's. Auf der Flucht. Die ganze Nacht hindurch marschierte ich durch fliehende Währungen. Auf der Flucht aus dem Dollar. Und dazu noch massenhaft vagabundierende Dollars, unberechenbar gefährlich für die Ehrlichen aller Länder, herfallend wie früher Heuschreckenschwärme über Früchte und Arbeit fremder Länder. Der vagabundierende Raubdollar ist aber eine Schädlingsart, gegen die noch kein Mittel gefunden ist. In den Direktions-Etagen der europäischen Geldinstitute gingen die Lichter in dieser Nacht nicht aus. Die Paritäten maßgebender Währungen glitten den Regierungen unter den Fingern davon. Eine Währung nach der anderen überrannt von Schutzsuchenden und Spekulanten, die den Dollar fürchteten und deshalb (wie es Gresham vor 400 Jahren beschrieb) aus dem schlechteren ins bessere Geld flüchteten. Jeder Schutzwall um ein einzelnes Land lenkte den verheerenden Dollarstrom in ein nicht geschütztes Land ab. Die Deutsche Bundesbank schluckte und schluckte, und je mehr schlechte Dollars sie schluckte, desto mehr strömten nach. Allmählich konnte man einen Überblick über den Schaden gewinnen. Die Bankiers gingen frühstücken. Ich bog nach dem ersten Haus in Pähl ab nach Raisting, verließ Pähl auf der Raistinger Straße und zog in Raisting ein auf der Pähler Straße. Der Waffenklang der Währungen war abgeebbt. Die Metalle der *Erdefunkstelle für den Telephonverkehr über Satelliten* blinkten. Abends schaute ich durchs Fenster im *Bayrischen Hiasl* in Forst dem Fernsehen zu. Der amerikanische Präsident schob alles auf die Spekulanten. Auch seine Hiesigen verschwiegen den Krieg (in Vietnam). Ich rannte stundenlang ins Lechtal hinab und dachte darüber nach, ob unsere Nibelungentreue immer schon diese aufdringlichen und des hehrsten Verbergens bedürftigen Motive gehabt haben mochte.

6

Würde ich durchkommen? Das war doch schon das Allgäu. Schon ging ich nachts mit ausgebreiteten Armen zwischen den Herden. Das Aufundab wurde steiler. Bald war die Wertach dran. Ich konnte nichts mehr essen. Ich konnte einfach nicht mehr hinein in die Dörfer und dieses Brot kaufen und diese Wurst. Himbeeren aß ich noch und Brombeeren, vor allem Brombeeren. Aus Ammerschilf hatte ich mir eine Tasche geflochten, die hing an einem Judenstrick über meine Schulter. Ob ich es schaffen würde. Am Anfang ist alles leicht.
Als hinter mir wieder einmal die Sonne aufging, lag Marktoberdorf da. In einem Oberbayernhäuschen, das in einem Steingärtchen lag, spielte jemand Klavier, das Häuschen wurde immer kleiner, je länger ich zuhörte. Bartok. Jetzt

erst sah ich, daß die Häuser in der Umgebung öd und verlassen lagen. Es war eine Spielerin, zumindest sah ich anläßlich eines knallenden Sforzatos einen Augenblick lang goldene Haare hoch in den Sonnenstrahl fliegen. Am nächsten Waldrand suchte ich mir eine Schlafstelle. Unter Brombeerranken fand ich eine. Ich hatte mir verschiedener Verfolgungen wegen angewöhnt, bei Nacht zu gehen und am Tag zu schlafen. Hätte ich mich nicht wirklich verfolgt geglaubt, liebe Alissa, wäre ich vielleicht doch noch hinausgerannt nach Buchloe, um dort in den immer in Buchloe wartenden Eilzug zu springen, denn – das kannst du dir denken – ich sehnte mich nach dir. Aber der Zug ist nur für Leute mit gutem Gewissen. Für den Verbrecher eignet sich am allerbesten das Auto. Da kann er unerkannt weite Strecken zurücklegen. Und wenn er kein Auto hat, schlage er sich zu Fuß durch. Nachts. Ich bin kein besonderer Verbrecher. Aber ich habe z. B. aus dem Garten vor dem 1. Haus in Pähl – nach diesem Haus bog ich doch nach Raisting ab – eine etwa 20 cm hohe Porzellanfigur mitgenommen; sie stand da zwischen Endivie und Spinat, ein Schneewittchen, sicher seine 80 oder 100 Jahre alt. Ich nahm das Schneewittchen, weil es mich beeindruckte durch seine vorgeneigte Porzellanoberkörperhaltung. Ich dachte da noch nicht an Verkaufen. Später in Schongau, als die Verzückung nachgelassen hatte, konnte ich es schmerzlos verkaufen. Auch in München hatte ich mir da und dort etwas zuschulden kommen lassen. Ich war so aufgeregt, bzw. vernichtet wegen der 72 000 Mark und der vergeblichen Versuche, einen Halt zu finden, bzw. einen Verdienst. Viel Geld für nicht soviel Arbeit, das mußte jetzt mein Ziel sein. Noch keine 4 Wochen bevor ich da im ersten Morgenlicht nach Marktoberdorf kam, war ich schon einmal nach Marktoberdorf gekommen. Nur daß du weißt, was ich alles versuchen mußte. Mit Herrn Dr. Ortasches Bdejan war ich da in Marktoberdorf eingetroffen. Wir wohnten im *Grünen Baum*. Kennengelernt hatte ich Dr. Bdejan, weil ich in der Belgrader Straße draußen vor dem Schaufenster einer Druckerei stehengeblieben war, sie hieß Gloor Satz Repro KG. Die suchten einen Werbeleiter. Um unsere immer gemeiner werdende, auch längst schon stinkende Abhängigkeit von Blomich gegen eine frischfröhlich neue umzutauschen, wäre ich gern dieser Werbechef geworden. Deshalb studierte ich die 2 Schaufenster. Da hingen komische Alphabete. Das glagolitische, georgische, armenische u. s. w. Plötzlich bemerke ich das Auto. Der Herr neben dem Fahrer stößt die Tür auf. Ich sehe sofort den Armenier in ihm. Er arbeitet sich heraus. Der Fahrer reicht ihm 2 Holzkrücken. Der Herr humpelt her, stellt sich vor: Dr. Ortasches Bdejan, und sehr glücklich, in mir einen Bewunderer des armenischen Alphabets kennenzulernen. Er habe mich beobachtet, ich hätte das armenische Alphabet doppelt so lange betrachtet wie das georgische. Ob ich nicht, bitte, sein Mitarbeiter, ja, sein Freund werden könne. Du kannst dir denken, daß ich da die Gloor Satz Repro KG links liegen ließ und einstieg und mitfuhr. In die Lazarettstraße. Dr. Bdejan arbeitet als Warenswitcher. Da das eine Arbeit ist, die man facettenreich nennen kann, nutzte er mich als Sekretär, als griechischen Konsul, Baseler Bankier, holländischen Reeder, Vaduzer Geschäftsfreund, auch als Chauffeur. Dr. Bdejan behauptete im Scherz, auf der Bühne möchte er mich nicht sehen, da würde ich sicher viel zu natürlich wirken, aber in der Wirklichkeit sei gerade das erwünscht, diese meine private Reichhaltigkeit. Ich sei polyman, sagte er und lachte. Polyman ist das Wenigste, was heute verlangt wird, sagte ich und lachte nicht. Wir wollten mit den Fendts ins Geschäft kommen. Ich hatte Dr. Bdejan gleich gesagt, daß es sich dabei um Allgäuer handle. Aber er hat diese direkte Art. Er fährt hin und probiert es. Uns fehlte in einer sonst perfekten Kette noch etwas Landwirtschaftliches für Saudi-Arabien. Dr. Bdejan hatte im Baseler Freilager steuer- und zollfrei Marlboro, Winston und Chesterfield aus deutscher Produktion erworben, dafür interessierte sich die CSSR, die konnten aber nicht in harter Währung bezahlen; darüber hinaus wollten die noch Knobelbecher mit doppelter Naturledersohle loswerden und dafür auch noch Dollars haben; anders taten sie's nicht; deshalb dachte Dr. Bdejan, sowas geht nur noch über Saudi-Arabien, bzw. über Öl und Traktoren. Zuerst wurden also die deutschen Ami-Zigaretten aus Basel nach Rumänien verkauft; die Rumänen lieferten die dreifache Menge englisch dressierten Eigenbaus (*Diplomat*) nach Antwerpen. Die *Diplomat* wurden von Antwerpen nach Mallorca verkauft, was sie brachten, war noch kein rechter Gewinn. Die Tschechen hatten inzwischen die deutschen Amisorten aus Rumänien bekommen, bezahlten die Rumänen mit Verrechnungseinheiten innerhalb ihres Ost-Clearings. Jetzt wäre Fendt dran gewesen: Traktoren mit Knobelbechern gekoppelt nach Saudi-Arabien, dafür dann Öl und dafür dann Dollars. Aber die Fendts waren, wie ich vorausgesagt hatte, Allgäuer. Das heißt, Dr. Bdejan konnte sie nicht zu ihrem Glück zwingen. Also verlud er die Naturledersohlenknobelbecher einfach nach Pakistan, tauschte sie dort gegen Teppiche, verkaufte die Teppiche in Amsterdam gegen harte Währung, zweigte den Tschechen das ihre ab und war jetzt mit dem Erlös aus Mallorca und dem aus Amsterdam doch noch auf viel mehr als auf seine Kosten gekommen. Nicht ganz 4 Wochen blieb ich bei Dr. Bdejan, obwohl ich ihn täglich lieber mochte. Als ich mitteilte, daß ich die 2 schneeigen Spitzen des Ararat selber gesehen hätte, ja, daß ich sogar anno 46 elf Monate lang für Armeniens Stromversorgung unter der Sohle des Wan-Sees – Sewan-Sees, verbesserte er mich – geschuftet hätte, zuerst im Schacht II, dann im Schacht I, im Dauerregen, der von der Stollendecke elf Monate lang täglich 8 Stunden auf uns niederging, da warf er die Krücken weg, ließ sich auf mich fallen, hing an mir, küßte mich und küßte mich und rief, die Deutschen hätten Großes geleistet für Armenien. Wenn auch nicht ganz freiwillig, sagte ich. Aber er war selig, in mir einen gefunden zu haben, der für Armenien auch schon sein Leben eingesetzt habe. Die verlangte Vielseitigkeit strengte mich trotzdem mehr an als ich zeigen durfte. Zu oft mußte ich noch halbe Nächte in seiner kleinen Wohnung in der Lazarettstraße sitzen. Er erzählte, was er mit seinem kühn verdienten Geld machte. Meistens hatte es mit dem armenischen Alphabet zu tun. Da waren armenische Zeitungen in Los Angeles oder Amsterdam zu unterstützen. Oder er trieb auf und kaufte eine armenische Bibelübersetzung aus dem 11. Jahrhundert, zu deren Illustration das Blattgold, sagte er, *mit Hilfe Knoblauchsaftes* befestigt worden war. Einmal war er, während meiner Zeit, hinter einem armenischen Kirchen-Taschenkalender, ich glaube, aus dem 16. Jahrhundert, her. 212 Seiten dick und nur 19 Gramm schwer. Einmal war er hinter einer Handschrift her, die 600 Seiten dick war, und für jede Seite hatte man die Haut eines jungen Kalbes verwendet; diese Handschrift, in die 600 junge Kälber eingearbeitet waren, wog 28 Kilogramm. Erfolgreich war er während meiner Zeit nur einmal, als er ein armenisches Kräuterbuch aus dem 12. Jahrhundert erwarb. Bdejan übersetzte mir den Titel: *Trost bei Schüttelfrost.* Er ließ sich mit dem Auto selber nach Jerewan fahren. (Dr. Bdejan hatte als Kind beide Füße verloren, knapp über den Knöcheln; er sagte, die Türken hätten sie ihm im Jahre 1915, als sie 2 Millionen Armenier ermordet hätten, abgehackt, er sei damals 6 Jahre alt gewesen. Nicht umsonst, sagte er, sagten die Araber: Wenn dein Vater ein Türke ist, schlag ihn tot!) In Jerewan übergab er das Trostbüchlein dem National-Archiv Maschtoz. Mit seinen zwei altertümlichen Holzkrücken schwang er sich redend, erzählend um mich herum. Offenbar hatten sich die vielen Armenier über die ganze Welt verteilt, nur um alles Armenische, was durch Perser, Türken, Araber, Mongolen und Russen in Armenien mitgenommen worden war, wieder heimzuschaffen. Und das nur mit der Hilfe von Geld. Hier haben wir also den Grund für die notorische Tüchtigkeit der Gulbenkian-Nation beim Geldverdienen. Einmal schickte Dr. Bdejan sogar mich nach Rom. Ich sollte den Schriftsteller Armin T. Wegner aufsuchen und ihn nach Fotos fragen, die Wegner Anfang der Zwanzigerjahre in einem Vortrag in Berlin gezeigt haben sollte. Dr. Bdejan hatte durch den armenischen Faustübersetzer Paruir Mikaeljan gehört, Armin T. Wegner, der im 1. Weltkrieg an der Dardanellenfront gekämpft hatte, habe Türkengreuel fotografiert. Als Armin T. Wegner diese Bilder in Berlin etwa im Jahr 1921 öffentlich vorgeführt habe, sei ein Türke im Saal aufgesprungen und habe gerufen: Wer bezahlt Sie, die Armenier? Und sofort sei noch ein 2. Zuhörer aufgesprungen und habe die Authentizität der Fotos bezeugt. Wer sind denn Sie? schrie der Türke jetzt den an. Ich bin ein deutscher Professor, sagte der und ohrfeigte den Türken. In Armenien werde der Name dieses Professors, Fritz Markwardt, seitdem hartnäckig gegen das Vergessen verteidigt. Ich durfte also nach Rom fliegen, traf Armin T. Wegner zwar an, hörte von ihm noch einmal die furchtbare Geschichte von 1915, aber die Fotos konnte er nicht finden. Dr. Bdejan klemmte die Lippen zwischen die Zähne. Dann sagte er: Sie sind kein Armenier. Und dann: Das ist nicht Ihre Schuld. Übrigens, sagte er dann plötzlich wieder ganz hell: Eine gute Nachricht! Eine armenische Germanistin, die in Moskau arbeitet, habe ihm gerade ein Buch zugeschickt, in dem sie beweist, daß ein

Großvater Goethes Armenier war. Es war mir fast eine Genugtuung, liebe Alissa, als ich jetzt bei meinem Gang durch die Fendt-Stadt feststellen konnte, daß die McCormick International den Fendts offenbar den Schneid abgekauft hat. Verstehst du. Ich hänge eben immer noch an meinem Dr. Ortasches Bdejan, weil er ein so leidenschaftlicher Mensch ist und sich einsetzt für Buchstabendenkmäler. Aber ein Schinder war er auch. Er konnte einen regelrecht hetzen. Er dachte, Armenien müsse mir so nah liegen wie ihm. Vielleicht habe ich zu fromm zugehört, zu innig mitgenickt und auch noch feuchte Augen gezeigt. Das mußte ihn auf falsche Gedanken bringen. Er bezahlte mich z. B. so gut wie gar nicht; und da es unmöglich war, von diesem Begeisterten Geld zu verlangen, log ich Gründe herbei und ging.

Plötzlich fuhr ich hoch. Dieses knallende Geräusch kannte ich doch. Von wegen Bartok. Ich spürte auch schon den Wind. Ein Hubschrauber war 20 Meter vor mir auf dem Feld gelandet, ich hob vorsichtig die schützenden Brombeerranken hoch, wickelte meinen Kopf aus dem Schal, der mich gegen die schützenden, aber deswegen auch stacheligen Brombeerranken schützte, da standen 3 Grüne mit Maschinenpistolen: Lof auf, lof-lof oder follen wir dir eine Einladungfkarte schicken. So sprachen sie hinter ihren Maschinenpistolen. 3 Kindergesichter, dicke volle Münder, 6 rote Pausbacken, 3 Maschinenpistolen, und aus den Ärmelenden quollen die Haare. Aber ich war dann doch nicht der Sodomit, hinter dem sie seit Tagen her waren, den sie mit ihren Feldstechern von hoch oben schon in flagranti ertappt hatten, ich war's nicht, aber mein Schlaf war hin, ich verdöste den Tag tiefer im Wald. Das stimmt natürlich schon, nirgends gibt's so schöne Kühe wie im Allgäu, so silbrige Kälber, o Cousine.

Drunten kämpft Alissas Stimme grell und schwach im Küchenlärm: Wer hat denn jetzt die Beize da reingeleert, mein Gott, Baron, ja gibt's denn sowas, die ist hin, und was machen wir jetzt, ja, wie kommen Sie bloß dazu, die Beize da reinzuleeren, wie kommen Sie bloß dazu, das möchte ich bloß einmal wissen, was Sie sich dabei gedacht haben, Sie müssen sich doch etwas gedacht haben dabei, also ich weiß mir bald keinen Rat mehr. Der See rauscht. Die Bäume rauschen. Ich stelle das Schreibmaschinentonband etwas lauter. Ich glaube, heute haben wir schon nicht mehr den 5., heute haben wir schon den 6. August. An den Stockrosen stehen die Bienen Schlange. Durch den kranken Science Fiction Himmel strömt der Düsenhai. Das Wasser geht stark zurück. Die Werksangehörigen stehen im Wasser und plantschen. Erstaunlich, wie viele Arbeiter und Arbeiterinnen nicht schwimmen können. Die Schwimmkurse habe ich aufgegeben. Es ist leichter, einem Kind das Zweifeln als einem 50jährigen das Schwimmen beizubringen.

7

Regelmäßig muß ich ein Loblied auf Herrn Blomich anstimmen, 1. weil ich es sonst verlerne, Herrn Blomich zu loben (und dann ist es jederzeit möglich, daß ich ihn, anstatt zu loben, einfach schmähe), 2. könnten wir, wenn er uns nicht regelmäßig Geld überweisen würde, nicht mehr lange leben. Herr Blomich würde uns vielleicht trotz meiner Loblieder auf ihn, die er kaum erfährt, möglicherweise aber erspürt, kein Geld mehr überweisen, wenn zwischen ihm und uns nicht Relais eingebaut wären. Ich bediene mich damit eines aus Blomichs Bastlerwelt stammenden Vergleichs. Blomich ist Ingenieur. Da er seines Reichtums wegen nicht praktizieren muß, ist er zum Bastler geworden. Er wohnt drüben im Haupthaus. Ich bin im Haupthaus nur auf ausdrückliche Einladung erwünscht. Das weiß ich schon. Diese Einladung wird aber häufig genug ausgesprochen. Gut, es ist immer wieder ein Warten. Aber niemals lasse ich mich etwa herbei, die Tage zu zählen. Wer verhindert nun, daß Blomich das Interesse an mir verliert? Ich habe nachgeforscht. Das sind nicht Leute, die in Blomichs Fabriken oder Fabrikverwaltungen arbeiten. Es sind auch nicht direkt Freunde von mir. Natürlich muß ich meine Arbeit tun, das Betriebserholungsheim muß funktionieren, die Fehler meines Vorgängers Ivo Kops und seiner Spatz genannten Frau dürfen sich nicht wiederholen. Die Hausordnung ist so streng verfaßt, daß es genügt, sie wirken zu lassen. Kops war reiner Künstler, dachte also gering vom Menschen und gefährdete durch Eingreifen den Erholungserfolg. Das erfuhr ich. Das war meine Chance. Dem Blomichfreund Keckeisen verdanke ich meine Berufung. Sicher nicht nur ihm. Es muß ein ganzes Gewebe günstiger Stimmen entstehen, bis einem ein solcher Posten zugeschanzt wird. Daraus folgt ohne weiteres, daß keine noch so peinliche Pflichterfüllung meinerseits Blomich daran hindern könnte, mich zu entlassen. Einen Heimleiter für ein Heim am Bodensee kriegt er jeden Tag. Ich bin ja nicht Hausmeister, sondern Heimleiter. Stündlich machen Hunderte von Menschen so schwer wiegende Fehler, daß die Vorgesetzten sich gezwungen sehen, sich von diesen Mitarbeitern nun doch zu trennen. Alle diese in ihrem Unvermögen entdeckten Personen wären natürlich dankbar, wenn sie Heimleiter am Bodensee werden könnten. Ich kann mir Blomichs Hauptverwaltung in Reutlingen nicht anders denken als umschwärmt von Leuten, die meinen Posten wollen. Wahrscheinlich lassen meine Konkurrenten ihre Frauen in die Hauptverwaltung strömen, und diesen immer noch sehr attraktiven Frauen geben sie ganz bestimmte Verhaltensmaßregeln. Ich schalte einfach ab! Ich sinne dem nicht weiter nach! Ich weiß, es nützt nichts, daß ich nur 150 Meter von Blomich entfernt wohne. Wenn sein Bevollmächtigter in Reutlingen ihm einen anderen Heimleiter verordnet, sagt Blomich Ja. Blomich ist mir ziemlich ähnlich, glaube ich. Nur daß er soviel Besitz hinter sich hat. Dadurch wirken wir nicht nur getrennt, sondern wir sind es. Wir existieren weiter von einander entfernt, als wenn er vor 100 Jahren gelebt hätte und ich erst in 100 Jahren zur Welt käme. Das heißt, ich bedarf dringend des Dolmetschers. Ich habe diesen Posten vielleicht auch bekommen, weil ich Blomich, ohne es zu wissen, in einer Frauensache einmal einen Gefallen getan hatte. Ach Alissa, jetzt tu nicht gleich wieder, als hätte ich dir das verschwiegen. Du weißt fast alles, und da du, was du weißt, nie mehr vergißt, weißt du inzwischen viel viel mehr als ich. Durch mich zieht ja alles nur durch. Überhaupt, wirf uns nicht durch Gedächtniszähigkeit dahin zurück, wo wir nicht mehr sind. Verdammt nochmal. Uns drohen längst andere Gefahren. Wir müssen andauernd dafür sorgen, daß wir Blomich verständlich bleiben. Ihm und seinen Hauptleuten. Wenn wir ihm oder ihnen begegnen, Alissa, müssen wir so gekleidet sein, daß es ihnen recht ist. Ja! Nicht putzig, aber auch nicht nachlässig. Du hast doch auch diese Begabung, es anderen recht zu machen, so von innen heraus, wie unabsichtlich, so daß sie sich darüber freuen und dir gleich wieder Sympathie zur Verfügung stellen. Aber: wir müssen auch wissen, daß zwischen Blomich und uns Typen plaziert sind, die schwer zu befriedigen sind. Bei Blomich selbst ist es, glaub ich, das Wichtigste, daß wir nicht krank sind. Blomich mag nichts Krankes in seiner Umgebung. Also, bitte, erwähne nie ein Wehwehchen oder daß du Zwischenblutungen hast. Auch gegenüber dem Personal nichts von dem Myom, nichts von der chronischen Pankreatitis, daß das klar ist! Und wenn du in der Apotheke von einem aus dem Blomichgesinde erwischt wirst, wenn du dein *Enzynorm forte* holst, dann sagst du, das ist für einen älteren Blomich-Arbeiter, der zur Zeit seine 14 Tage Erholung hier hat, bitte! Wir sind ja selber daran interessiert, Alissa, daß wir gesund bleiben, also nützt es uns auch, wenn wir uns Blomich zuliebe immer gesünder geben als wir uns fühlen. Und werde mir bloß nicht dick, Alissa, das kann ich dir sagen, das ist Blomichs zweite Marotte, er mag keine dicken Menschen. Wahrscheinlich stammt er, denk bloß an seine Schwester Elsa, von Leuten ab, denen die Füße über die Schuhe quellen. Also laß uns fasten, Alissa, auch das ist ja unser Vorteil. Die Dürren kann er zwar genau so wenig ausstehen, weil er sie für tückisch hält. Aber dürr werden wir ja beide nicht. Und dann, bitte, keine Politik, Alissa, auch nicht in der religiösen Verbrämung, die dir so liegt. Dein Eifer gefällt Blomich überhaupt nicht, das weiß ich. Meine Gelassenheit und sanfte Furcht, das hat er gern. Merk dir das, bitte. Wie oft soll ich's dir denn noch sagen, mein Gott! Wenn du uns das hier schmeißt, kannst du uns was suchen, das sag ich dir! Also wirklich, glaubst du, ich will bloß wegen so ner überirdischen Fehlzündung in deiner Erbmasse meinen Job verlieren, den ersten Job, der mir wirklich liegt! Abgesehen davon, daß es der einzige Job ist, den ich in meinem Alter überhaupt noch kriegen kann. Straßenkehrer in Ramsegg, als lehrreiche Vorführung einer Niederlage, wa! Hab Mitleid mit meiner laryngitischen Empfindlichkeit, jag mich nicht hinaus ins Sudelwetter, laß mich doch als Heimleiter im Trockenen, wenigstens so lang wie die Relais noch funktionieren. Ewig geht das sowieso nicht, weil wir praktisch abhängig sind von der Beurteilung durch den Gegentyp. Die Leute, die heute noch dafür sorgen, daß wir Blomich verständlich bleiben, sind Leute vom Gegentyp, Alissa.

Wir leben im widrigen Element, das macht unser Dasein riskant wie das des Testpiloten, bzw. Revolutionärs.

8

Der Gegentyp ist gesünder. Das spricht für ihn. Wenn man einen von uns zwei auf Band legen könnte, dann nur ihn, bitte. Er verdient zwischen 6600 und 66 000 im Monat. Er ist gutmütig, rechthaberisch, geil, seinen Ansprüchen an seine Potenz genügt er nicht, also ist er auch böse. Morgens schläft er lange, nie schreckt er aus dem Schlaf hoch – etwa schweißgebadet. Er hat etwas Babyhaftes, Weiches, Männliches, Konservatives, er gehörte immer schon zur Avantgarde, was er 1956 sagte, hat sich bestätigt, die Verhältnisse geben ihm ununterbrochen recht, bzw. er ihnen. Er hat einen unheimlich gesunden Menschenverstand, er strotzt vor Einleuchtendem. Er rächt sich allenfalls an Frauen, die ihm Schwierigkeiten machen. In seiner Branche gehört er zur Spitze. Weltklasse. Von Jahr zu Jahr wird er mehr geehrt. Eine Karriere ohne Auf und Ab. Stetig steigend. Seit seinem 40. Lebensjahr wird er immer noch beliebter. Der Erfolg ist bei ihm nichts Äußerliches, er haftet ihm nicht nur an, sein ganzes Wesen ist ein Erfolg. Also kein Eintagserfolg, nichts Erpreßtes, nichts Überanstrengtes, nichts Hochstaplerisches, ganz und gar ruhig und gesund ist sein Erfolg. Er hat sich bewährt, das merkt allmählich auch der Dümmste. Politik liegt ihm nicht, das sagt er selber. Er ist für die SPD. Ißt aber auch gern mit der FDP und trifft sich im Urlaub mit der CDU, hat allerdings Einwände gegen die CSU, obwohl, sagt er, frech seufzend, Strauß ist schon der Intelligenteste, den wir haben. Er hat Einwände gegen Bayern. Bayern findet er schlimm. Er lebt am liebsten in Bayern. Am häufigsten trifft man ihn in Hamburg und in München. Hamburg und München sind seine Städte. Er wohnt in Blankenese und Grünwald. Stuttgart findet er nett, Frankfurt verachtet er. Er liebt seine eigene Frau, er findet sie langweilig, das findet er gesund, er wünscht sich was anderes, er erfüllt sich diesen Wunsch, er ist ja so froh, daß er seine Frau hat. Er hat kein Kind mehr als er wollte. Er hat nicht nur Buben oder nur Mädchen. Er kann ausführlich von der Zeit nach seiner Pensionierung sprechen. Er hat fast alles vorbereitet für diese Zeit. Seit Jahren baut er die Stellungen für die Freizeit aus, im Wallis, auf Sylt, an der Biscaya. Das Schlimmste wäre ein Herzschlag im Jahr vor der Pensionierung. Er will mit 55 aufhören. Einen Herzschlag hat er nicht zu befürchten, sein Vater ist 96, seine Mutter 87. Er versäumt keinen Geburtstag seiner Eltern. Die Geburtstagsreise (seine Eltern haben Geburtstag innerhalb einer Woche und feiern immer schon an einem Tag, der von beiden gleich weit entfernt ist) verbindet er immer mit einer Geschäftsreise. Er will die Eltern nicht da, wo er wohnt. Seine Schwester hat einen um 13 Jahre älteren Pastor geheiratet, der eine Karriere als Militärgeistlicher hinter sich hat und nun in seinem Rang vertrocknet und gemein wird. Er verachtet diesen Schwager. Er hat ihm keinen seiner Gedichtbände zugeschickt. Er wußte, der würde die kaufen. Er hat sich in 20 Jahren dichterischer Übung eine immer wieder verblüffende Fertigkeit im Zusammenfügen von Sprachteilen erworben. Er hat keinen Mut zu besonderen Hemden und Jacken, aber gelbe Pullover kauft er, sicher lächelnd, ohne sein Frau. Das einzige, was er seinen Eltern übelnimmt: sie hätten ihm die Mandeln herausnehmen lassen sollen, als er noch klein war. Er benutzt nie ein Flugzeug. Auf Sylt hat er seine Clique. Er ist ein Norddeutscher und ein Süddeutscher. Widerlich findet er nur die Chinesen. Er sagt aber dazu: das spricht noch lange nicht für die! Daß er raucht, paßt nicht zu ihm, er tut es aber. Seine Gedichtbände hat er von Anfang an (1955) einem Design unterworfen, das so gut war, daß er es immer noch beibehalten kann. Er kommt seines Berufes wegen viel zu wenig zum Schreiben. Das gibt allem, was er doch noch geschrieben hat, etwas Kostbares, Gerettetes. Kein Mensch weiß, in wie vielen Firmen er die Finger hat. Jetzt hat man ihn schon bei Schiffstaufen gesehen. Seine Frau trägt Schmuck, der in holländischen Büchern abgebildet und beschrieben ist. Er könnte »Christ und Welt« gegründet haben. Wenn er zwei Flaschen Weißwein getrunken hat, setzt er sich in eine Ecke und bewirft von dort aus Leute im Raum. Vielleicht hat er eine Vorhautverengung, die seine kleinbürgerlichen Eltern nicht korrigieren ließen. Vielleicht meint er das mit den Mandeln. Vielleicht kommen auch seine Gedichte von der Phimose. Er ist ein weicher Junge geblieben. Er bewirft die Leute, wenn er betrunken ist, nur mit Kleinigkeiten: mit Bierdeckeln, Streichholzschachteln, Nüssen, Mandeln. Die Aschenbecher wiegt er zwar in den Händen, wirft sie aber nie. Er hat ein wunderbares Gedächtnis. Das Gedächtnis einer Frau. Auf sein Gedächtnis kann er sich verlassen wie auf sich selbst. Er liest wahnsinnig viel. Jede Nacht liest er. Er liest Bücher aus vielen Bereichen, die nichts mit seinem Beruf zu tun haben. Dazu noch Bücher über Gartenbau und Weltraumtechnik. Seine Ruhe möchte man haben. Er hat überhaupt keine Feinde. Wäre einer sein Feind, so würde der das verheimlichen müssen. Auch sein Feind würde zugeben müssen, daß er ihn eigentlich mag. Man muß ihn mögen, das ist es, das ist es überhaupt. Mir zieht der Neid das Maul zusammen, meine Zunge liegt trocken im Bett. Was für ungesunde Überlegungen am 10. August. Um die Mittagszeit. Schon klappern die Teller. Der Speisesaal füllt sich. Der Herr Heimleiter wird gleich Guten Appetit wünschen.

9

Daß ich das nachhole (was ich verschwieg): in Schwabsoien fiel mir der Aquädukt auf, außerhalb des Dorfes kommt er einem dann als stark fließender Bach entgegen, über feinen, weißen Kies und tiefgrüne Kresse. Und schön kalt. Ich folgte nicht der Straße, sondern dem Bach. *Wasserschutzgebiet. Nicht betreten.* Ich nahm also meine Sandalen fromm in die Hand. Die Socken hatte ich schon aus dem Kleiderhelm verloren, den ich mir zum Überschwimmen des Ammersees auf den Kopf gebunden hatte. Ach nein, überschwommen hatte ich ja nur einen der vorgelagerten Seen; das gebe ich jetzt zu. Ich hatte zuerst geglaubt, es sei der Ammersee.

Im hellen Buchenwald ging ich gegen den Bach aufwärts. Plötzlich wurde das Gestrüpp dicht, wuchs über dem Bach zusammen, ich bog aus, um eine Dickichtkuppe herum, fand aber auf der anderen Seite der Kuppe den Bach nicht mehr. Da ich immer schon mal eine Quelle anfassen wollte, ging ich zurück, stieg ins tief eingeschnittene Bachbett hinunter und ging im Bachbett ins Buschwerk hinein. Ich war froh, daß nach zirka 30 Metern das Buschwerk wieder lichter wurde, meine Füße waren schon wie abgesägt von dem kalten Wasser. Was man von außen für eine Kuppe halten mußte, war eine nach Norden gewölbte Klippe, in deren Schutz der Bach als kräftige Quelle entsprang.

Da gegen die Klippe kein Durchkommen war, ging ich an

ihr entlang, immer noch aufwärts, bis zu einem höchsten Punkt. Kein Weg mehr. Aber Tannenwald mit Nadelboden zum Hinunterrutschen. Auf der Talsohle angekommen, hätte ich wieder auf der Gegenseite hinauf müssen; auch diese Erdfalte verlief ja von Süd nach Nord, und ich mußte nach Westen. Aber mich irritierte, daß diese Falte nicht von Süd nach Nord, also aus dem Gebirge abwärts ins Ebene, fiel, sondern umgekehrt. Ich kletterte nicht gegenhangaufwärts, sondern trottete dem widersinnigen Gefälle nach. Abwärts und gebirgseinwärts. Das konnte doch nur mit Wasser enden. Wahrscheinlich ein Felsbecken mit Zufluß vom Gebirge her und einem unterirdischen Abfluß in die Ebene, der dann dort gleich als Wasserfall zutage trat. Das Gelände wurde immer felsiger. Gerade, als wäre ich aufwärts gegangen. Die Talseiten links und rechts wurden steiler, manchmal berührten sie einander fast über mir. Keine Tannen mehr, sondern dickblättrige Büsche und blassere Blumen. Wo immer eine Handbreite waagrecht war, wucherte es grün. Die Felswände schienen feucht zu sein. Die Gesteinsschichten lagen übereinander wie die Seiten der Legende meiner Mutter. Plötzlich stand ich an einer Art Pforte. Die Schlucht hatte einen Knick. Ich mußte mich fast durchzwängen. Danach waren die Schluchtwände noch steiler, aber auch etwas weiter auseinander, weil die linke Wand zurücktrat. Und den Platz, der so entstand, nahm eine Felsmulde ein. Voller Wasser. Vollkommen klares Wasser in einer aprikosenfarbenen Gesteinsschale. Am Rand ein paar Quadratmeter wilde Vegetation. Jetzt erst fiel mir auf, wie warm es war. Ich schwitzte. Also rasch die Kleider runter und hineingerutscht in dieses allerschönste Becken. Das Wasser war nicht so kalt wie der Bach droben. Ich lag auf dem Rücken im Wasser und dirigierte mich dahin, wo das Grün begann. Zwischen den Büschen hockte ein Frau, nein, ein

Mädchen, nein, ein Kind. Gehört hatte sie mich offenbar nicht. Aber als sie mich sah, stand sie auf. Ganz leicht. Zirka dreizehn. Nackt. Lange Haare. Auch unten hing ein dünner Geißenbart. Soll ich sagen, die sei mager gewesen? Nein. Wirklich nicht. Eben diese allerhöchste Bresthaftigkeit der Zwölfjährigen. Dreizehn ist natürlich reiner Quatsch. Zwölf. Keinen Tag älter als zwölf. Sie stand ein wenig weggewandt, schaute mich aber immer noch an. Ihre Lippen schälten sich. Das ist es ja, die haben immer einen viel zu großen Mund. Mund und Füße sind ihnen voraus. Praktisch schon fertig. Die jetzt noch viel zu großen Zähne standen in bockiger Unordnung. In der Stirn blühten Aknerosen. Ihre langen dünnen Arme lagen links und rechts auf Büschen und wurden von viel dünneren Zweigen getragen. Ich kraulte zurück, zog die Hose an und kam auf dem Landweg in ihren grünen Hain. Als sie mich angezogen sah, kriegte sie deutlich Angst. Wie unter Hypnose zog ich die Hose wieder aus. Sofort war die Angst weg. Möglich, sie hat was Schlimmes erlebt mit einem, der Hosen trug. Sie ging tiefer in die Büsche. Ich folgte ihr. Ins grüne Lager. Vom Wasser gehöhlte kleine Steinschalen auf einer Steinplatte. Und alle Schalen voller Himbeeren und voller . . . ja, was waren denn das? Die probierte ich zuerst. Größer als Heidelbeeren, aber gelb bis rot und eine etwas fleischigere Haut. Ein Geschmack wie ganz frische, sozusagen ganz scharfe Mirabellen, ein hoher Vereinigungsgrad von süß und sauer. Die Himbeeren waren blaß, aber süß. Und von allem hatte sie Pfunde. Da aßen wir zuerst einmal eine Stunde lang. Danach hatte sie ein richtiges Lukas-Cranach-Bäuchlein. Ich sagte, ohne zu überlegen: Ich wette, du heißt Genovev. Da sie ja aus der Gegend sein mußte, strengte ich mich nicht an, d. h. ich ließ mich auf der ersten Silbe betonen. Sie schälte wieder die Lippen von ihrem gewaltigen Zahngehäuf. Also Zähne hatte sie, die aussahen, als müßten sie ihr schwer werden. Sie sagte nie was. Ich hörte dann auch auf. Das schaffte sie durch ihr Schweigen. Ich hielt es einfach auch nicht mehr für nötig. Bei ihr fiel es von Anfang an überhaupt nicht auf, daß sie nichts sagte. Als es dunkel wurde und sie sich aufs halbmeterhohe Grasbett legte und ich nur am Rand Platz nehmen wollte, boxte sie mich allmählich dahin, wo sie fand, daß ich liegen müßte. Es wurde überhaupt nicht kühl. Aber sehr schnell war es dunkel. Dadurch kam es zwischen uns zu Berührungen. Aus Versehen. Zwischendurch langte sie wieder in die Büsche über uns, holte Blätter, zerrieb die an sich oder an mir. So würzte sie uns. So schliefen wir ein. Sie stand im Wasser, als ich aufwachte. Frühstück mit Beeren. Dann suchte sie in meinen Kleidern, fand den Kamm. Ich rekognoszierte.

Als ich Genovev verließ, hatte ich ganz von selbst den totalen Ausländerhabitus beibehalten, hatte sie an den Haaren genommen, hatte mit dem Zeigefinger der anderen Hand dreimal direkt auf sie zugestochen, dann dreimal eben so scharf senkrecht in Richtung Boden, sie nickte mit einem Lächeln, das so genau war wie ein Satz mit vier Nebensätzen. Sie würde hier bleiben, bis ich wiederkäme, auch wenn das lang dauern sollte, sie habe ja den Kamm. Und sie kämmte sich noch, als ich gegen Mittag zurückkam. Das Aquariumslicht, das hier unten meistens herrschte, wurde für fast 2 Stunden von der direkt hereinfallenden Sonne zerrissen. Mit wenig Bewegung konnte man sich fast 2 Stunden in der Sonne halten. Wir lagen da, rollten weiter, lagen wieder. Ich mußte mich andauernd davon abhalten, sie zu beriechen. Dann badeten wir wieder. Dann kletterten wir zu den Himbeeren hoch und pflückten meine Ammerschilftasche voll und die 2 Blättertaschen Genovevs. Dann kletterten wir noch an den Felsen herum ohne Sinn und Zweck. Verfolgten einander. Ich kann mir ziemlich gewandt vor. Dann sprangen wir von einer Felsleiste weit hinaus und hinunter in unser Becken. Ich jodelte. Dann sang ich: *Im schönsten Wiesengrunde, steht meiner Heimat Haus, da zog ich manche Stunde ins Tal hinaus, dich mein stilles Tal, grüß ich 1000 mal, da zog ich manche Stunde ins Tal hinaus.* Ich schaute immer mal rasch hin zu ihr. Mein Gesang beeindruckte sie nicht. Das tat mir ein wenig weh, andererseits stieg meine Achtung vor ihr. Sie ging vor mir in unsere grüne Zelle zurück. Als ich kam, reichte sie mir ein Schale mit einem Brei aus Blättern und Früchten, den ich mir, sie imitierend, mit beiden Zeigefingern in den Mund strich. Und dann leckte man noch die Schale sauber. Ich schüttelte den Kopf, um ihr zu sagen: ja, ist das denn die Möglichkeit. Sie streckte ganz rasch ihren Arm aus und fuhr mir mit einer starren Hand durchs Haar.

Ich fühlte mich aufgefordert, etwas zu antworten. Ich konnte natürlich nur sprechen. Also erzählte ich ihr meine Geschichte. Du, Alissa, bist noch nie in einer Version meiner Geschichte so gut weggekommen wie in dieser. Dich, die Kinder, uns alle konnte ich plötzlich darstellen als einen lieben und schwerwiegenden Verein. Und das Wunderbare – ach ich wußte es doch, daß man ihr so kommen konnte – sie begriff es, sie weinte, Alissa, lange und lautlos weinte sie, und ich erzählte, denk einmal. Sie saß jetzt yogahaft oder buddhahaft. Den Diamantsitz nennt's, glaube ich, Drea. Da Genovev nackt war, denk doch, öffnete sich ihr unbedarftes Geschlecht zu einer gotischen rosaroten Grotte mit Heiligtum. Plötzlich verstand ich auch, warum unsereins die geschändeten Mädchen auch noch gleich umbringen muß. Das Auffallendste an ihrem Weinen war das viele Tränenwasser und die Lautlosigkeit. Dann hörten wir die Trompete. Ich hörte sie, glaube ich, zuerst. Ich sprang auf. Sie schaute noch mich an, dann stand sie auch. Das bekannte Bild: Reh am Waldrand mit gedrehtem Kopf und kreisrunden Augen, das Geräusch ist bemerkt, aber die Herkunft noch nicht ganz geortet, der rechte vordere Lauf schwebt schon eine Handbreit überm Boden. Jetzt Rufe. Sehr weit entfernt. Sie erreichten uns nur als Hall. Die Trompete war deutlicher gewesen. Eine einfache Feuerwehrtrompete. Zwei Töne auf- und abschwellend. Sehr gezogen. Eher klagend. Ich bedeutete Genovev, sie möge sich nicht mehr rühren. Die Rufe! Kamen sie näher? Ich horchte. Plötzlich rannte Genovev weg. Verschwand in den Büschen. Ich rannte einfach hinterher. Sie rannte in die falsche Richtung, schluchtaufwärts, nach Norden, den Geräuschen entgegen, und viel schneller als bei unserem Spiel. Ich schrie: Genovev. Aber sie rannte so schnell, daß ich meinen Atem sparen mußte. Ich mußte sie wieder kriegen. Das ging nicht, daß die so auftauchte und gleich wieder verschwand. Sie setzte in großen Sprüngen den felsigen Weg hinauf. Wenn es über Absätze und Blöcke ging, sprang sie wie mit Händen und Füßen zugleich. Als links und rechts die Talwände allmählich Tannen erlaubten, bog sie plötzlich scharf rechts ab und zog sich an Stämmen steil hinauf. Ich kam und kam ihr nicht näher. Aber wir beide kamen der Trompete und den Stimmen näher. Zu nahe schon. Da war dann wieder die Klippe, der höchste Punkt, sie huschte drüber weg, ich wagte es nicht, sie verschwand, ich robbte vorsichtig weiter, ich war ja nackt. Plötzlich ein Hallo, ein Gejohle, wildes Trompetenblasen, ich ließ das Gesicht auf den Nadelboden sinken, blieb liegen, schreckte hoch, rannte, rutschte wieder abwärts, die konnten ja kommen. Ziemlich blutig und immer noch aus Ellbogen, Knien, Füßen, Schultern, Schenkeln blutend, kam ich in Genovevs Lager an, kühlte meine Wunden im Wasser, legte mich quer auf ihr Grasbett und zerrieb wütend die würzigen Blätter und ließ mich auch lautlos weinen.

10

Ich erschrecke, noch beim Aufschreiben erschreck ich, wenn ich an diese Lichtung komme. Zitternd hielt ich mich unter den Bäumen und starrte hinaus in die mondhelle Lichtung, Wenn ich, unachtsam, hinausgestolpert wäre! Mein Verbergensbedürfnis nahm immer noch zu. Am liebsten wäre ich nicht in jede kleine Bachschlucht, die vom Gebirge her landauswärts führt, hinuntergeklettert und drüben wieder rauf, sondern wäre drunten im Bachbett eng am Bach entlang bachaufwärts gegangen. Aber ich durfte ja nicht in den Falten der Berge verschwinden, ich mußte einen Weg zurücklegen. Denken darf ich, was ich will, aber ich muß ankommen. Wenn Blomich bei seinem Telephongespräch, das er jeden Abend stundenlang mit München führt, durch den Mund dieses oder jenes Doktors erfuhr, wie ich mich in München benommen hatte, mußte ich ihm unverständlich werden. Das konnte ich nicht mehr verhindern. Es war sowieso Irrsinn, zu glauben, ich könnte Blomich für immer täuschen. Und doch, drei Tage völliger Ruhe, tiefen Schlafs, und ich traute es mir wieder zu. Aber selbst wenn ich aus seinem Verständnis fiel, dir, Alissa, mußte ich verständlich bleiben, sonst war ich geliefert. Ich war lichtscheu. Ich hatte das Gefühl, daß keine Sonnenbrille der Welt meine Augen so schützen konnte, wie sie geschützt sein wollten. Dir kann ich das sagen, Alissa. Selbst die Nächte waren mir noch zu hell. Ich sah prima. Ich stolperte über keinen Ast. Nicht im tiefsten Wald. Meine Augen waren so scharf geworden, also auch so empfindlich. Von den Heidelbeeren vielleicht. Ich mußt nachts gehen, und auch nachts nur in den Wäldern. Möglichst in den Wäldern. Lichtungen umging ich. Straßen und unumgehbare Schneisen überquerte ich kriechend oder mit den schnellsten, weitesten

Sprüngen, die mir möglich waren. Ich glaube, der Schein-
werferstrahl eines Autos hätte mich zur Zeit töten können.
Die größte Versuchung für mich waren Höhlen. Ein paar
Mal schon hatte ich mich, allerdings mit den Füßen voran,
in Fuchsbauten eingelassen, so weit, daß mir das Moos zur
Halskrause wurde. Weiter hinein durfte ich nicht, weil ich
sonst jeden Sinn für die Fortsetzung der Reise verloren
hätte. Am liebsten hätte ich meinen Heimweg in etwa
800 bis 1200 Meter Tiefe verlegt. Dort stelle ich es mir
warm vor, geräuschlos und halbwegs dunkel. Aber vielleicht wäre es dort so einlullend, daß man gar nicht mehr
gehen möchte, man bliebe einfach liegen. Und das soll man
ja nicht. Also vorwärts, vorwärts, ihr schweren Beine, ihr
bleiernen Füße, vorwärts.

11

So geschah es, daß ich in der hellen Sonne erwachte, mitten
zwischen den Kühen. Die lagen schon in ihrer Sphinxposi-
tion und ließen die Mägen arbeiten. Also war es 10 vorbei.
Immer schon habe ich Kühe beneidet. Wo noch sind Pflicht
und Neigung so harmonisiert? Da konnte ich nicht bleiben.
Fern auf der Anhöhe ein Dorf. Ich kam hin: Sachsenried.
In einem Trog erfrischte ich mich. Im Gasthof *Zur Arche*
trank ich 2 l Milch. Ich saß am runden Tisch unter der riesigen Tafel zur Erinnerung an die toten Sachsenrieder des 1.
Weltkrieges und der kleinen Tafel zur Erinnerung an die
toten Sachsenrieder des 2. Weltkrieges. Auf der kleinen Tafel hatten sie mehr Namen und Ovalfotos untergebracht als
auf der großen. Die große Schautafel war ein verglaster und
gerahmter Vordruck. Zwischen blaugrauen Vasen, Schwer-

tern, Rädern, Geschützen und Walstattweibern die toten Hiesigen. Für den 2. Weltkrieg war so etwas nicht mehr angeboten worden, diese Schautafel hatten sie selber machen müssen. Mit mir saßen noch 6 Belgier und Belgierinnen im Lokal. Die junge Frau, die bediente, war im 9. Monat. Ich hatte das Gefühl, daß es Montagvormittag sein müsse. Dann ging ich auf Kaufbeuren zu. Folgte aber schon bald einem Schild, das nach Süden zeigte, so kam ich nach Kraftis. Wo die Brunnen ewig überfließen. Ich hatte schon wieder Hunger. Ich ging in den *Bären*. Wieder eine so junge Bedienung im 9. Monat; als wäre ich im Kreis gegangen. Aber es gibt natürlich viele Bedienungen im 9. Monat. Tröstete ich mich. Ich aß mehrere Würste unter dem Foto eines Buben, der herunterblickte auf das Gedicht, das da mit Tusche in gotischen Buchstaben unter ihm schön geschrieben stand:

> *Unser lb. Hansl*
> *Du zogst hinaus mit mut'gem Herzen*
> *Und hofftest auf ein Wiedersehn*
> *Do um so größer sind die Schmerzen*
> *Da dieses nicht mehr kann geschehn*
> *Du warst so gut und starbst so früh*
> *Wer dich gekannt, vergißt dich nie*
> *Gef. am 5. März 1943.*

Das fehlende *ch* beschäftigte mich noch lange. Sollte ich das der Patterson-Agentur mitteilen? Die könnten damit ganz schön was anfangen. Ein fehlendes *ch*. Hätten die mich besser behandelt bei Patterson. Ich gönnte denen das Schwarze unterm Fingernagel nicht. Jahre meines Lebens! Für ein Butterbrot. Ich erschrak selbst, als ich mich zur Bedienung quer durchs leere, nur von Fliegen summende Lokal sagen hörte: Glauben Sie, daß man hier irgendwo Arbeit kriegen kann? Hochdeutsch fragte ich. Ja, draußen, bei der Fatix. In einer ehemaligen Kiesgrube vier Hallen und eine solide Baracke. Ich instinktiv zur Baracke hin. Das hatte ich doch irgendwo gelesen an der Hauptstraße, daß die hier Leute suchten für sofort. Und sofort hatte mich die Geldgier gepackt. 5.15 die Stunde. 10 Stunden pro Tag, das wären 51.50 Mark. 10 Tage, das wären 515 Mark. 20 Tage, das wären 1030 Mark. 30 Tage, das wären 1545 Mark. Viel Geld. Wenig Geld. Geld. Ich wollte mindestens 1000 Mark heimschicken. Weil ich nicht anrief. Keine Karte schrieb. Ich konnte mich einfach nicht melden, Alissa. Der junge Personalchef sah an meinem grauen Bart hin und her. Da ham's aber ein Glück, Opa, durch eine Tragödie sind uns nämlich gerade 5 Türken verbrannt, samt ihren Familien, 14 Türken insgesamt, hamses scho gsehe den Aschenhaufen drin im Dorf, weil die ja mit dem Feuer umgehn wie d' Sau, in so einem ausbauten Stadel, verstehens, so ein dürres G'lump, was ihnen so ein christlicher Bauer, dem der Staat an Aussiedlerhof nachwirft, für Luxuspreise vermietet, nachdem er ein paar Spanbretter einzogen hat und ein paar alte Gasherde reing'stellt. Schreiben könnens? Und gleich weiter, wohl weil ich aufmümpfte: Was wollens denn, durch die Ausländer ist heut schon praktisch jeder 2. bei uns ein Analphabet, was nicht heißen soll, daß ich Sie für einen Ausländer g'halten hab, entschuldigens schon, ja?! Er lachte laut und herzlich und kam näher und legte mir seine sportbraune Hand landsmannschaftlich auf die Schulter. Meldens Ihnen drüben in EmBeZwo beim Meister Ellenrieder. Ich wurde an einen kleinen Amboß gestellt, daneben eine Kiste mit Aluminium-Manschetten, daneben eine Rolle Drahtseil, 3 mm, daneben eine Meßlatte, daneben eine Stahlschere und ein Hammer, daneben ein Kistchen mit Eisenringen, die außen eine Nut hatten. Ich mußte 6 m lange Drahtseilstücke abschneiden und jeweils an beiden Enden so einen Ring einspleißen, also: ein Ende Drahtseil durch eine Alumanschette führen, das Ende Drahtseil um einen Eisenring legen, das Ende wieder durch die Manschette zurückführen und dann die Manschette zusammen klopfen. Am 2. Tag ließen sie mich das im Akkord machen. Als ich nachrechnete, war ich auf knapp 3 Mark die Stunde gekommen. Meister Ellenrieder schickte mich in die Baracke. Der junge Herr war gerade am Telephonieren. Er winkte mir freundlich zu, sprach aber weiter. ... neinein tüschtisch schon, da war nur ein komische Zwischenfall, der is nie ganz 'klärt worde, er hat schonn Vertrasch g'habt, mußte dann aber wieder z'rück, aber tüschtisch is er... na ja, natürlich, sieht aus wie so'n italiänischee Zuhältee, so'n superschlauee, trotzdem isch halt'n schon für ehrlich, er war auf jeden Fall der beste unter däne, die isch je aus der Eck g'habt hab, gern g'schäh. Vorgestern hatte er eher bairisch-schwäbisch gesprochen, am Telephon sprach er jetzt hessisch-pfälzisch. Mir gegenüber kehrte er, als erinnere er sich an seinen sound von vorgestern, zum Bairisch-Schwäbischen zurück. So, Opa, san mir wieder da. Keine Angst, mir finden schon was für dich, schließlich kannst du ja lesen und schreiben. Und lachte noch lauter. Am 3. Tag saß ich dann an einem Fließband, das mir kleine Kunststoffchassis zuführte, an die ich Kabel, solche in gelben und solche in blauen Isolierungen, löten mußte. Die Kabelstücke hatte jeder an seinem Platz. Zwischen 2 Plätzen führte eine Rutsche auf ein anderes Band; jedes fertige Chassis rutschte auf dieses Transportband und damit fort aus unserem Raum in einen anderen Raum, zu anderen Händen. Jeder hatte an seinem Platz noch einen Zähler, der aussah wie ein Kilometerzähler. Und dazu eine Taste. Nach jedem Chassis, das man der Rutsche anvertraut hatte, durfte man die Taste drücken, so daß der Meister Ellenrieder dieser Abteilung, er hieß Enzensberger, abends an den Zählern entlanggehen konnte, um die Produktionsziffern pro Platznummer aufzuschreiben. Die Chassis müssen aber irgendwo anders auch noch gezählt worden sein, weil Meister Enzensberger jeden Morgen hereinkam und bekanntgab, wieviel Chassis bei uns getippt worden seien und wieviel Chassis tatsächlich auf dem Transportband unseren Saal verlassen hätten. Die zuviel getippten Chassis wurden auf alle umgelegt und so jedem an seiner Chassiszahl abgezogen. Es konnte also sein, daß man 92 Chassis gelötet hatte, aber es wurden einem 3 oder 4 Chassis abgezogen, weil an diesem Tag von 111 Beschäftigten 377 Chassis mehr getippt worden waren als den Raum verlassen hatten. Jeden Morgen erhob sich ein Murren, wenn Meister Enzensberger diese Zahl bekannt gab. Die ersten Stunden überwachte jeder seinen Nebenmann, aber dann ließ die Kraft nach. Schließlich mußte man sich ja auf seine Arbeit konzentrieren. Wahrscheinlich gab es Gruppen, die einen abschirmten, der munter drauflostippte und später den Schwindellohn in der Gruppe verteilte. Irgendwie hielt man jeden für einen Betrüger. Deshalb herrschte immer eine Spannung im Raum. Vielleicht hielt die die Leute am Band wacher als es Kaffee und Lautsprecher konnten. In den Pausen saßen viele einzeln und redeten nicht. Feindselig beobachteten sie die paar Grüppchen. Das waren die Betrüger. Aber wie in eine solche Gruppe hineinkommen? Die lachten und blödelten und ließen keinen an sich ran. Während der Arbeit lief ununterbrochen ein Tonband. Eine 5 Tage dauernde Erzählung. Natürlich immer wieder Musik dazwischen. Auch die Erzählung war aufregend. Viel direkte Rede: *Mach mir doch mal den Reißverschluß auf, sagte sie mit einer Stimme, die vor Erregung fast heiser war. Sie drehte sich um, hob die Arme. Bei jeder Bewegung klingelten ihre Armreife. Ich griff nach ihr. In diesem Augenblick ging sie noch etwas in die Knie, holte meinen Kopf zwischen ihre Arme und preßte meinen Hals zusammen, noch einen*

Ruck, ich verlor das Bewußtsein. Als ich wieder zu mir kam, spürte ich, daß mir jemand einen nassen Lappen über die Augen gelegt hatte. Ich wollte den Lappen wegziehen, konnte aber meine Hände nicht bewegen. Also versuchte ich, etwas zu sagen. Ein Krächzen gelang. Der Lappen wurde weggezogen. Ich lag nackt und gefesselt auf einem Lederbett. Sie saß neben mir. Sie rauchte. Jetzt hatte sie nur noch ein wenig Zierwäsche an. Ich grinste. Sie grinste auch. Ich schnappte nach ihr. Das war natürlich hoffnungslos. Sie beugte sich über mich und streifte mit ihrem Mund durch meine Brusthaare. Dabei berührte sie nirgendwo meine Haut, nur die Haare. Ich zerrte an meinen Fesseln. Agnes, sagte ich, bitte. Sie schlug mir ins Gesicht. Mit der Faust. Direkt auf die Nase. Ich spürte, daß mir das Blut aus der Nase lief. Sie tauchte ihren Zeigefinger in mein Blut und malte damit zwei Herzen auf meinen Oberschenkel! So wenigstens fühlte es sich an. Jetzt hörte ich ein Geräusch. Ein Motorboot. Es kam näher. Sie sprang auf und rannte ans Fenster. Dann streifte sie die letzten Wäschestückchen von sich und ging hinaus.

An solchen Stellen setzte meistens die Musik wieder ein oder es war Essenspause oder Feierabend.

An einem Mittag reichten sie in der Kantine ein Zeitungsblatt herum: *Mit der Familie in den Tod gegangen.* Der Fatix-Fabrikant hatte seine 2 Söhne (11 und 15) mit der Pistole erschossen; seine 2 Töchter (6 und 13), seine Frau und sich hatte er mit Cyankali in Himbeersirup vergiftet. In der Zeitung stand, die Tragödie sei entdeckt worden, weil Miki, der Langhaardackel des Fabrikanten, blutend durchs Dorf gerannt sei. Ihn hatte sein Herr offenbar nicht richtig getroffen. Durch eine offenstehende Kellertür sei man leicht ins Haus gelangt, habe die Familienmitglieder herumliegend gefunden, aber für menschliche Hilfe sei es schon zu spät gewesen. Da die Villa über dem Dorf auf einem Hügel liege, sei es für die Nachbarn nicht verwunderlich, daß sie keine Schüsse gehört hätten. Als Motiv für die furchtbare Tat vermute man, auf Grund eines Abschiedsbriefes, Schwierigkeiten geschäftlicher und privater Natur. Und aus eben diesem Brief müsse man entnehmen, daß die 37jährige Frau des Fabrikanten mit der Tat ihres 56jährigen Gatten einverstanden gewesen sei. Miki sei übrigens außer Lebensgefahr. Abends ging ich in die Wirtschaft. Natürlich nur *ein* Thema. Ich saß zwischen Italienern. Eine Deutsche an unserem Tisch hatte eine geblümte Bluse an, aber den 3. Knopf von oben hatte sie nicht geschlossen. Einen Büstenhalter trug sie auch nicht. Da die Diskussion sehr rege war, konnte ich in Ruhe von der Seite eine Brust dieses Mädchens betrachten. Diese Brust war ziemlich gut beleuchtet, weil die Bluse lichtdurchlässig war. Aber ein bißchen im Schatten war sie schon. Verglichen etwa mit dem Gesicht dieses Mädchens. Man kann vielleicht sagen, daß diese Brust sich in einem stimmungsvollen Zwielicht befand. Es war eine schöne Brust. Eine Brust, die ruhig ins Land hinausschaut. Eine besinnliche Brust eben. Eine Brust eben, mit der man gerne Bekanntschaft schließen möchte. Man möchte gern der Freund werden dieser Brust. Am Morgen sollte sie sagen: Ich werde den ganzen Tag auf dich warten. Und abends: Endlich bist du da. Das Wichtigste an dieser Brust war sicher, daß sie in ihrem schummrigen Blusenraum besonders nackt war. Ich konnte natürlich nicht ununterbrochen hinschauen. Dann hätten ja alle bloß noch dahin geschaut. Aber so oft als möglich schaute ich schon hin. Das Mädchen wurde an den runden Tisch geholt von einem jungen Kerl. Die Italiener murrten zwar, aber sie taten nichts dagegen. Deshalb ging ich auch nicht mit den Italienern zurück in unser Quartier. Ich hatte die Nase voll von diesen Italienern. Sich ein solches Mädchen ausspannen zu lassen. Ich setzte mich, als die Italiener gingen, auch an den runden Tisch. Ich setzte mich so, daß ich wieder in die Bluse sehen konnte. Bald nach Mitternacht beschlossen die jungen Leute am runden Tisch, nach Schongau zu fahren, in eine Bar. Bitte, ich war dabei. Wenn ich auch mal was bezahlen dürfe! Darfst du. Also, 2 Autos und zirka 9 Personen. Die mit der Bluse vorne rechts neben dem Fahrer, aber wenigstens im gleichen Auto. Es regnete wahnsinnig. Die Bar in Schongau war noch offen. Sie gehörte zu einem Hotel am Stadtrand. Ich lud mal alle ein. Gleich sagte mir jeder seinen Namen. Das Mädchen hieß Angi. Sie sagte aber ihren Namen nicht selbst, sondern einer, der sich als Helmut vorgestellt hatte, sagte, das sei Angi. Ich stellte mich vor: Anselm O. Kristlein. Noch nirgends hatte ich mich so vorgestellt. Auch nicht in den amerikanistisch gesonnenen Kreisen meiner Patterson-Zeit. Ich habe überhaupt keinen Vornamen mit O. Aber in diesem Augenblick gebar sich einfach ein O mitten aus mir heraus. Angi und Anselm. Hatte sie wenigstens das bemerkt? Draußen ging ein Gewitter nach dem anderen nieder. Ich ließ keinen mehr zu Wort kommen. Während ich redete, empfing und testete ich andauernd die mimischen Reaktionen von allen und fütterte mich sofort mit dem Ergebnis und lenkte mein Reden in eine allen noch willkommenere Richtung. Milchwirtschaft, Grüner Plan, der Aberglauben der Almhirten, Bergsteigen. Dabei blieb ich vorerst. Das war offenbar allen das liebste Thema.

Also, sagte ich, das war so: Eine mit Schnee gefüllte Felsrinne, der von oben hereinhängende Fels zwingt zum Kriechen, dann ein steiler Kamin mit winzigen Griffen, erneut eine Rinne, so steil, daß ich, um mit Purtscheller zu sprechen, das Seil *entfaltete*, die Sonne sengt, die 25 cm dicke Schneedecke ist weich, bei jedem Versuch, eine Stufe herzustellen, gleitet der Schnee ab, auf dem Fels nur schwach angefrorene Eisplatten, also auch kein Halt, Neigung 55

Grad, also ganz langsam Schnee zusammenstampfen, den eisenbewehrten Fuß unendlich langsam aufs Eis setzen, sich noch langsamer hinaufschieben, das, was Robert Hans Schmitt sich *hinaufheucheln* nennt, dann die Rinne mit morschem Gestein, dann Ehrenmitglied des Londoner Climbers Club, weil die Grande Rocheuse noch keiner über den Westgrat gemacht hat, n'Steinmann gemacht, 4103 m, Viertelstunde droben geblieben, auf'm Grat übernachtet, Leberpastete plus Himbeerwasser, Abstieg, der Anblick der Wand und der unter ihr ins Bodenlose abschießenden Firnhalde, gleich das Gesicht zur Wand, Öffnen des Rucksacks, Haken raus, Einschlagen, Einfädeln, Anbinden des Rucksacks, Ablassen des Rucksacks, dann Schritt für Schritt in die Kerben von gestern, noch 2 Haken in die furchtbar steile Halde, endlich zurück bei den Lawinenblöcken, 3400 m, fröhlich hinunter über den knochenbleichen Gletscher ins Harmlose. Die Buben glaubten es mir, glaub ich, aber, Menschenskind, Angi gähnte. Klar, die war vom Fernsehen verdorben. Sofort ließ ich durchblicken, daß ich schon mal einen erschossen hätte. Aber darüber könne ich Näheres nicht sagen. Nur soviel: ins Ohr und in den Hals. Und alles tauchte auf wie das große Couloir, das Band, die Rinne, die abschießende Halde. Angi gähnte nicht mehr. Aber sie kuschelte sich jetzt an Helmut. Da sie nicht rauchte, bot ich ihr einen Kaugummi an. Abgelehnt. Ich schilderte die Umstände, die in mir die Meinung erzeugt hatten, mir sei nur noch durch einen Mord zu helfen. Es handelte sich um Geld und Haß. Was fast das gleiche ist, sagte ich. Das war wahnsinnig anstrengend. Ein Satz daneben, und alle würden gähnen. Und die Brust, um die's ging, sah ich überhaupt nicht mehr. Ich mußte sie mir vorstellen. Der nach oben stehende kleinste violette Turm. Red kein Schmarren, sagte ihr Helmut. Keiner glaubte mir den Schuß in den Hals des reichen Mannes, dem dann die Blutfontäne 50 cm hoch aus dem Nacken gestiegen sei. Helmut aber, Capo auf dem Bau, aber auch Skispringer, hatte einmal von Gunther Sachs ein Angebot: 80 000 Mark, wenn er von der Spitze des Sass Pordoi, 3115 m, springe. Für einen Sachs-Dokumentar-Film. 150 m steile Anfahrt, kleine Schanze, und hinaus über die senkrechte Wand des Sass Pordoi, Ski abwerfen, Fallschirm entfalten und 500 m runterschweben und landen. Und dabei an einem Fuß die laufende Kamera. Helmut hätte die 80 000 brauchen können. Er fuhr in die Dolomiten, schaute sich alles an. Dankte. Der 23jährige Norweger Johann Frederik Tharaldsen wollte sich die 80 000 verdienen. Der liege jetzt aufm Friedhof von Canazei. Am Pfingstsamstag hab er's probiert. Aber anstatt um 7 Uhr in der Früh sei der Depp erst gegen 10 Uhr gesprungen. Da sei der Schnee schon zu weich gewesen, der Schwung zu klein. Was von dem bliebe ischt, hoscht praktisch in an Kübel fülle könne.

Mensch, 80 000, dös wär's. Mit eim Sprung.

Klar, Mensch.

An eim Vormittag, verstehst du.

Von 7 bis 8, 80 000, nicht schlecht.

Da wärscht ein g'machter Mann.

Vor'm Frühstück praktisch, 80 000, nicht schlecht.

Der Sachs hat's ja wie Heu.

Der scho.

Sonscht könnt er das ja nicht bezahlen, 80 000 für uin Sprung.

Also schlecht bezahlt ischt das nicht, für uin Sprung: 80 000.

Nein, da kann man nix sagen.

80 000, das sind ja fascht 100 000.

Genau.

Also i könnt's brauchen.

I au.

Was tätscht jetzt au du mit 80 000?

Das werd' i grad dir auf d'Nase binden, i sag nur, braucha könnt i's.

80 000 könnt jeder braucha.

Der Gunther Sachs nicht.

Red doch net, der ganz genau so.

Eben net, sonscht tät er's ja net anbieten für uuuin Sprung, Blödel, überleg doch mal, das ischt doch ganz logisch.

Jetzt möcht i bloß wissen, wer der Blödel ischt, du oder i?!

Bin vielleicht i schuld, daß du den Unterschied zwischen dir und dem Sachs nicht siegscht.

Natürlich sieg i den, wellaweag sag i, der kann 80 000 genau so brauchen wie du und i, sonscht gäb er ja 160 000 oder 240 000, das ischt doch klar, oder net?

Jetzt schau bloß den Aff aa, also so ebbas vo hirnrissig ischt mir noit grad unterkomma, also den hat doch glatt d'r Daifel aus d' Millbutte verlore.

Jetzt hosch es aber nah beianand, dös waischt scho, gell.

Wieso? Witt uine? Bruuchsch es bloß z'saga, no hoscht glei uine.

Wer uine hot wemm'r denn scho seha.

I sag bloß: obacht, sus kunnt's sei, du fangscht uine.

Wer uine fangt, wemm'r denn scho seha.

Und zwar belder als muinsch.

Dös wemm'r denn scho seha.

Seddige wia di lass i nämlich am uusgschtreckta Arm vahungara.

Wemmar vahungara long, wemm'r denn scho seha.

Da fing er eine. Schlug zurück. Der Wirt wollte die trennen. Aber sie rollten schon eng umschlungen auf dem Boden, lagen dann halb unter einem Tisch, eng umschlungen, in einander verbissen, verkrallt, kaum noch eine Bewegung, nur ein einträchtig tönendes Prusten, Schnaufen, Stöhnen.

Der Wirt schrie jäh: Polizei! Da sprangen sie auf. Helmut blutete aus der Nase, der andere rieb sich den Kopf und verließ das Lokal. Angi gähnte nicht mehr.

Ezz abr g'noot hui, sagte Helmut. Wir folgten. Es gelang mir, wieder in Angis Auto zu kommen. In den Kurven hielt ich mich am Vordersitz. Die Fliehkraft drückte mir Angi gegen die Hände. Aber der Fahrer fuhr mit einer Hand, die andere hatte er irgendwo bei ihr. Und sie war auch durch so eine Armstrebe schräg mit ihm liiert. Der Fahrer fragte gähnend: Wo magscht raus? In Kraftis, sagte ich. Scho, aber wo? An der Alten Käserei, sagte ich. Ach so, wohnscht du bei d' Katzelmacher? Ja, sagte ich. Ja, den schaug o, sagte einer. Weder er noch sie schaute sich um, als ich ausstieg. Sie schauten gerade aus. Sie fuhren weiter. Meine Italiener öffneten nicht, so sehr ich auch pfiff und klopfte. Ich legte mich also auf eine alte Holzrampe und preßte mich an die Hauswand. Halb im Regen liegend, rechnete ich nach: etwas um 98 Mark hatte ich in dieser Nacht ausgegeben. Für das Betrachten dieser Brust. Am Abend ging ich gleich wieder in die Wirtschaft. Aber Angi tauchte nicht mehr auf. Dafür fiel mir eine Zeitung in die Hände, in der zu lesen war:

Mißbrauch einer Behinderten.

Der vereinten Hilfsbereitschaft der Bewohner mehrerer Dörfer, der Freiwilligen Feuerwehr und der Landespolizei ist es endlich gelungen, am Montagabend die seit Tagen vermißte Alma T. wieder aufzufinden. Das Mädchen, das zu einer Gruppe geistig behinderter Kinder gehörte, war beim Spaziergang in dem südlich des Heims gelegenen Wald plötzlich verschwunden. In einer großangelegten Suchaktion konnte jetzt das taubstumme Mädchen splitternackt im Eckesholz gefunden werden. Erleichterung war bei allen an der Suchaktion Beteiligten zu spüren. Eine Gruppe von sieben Kindern, unter der Aufsicht von zwei

Pflegerinnen, hatte, wie schon gemeldet, im südlich des Heims gelegenen Wald einen Spaziergang unternommen, als plötzlich, bei einer Überprüfung, festgestellt wurde, daß die 16jährige Alma T. fehlte. Eine sofortige Suchaktion verlief negativ, so daß die Landespolizei verständigt werden mußte. 14 Beamte und zwei Polizeihunde durchkämmten daraufhin mit Unterstützung von Oberförster Schädlich mehrere Stunden lang ein etwa 4 Quadratkilometer großes Waldstück. Auch diese Suche verlief ergebnislos. Ebenso eine Suche mit verdoppeltem Kräfteeinsatz am nächsten Tag. Erst als 4 Tage später aus der Bevölkerung der Hinweis eintraf, am Rande des Eckesholzes seien Mädchenkleider gesichtet worden, erhielt die Aktion neuen Auftrieb. Man vermutete jetzt, daß das Kind splitternackt durch die Gegend irre. Daraufhin stellten die Freiwilligen Feuerwehren aus 4 Dörfern 44 Mann zur Verfügung. Zu ihnen gesellten sich unaufgefordert zahlreiche Helfer aus der Bevölkerung. Die umfassende Aktion hatte Erfolg: gegen 16/45 wurde das Kind von einem Forstadjunkten nackt am Bach im Eckesholz aufgefunden. Das Mädchen, das keine Auskunft geben konnte, da es nicht sprechen kann, wurde unverzüglich ins Kreiskrankenhaus zur Untersuchung gebracht, um festzustellen, ob es nicht einem Verbrechen zum Opfer gefallen sei. Der Chefarzt Dr. Merkelfinger, der selber die Untersuchung vornahm, konnte die Befürchtung nur bestätigen: dem Mädchen war Gewalt angetan worden. Die Kriminalpolizei schaltete sich ein. Leider fehlt es an Spuren. Die Kriminalpolizei ist dankbar für jeden Hinweis. Hat jemand in diesen Tagen in der Gegend des Wasserschutzgebietes und Eckesholzes oder in der weiteren Umgebung Schwabsoiens einen Verdächtigen bemerkt? Hat jemand länger an seinem Arbeitsplatz gefehlt? Jeder Hinweis kann entscheidend sein zur Aufklärung dieses niederträchtigen Verbrechens.

Mir zitterten die Hände. Ich glättete das Zeitungspapier auf der Tischplatte. Ach Herr Dr. Merkelfinger, sind Sie mir doch zuvorgekommen! Vielleicht ist es sogar besser, daß ein Arzt es getan hat. Allerdings kann das Genovev auch zu falschen Schlüssen verführen. Aber daß jetzt ich noch verdächtigt werden soll, das ist schon eine eines Chefarztes würdige Pointe. Und mir fiel ein der Opa, der ein Fahrrad und zwei Enkel bei sich hatte, der wahrscheinlich die Kühe heimlassen sollte, der hatte mir zugerufen: Das ischt billiger als in Wörishofen, gell! Ich stand gerade in dem klaren kalten Bach vor Schwabsoien draußen. Der wird das natürlich gemeldet haben. Wahrscheinlich zeichnen sie schon Bilder nach seiner und der Enkel immer genauer werdenden Schilderung. Ich stützte meinen Kopf in die Hände, rief die Bedienung und zahlte mit abgewandtem Gesicht.

Am nächsten Morgen ließ ich mir mein Verdientes auszahlen: nur 331,12 netto. Ich fragte nicht, wieso so wenig. Der Personalchef hatte mich angeblinzelt, als wisse er Bescheid. Schlechte Nachrichten, was?! Leider ja, hatte ich gesagt und hatte mein Gesicht erfolgreich gegen Tränen kämpfen lassen. Ich war froh, als ich die Kiesgrube nicht mehr sah. Plötzlich ein Motorradgeräusch. Typisch Polizei. Ich sofort nach rechts ins hohe Gras. Da lag ich, bis ich das Motorrad nicht mehr hörte. Jetzt erst spürte und sah ich, daß ich in einer Brennessel-Wildnis lag. Das hat aber pressiert, sagte eine Frauenstimme. Schrie eine Frauenstimme, müßte ich sagen, weil gleichzeitig mit ihr die Hunde einsetzten und sie wollte trotz ihrer 4 Schäferhunde verständlich sein. Sie reichte mir die rechte Hand. Ich sah am milchweißen Arm hinauf, der nackt war bis zur Schulter. Ihre Hose war sehr kurz. Sie selbst war oder wirkte von mir aus groß, riesig, weibsmäßig. Der Pulli rotweißrot. Und barfuß war sie. Und so eine eingedrehte Frisur. Mich brannten die

Brennesseln und die Polizei suchte mich, also ergriff ich die Hand, die sich mir bot, die mich auch hochriß; aber ich hatte natürlich sofort gesehen, bzw. gespürt, bzw. gesehen und gespürt, daß diese Hand 6 Finger hatte.

1 2

Sie scheinen erschöpft zu sein, sagte Herr Blomich im Traum zu mir. Schon neulich, sagte er zu mir, am Donnerstagabend, hatte ich den Eindruck, Sie seien erschöpft. Nun ist es natürlich nicht meine Sache, Ihnen Vorschriften zu machen, Sie sind Ihr eigener Herr, Sie sind ein freier Mensch, andererseits möchte man verhindern, daß man sich später vorwerfen muß, man habe es versäumt, Ihnen angesichts Ihrer so auffallenden Erschöpftheit irgendwie beizuspringen und sei es nur dadurch, daß man Sie auf Ihr erschöpftes Aussehen aufmerksam macht; trotzdem fällt mir nicht einmal das leicht, weil ich fürchte, Ihnen sei dadurch, daß man Sie darauf aufmerksam macht, daß Sie wie ein Erschöpfter aussehen, noch lange nicht geholfen. Ich habe mich sogar einen Augenblick lang gefragt, ob es nicht besser wäre, man verschwiege Ihnen einfach, wie erschöpft Sie aussehen, warte einfach ab, bis Sie zusammenbrechen und es hinter sich haben. Lange kann das, sagt man sich, wenn einer einmal so erschöpft aussieht, nicht mehr gehen. Aber dann siegt eben doch der Mensch in einem, man rennt hin zu Ihnen und sagt Ihnen ins Gesicht – ob's nun eine Hilfe ist oder eine letzte Zutat zur Zerschmetterung, man kann angesichts Ihres erschöpften Aussehens einfach nicht mehr wählen, verstehen Sie doch!–: lieber Mann, Sie scheinen erschöpft zu sein, und das ist das Wenigste, was man zu

Ihrem Aussehen sagen kann. Sagte Herr Blomich im Traum zu mir und ging – falls er überhaupt aufgetaucht war – langsamer weg als er gekommen war. Sehr viel langsamer. Eigentlich blieb er. Gesprochen hatte er auch nicht, aber alles, was ich hier festgehalten habe, wirkte, als ich aufgewacht war, nicht, als wäre es mir eingefallen, sondern als wäre es mir – und zwar von Blomich – mitgeteilt worden.

13

Ein Holzhaushäuschen in einem riesigen Brennesselfeld. ... Was passiert jetzt schon wieder? Schreit doch nicht immer so. Stell dir vor, die Fenster waren so klein, daß der alte Mann, der herausschaute, seine Ellbogen vor dem Körper auf das mit Blech belegte Fensterbrett aufstützen mußte. Und überall kamen Katzen heraus. Weiß-schmutzige- fette. Noch fetter als die vier Schäferhunde.
Offenbar ein Krach zwischen Froni von Langinsfeld und Adolf von Schachlegen, der sich Baron nennen läßt. Froni hält es einfach nicht aus, daß man diesem Baron jeden Schritt befehlen muß. Sobald man einen Augenblick lang nichts sagt, bleibt der stehen und steckt die Hände unter die Schürze und unter der Schürze in die Taschen. Es ist gar nicht so angenehm, den ganzen Tag (mit Ausnahme der Zimmerstunde) eure Kommandos für den Baron anhören zu müssen. Nicht die! Die grüne Schüssel, Baron! Suppenteller nachwärmen, Baron! Durchreiche räumen, Baron! Die Salatschalen, Baron. Dessert-Teller, Baron! Baron! Mein Gott, wo ham Sie jetzt wieder die kleine Kasserolle versteckt, Baron! Baron, Petersilie, schnell-schnell! Wo bleiben denn die Löffel, Baron! Das ist doch kein Paniermehl,

Baron! So können Sie doch die Platten nicht in die Maschine geben, Baron, kein Wunder ist die dauernd kaputt! Scheißparis, London ist größer. Den Quirl, Baron, nein! jaaa! Hätten Sie die Güte, Baron! Jetzt wischen Sie halt noch einmal drüber, *Herr* Baron! Frau *von* Langinsfeld, *Herr* Baron! Was du kannst, kann ich schon lang, Herr Baron! Ich schlag dir ein Horn ab! Chefin, wenn er sich nicht sofort entschuldigt, hau ich ab!

Und dann noch deine erschöpfte grelle Stimme, Alissa. Ja, was glaubt ihr denn! Angenehm ist das nicht. Und wenn ich nachmittags diesem Baron begegne, wie der mich anschaut! Als hätte ich ihm gerade die Stiefelspitze in den Arsch gebohrt. Himmelherrgott! Und schwitzt. Auch um halbfünf, wenn er von der Zimmerstunde kommt, schwitzt er. Er nimmt es sich heraus zu schwitzen. Ja, Himmelherrgott, Herr Baron, wir alle wissen, daß Sie kein Baron sind, wahrscheinlich ham Sie noch nicht einmal einen Baron umgebracht, aber bitte, von mir aus können Sie auch einer sein, nur, bitte, schwitzen Sie nicht immer so, wenn Sie mir begegnen. Auch sollen Sie wissen, daß die arme Froni früher (und sie ist immerhin schon 6 Jahre bei uns) bedeutend gesünder war. So schlimm wie in diesen 2 Sommern, seit Sie da sind, war es auf jeden Fall noch nie. Die Tatsache, daß sie sich jetzt plötzlich Frau von Langinsfeld nennt, und das mit einer so peinlichen Leidenschaft, könnte man noch mit Humor nehmen – ich tu's nicht, mein Herr, daß Sie da klar sehen –, aber daß Froni zum wiederholten Mal in den Hungerstreik tritt, mit der Begründung, wenn ein solcher Faulenzer wie der Baron esse, könne sie, um ihrer Selbstachtung willen, nicht mehr essen, dann sollte Ihnen das doch zu denken geben, Sie fauler Unmensch, Sie. Aber Froni hat wenigstens Kraft, wenn sie schreit, du aber, Alissa, wirkst, wenn du laut wirst, eher zusammenbrechend. O dieser Baron, dieser Baron. Vielleicht solltest du ihm pro Vormittag nur 8 Flaschen Bier erlauben, dadurch könnte man ihn möglicherweise an seinem auf die Nerven gehenden Schwitzen hindern. Ich bleib heute auf meinem Zimmer, Alissa. Auch ich kann in den Hungerstreik treten. Oder: könntest du nicht einmal den Baron abends zu einem Gespräch in mein Zimmer bitten, dann versuchen wir zu zweit, ihn davon zu überzeugen, daß er unsere Froni, wenn er sich nicht zusammennimmt, einfach ruiniert. Nicht weniger als 11 mal stieß sie heute (30. 8.) erschütternd schrill ihren Satz aus: Ich schlag dir ein Horn ab. Wenigstens könnte Adolf diese ewigen Lobeshymnen auf Paris unterlassen! Ich habe heute mal mitgezählt, 9 mal schrie Froni heute ihr: Scheißparis, London ist größer! Und immer erschütternder. Diese völlig unnötigen Provokationen! Das soll er doch lassen. Ich glaube nicht, daß Froni etwas gegen Paris hat, aber von einem, der nicht halb so schnell arbeitet wie sie selbst, kann sie es einfach nicht loben lassen. Sie ist nun einmal die fleißigste Person unter der Sonne und als solche eben ganz speziell empfindlich gegenüber der Faulheit, das ist doch psychologisch ohne weiteres klar. Schließlich kann ich das von hier oben besser beurteilen als du, die mitten drin steht, mitschwitzend, mitschreiend. Ich möchte bloß verhindern, daß wieder sowas passiert wie im letzten Sommer, als uns die Spanierin aus dem Fenster sprang, weißt du noch, wie sie dann auf dem Kies lag, blutend, aber nicht tot, bei weitem nicht tot. Querschnittgelähmt mußte sie und heulend letzten Endes abtransportiert werden nach Andalusien, in die Berge, in einem glitzernden Rollstuhl, der, laut Alfonso, in ihrem holprigen Dorf ganz unnütz sein würde; und vorletztes Jahr, als die Jugoslawin versuchte, sich und den Türken zu vergiften! Verstehst du, Alissa, wir müssen aus der Geschichte lernen; du weißt ja, was Kaiser und König sagen, wenn es mit dem Personal nicht klappt: Jetzt hend m'r dene d'Fahrt zahlt von Finisterra bis daher und jetzt, nach 8 Wochen! fallet die schon aus! Sowas muß man sich sagen lassen, du weißt ja.

Sie schleppte mich ins Haus. Ja, glaubst du denn, ich wäre solange unterwegs gewesen, wenn nicht andauernd solche Verschleppungen und Verhinderungen vorgekommen wären! Und jemandem, der einem leid tut, sobald man ihn bloß sieht, kann man sich nicht so schroff entziehen. Und einen Kopf größer als ich war sie auch. Insgesamt jene Art Frauen, die bei mir früher als Kürassiere geführt wurden. Drinnen ein unebener Boden, dick mit kaputten Teppichen belegt. Da sankst du geradezu ein. Meine Hand ließ sie nicht los. Sie führte mich in eine Ecke, in der es noch weicher war. Ein richtiger Pfühl war das. Sie bat mich freundlich zu Boden. Dann sah sie mich an. Diesen Blick begriff ich erst später. Von ihrer eigenen Blickgewalt fortgerissen, bemerkte sie nicht, daß ihr links und rechts Speichel aus dem Mund triefte, wie dir, Alissa, nur am Klavier bei einigen Stellen von Bach. Ihr weißroter Pulli wurde an den hervorragenden Stellen naßdunkel. Tricot, verstehst du. Dann riß sie sich selbst aus dieser zehrenden Betrachtung und rannte in die Küche. Bis sie in der Küche verschwand, sah ich sie von hinten. Sie hatte also dicke Iksbeine. Die 4 Hunde lagen in der Gegend der Tür. Finchen – so hieß sie – sang in der Küche leidenschaftlich und laut mit einer andauernd nach oben sich überschlagenden Stimme. Dadurch übertönte sie sogar das Gewimmer von Miki. Sie hatte nämlich Fatzenmosers Dackel in Pflege genommen, weil Verwandtschaft und Bekanntschaft des Fabrikanten den angeschossenen Miki einschläfern lassen wollten. Finchen legte abwechselnd gedämpfte Huflattichblätter und Kamille auf die Wunde an seiner Flanke.

Auf einer viel zu großen Porzellanplatte, die so beschädigt wie schmutzig war, trug sie für uns ein wenig aufgeschnittene Gelbwurst herein. Das machte mir Hoffnung. Offenbar war sie doch von dieser Welt. Gelbwurst. Nicht ganz frisch, aber auch nicht grün verschimmelt, also, diese Person ging ins Dorf, dann und wann, und fesseln würde sie mich wohl doch nicht, also bitte. Dann brachte sie noch Knäckebrot, eine rohe Gurke, ungeschält, aber aufgeschnitten, Tomaten, verschiedene mir unbekannte Kräuter, die sie sich und mir gleich in den Mund steckte. Zum Trinken gab es süßklebrigen Johannisbeerwein. Sie schenkte ihn aus Limonadeliterflaschen. Johannisbeerwein mache sie selbst. Der Vater kam nicht herunter. Sie brachte ihm auch nichts hinauf. Als ich einmal hinaufschaute, verzog sie das Gesicht, lachte aber nicht. Ich konnte froh sein, daß ich vorerst hier untergekommen war. Mit der Zeit würden sich die Leute beruhigen. Kein Besteck, so lang ich dort war. Auch in der Küche nur ein einziges Messer. Nachts atmete der Vater im oberen Stock so laut, daß es klang, als hätte er sich zwischen Finchen und mir auf die Teppiche gelegt. Zumindest mußte er seine Zimmertür geöffnet haben. Der Alte. Es war klar, daß er ihr Vater war, obwohl sie nur vom Alten sprach, wenn sie ihn meinte. Die Hunde blieben im Raum. Die ganze Nacht. Finchen und ich sollten unter eine enorme Decke, die sie zusammengesetzt hatte aus mehreren alten Wolldecken.

Finchen verschwand noch einmal hinter einem von der Decke hängenden Teppich, der so einen begehbaren Schrank bildete. Dann kam sie wieder. In einem weißen Chiffon-Nachthemd, zu dem 17mal soviel Chiffon verwendet worden war als nötig gewesen wäre. Ein wildes, kubistisches Nachthemd, das nach allen Seiten auf und ab wucherte und wölkte und wölbte. In der Taille hatte dieses Arrangement einen Zug. Aber trotz der Unmenge von Chiffon sah man Finchen ganz innen als das weißeste Weiß. Bevor mir einfiel, daß ich ihr schon höflichkeitshalber einen Kaugummi anbieten sollte, löste sie den roten Gummi von der

Limonadeflasche, die wir leergetrunken hatten, und steckte diesen Flaschengummi in den Mund und fing langsam an zu kauen. So langsam hatte ich überhaupt noch nie jemanden kauen gesehen. Dann zündete sie etwa 25 Kerzen an. Jede war in einem leeren Blumentopf befestigt. Als es ihr gelungen war, 1 Kerze mit weit ausgestreckten Händen in Brand zu setzen, zündete sie die anderen Kerzen nur mit dieser 1 langen Kerze an. Alle 25 Kerzen standen schließlich in den Blumentöpfen im Halbkreis um uns herum. Ein brennender Wall. Dann schob und hob und schaufelte sie das Chiffon hoch, dann kam sie über mich. Sie küßte mich auch. Das heißt, sie preßte ihren Mund fast ununterbrochen auf meinen Mund. Dabei wurden ihre Lippen und ihre Zunge hart wie Vollgummi. Ihre Zunge, die die Härte und Form eines kleineren Gummiknüppels annahm – wo hatte diese Künstlerin jetzt bloß ihren Flaschengummi? –, drillte und flegelte in meinem wehrlosen Mund herum, als gehörte der ihr. Manche ziehen dir ja die Zunge weicher durch den Mund; etwa wie der Maler den Pinsel durch die Farbe zieht oder wie man den Lappen durchs Wasser zieht oder wie die Schleppe durchs hohe Gras zieht oder der Rauch durch die Luft oder sonstwas durch sonstwas. Mit ihrer unfesten, hohen, ganz von selbst weinerlich klingenden Stimme flüsterte sie Sätze auf mich nieder, in denen sie mich bedauerte. Ach mein Lieber, ach mein Armer, so ein Armer ist er, aber jetzt ist er ja bei mir, ganz bei mir ist er jetzt, endlich, und darf sogar bleiben, ganz bei mir darf er bleiben, ach bist du ein Schatz, so ein Schatz, ich hab dich ganz arg lieb, jetzt schau doch nicht so, glaub mir's doch, ich sag das nicht bloß so hin, bittebitte, glaub mir's, schau doch nicht so furchtbar traurig, du darfst es mir wirklich glauben, du kannst den Alten fragen, der mich meistens belauscht, ich sag das nicht jedes Jahr, und ich kann mich überhaupt nicht erinnern, einen so lieb gehabt zu haben wie dich, das mußt du mir glauben, sonst hätte ich dich doch gleich wieder fortgeschickt, ich nehm ja nicht jeden herein, ich hab dich gesehen und sofort gewußt: das ist er, den nehm ich, also wirklich, du kannst ganz ruhig sein, wahrscheinlich weißt du gar nicht, wie lieb ich dich habe, du hörst es nur, aber du spürst es nicht, wenn du es nämlich spüren würdest, könntest du nicht mehr so schauen wie du schaust, eine solche Liebe wie meine Liebe zu dir, die müßte dich, wenn du sie begreifen würdest, einfach glücklich machen, glücklich ich, daß ich so geliebt werde, müßtest du rufen, aber du begreifst es noch nicht, deshalb schaust du noch so furchtbar traurig, aber wart nur, du wirst es schon noch begreifen, du bist halt ein bißchen schwer von Begriff. Während dessen arbeitete sie sich ab an mir. Sie war ja ziemlich schwer, deshalb arbeitete ich darauf hin, daß sie unter mich käme. Sie schwitzte wahnsinnig. Endlich kriegte ich sie unter mich. Ich rationalisierte meinen Aufwand, weil ich schon ahnte, daß sich das hinziehen würde. Finchen gab nicht nach. Ich wußte nicht mehr, worauf sie noch hoffte. Ich wollte aber nicht der sein, der sagte: lassen wir's doch lieber. Inzwischen schwitzte ich genau so wie sie. Die Hunde konnten unseretwegen nicht schlafen. Hechelnd und mit frischroten Zungen saßen sie jenseits der Kerzen um uns herum. Die Katzen wollten auch nicht fehlen. Die kamen noch bedeutend näher als die Hunde. Die sprangen durchs Feuer, rieben sich an meinem Fuß, eine legte sich mir aufs Gesicht. Man konnte sie nicht verscheuchen. Als ich endlich den ersten Tagesschein dazu benutzen wollte, Feierabend zu machen, drehte sie mich – sub cantum galli – wieder sich zu und machte mit ihrer rechten, der sechsfingrigen Hand an mir herum. Das habe sie sich doch schon immer gewünscht, rief sie, warum ich ihr das denn nicht gleich gesagt hätte, 3 Hoden, das sei genau das, was sie immer gesucht habe, jetzt wisse sie auch, warum ich gleich diesen Eindruck gemacht habe auf sie, ein Mann mit 3 Hoden, ach herrlich.

Und sie perlte das, was sie für 3 Hoden nahm, durch ihre schöne, interessante, 6fingrige Hand. Ich gebe zu, daß ich da doch aufmerkte und immer noch wacher wurde. Das gibt's ja, daß die Dinger oft für lange Zeit verrutschen. Und daß Finchens Vorgängerinnen mit mir einfach nicht gründlich genug umgegangen waren, hielt ich sofort für möglich. Hör mir doch auf mit den Frauen! Mit der Zuneigung der Frauen! Natürlich sind einige lieb, vielleicht sogar viele, von mir aus auch alle! Aber gründlich und begabt, bzw. radikal, jawohl, radikal sind nur wenige. Und Finchen war radikal. Zum Glück. Dadurch gelang ihr die Entdeckung dieses kryptorchiden Testikels und sein Descensus in die Tunica. Dankbar nahm ich Finchens Blick wieder auf. Und jetzt blieb ich in ihrem Blick. Sie kaute mit mahlenden Kiefern als wäre sie aller Kühe Kuh. Athene wäre die Advertising Goddess für Wrigley, ganz klar. Also sowas Liebes wie dieses Finchen. Hatte ich je einen solchen Blick erlebt? So hat mich doch überhaupt noch niemand, und schon gar keine Frau, angeschaut. Vielleicht war das Liebe. Wenn ich hier bliebe, würde ich von ihr täglich eine nasse Rasur verlangen. Auf ihren fast flüssigen Brüsten hatte sie auch hübsch Haare. Wahrscheinlich bin ich noch nie einem anderen Menschen so nah gekommen wie Finchen und noch nie ist mir jemand so nah gekommen wie Finchen. Aber warum rasierte sie sich nicht besser. Also eine Verständigung wie noch nie. Wie nie mehr. Finchen also der Gipfel. Wenn du findest, sie nehme jetzt schon zu sehr Züge an, die nur dir gebühren, Alissa, stell ich die Aufzählung sofort ein. Trotzdem mußte ich mich während dieses Zusammenseins fragen: wie soll das enden. Finchen, Finchen.

Finchen verlängerte uns immer wieder um ein weiteres Mal.

Ich möchte sagen, durch die Kraft ihres Blicks. Natürlich auch mit ihrer besonderen rechten Hand. Ich vergaß sogar, muß ich sagen, den mehr keuchenden als atmenden Alten. Erst als im Frühlicht plötzlich einer der Italiener aus der Alten Käserei jenseits der Kerzen stand und grinste, fand ich zurück. Der Italiener hatte, wie so manche Süditaliener, ein schartiges Gebiß. Ich könnte heute nicht mehr sagen, welche Zähne ihm fehlten, Alissa, aber es störte mich, daß welche fehlten, deshalb drehte ich mich weg und sah gegen die Wand. Finchen sagte ihm, vorerst sei Schluß. Sie mußte ihn richtig hinausschreien, Meter für Meter. Er ging rückwärts und konnte seinen Blick offenbar nicht von uns wenden. Wenn die Hunde nicht noch geholfen hätten, wären wir den nicht losgeworden. Finchen rannte, als er draußen war, zur Tür und schob den Riegel vor. Ithaker, blöder! Dann nahm sie sich wieder meiner an. Miki, Finchen, mir kommt vor, er stöhnt immer höher, sein Stöhnen steigt, vielleicht heißt das, daß seine Schmerzen zugenommen haben, sollten wir nicht nach seinem Verband sehen? Aber Finchen wollte nichts von Miki hören, obwohl der in hohen und immer rascheren Tonstößen jammerte. Fast parallel zu Finchen. Finchen fing wieder an, mich zu bedauern, weil ich irgendwann doch wieder fort müsse, weg von ihr. Und jetzt verstand ich sie schon besser. Aber ich sei ja noch da, am besten, ich denke einfach nicht an die Zukunft, am allerbesten, ich gebe mich ganz der Gegenwart hin, und wenn ich gehen müsse, sei es denn für immer? sie könne mich doch besuchen, mir schreiben, jeden Tag werde sie mir einen Brief schreiben, einen längeren, und abends noch anrufen, kurz vor dem Einschlafen, das verspreche sie mir, und dann käme ich ja ohnehin bald wieder vorbei, vielleicht für immer, ach das wohl nicht, wahrscheinlich sei ich doch, wie übrigens alle in Frage kommenden Männer, schon längst verheiratet, ich soll es nur nicht so schwer nehmen, es tue ihr ja selber weh, aber wir müßten eben tapfer sein, beide, auf jeden Fall werde sie mich nicht betrügen, mit wem auch immer sie sich unter diese große Decke lege, was sie mir gebe, gebe sie keinem anderen, also eifersüchtig müsse ich wirklich nicht sein, ob mir diese ihre Versicherung nicht alles ein bißchen leichter mache, ich möge doch endlich auch wieder einen Ton von mir geben, das drücke ihr ja glatt das Herz ab, wenn ich so stumm dasäße, ein Häuflein Elend, daß es bei mir so tief gehen werde, habe sie ja nicht voraussehen können, sie wolle mir die Trennung, falls es denn sein müsse, wirklich so leicht als möglich machen, am besten, wir schliefen jetzt gleich noch einmal miteinander, sozusagen auf Vorrat, ja?

Dies war wohl das erste Mal, daß ich selber erlebte, wie Berge versetzt wurden durch nichts als Glauben. Am späten Nachmittag wischte sie sich die Haare aus der nassen Stirn. O je, sie habe ja überhaupt nichts im Haus. Sie zog sich was an. Ich blieb liegen. Sie ging. Als der Alte herunterkam und neben mir stehen blieb und mich anschaute, konnte ich meine Augen nicht bewegen. Wäre er mir nicht in die Blickbahn gekommen, ich hätte ihn nicht gesehen. Er nickte, als sei ihm das bekannt. Dann ging er in die Küche, dort jammerte er, weil er nichts fand. Dann kletterte er wieder die steile leiterhafte Treppe hinauf. Bevor er in seinem Zimmer verschwand, sagte er: Wenn ich nicht in der SS gewesen wäre, könnte man das alles nicht machen mit mir. Ich setzte mich auf, aber er hatte schon die Tür hinter sich zugemacht. Ich stand auf, suchte meine Kleider, fand sie nicht. Sobald ich mich in Richtung Tür bewegte, stellten sich mir die Hunde in den Weg. Na ja, ich war ja auch viel zu erschöpft, um abzuhauen. Heute nicht mehr. Aber morgen früh. Sehr früh. Zwischen 4 und 5. Der ganze Raum roch nach Fisch, Katzen u.s.w. Finchen haßte offene Fenster. Vorhänge und Fenster durften nicht geöffnet werden. Ich ging zu Miki. Die immer rascher werdenden Schmerzlaute waren längst in einen einzigen, anhaltenden höchsten Jaulton übergegangen. Seine Flanke klopfte. Der ganze kleine Körper zuckte. Die Augen waren verklebt. Ich wagte nicht, den durchnäßten und schmutzigen Verband abzunehmen. Miki bemerkte mich. Er sah herauf, als wisse er, daß ich ihm helfen könnte. Ich rannte in die Küche. Ich drehte den Hahn auf – kein Tropfen Wasser. Nirgends eine Tomate. Nur Knäckebrot. Hoch oben auf einem Regal. Aber kein Stuhl, um da hinaufzukommen. Wahrscheinlich hatte schon der Doktor versucht, dieses Knäckebrot zu kriegen. Kein Besen, um es herunterzuholen. Wo hatte sie den Johannisbeerwein? Überall nur Postkarten. Fast die ganze Küche war tapeziert mit Postkarten aus den Mittelmeerländern. Grüße von Gastarbeitern. Soweit ich die spanischen und italienischen Grüße entziffern und verstehen konnte, handelte es sich durchweg um Beweise wirklicher Abhängigkeit. Die Kerle wimmerten geradezu nach Finchen auf diesen Karten. Und wenn ich mich richtig verstehe, wimmere ich jetzt auch nach Finchen. Finchen kam mit massig Gelbwurst, noch mehr Knäckebrot, 2 Gurken, 1 Würfel Margarine. Und zum Trinken gab's den so zähen wie süßen Johannisbeerwein. Aber wozu die Margarine, Finchen? Sie lachte mit ihren viel zu kurzen Zähnchen. Wenn sie sich nach einem Küchengegenstand umdrehen mußte, machte oder imitierte sie eine Pirouette. Ich hatte Mühe, in der engen Küche nicht getroffen zu werden. Ich betete zu dir, Alissa. Heilige Alissa, höre mich, erhöre mich, befreie mich aus den Banden dieses Hauses, heilige Alissa, laß es nicht zu, daß ich schon hier ganz und gar verderbe. Als wir wieder auf unserem Lager saßen und uns Gelbwurst – die schwitzte übrigens auch –, Gurke und Knäckebrot schmecken ließen, tastete sich auch der Alte wieder vorbei und schmatzte längere Zeit in der Küche. Den Bauch haltend und stöhnend ging er wieder hinauf. Bevor er in seinem Zimmer verschwand, rief er: Als ehemaliger SS-Angehöriger hab ich ein so schönes Essen gar nicht verdient. Ach Alterchen, rief Finchen, du redest wieder. Nachdem ich 1 Liter lauwarmen und klebrigen Johannisbeerweins getrunken hatte, konnte ich endlich einschlafen. Als ich aufwachte, war Finchen schon wach. Sie betrachtete mich. Ich muß jetzt gehen, sagte ich. So hatte ich mir das doch vorgenommen. Ja, ich weiß, sagte sie, du Armer, sagte sie und zog mich zu sich und brachte wieder ihre 6 Finger ins Spiel und ihren bindenden Blick. Also wirklich. Wenn ich um 6 Uhr aufgewacht war, dann hatte sie mich gegen 9 Uhr so weit, daß ich wieder lag, den Blick zur gekalkten Decke gerichtet. In meine Blickbahn beugten sich der Alte, Schäferhunde (einer mehrmals oder mehrere einmal) und natürlich Finchen. Ist es dir so recht, Alissa? Ich hoffe, es sei dir so recht. Da ja Vergangenes mehr von der Gegenwart kriegt, in die man es zerrt, als von der Zeit, aus der man's holt, liegt mir daran, Alissa, daß du ja-ja oder neinnein sagst zu allem. Plötzlich ein ungeheurer Klaviereinsatz. Ich hatte dieses Häuschen unterschätzt. Da war ein weiterer Raum durch einen Vorhang abgegrenzt und dahinter stand der Flügel. Und am Flügel saß nackt mein goldblondes Finchen in der Morgensonne und spielte. Rachmaninow, schrie sie: O *du mein wogendes Kornfeld*, schrie sie. Später schrie sie: *Trauer*, dann: *Insel*, dann: *Wie schön es hier ist*. Abends erklärte ich, daß ich immer hier bleiben würde, wenn ich nicht geldverdienen müßte. Schon 2 Tage ohne jeden Verdienst, und das bei meinen fixen Kosten, Finchen, die Kinder kosten ja, das glaubst du nicht. Auch bin ich Heimleiter eines ziemlich großen Erholungsheims, zumindest der Mann einer Heimleiterin, und jetzt ist noch

Saison, unsere 66 Betten sind voll, und wenn eine von Blomichs Figuren bemerkt, daß ich fehle, wird das weitergemeldet, meine Frau und ich kriegen ja die 2100.- pro Monat zusammen, verstehst du, ich muß, glaub ich, wirklich gehen. Wußte ich doch damals noch nicht, Alissa, daß du, um Heinrich Müller zu täuschen, das Schreibmaschinentonband aufgenommen hattest und es täglich mindestens 2 Stunden zum Fenster hinausspieltest. Ja, du Armer, sagte Finchen, morgen früh mußt du gehen, nimm's nicht zu schwer, komm, wir schlafen noch ein bißchen miteinander, auf Vorrat. Und wieder begann das. Noch mehr wunderte mich, daß wir, obwohl wir fast nichts zu trinken hatten, immer noch so schwitzten. Aber in dieser Nacht schlief ich nicht mehr ein. Ich wartete auf den 1. Lichtschimmer, löste mich unendlich langsam vom nassen Finchen, sie schnaufte auf, ich verhielt, sie atmete weiter, ich stand. Wo waren meine Kleider? Die Hunde begleiteten mich auf Schritt und Tritt. Ich fand die Kleider nicht. Egal. Ich war entschlossen. Auch ohne Kleider. Ich mußte raus hier. Als ich die Hand nach dem Türriegel streckte, machte einer der Hunde ernst. Ich schrie. Mein Arm blutete. Finchen schnaufte auf. Jede Andeutung einer Bewegung zum Türriegel hin beantworteten die Tiere mit Fletschen und Schnappen. Und wie die knurrten. Die steigerten einander richtig hinein. Jeder wollte noch gefährlicher wirken. Und daß ich nackt gegen diese 4 Hunde stand, empfand ich auch als Handikap. Die aufklappbaren Zähne genau in der Höhe der größten Blöße. Dein Schreibmaschinen-Tonband lasse ich laufen bei offenem Fenster, Alissa. Vor allem vormittags. Gegen eure Küchengeräusche. Im Schutz dieses Geräusches liege ich auf dem Sofa unterm Fenster und strecke mich. Was mich wundert, Alissa, daß du nie auf den Gedanken kommst, das Schreibmaschinengeklapper aus meinen Fenstern stamme von eben dem Tonband, das du produziert hast, als ich hier fehlte. Nein, es wundert mich nicht. Du willst, daß ich arbeite, also glaubst du, ich arbeitete.

Ich arbeite ja auch. Das Buch über die Spinnen zumindest habe ich noch nicht aufgegeben. Ich habe es sogar schon angefangen. Aber dafür brauche ich täglich nicht mehr als eine Stunde. Mehr Notierenswertes ergibt sich nicht pro Tag. Natürlich nehmen die Beobachtungen auch Zeit weg. 3 Stunden etwa, verteilt auf den frühesten Morgen und auf den Abend. Eigenartig, daß über diese so verwandten Tiere so wenig bekannt ist. Und dann (*und dann* ist gut!) noch meine Din-A 4 Hefte, in die ich unterm Schutz deines Tonbands schreibe und schreibe. Außer dir, Alissa, bin ich keinem etwas schuldig. Die Bäume sehen heute wieder richtig mies aus. Verbiestert. Wie von einem kranken Kind gemalt. Ganz verbockt stehen sie da. Heimtückisch. Gegen mich. Morgen kommen Herr König und Herr Kaiser aus Reutlingen. Die Kontrolleure. Die Kommandanten. Die Kammerherrn des Fürsten Blomich. Abteilung Liegenschaften und Sozialabteilung. Alissa, ich verspreche dir, ich werde mich nicht auffällig benehmen. Am besten, ich lasse den ganzen Tag das Tonband laufen, und du sprichst mit ihnen. Bitte, vergiß nicht, dich über Heinrich Müller zu beschweren.

Guido reagiert nicht mehr, wenn ich etwas sage zu ihm. Ist dir das egal, daß er immer noch länger vor dem durchfallenden Fernsehbild hockt und so starr lächelt? Als ich einmal am Bildfang drehte und das Bild stabilisierte, biß er einen Bleistift ab, der zwischen seinen Zähnen steckte, und sah mich so an, daß ich das Bild gleich wieder zum Durchfallen brachte; darauf lächelte er sofort wieder.

Weißt du, das Schlimmste in diesem Holzhäuschen im Brennesselmeer war das Clo. Ohne Wasserspülung. Das Wasser blieb wegen der Trockenperiode ohnehin aus.

Ich wollte wirklich weg. Solche märchenhaft goldgrünen Schmeißfliegen hatte ich noch nirgends gesehen. Die Katzen lebten von diesen Fliegen und von Ratten. Aber die Ratten, die im dichten Gerank an der Hauswand auf und niederpreschten, gab es nur in Rudeln und sie verteidigten sich gegen die Katzen. Richtige Schlachten lieferten die einander. Es gelang den Katzen nicht oft, eine Ratte vom Verband zu trennen und zu töten. Warum Finchen nur Gelbwurst kaufte, obwohl sie keinen Kühlschrank hatte, weiß ich auch nicht.

Immer sagte sie, jetzt müsse ich aber wirklich gehen. Aber dann brachte sie's nicht über's Herz. Schau, du gehst jetzt, und nach 2 Stunden stehst du wieder vor dem Haus, sagte sie, ich kenn das doch, also komm, du Ärmster. Ich begriff, das würde kein Ende mehr nehmen. Nicht so lange in mir noch ein Fünkchen Leben war. Und danach würde sie mich mit der Gelbwursthaut den Katzen hinwerfen, und die fänden nichts mehr an mir.

Das Eigenartigste an ihr, vielleicht auch das Berückendste, war ihre hohe Stimme, dauernd am Rande des Quieksens. Die 6 begabten Finger waren natürlich auch sehr interessant. Und wie sie sie einsetzte. Aber wie sie quiekste, so hell und hoch, das jagte mir Schauer den Rücken hinunter. Ich fühlte mich als Sodomit. Andererseits hatte Miki in seinem Wundfieber inzwischen auch diese Tonhöhe erreicht. Auf jeden Fall wollte ich endlich den Alten rufen, daß er nach Miki sehe. Finchen war nicht mehr fähig dazu. Ich sowieso nicht. Sie sah mich an, und aus war's. Einmal, in einer Atempause, rief ich: Alter, bitte, kommen Sie, Miki stirbt. Finchen ließ die Zähnchen sprießen und nickte. Aber der Alte gab keine Antwort. Sofort sprang Finchen auf. Nackt wie sie war, kletterte sie die Treppe hinauf, öffnete die Tür und quiekste wie sie bei mir immer quiekste. Ich stieg die von ihr noch zitternde Treppe hinauf. Um mich zu wappnen, dachte ich: wahrscheinlich ist der Alte jetzt noch bleicher als vorher. Er war ja so bleich wie Armin T. Wegner, den ich einmal mitten im Winter in Wuppertal oder in Rom kennengelernt hatte. Aber der Alte war nicht nur bleich. Wie viele Tage lag er wohl schon? Finchen hatte mich dem Tag-Nacht-rhythmus entfremdet. Die Ratten. Weil er immer das Fenster offengelassen hatte! Augen und Ohren waren praktisch weg. Überhaupt das Gesicht. Ich zog Finchen natürlich sofort weg von diesem Anblick. Ich wollte sie nach unten bringen. Aber sie blieb auf der obersten Treppenstufe sitzen, obwohl sie da kaum hinpaßte. Zum Glück hatte ich sie *hinter* mir herziehen wollen. Vorbeigekommen wäre ich nicht an ihr. Und sie blieb da sitzen. Heulend, quieksend. Den ganzen Tag, die ganze Nacht, den ganzen Tag u. s. w. Auch Miki hörte nicht etwa auf jetzt. Ich lag unter der riesigen Decke und überlegte. Manchmal schlief ich ein. Wenn ich wieder erwachte, quiekste es um mich weiter. Jetzt konnte ich nicht mehr gehen. Ich dachte: heilige Alissa, du hast mich nicht erhört. Oder sollte ich Miki und Finchen so zurücklassen?

Ich fütterte die Hunde und Katzen, solange ich etwas fand. Dann wollte ich die Hunde hinauslassen. Die Katzen hatten ihre eigenen Ausgänge und waren schon fort. Als ich auf die Tür zuging und die Hand nach der Klinke streckte, bissen wieder zweimal zwei Zahnreihen zu. Ich schrie auf, heulte los. Die Nerven. Da die Hunde seit Tagen nicht mehr ins Freie gekommen waren, hatten sie ihre Notdurft im Raum verrichtet. Und Miki schien zu verfaulen. Ich riß ein Fenster auf. Das durfte ich. Ja, die Hunde drängten sogar sofort zum Fenster und sprangen hinaus. Frische Luft. Mein Gott. Ich kniete nieder, um dafür zu danken, daß es frische Luft gibt. Plötzlich hörte ich, daß Finchen aufsprang, das Häuschen zitterte, sie rannte in das Zimmer ihres Vaters. Ich legte mich vor dem Haus ins Gras und schlief in der Sonne ein. Als ich wieder erwachte, war es tiefe Nacht und ich war naß vom Tau und fror. Ich wagte einfach nicht zu gehen. Wenn sie mich nicht wegschickte, konnte ich nicht gehen. Ich wollte Finchen fragen. Ich wollte ihr anbieten, sie zum Bürgermeister von Kraftis zu begleiten, daß sie dort den Tod des Alten melde. Dazu müßte sie mir meine Kleider geben, dachte ich und kam mir schäbig vor. Ich ging hinein und hinauf. Da lag sie neben dem Alten. Ein Arm hing herunter. Das Handgelenk, die Aderngegend ganz zerbissen. Und an ihrem Mund, in ihrem Gesicht sah man noch, daß sie das mit ihren Zähnchen getan hatte und daß es nicht ganz einfach gewesen war. Ich sah nicht lange hin. Ich sah, um meine Augen zu retten, auf den Tisch neben dem Fensterchen. Wahrscheinlich um das Gefühl zu haben, ich hätte irgend etwas gerettet, nahm ich ein Manuskript von diesem Tisch und rannte hinunter und hinaus und durch die bis zu meinen Hüften reichenden und brennenden Brennesseln davon.

14

Einerseits ideal, andererseits zermürbend, mehrere Herren. Und über allen Blomich. Er mischt sich nie selber ein. Er schickt mir Heinrich Müller, der mir gern mitteilt, was ich wieder falsch gemacht habe. Nie macht sich Müller einen solchen Tadel zu eigen. Nie vergißt er vor *Direktor* das *Herr*. Der entpuppt sich überhaupt immer mehr. Und der hat mir im 1. Sommer noch sein Motorrad geliehen, damit ich schnellstens zu O. käme. Ich begreife mich selber nicht, Alissa, entschuldige, bitte. Verlang jetzt nicht gleich wieder, ich möge ich Birga nennen. In der Aeschacher Straße fuhr hinter mir ein roter Sportwagen, offen, darin einer und eine, sie mit genau der Sonnenbrille, aber auch sonst so schwarz und braun, ich sofort rechts ran, raus aus dem Auto, Kopf gegen einen Bauzaun. Das Holz roch gut. Mir wurde langsam besser. Erst jetzt wagte ich, mir zu gestehen, daß die den Daumen im Mund gehabt hatte. Alissa, ich sag dir eins: wir müssen es für möglich halten, daß dieser Müller von Blomich überhaupt nicht autorisiert ist, andauernd als unser Kritiker aufzutreten. Ich weiß, es kann Herrschaftsstil sein, wenn Blomich mir am Vormittag durch Müller ausrichten läßt, der Rasen vor dem Gästehaus sei jetzt bereits 9 Tage nicht gemäht worden, und nachmittags, wenn ich Blomich in seinem Park drüben begegne, fragt er im Vorbeigehen, wie es uns gehe und er hoffe, es gehe uns gut, und winkt mit der Hand und neigt den Kopf ein wenig und lächelt, und vom Rasen kein Wort. Könnte man da nicht schwören, daß er vom Rasen nichts weiß? Daß es also nur der gemeine Heini Müller ist, der uns schikanieren will, weil er irrsinniger- und beleidigenderweise glaubt, wir hätten es darauf abgesehen, ihm seinen Job abzujagen. Der ist verrückt. Der ist einfach verrückt. Aber ich muß ihn freundlich anschauen, Witze machen, anzügliche Bemerkungen, über die er breit und dreckig lachen kann. Blomich hängt an ihm. Blomich sitzt immer neben Müller, wenn Müller ihn ausfährt. Und hinter der Frontscheibe lachen sie, als führen sie als 2 Freunde zu 1 Abenteuer. Aber Müller ist trotzdem schon am Schlag und neigt, wenn Blomich aussteigt, seine Glatze; sonst ist er ja haarig wie ein Affe; ein dazu passendes Gebiß, das er noch durch einen einzigen goldenen Eckzahn als ein weißes Prachtgebiß hervorhebt; aber er prügelt seine Frau und seine Kinder und hat verlangt, daß sich seine Frau die Ohren enger an den Kopf nähen ließ und jetzt schließen sich die Wunden nicht mehr;

sie eitern und eitern; die Ärzte sind ratlos; und 2 Kinder von den fünfen konnten das Lesen nur nach langen Aufenthalten in einer Spezialklinik in Würzburg lernen; und Frau Müller hat ihre Asthmaanfälle; er sollte ihretwegen überhaupt wegziehen von hier, das schafft er nicht, jawohl, Herr Müller, Sie tun mir leid, entschuldigen Sie, falls Sie wirklich nur Blomichs Bote sind, aber es bleibt immer noch der Genuß, mit dem Sie Blomich zitieren, aber ich vermute ja, Blomich wisse von nichts, aber ich kann es Ihnen leider nicht beweisen, aber ich werde es Ihnen noch beweisen, aber Blomich würde, weil er nun einmal mit Ihnen so eine Kumpanei hat, weil Sie nun einmal seine Figur sind, er würde gleich sagen: ja, das hab ich gesagt! Also, ich gebe es zu, Herr Heinrich Müller, Sie sind unangreifbar.

15

Ihre Augenbrauen, ein trauriges Dach über den Augen. Die Augen, lustig, traurig. Ich habe ein Zeug an die hingeredet. An alle vier. Zuerst waren sie nur drei: Agi, Christian und Alma. Oliver kam erst zurück, als ich schon ein paar Tage bei denen hauste. Sie hatten mich gefangen, als ich mich anschlich, um zu beobachten. Ich war die Frauenkleider nicht gewohnt. Und meine waren einfach nicht mehr zu finden gewesen. Also hatte ich von Finchens Stange einen flaschengrünen Cordsamtrock genommen, eine farblose kurzärmelige Leinenbluse mit einem Zug am Hals. Dazu noch eine leuchtend blaue, taillierte Samtjacke mit wattierten Schultern. Die paßte am besten. Den Cordsamtrock riß ich hinten und vorne etwa 30 cm tief ein und band die Rockbahnen mit Hilfe von Schnüren so zusammen, daß weite Hosenbeine entstanden, riesige Röhren, die noch über meine Knie reichten. Also, die drei hörten mich, Christian war sofort da, hielt mich für einen Voyeur. Das war ich auch. Die drei hatten ja kaum was an und lagen in Hängematten. Eine Hängematte war frei. Daraus hätte ich Schlüsse ziehen müssen. Christian führte mich zu den Mädchen. Das Manuskript des Alten, das ich gern gerettet hätte, blieb im Gebüsch. Ich erinnere mich nur noch, daß der Titel mit S begann. Keiner sagte was. Man hörte die Wespen. Um 2 Uhr gingen alle wieder an die Arbeit: Birnen schütteln und auflesen. Abends wurde gemostet. Mir hatte man aufgetragen, die Presse zu waschen. Ich spritzte die Presse ab, Latte für Latte, Balken für Balken, die Rinne wischte und wusch ich, und alle Zuber und Gelten und Fässer, die ich in Stadel und Keller des verfallenden Hofes fand.

Ich wollte gelobt werden. 11 Säcke Birnen fuhren die drei im Lauf des Nachmittags vor den kleinen Torkel. Ich stand in der geliehenen Badehose und war der Küfer. Das träfe sich gut, hatte ich zu denen gesagt, ich sei zwischen Zubern und Gelten aufgewachsen und hätte mir das Taschengeld bis zum 15. Jahr fast nur mit Faßputzen verdient. Die Ziegen würde ich auch melken. Sah ich doch, daß sie die mühsam von der Seite molken. Ich also gleich hin, die altrömiche und heute noch im tiefen Anatolien gebräubliche Ziegenmelkart zu demonstrieren. Du trittst hinter die Ziege, stellst ihr die Beine breit, gehst in die Hocke, dann nimmst du sie zu dir, als wolltest du sonst was, dann steht sie andächtig und du kannst köstlich melken. Das zeigte ich ihnen. Es gelang. Sofort galt ich was. Wer unterwegs ist, muß, wo er hinkommt, Rat wissen. Ich, der Vielgereiste, hatte sowohl Erfahrungen wie Eingebungen. Ich vermute allerdings, Eingebungen seien Erfahrungen, die man vergessen hat, und sie tauchen erst auf, wenn man sie braucht. Geschlafen wurde in einem großen, aber niederen Zimmer mit hellgrüner Kassettendecke. Auf Matratzen. Christian schlief mit Alma. Elektrisches Licht gab es nicht mehr, obwohl die Leitungen und Lampen noch vorhanden waren. Agi lag keinen Meter von mir entfernt. Ich rührte mich nicht. Bis sie sagte: Komm doch. Christian und ich stachen 23 Säcke Kartoffeln, bis Oliver eintraf. Er kam mit einem Fahrrad. Er war schmal und lang, mager, leichenblaß, kohlrabenschwarz, mit noch mehr Bart als Christian. Er stotterte ein bißchen. Nein, er sprach nur sehr hastig und stolperte deshalb manchmal. Oder es hörte sich an, als stolpere er, weil er einem Wort, das er gerade zu sagen im Begriff war, ein korrigierendes nachschicken wollte, bevor er das, was er korrigieren wollte, ganz ausgesprochen hatte. Er sprach auch nie besonders laut. Agi schlüpfte gleich zu ihm hin, als er das Rad an den hölzernen Brunnentrog gestellt hatte. Er zog aber zuerst sein Hemd aus und wusch sich im Brunnentrog Kopf und Oberkörper. Sein Oberkörper wirkte wie aufgespießt. Agi, Alma und Christian lobten mich. Ich hatte ja auch wirklich geschuftet. Und ich eignete mich besser dazu als diese drei Stadtkinder. Daß mir mehr Muskeln wehtaten als ich hatte, verschwieg ich. Ich wollte bleiben. Auch nachdem der bleiche und schwarze Oliver zurück war. Als der Knecht dieser winzigen Kommune. Sie nannten sich selber Feld-Wald- und-Wiesenkommune. Und einen Knecht wollten sie natürlich nicht. Deshalb nahm ich das Wort nie in den Mund. Ich war ihnen einfach behilflich. Ich dengelte die Sense. Ich rührte das Butterfaß. Ich machte Versuche, Quark zu gewinnen aus der köstlichen Milch. Ich kochte Birnensaft ein. Grub den Gemüsegarten um. Düngte. Fütterte. Mistete. Oliver ließ mich nachts zu Agi. Oliver hatte die Angewohnheit, alles, was er im gemeinsamen Schlafzimmer mit Agi tat, laut und ruhig aufzusagen. Ich lege jetzt mein Glied zwischen ihre Schenkel, sagte er. Ihre Schenkel sind kühler als mein

Glied, sagte er. Und so weiter. Das war interessant. Da wir keinen Fernsehapparat hatten und nichts zum Lesen, entwickelte sich so eine Abendunterhaltung für alle. Von Entwicklung kann ich insofern sprechen, weil Alma eines Abends plötzlich auch zu sprechen anfing und von da an ihrerseits alles aufsagte, was sie tat. So entstand eine Art ineinandergreifender Dialog, der dann Christian provozierte, auch etwas zu sagen. Irgendwann waren sie dann ein Trio, das sich rasch formalisierte. Agi sagte nichts. Es wurde immer wieder das gleiche gesagt. Kleinigkeiten mögen dann und wann hinzugekommen sein. Der Gebetscharakter dieser Reden kam auch im psalmodierenden und eintönig innigen Ton zum Ausdruck. Auch ich betete, wenn ich zu Agi durfte, schön laut mit. Zuerst wollte ich noch ehrgeizig sein und neue Formulierungen anbieten, aber ich spürte, wie unangebracht hier (wie überall, wo es sich um Wesentliches handelt) Subjektivität war. Gerade dadurch, daß wir immer die gleichen Sätze aufsagten, wurde es schön im Zimmer und wir fühlten uns geborgen. Ich unterließ dann sogar die Nummernansage: Agi und Anselm. Zuerst hatte ich noch angeben wollen: paßt auf, jetzt komm ich. Aber die anderen waren auf mein Renommiergehabe nicht eingestiegen. Sie ließen keine Konkurrenzstimmung aufkommen. Ich mußte mich schämen. Dann versuchte ich nur noch, mein Teil beizusteuern. Insbesondere nachdem die Burschen mich Bekanntschaft schließen ließen mit dem schwarzen Afghanen und dem hellen Türken und dem roten Libanesen. Oliver hatte dann den Einfall, Blockflöte zu spielen, wenn er nicht dran war. Die süßen und herben Flötentöne wiederum steigerten die Innigkeit unseres Gebets und unserer Handlungen. Wir hatten ja nur Kerzenlicht. Agis Haare waren so gescheitelt, daß sie wie die Augenbrauen nach links und rechts abfielen. Ich lag in der Mittagspause meistens in einem großen Haufen gelber Birnenblätter. Mindestens 2 Wochen lang spaltete ich das Holz, das Christian und Oliver gesägt hatten. Die Mädchen schichteten es an der Hauswand auf. Alle lachten, wenn ich meine Unterwäsche wusch. Ich hatte sie ja auch aus Finchens Nachlaß nehmen müssen. Hemd und Hose. Ich merkte, daß ich tagsüber alles tat, um Agis Aufmerksamkeit zu erregen. Agi sollte mich lieben. Wenn sie irgendwo allein war, rannte ich hin, um sie anzuschauen, um ihren Blick zu kriegen, ohne Zeugen, sozusagen. Sah sie mich anders an? Ich versuchte ganz langsam und vorsichtig, eine Art Heimlichkeit aufzubauen mit ihr. Etwas, was wir nicht mit den anderen gemeinsam hätten. Ich berührte sie probeweise. Zuerst wie unabsichtlich. Da sie nichts sagte, berührte ich sie häufiger, und so, daß die Absicht unverkennbar war. Einmal gingen wir in den Wald, Pilze zu suchen. Agi blieb im Haus. Ich trennte mich von denen im Wald wie unabsichtlich. Rannte zum Hof zurück. Agi schälte Äpfel. Ich blieb vor ihr stehen. Sie stand auf. Wir standen voreinander. Sie sah traurig aus. Ich wußte schon warum. Ein Kuß also. Das wurde ein 1. Kuß. Und er wirkte verboten. Jetzt war sie heraus aus dem Verband. Ich hatte sie abgetrennt. Agi wollte sich die dunkelblau glänzende Bluse nicht ausziehen lassen. Sie hatte einen Blutschwamm, der sich vom Halsansatz, breiter werdend, herunterzog über die rechte Brust. Diese Brust war fast ganz von diesem blauroten Crêpe bedeckt, so daß sie aussah wie eine riesige Brombeere. In den Gemeinschaftsveranstaltungen hatten wir oft Witze gemacht über Agis farbige Brust. Auch Agi selbst hatte sie als farbige Sensation angeboten. Jeder wollte sie mal essen u.s.w. Man muß dazu allerdings wissen, daß Agis Brüste so groß waren wie Agis Kopf. Jetzt also hielt Agi mit aller Kraft ihre Bluse nach unten. Ich war eigentlich froh. Ich hatte nur versucht, ihr die Bluse auszuziehen, daß sie nicht dächte, mir mache die farbige

Brust was aus. Agi heulte. Ich rannte zurück in den Wald. Stieß wieder zu den anderen. Als wir am Abend heimkamen mit unseren Kübeln voller Pilze, empfing uns Agi nicht lachend am Mühlstein wie sonst. Wir fanden sie im Schlafzimmer, auf dem Bauch liegend und heulend. Oliver führte ein Tagebuch für alle. Wem etwas einfiel, was er notiert haben wollte, der sagte es Oliver. So sollte eine gemeinsame Entwicklung befördert werden. Auch die gemeinsamen Arbeitsleistungen wurden notiert. Es war aber unübersehbar, daß ich mehr arbeitete als die anderen. Keiner sagte was. Man erwartete von mir, daß ich meine Arbeitsleistung der der anderen angleiche, das war spürbar. Aber ich wollte der erste sein. Ich wollte denen imponieren. Oliver schrieb jetzt täglich Agis Namen ins Tagebuch und jedesmal setzte er ein Fragezeichen dazu. Eines Tages kam Christian zu mir in den Stall und sagte, es sei besser, wenn ich wieder ginge. Agi meine das auch. Na ja, sagte ich, und ging an Christian vorbei und rannte bis zum Waldrand und auch im Wald rannte ich noch weiter, bis ich an den Rand einer Schlucht kam. Da setzte ich mich und sagte naß gacksend: Agiagiagi. Dann rutschte ich in der Dämmerung abwärts in die Schlucht und lief auf dem Boden der Schlucht weiter abwärts, bis ich ein Geräusch hörte wie von hunderten von Fahrradklingeln. Es war schon dunkel. Ich ging dem Geräusch nach. Ich bog um eine Felsnase. Schon vorher roch ich das Feuer. Dann sah ich es. Das Felsbecken, den Hain, überall Fackeln und Feuer, Genovev und zirka 8 Männer und ein paar Frauen. Alle nackt. Und die nackte Genovev auf einem blumenbekränzten Schlauchboot im Becken, und die Frauen, riesige Frauen, schoben schwimmend das Schlauchboot im Becken herum und die Männer vollführten immer noch wilderen Klingellärm mit Fahrradklingeln, die sie an laubtragenden Haselnußstecken festgemacht hatten. Als der Klingellärm eine nicht mehr zu steigernde

Frequenz erreicht hatte, lenkten die Frauen das Genovev-Floß ans Ufer, die Männer ließen ihre Klingelstöcke fallen und hoben Genovev auf ihre Schultern, Genovev streckte ihre Arme wie selig und lachte mit ihren schweren Zähnen. Männer, Frauen und Genovev verschwanden im Hain, eine Schallplatte gab eine Symphonie von sich. Ich glaube, a-moll. Ich glaube, Mahler. Ich schlich näher. Die saßen auf aufgeblasenen Möbeln und aßen aus steinernen Schalen. Sie aßen Tatar. Und sie tranken Sekt. Vermute ich. Viel sah ich nämlich nicht. Das Gebüsch war zu dicht. Als ich nach einer besseren Position suchte, stieß ich auf einen aufklappbaren Wäschetrockner, an dessen Drähten, sorgfältig auf Bügel verteilt, eine Menge Kleider und Anzüge hingen. Da griff ich ganz instinktiv nach einem Anzug und rannte schluchzend schluchtaufwärts. Erst als ich ganz droben unter der nach Norden überhängenden Klippe war, machte ich Halt, vergrub meine Finchentextilien im dürren Laub und zog von dem unbekannten Herrn Hemd und Socken und Anzug und Schuhe und die Krawatte an. Dann ging ich die Wiese abwärts auf die Straße und die Straße entlang, bis ich mich im Morgenlicht plötzlich vor Kraftis fand. Ich war zu müde, um abzubiegen oder umzukehren. An der Alten Käserei ging ich vorbei. Die Straße zur Kiesgrube hinaus mied ich. In diesem Aquascutum-Anzug konnte ich nicht um Arbeit ansuchen. Und dieser Anzug paßte mir! Um halb neun war ich im *Bären* unter dem Bild unseres *lb. Hansl,* starrte noch einmal das *do* an, trank ein Bier und aß 250 g Schinkenwurst mit viel Senf.

16

Weil ich diesmal mit einem crêmevioletten Kammgarn-
anzug nach Kraftis kam, verlief alles anders als bei dem
1. Aufenthalt. Der Anzug war ein wenig zu groß. Er flat-
terte an mir. In der Brieftasche fand ich 600 Mark. Also
nahm ich ein Zimmer im *Bären*. Für Heu, Wiese oder Wald
war mir dieser Anzug zu schade. Die Papiere wiesen mich
aus als Dr. med. Helmut Merkelfinger, geb. 23. 3. 1920,
1,81 m groß, Augen blau-grau, unveränderliche Kennzei-
chen: 2 herzförmige Brandnarben auf dem rechten Oberschenkel. Das kam einigermaßen hin. Meine Narben stammen zwar nicht von Brandwunden, aber herzförmig sind
sie auch. Am Nachmittag – siehst du, Alissa, so gingen die
Tage hin – kaufte ich mir eine kleine Reisetasche, Wasch-
zeug, Unterwäsche, einen Rasierapparat, einen Schlaf-
anzug, Taschentücher und eine wild gemusterte blaue und
gelbe Krawatte. Die weinrote von Dr. Merkelfinger wäre
für mich untragbar gewesen. Dann zog ich mich in meinem
Zimmer nackt aus, wusch mich gründlich und legte mich
nackt ins Bett. Auf den Bauch. Den Kopf in der Armbeuge.
Mindestens 100 Minuten lang genoß ich ununterbrochen
die Berührung der frischen Bettwäsche.
Als abends die Italiener und andere Fatixkollegen ins Lokal kamen, setzte sich keiner zu mir an den Tisch. Sie er-
kannten mich nicht. Ein alter Herr mit feinem, aber schlot-
terndem Anzug fragte, ob 2 Plätze frei seien, und setzte
sich mit einer jungen Frau her. Sie war einen Kopf größer
als er. Beide Augen standen ihm weit heraus. Ein Auge
schaute immer in die gleiche Richtung. Seine Finger wollten
andauernd Pillen drehen. Sie griffen an ein Westentäsch-
chen, hatten dort nichts zu tun, griffen nach einem Bierdeckel, zitterten mit dem Bierdeckel, eine Hand fuhr zum

Nacken, rieb dort, kam zurück, beide Hände putzten die Brille, ein Finger rieb das stehende Auge, mehrere Finger spielten Klavier, man hätte andauernd zuschauen können. Die junge Frau klopfte ihm mal auf den Unterarm. In diesem Augenblick entdeckte ich, wie sorgfältig beide gekleidet waren. Immer neue Einfälle. Kontraste und Entsprechungen zwischen Tüchern, Ringen, Schleifen, Mustern, Knöpfen. Die waren verheiratet. Die Kostümierung sagte es. Er hörte schon wieder seine Taschenuhr ab. Dieser Schlotterbeck mit dieser jungen fetten Frau, mit dieser Kätzin, dieser Perserin. Sie halb so alt wie er. Sie befahl ihm, er möge sie mit mir bekannt machen. Wie du willst, Finchen, sagte der Alte und stand auf und sagte: Dr. Zerrl. Kristlein, sagte ich. Finchen, sagte er, darf ich dir vorstellen: Herr Kristlein. Sehr angenehm, sagte Frau Finchen und sah mich an. Vielleicht hätte mich am nächsten Morgen ein Lastwagen mitgenommen und ich wäre schon zum Mittagessen bei dir gewesen. Ich hätte nicht den Anschein erwecken dürfen, als interessiere mich, was Herr Dr. Zerrl sagte. Das ist eine mich zum Rasen bringende Angewohnheit von mir. Ich weiß es nicht einmal selbst, ob es mich interessiert, was einer an mich hinquatscht, aber ich sehe, daß ich ihm geradezu irrsinnig zuhöre. Und das kann man ja nicht spielen, ohne wirklich ein wenig zuzuhören. Man muß ja das, was der sagt, andauernd mit Reaktionen am Leben erhalten. Und das müssen sehr vielfältige und feine Reaktionen sein, weil man ja nicht der erstebeste stupide Zuhörer sein will, sondern der bewundernswerteste, den es gibt. Und um dazu fähig zu sein, muß man einfach sehr genau zuhören, sehr scharf mitdenken. Das heißt, von Zuhörervortäuschung kann überhaupt nicht die Rede sein. Um mich diesem Ehepaar angenehm zu machen – und ich war an diesem Abend ganz dringend darauf angewiesen, irgendeinem Menschen

angenehm zu sein –, mußte ich also dasitzen und aufpassen wie ein Luchs. Denn das ist nun allerdings meine
mir zugute kommende Begabung: ich erkenne, woran es
dem anderen fehlt und vermittle seinen Mangel sofort mit
dem meinen. Ich erkannte also sofort: was die zwei brauchen, ist ein Zuhörer. Während des 30jährigen Krieges
habe das Haus Österreich das Dorf Kraftis beansprucht,
und zwar in der Person der Erzherzogin Claudia von
Tirol, begann Dr. Zerrl obenhin. Seine Frau seufzte. Noch
früher sei Kraftis eine keltische Siedlung gewesen. Er selber habe keltische Goldmünzen gefunden. Die sogenannten
Regenbogenschüsselchen. Im Zusammenhang mit einem
Hundertschaftsführer Phullo sei Kraftis in den Noti-
tia Fundatiorum des Klosters Ottobeuren zum 1. Mal
schriftlich erwähnt. Na ja, na ja. Er beugte seinen Kopf
vor, daß auch sein in die Ferne starrendes Auge mich
traf. Hier nur so viel, sagte er, kommen Sie, wir gehen.
Ich mußte mein Gepäck mitnehmen. Wir gingen zu Fuß.
Stumm. Im Haus verschwand Finchen sofort. Er setzte
mich in einen Sessel, holte mir roten Wein, er trank
nichts, er setzte sich auch nicht, sondern ging vor mir hin
und her, auch auf mich zu, wieder von mir weg, dazu redete
er, als fürchte er, ich stünde auf, bevor er mir auch nur das
Wichtigste mitgeteilt habe. Auf die geringste Bewegung
meinerseits reagierte er mit einer Verschärfung des Tons.
So klang es schon bald, als wüte er gegen mich. Dazu be-
obachtete er noch jeden Schluck, den ich nahm und schenkte,
wenn das Glas leer war, sofort ein. Also, da ich mich offenbar doch sehr dafür interessiere, er sei mit Messungen beschäftigt, er messe Merkmale, rassische. Die Auswertung
seiner Meßergebnisse erstrecke sich auf die Berechnung des
Mittelwertes (M), des mittleren Fehlers des Mittelwertes
(m), der durchschnittlichen Abweichung vom mittleren Fehler des Mittelwertes (e), des Variationskoeffizienten (r) und

der mittleren Streuung (E). Begonnen habe er mit der Augenfarbe, die nach alter Erfahrung und nach den Ergebnissen
der modernen Zwillingsforschung durch Umwelteinflüsse
praktisch nicht zu ändern sei, weshalb eben die Augenfarbe
ein ausgezeichnetes Erb- und Rassenmerkmal sei. Seine
Zahlen entsprächen der Martin-Schulzschen Augenfarbta-
fel: Männer pigmentarm 42,4 ± 3,3, Frauen pigmentarm
38,8 ± 3,1, in beiden Geschlechtern rein blaue am stärk-
sten, rein braune am schwächsten, unter Frauen allerdings
etwas weniger blaue und mehr braune als unter Männern.
Jetzt dazu Nasenhöhe und -breite, also Höhenbreitenindex
der Nase: Nasenbreite mal 100 durch Nasenhöhe, Männer
im Mittel 62,5 ± 0,37%, Frauen 63,1 ± 0,4%, Einteilung
in konkav, gerade, konvex; die welligen werden zu den
geraden gerechnet; wir suchen die konvexen als die dinari-
schen. Mir sei doch klar, daß es die höchste Zeit sei für
diese Untersuchung, ein Blick in die Stube im *Bären* könne
mich das lehren: Italiener, Spanier, Türken, in Kürze
wahrscheinlich noch mehr Asiaten. Der Staat müsse durch
Statistik gezwungen werden, die Gefährdung der nordischen Rasse zuzugeben und sie dann planmäßig und unter
Opferung wirtschaftlicher Vorteile abwehren. Dr. Fatzenmoser selber, der hier die Fremden beschäftige, habe Dr.
Zerrls Forschungsprogramm bisher finanziert, offenbar,
um ein wenig von dem, was er durch hemmungslosen Im-
port von Fremdarbeitern sündige, wieder gut zu machen.
Leider sei Dr. Fatzenmoser gerade freiwillig aus dem Leben geschieden. Er, Dr. Zerrl, sei nach dem Tod Dr. Fatzenmosers ratlos. Seine Hoffnung sei seine verhältnis-
mäßig junge Frau, die praktisch seine einzige Mitarbeiterin
sei. Sie müsse, wenn er heimberufen werde, das Werk wei-
terführen. Vom Reichsamt sei ja nichts mehr zu hoffen.
Seine Briefe nach Berlin blieben unbeantwortet oder kämen
sogar ungeöffnet zurück, Empfänger unbekannt, Empfän-

ger verzogen, solche Stempel seien dann drauf, offenbar hänge das nur davon ab, was der Postbeamte in Berlin gerade für einen Stempel zur Hand habe, also eine deutliche Aufweichung auch des Geistes der Beamtenschaft des Reiches. Finchen leide fast noch mehr darunter als er, da sie als überzeugte Antibolschewistin deutlicher sehe als er, der der reinen Wissenschaft zugetan sei, wer an unserem Untergang planmäßig arbeite, und welcher Kräfte sich Moskau, um es einmal klar zu sagen, im Inland bediene. Bis in die Kirche und in die Tiefe der Finanzämter reiche schon die Zersetzung der Behörden. Die eigentliche Merkmalskombination der nordischen Rasse, also blauäugig, blond, gerade Nase, erscheine an unseren führenden Köpfen so gut wie nicht mehr, der Holsteiner Stoltenberg sei die Ausnahme, die die Regel bestätige, aber werde der nicht auch schon, und eben weil er noch rein sei, an den Rand gedrängt von den Mietlingen des Ostens und des Westens? Seine, Dr. Zerrls, Lage sei vor allem deshalb schwierig, weil er jetzt, da ihn die Kräfte zu neuem Beginn schon völlig verlassen hätten, feststellen müsse, daß nicht jede gerade Nase ein Merkmal nordischer Rasse sei, auch ein alpin-ostischer Typ könne eine so geringe Konvexität der Nase aufweisen, daß man diese zu den geraden rechnen müsse. Bei mittlerer Nasenbreite sei der Nasenindex unserer Kraftiser relativ niedrig, überhaupt verwische sich die Deutlichkeit der Meßergebnisse seit 24 Jahren zusehends, oft suche er den Grund bei sich, aber sei er nicht hoch geehrt worden für seine Weiterbildung der Sallerschen Meßtechnik, also liegt es vielleicht doch am Untersuchungsgut, also weiter, noch mehr Messungen, noch mehr Familien, und aus der reicheren Auswahl der Familien noch mehr Personen, und diese Personen noch genauer gemessen, bevor unter der Herrschaft des Kapitals noch die letzten Reservate von Afghanen überfremdet seien. Aber wie könne er das noch, und jetzt ohne Dr. Fatzenmoser, den Mäzen, mein Gott, wie bloß, Herr Kristlein, bleiben Sie, Sie sind der Einzige, der Geeignetste, keinem gönnte ich es mehr, daß er, was ich mühsam baute, einstens ernte. Alissa, ich habe hinter den 2 Perückensträuchern ein Loch gegraben, ich bitte dich, verweigere jede Auskunft über Sinn und Zweck dieses Aushubs, ich bin nämlich noch lange nicht fertig damit, ihr werdet schon sehen, ich habe um das Quadrat eine Absperrung gestellt, daß jeder sieht: Baustelle! Ihr werdet dann schon sehen. Es wird ja, das kann ich versprechen, noch um einiges tiefer werden als es jetzt ist, bei Gott. Übrigens war Frau Finchen nicht ins Bett gegangen, sie spielte nebenan Klavier. Plötzlich erschien sie in einem zinnoberroten gleißenden Morgenmantel. Mit beiden Händen trug sie eine riesige, himbeerrote, brennende Kerze. Schluß jetzt, rief sie mitten in ihres Mannes Satz hinein. Der Mann hörte sofort auf. Sie zog ihn vor meinen Augen aus, schleuderte seine Kleider weit weg – die Unterhose blieb an einem Horn eines zum Kronleuchter verarbeiteten Hirschgeweihs hängen – und band ihren Gemahl mit bereitliegenden Riemen an die Rückseite eines hohen, den Gemahl überragenden schwarzen Ledersessels. Dr. Zerrl war vielleicht einmal dick gewesen. Auf jeden Fall hing jetzt von seinem Bauch eine riesige Hautfalte wie eine Schürze den Leib hinab und deckte ihn zu bis in die Mitte seiner ziemlich elenden, vielfleckigen Oberschenkel. An die schwarze Rückseite des Ledersessels gebunden, stand jetzt also bleich und mickrig und wie eine Karikatur Herr Dr. Zerrl. Frau Finchen erklärte, ihr Mann sei wahnsinnig eifersüchtig. Er sei eben der feinfühligste Mensch nördlich des Gotthard. Eine Zeit lang habe er sich, wenn sie Männer empfangen habe, diesen Männern gegenüber blind gestellt, und sie habe dieses saublöde Theater mitmachen müssen. Die schwarze Brille auf der Nase, habe er sich mit dem weißen Stock durch die Räume getastet, in denen sie mit ihren Männern zu Gange gewesen sei. Die Männer hätten natürlich geglaubt, durch geschicktes Ausweichen dem Blinden ganz unbemerkt bleiben zu können. Diese idiotische Komödie habe sie jetzt gestoppt. Wenn er schon zuschauen wolle, dann solle er's auch zugeben, finde sie. Seine Feinfühligkeit in Ehren. Um noch ein wenig vom Renommee des großen Eifersüchtigen zu retten, bestehe er jetzt noch darauf, daß er an den schweren Sessel gebunden werde. Anders wolle er die Szene nicht überleben können. Obwohl er, ihrer Meinung nach, fähig wäre, ruhig auf dem Couchrand zu sitzen und aus 30 cm Entfernung alles genau mitanzusehen, habe er doch in den 24 Jahren ihrer Ehe – sie sei bei der Schließung 18 gewesen – sie nicht ein einziges Mal als Mann heimgesucht. Aber bitte, da er dieses Eifersuchtsrenommee nun einmal brauche, sozusagen als Bestätigung seiner riesigen, wenn auch negativen Potenz, bitte, warum nicht. Oder ob mich die Gegenwart der alten Scheuche störe. Eifersucht sei eben die Liebe der Impotenten, deshalb plädiere sie nach diesen 24 schrecklichen Jahren für den Krüppel. Inzwischen zerrte Dr. Zerrl längst an seinen Banden, fletschte die falschen Zähne, daß sie runterrutschten, stieß sie mit der Zunge wieder zurück und fluchte und spuckte herüber. Frau Finchen lag schon auf der Couch. Den gleißenden Mantel hatte sie aufgehen lassen. In einer Hand hatte sie ein Schnapsglas, in der anderen eine Schnapsflasche, aus der sie sich alle paar Augenblicke einschenkte. Dr. Fatzenmoser sei, wie ich vielleicht wisse... Still! schrie Dr. Zerrl. Jetzt schau den an, sagte sie. Mir war längst schlecht. Ich bin kein Forschungsreisender, kein Wissenschaftler, kein Innenminister, kein Chirurg, kein Moralist, keine Autorität, mir wird es viel zu schnell schlecht, ich gehe jetzt und grabe weiter, das wird mir gut tun. Leider kann ich mir einen offenen Kampf gegen Heinrich Müller nicht leisten. Sie wollet sich wohl in d' Oschtzone durchbuddla, sagte er, als er mich das letzte Mal in meinem Schacht schaufelnd fand. Und das klang so gemütlich wie feindselig. Er möchte einfach wissen, wonach ich da grabe. Es läßt ihm keine Ruhe, daß ich so viele Stunden grabe, und er weiß nicht, wonach. Ich bin fast sicher, daß er Blomich aus den Zeiten des 3. Reiches kennt, und er hat mir einmal ganz übermütig gestanden, daß er eine Zeit lang in Treblinka gewesen sei, als Fahrer, er habe nur auf das Gaspedal treten müssen, das Schlauchanschließen u. s. w. hätten andere besorgt. Er habe gedacht, man wolle eine neue Art, Asthma zu heilen, ausprobieren, weil die immer so gehustet hätten, später habe er sich weggemeldet zur Marine. Er kann also Blomich auch bei der Marine kennengelert haben. Blomich war vielleicht Ingenieur-Offizier. Aber warum verbietet er seinem Müller nicht, den Schlauch an den Auspuff anzuschließen und das Gas in die Mauslöcher zu leiten! Alle Löcher bis auf eines verstopft er, dann Schlauch rein, dann hockt er im Auto, raucht und drückt aufs Pedal und läßt's Radio laufen. Soll er's drüben machen im Haupthauspark, aber bei uns herüben sorgen wir schon selbst für die Vernichtung der Mäuse. Und nicht mit Treblinkamethoden, Herr Müller, sondern mit einer Katze. Einmal, als Müller wieder seine Aktion durchführte, hat eine ältere Abteilungsleiterin einen furchtbaren Anfall bekommen, sie meinte, sie sei wieder im Lager. Es war natürlich ein Fehler von mir, mich auszuziehen. Aber ich hatte das Gefühl, ich sei dazu verpflichtet. Ich hatte mich schon zu weit eingelassen mit dieser Familie. Das bewies mir deutlich genug Frau Finchen, die Flasche und Glas weggestellt hatte und jetzt kaugummikauend lag und den Kopf geradezu verdurstend herüberdrehte und mit den Lippen etwas Lautloses zu mir hin sagte. Ich folgte auch gleich, begab mich zwischen ihre beträchtlichen Schenkel und in die gewünschte

Lage. Ich weiß noch, daß ich dachte: das wird sich lohnen, das mußt du nicht umsonst tun, diese Frau läßt sich nichts schenken, je schlimmer die Art des Geldverdienens, desto weniger redet man davon. Aber als ich ihr so gegenüber war, sah ich, daß sie zu mächtig war für mich, ich kam mir winzig vor, oder es war mir immer noch schlecht, ich weiß es auch nicht, ich war auf jeden Fall unfähig, ihr irgend etwas Gutes zu tun. Ich wurde nervös, dachte ans Geldverdienen, wurde noch nervöser. Aus. Ihre Augen verloren allmählich das Verschwimmende. Sie versuchte, mir aufmerksam zu Hilfe zu kommen. Ich hätte ihr zurufen sollen: Sie machen es nur noch schlimmer. Sie arbeitete. Dann wurde sie allmählich ärgerlich, wütend, dann böse. Sie schlug auf mich los. Ich wehrte mich, so gut es bei Wahrung höflicher Umgangsformen möglich war.

Den Herrn Doktor schien es zu amüsieren. Aber er war auf ihrer Seite. Er feuerte sie an. Ich hatte schon ein paar ganz hübsche Schläge eingesteckt, ich fand, es sei genug. Ich wollte weg. Aber sie war zu stark. Ich kam nicht bis zu meinen Kleidern. Es wurde ein regelrechter Ringkampf. Wir stürzten zu Boden. Sie schrie. Irgendwo blutete sie, das spürte ich allmählich. Wir waren dem Doktor vor die Füße gerollt. Er spuckte auf mich herunter, traf aber beide, sie schrie ihn an, er spuckte weiter. Ist es dir recht so, Alissa, oder soll ich noch hinzufügen, daß denen Spinnen, bzw. blutige Spinnen aus dem Munde spazierten eben in dem Augenblick, da ich Verkehrs pflog mit ihnen? Sie hatte wahrscheinlich gerudert. Oder sie war eine Meisterschwimmerin. Sie kriegte mich hin. Saß auf mir. Die Knie auf meinen Oberarmen. O je. Sie legte ihre Hände um meinen Hals, rutschte langsam auf mir abwärts, bis sie ihre bedürftigste Stelle auf meinem rechten Knie hatte. Ihre Hände umschlossen immer noch meinen Hals. Ich buckelte ihr mein Knie entgegen. Sie dankte mir durch eine winzige Lockerung des Griffs. Aber ihr Mann wollte sich jetzt, da sie Wirkung zeigte, auf uns stürzen. Der Sessel hielt ihn. Er versuchte, sich nach vorne zu beugen, sich den Sessel aufzuladen, um uns und sich unter dem Sessel zu begraben. Der Sessel war zu schwer. Als er sah, daß er uns nichts anhaben konnte, verlegte er sich aufs Kommentieren. Offenbar war er ein schrecklicher Kenner. Er teilte die Frauen ein nach der Art, wie sie dabei schwitzten. Eine, die überhaupt nicht schwitze, tauge auch nichts, und je deutlicher der Schweiß nach Urin rieche, desto besser sei die Frau. Er habe Zeit seines Lebens einen Geruch gesucht. Seine Frau, das könne er sagen, sei seinem Geruchsideal am nächsten gekommen. Ob Raucher überhaupt eine Frau wahrnehmen könnten, bezweifle er sowieso. Überhaupt würde er uns Mammals dringend die Entwicklung gewisser chemotaktischer Fähigkeiten empfehlen, wenn überhaupt unsere Evolution unserem instinktlosen Genußbedürfnis folgen solle. Der taste-by-touch-sense gewisser Spinnenarten könnte jedem von uns helfen, in der Straßenbahn, auf dem Trottoir die sexuellen Partner fehlerfrei zu finden, wodurch so manches trocken hingestreckte Leben vermieden werden könne. Ich möge entschuldigen, wenn er öfter die Spinnen heranziehe. Nächst der nordischen Rasse gälte ihnen sein Interesse am meisten. Dann machte er mich auf Frau Finchens Töne aufmerksam. Seine Frau erreiche, sagte er, manchmal die Meerschweinchenfrequenz. Dann zählte er weitere Frequenztypen auf. Ich hätte ihm am liebsten das Maul gestopft, weil er mir mit jedem Satz bewies, wie verwandt wir sind.

Als Frau Finchen ihre höchste Frequenz erreicht hatte, sagte er erregt: Das läßt schon fast auf einen stridulatorischen Apparat schließen, aber wo hat sie den, so hören Sie doch, hören Sie doch! aber wo, wo hat sie bloß ihr Stridulatorium? Dann nahm Frau Finchen den Kaugummi aus dem Mund und klebte ihn mir auf mein Weichteil. Dann band sie die Scheuche los, sagte zu mir, wir sollten uns duschen, dann noch was essen, und dann rasch ins Heia, es sei ja schon sündhaft spät. Zuletzt schloß sie mich in ein graues Einzelzimmer im 1. Stock und wünschte mir eine gute Nacht.

Am nächsten Morgen holten sie mich zu zweit ab. Ich dürfe noch nicht gleich gehen. Der Doktor sei außerordentlich glücklich, nach so langer Zeit doch noch einen Menschen gefunden zu haben, der einen Sinn habe für diese Forschung. Bleiben Sie da, bleiben Sie da, sagte Dr. Zerrl. Freunde Dr. Fatzenmosers, die auch bisher schon gestiftet hätten, würden weiter stiften. Bleiben Sie, führen Sie das Werk weiter, ernten Sie die Früchte meiner Lebensarbeit, keinem gönnte ich sie mehr als Ihnen. Und er spielte unverschämt auf die Unfähigkeit an, die ich seiner Frau gegenüber bewiesen hatte. Ein Impotenzkumpan. Er war selig, mich gefunden zu haben. Und jeden Abend jetzt dasselbe. Nur daß Frau Finchens Kampf um mich jeden Abend noch erbitterter geführt wurde und des Doktors Sympathie mit jedem Beweis meiner Unfähigkeit ungeheuer anschwoll.

Er streichelte mich. Natürlich nicht solange Frau Finchen um mich und gegen mich kämpfte, da spuckte und fluchte er wie am ersten Abend. Mir wurde klar, daß ich in eine seit langem laufende Aufführung geraten war, jeden Abend blieb nämlich die weggeschleuderte Unterhose am selben Horn des zum Kronleuchter verarbeiteten Hirschgeweihs hängen. Jeden Abend rollten wir im Kampf vor Dr. Zerrls Füße und er zerrte an den Lederriemen und spuckte auf uns herunter.

Tagsüber versuchte Dr. Zerrl mir jeden erdenklichen Liebesdienst zu tun. Einmal mußte ich sogar fürchten, er werde mir gegenüber noch einmal von einer Potenzanwandlung heimgesucht. Das Ehepaar hatte mir ja meine Kleider abgenommen. Frau Finchen hatte mir lediglich einen ihrer rohseidenen gelben Schlafanzüge zur Verfügung gestellt. Und die Polizei konnte ich auch nicht rufen. Und jedes Fenster in diesem Haus war vergittert. Und jeden Abend die gleiche Arbeit. Und kein Wort vom Geld. Die dachten wohl, ich täte das für Kost und Logis. Wenn die Sonne scheint, funkelt der See durch jedes Gebüsch. Sagte Herr Blomich unter meinem Fenster vorbeigehend zu einem Besucher, den ich, weil ich die Beiden, bis ich ans Fenster kam, nur noch von hinten sah, am liebsten für den Dichter Wollensak gehalten hätte. Weil er so riesig war und doch so weich ging, daß er, worauf auch immer er seinen Fuß setzte, nie etwas zertreten würde. Sie behaupten also, sagte der, durch jedes Gebüsch funkle, wenn die Sonne scheint, der See? Das können Sie mir glauben, sagte Blomich, der See funkelt, wenn die Sonne scheint, durch jedes Gebüsch. Also gibt es kein Gebüsch, sagte der, den ich für Wollensak hielt, durch das der See, wenn die Sonne scheint, nicht funkelt. So ist es, sagte unheimlich ruhig die tiefe Stimme Blomichs. Seine Stimme ist viel tiefer als meine Stimme. Wollensaks Stimme ist noch tiefer als Blomichs Stimme. Was da also ruhig über den bei Sonnenschein durch jedes Gebüsch funkelnden See gesagt wurde, wurde von zwei sehr tiefen Männerstimmen gesagt. Nun kamen ja, da es seit langem bekannt war, daß Dr. Zerrl jedem Angehörigen einer alteingesessenen Familie der Gegend, der sich messen ließ, Geld zahlte, immer wieder Leute ins Haus. Im Vorzimmer des Zerrlschen Arbeitszimmers mußten sie sich ausziehen, dann durften sie hinein. So eine Messung dauerte eine gute Stunde. Und Frau Finchen war immer drin. Das war meine Chance. Wahrscheinlich waren beide betäubt vom Eifer, einem weiteren Landeskind die Maße zu nehmen. Als sie wieder einmal im Arbeitszimmer verschwunden waren, holte ich mir die Kleider des Meßklienten aus dem Vorzimmer, rannte hinauf in den Dachboden, zerschlug eine Platte mit einem Schürhaken, den ich am offenen Kamin mitgenommen hatte, löste dann 3 weitere Platten, zwängte mich hinaus, warf die Kleider hinunter, rutschte langsam auf die Rinne zu, drehte mich, ließ mich hinunter über die Rinne, hing zuletzt an der Rinne und ließ mich, nachdem ich noch einmal hinunter geschaut hatte, fallen. Es war weder hoch noch hart. Ich zog mir nur Hose und Jacke an, schlüpfte in die Schuhe, den Rest stopfte ich in den dunkelgrünen Velourhut und ging ruhig aber rasch den Weg hinauf, der zwischen zwei weit auseinanderstehenden Höfen in die ansteigende Wiese führte und dann in den hohen Wald. Die Kleider rochen nach Bauernhof. Angenehm. Ein solider dunkelgrüner Trachtenanzug. Und wie der mir paßte! Geld fand ich nicht, aber einen Ausweis. Gottlieb Schmid. Ohne i-e! Ohne i-e! Ohne i-e! Beruf: Bauer und Bauernmetzger. Geboren 28. 3. 1920. Einverstanden. Ich trabte los. Waldeinwärts. Als ich zwischen Wäldern unachtsam ein freies Feld überquerte, rannten plötzlich etwa 15 jüngere Stiere auf mich los. Ich kehrte um, erreichte gerade noch den Waldrand, den Graben am Waldrand, sprang hinüber, die Stiere blieben zitternd auf der anderen Seite und schauten mir nach. Roch ich vielleicht nach einer rinderigen Kuh, he?! Ich hätte nie gedacht, daß meine Lebensfreude so früh zurückgehen würde. Vielleicht solltest du Sezer und den Baron doch tauschen. Daß er als Commis einer Frau arbeiten muß, verstehst du, und auch noch einer Türkin, bitte, du weißt, ich bin nicht gegen Ausländer, aber der Baron wäre dann vielleicht nicht mehr so zynisch; hauptsächlich geht es mir ja um die immer unruhiger werdende Froni (heute 14 mal: Ich hau dir ein Horn ab!), gegen die der Baron seine Tücke am liebsten richtet. Ich fühle mich bedroht, wenn ihr drunten so schreit. Ich stelle mein Schreibmaschinenband jeden Tag noch lauter. Ich fürchte, es fällt schon auf. Aber ihr werdet, scheint mir, auch jeden Tag lauter. Man hätte den Baron überhaupt nie von der Spülmaschine weglassen dürfen, das ist meine Meinung. In einem solchen Menschen Karrierehoffnungen zu wecken, muß ihn verderben. Und weniger Bier, Alissa, 6 Flaschen pro Vormittag, und keine mehr! auch wenn er auf den Knien ankäme. Die letzten 50 m zwischen Waldrand und Gartenzaun legte ich tatsächlich auf den Knien zurück. Aber ich war noch nicht dort, ritt mir einer bald über die Hände. Es dämmerte ja schon. Er sprang gleich ab, hatte sofort die Pistole vor sich, führte mich zum Haus. In der hell erleuchteten Scheune, sozusagen unter Flutlicht, saßen sie alle an komischen, benagelten Schragen und knüpften offenbar Teppiche. Agi, Alma, Christian, Oliver und 8 oder 10 andere. Der mich gefangen hatte, war der Boß, der den anderen mitteilte, es sei ihm endlich gelungen, einen Giaur zu erbeuten, der die Stallarbeit tun könne. Komisch, daß viele die Stallarbeit besonders verabscheuen. Sheikh El Shabazz wies mir eine Schlafstelle überm Stall an. Ins Innere des Hauses, zu den Moslems, durfte ich nicht. Dafür mußte ich auch die Waschungen nicht mitmachen und kein Gebet von El Sobh* bis El Maghrib, denn El Shabazz, der, flüsterte Agi, früher Peter Breitbach-Röchling geheißen habe, wollte mich nicht zum Islam bekehren. Allah liebe keine Konserven, womit er, sagte Agi, habe sagen wollen, ich sei zu alt. Nun gut, bzw. insha Allah. Das sind unassailable facts. Der Sheikh hat mit seiner Gefolgschaft die Feld-Wald- und Wiesenkommune besetzt, bezaubert, auf jeden Fall arbeitet man hier jetzt nach seiner Weisung. Teppichknüpfen hat er gelernt während seiner Wanderjahre zwischen Tanger und Haidarabad. Jedem seiner Glaubensgenossen hat er 4

---

* Wörter und Sätze aus weniger bekannten Sprachen sind im Anhang übersetzt.

Frauen versprochen. Und eine Frau, die einem Mann zutunlich ist, hat halb so alt wie er plus 7 Jahre zu sein, so habe es schon der Prophet für seine Gläubigen berechnet. Welch eine Religion. Die Frauen knüpfen täglich 3 Stunden länger als die Männer. Es fehlen aber noch 11 Frauen, dann müssen die Männer vielleicht gar nicht mehr knüpfen. Die Männer sollen beten und Schriften kommentieren und neue Schriften verfassen und drucken. El Shabazz wird dafür sorgen, daß Teppiche und Schriften des Hofes Hajar draußen begehrt und bezahlt werden. Ma sha'a-llah. Wenn El Shabazz spricht, beginnen seine Hände zu zittern, seine Augen reißen weit auf. Er kann überhaupt nicht reden, ohne in die allergrößte Heftigkeit zu verfallen. Am meisten liegt ihm daran, daß man ihn liebt. Er schaut einen an, daß es einem durch und durch geht. Man spürt, er würde es sofort bemerken, liebte man ihn nicht. Den schwarzen Afghanen und den hellen Türken und den roten Libanesen hat er abgeschafft. Wir werden high durch Beten, sagt er. Auch die vegetarische Periode war durch El Shabazz beendet worden. Ich sagte ihm gleich: Sheikh, ihr müßt den Fleischkonsum drosseln, so schnell wachsen die Zicklein nicht, wie ihr sie freßt. Sprich nicht so mit mir, Giaur, sagte er, und wie schnell Ziegen wachsen, wisse er besser als ich, wer habe denn in den Irrenhäusern von Cadiz, Almeria und Kaufbeuren gelegen und den Regen im Horn gesammelt, er oder ich? Labbayka! Ich hatte auf der Zunge: Bismi-llahi-r-Rahmain-r-Rahim, weil er mit seiner grellen Stimme jeden Morgen so anfing, aber ich versagte mir's, weil es ihn zu sehr erregt hätte, wenn ich als Giaur heilige Wörter benutzt hätte. Daß Agi, Alma, Oliver und Christian jetzt Ethel, Zifura, Essid und Ahmed hießen, daß der Brunnen Zem Zem, die 2 nächsten Hügel Safa und Marwa hießen, fand ich ganz interessant. Und geradezu neidisch wurde ich, wenn ich am Freitag vom Stall aus zuschauen mußte, wie sich alle um den Mühlstein herumbewegten, den sie offenbar als hiesige Ka'ba annahmen, und jeder nur noch mit 2 Handtüchern bekleidet war, eins unten, eins oben, die rechte Schulter aber frei. Und sieben Steine warf El Shabazz nach dem Teufel und alle warfen sich selbst zweimal zur Erde. Beim 1. Mal riefen sie: Sagt, daß Er Gott ist, der Eine und Einzige! Beim 2. Mal riefen sie, o ihr Ungläubigen: ich bete nicht an, was ihr anbetet! Und wenn einer sein Handtuch nicht fand, stritten sie und einer schrie: Azzam gib mein Izar her. Und Azzam schrie zurück: Idiot, das ist doch mein Rida. Und weil Mohammed einmal dank eines Spinnennetzes den Corei-Shiten entgangen sei, verbot Sheik El Shabazz die Tötung von Spinnen im und am Haus. Ich hatte Heimweh. Nach meinen Spinnen. Nach euch allen, am meisten aber nach dir Alissa-Arachnida. Ich legte mein Gesicht an meine Lieblingsziege. Molk sie wie wild und soff die herrliche, die schaumige Milch. Takbir! Takbir! Agi kam nie zu mir in den Stall. Sie gehörte zu El Shabazzens Frauen. Er hatte auch erst drei.

Plötzlich rannten mal 4 Kerle (darunter Ahmed-Christian) in den Stall und packten mich und fesselten mich, dann kam der Sheik persönlich, betrachtete mich und steckte mir dann einen Knebel in den Mund, den er aus einem Schal gewonnen hatte. Einen 2. Schal band er mir so um den Mund, daß ich den ersten nicht ausspucken konnte. Sie schleppten mich in den Keller, in dem in allen Fässern mein Most arbeitete, und legten mich in einen Zuber. Ich begriff nicht, wofür ich da bestraft werden sollte. Plötzlich hörte ich oben ein Auto herfahren. Begrüßungen. Verhandlungen. Das Fernsehen. Ein Bericht sollte gedreht werden über die Teppich-Kommune Hajar. Der Sheik gab das Interview. Er, der Erzengel der Ausgeflippten, der ihrem Leben wieder einen Sinn gab. Und die bestätigten das. Ob sich welche oben ohne zeigen könnten, fragten die vom Fernsehen. Nee du, sagte der Sheik, laß mal, das gibt bloß Aggressionen bei der Kundschaft. Das dauerte ewig, bis die alles drauf hatten. Und auch noch die Hausmachermusik. Sobald das Auto weg war, kam Ahmed-Christian runter und befreite mich. Er grinste. Ich grinste nicht, weil mir Verschiedenes wehtat. 2 Tage später rannte ich davon. Der Sheik war mit dem Fuhrwerk nach Marktoberdorf gefahren. Die anderen beteten gerade ihr Asr. El Shabazz hatte befohlen, sie sollten gut auf mich aufpassen. Einen Winter lang habe ich den Stall zu besorgen, dann dürfe ich weiterziehen. Dafür beschütze er mich diesen Winter lang gegen alle Belästigungen durch die Polizei. Er nahm einfach an, ich sei ein Krimineller auf der Flucht. Eine Elster fliegt ein. Die erste. 26. Oktober. Mein Gott, Alissa, die unendlichen Wälder zwischen München und hier, auf und ab, und je weiter du dich vom Gebirge wegwagst, desto leichter läufst du falsch. Also hielt ich mich wieder nach Süden hin. Von den Hügeln zu den Bergen. Und gegen Abend rutschte ich langsam eine Nadelrutschbahn hinunter in eine Schlucht, da drunten wollte ich schlafen. Es war schon dämmrig, bis ich unten anlangte, und nur noch nach einem Nest suchte, als ich plötzlich im Schnittpunkt zweier Scheinwerferbahnen stand. Ein paar Uniformierte rannten auf mich zu, schwarze Uniformen, Geschrei, ein Chef fragte (nicht ohne Dialektanklang): Was wollen Sie da herunten? Ich sagte es ihm. Machen Sie keine Witze, sagte er. Ihre Papiere, bitte. Ich hatte keine. Ach so einer sind Sie, das ist gut, jetzt sehen wir schon klarer, los ab, rauf mit ihm, zur Polizei. Während ich schluchtaufwärts geführt wurde, erklang plötzlich hinter uns aus der Tiefe der Schlucht ein irrsinniges Klingelkonzert von unschätzbar vielen Fahrradklingeln. Ich erschrak. Dann war ich fast dankbar für die Gefangennahme.

17

Anstatt einfach einen waagrechten Strich von links nach rechts über das Blatt zu ziehen und so eng als möglich darunter, jedoch den ersten nie berührend, einen zweiten und einen dritten u. s. w. – was auch eine schöne und durch die Freihändigkeit doch irgendwie wankende Enge erzeugt –, winkelte ich den Strich nach einem waagrechten Anfang von zirka 3 mm gleich senkrecht nach oben, fast 1 cm hoch, dann rechtwinklig wieder zurück, Richtung linker Blattrand, aber auch nur an die 3 mm, dann wieder senkrecht runter, aber nicht den ganzen Zentimeter runter, nur an die 6 oder 7 mm, dann wieder waagrecht weiter nach rechts, 6 mm, also durch durch die 1. Senkrechte und über sie hinaus, dann wieder 6 bis 7 mm nach oben, oben wieder 3 mm zurück und dann wieder herunter, jetzt aber den ganzen Zentimeter herunter bis auf das Niveau des Anfangs und auf diesem Niveau weiter waagrecht nach rechts, 1 cm etwa, dann wieder den 1 cm senkrecht rauf, die 3 mm zurück, die 6-7 mm runter; die 6 mm nach rechts, die 6-7 mm wieder hoch und 3 zurück und wieder den ganzen Zentimeter runter zur Basis und so weiter bis zum rechten Papierrand und dann zurück zum linken Rand und eine Fingerbreite tiefer wieder angefangen und so weiter viele hundert Mal.

Die Zuschauer, die Justizpersonen und die Geschworenen dachten wahrscheinlich, ich machte mir viele Notizen. Tatsächlich schrieb ich auch manchmal einen Satz, der mir besonders gelungen vorkam, zwischen meine Verästelungen hinein. Der junge Staatsanwalt wurde offenbar nervös durch mein Gekritzel. Er sah sich gezwungen, während er Zeugen ausfragte, des öfteren höhnisch meinen tief überm Papier hängenden Kopf zu erwähnen. Ihm schien, was ich tat, schlechtes Gewissen, Ausweichen, Feigheit zu bestätigen. Auch meinen Verteidiger, der noch jünger war als der Staatsanwalt, machten meine sich über viele Blätter ausbreitenden Winkeldickichte nervös. Wenn er mich im U-Gefängnis besuchte oder mir in Verhandlungspausen gegenübersaß, fragte er immer: Können Sie das nicht lassen? Oder er sagte: Das macht einen schlechten Eindruck auf die Geschworenen. Oder er sagte: Jetzt hat auch der Vorsitzende gemerkt, daß Sie sich keine Notizen machen. Oder er sagte: Wachen Sie auf, Ihre Lage ist ernst. Ich träume doch, sagte ich dann. Nein, sagte er, Sie träumen nicht, Sie sind im Untersuchungsgefängnis in Kempten, die Hauptverhandlung hat schon begonnen. Wenn ich nicht träume, sagte ich, wie soll ich dann aufwachen? Aus Ihrer Lethargie, sagte er. Sie müssen mitarbeiten, sonst kriegen Sie 211 zwo, das sind 20 Jahre oder lebenslänglich, und zwar Zuchthaus. Und wenn ich mitarbeite? Dann schaffen wir 213 oder wenigstens 212, in Verbindung mit 51 zwo. Es war doch auch kein Mord, Sie sind nicht der Typ, der sowas plant und kaltblütig ausführt. Ich würde vor allem niemals einen Menschen ins Gesicht schießen, sagte ich. Auf jeden Fall nicht kaltblütig, sagte er, höchstens in Notwehr oder im Affekt, oder unter Alkoholeinfluß. Nein, überhaupt nicht. *Einschußstellen an der rechten Nasenseite, im äußeren rechten Gehörgang und am Halsansatz,* das ist nicht mein Stil. Sagte ich. Aber da lächelte mein liebenswürdiger RA Dr. Chrysostomus Erble, 29. Es habe keinen Sinn, Faxen zu machen, sagte er dann deutlich geduldig. Theopont Dirlewanger und seine Frau Ameli hätten Beweise geliefert, die nicht zu erschüttern seien. Aber wo ist die Tatwaffe? fragte ich. Das frage ich Sie, sagte er. Und ich Sie, sagte ich. So kommen wir nicht weiter, sagte er. Mein Gott, wozu hat man Sie geschickt, sollen Sie mich anklagen oder verteidigen, sagte ich. Endlich erwachen Sie, sagte er. Ich träume, sagte ich. Hoffentlich träume ich. Lebenslänglich, sagte er, wenn Sie nicht mitarbeiten. Wenn wir 213 schaffen, sind nur noch 6 Monate bis 5 Jahre möglich. Wir haben eine Chance. Meine Strategie ist folgende:

1. Das Persönlichkeitsbild der getöteten Frau Gertrud Brohammer, das ich durch 11 Zeugen entstehen lasse, ist so widerwärtig, daß die Geschworenen weich werden ... Aber ich kannte doch Frau Brohammer überhaupt nicht. Also das abzustreiten, hat wirklich keinen Sinn, mindestens 25 Zeugen bestätigen, daß sie Ihnen in München in der BuSoM-Villa die Hand gegeben hat, daß sie Ihnen Grüße an Herrn Blomich aufgetragen hat, daß sie zu Ihnen gesagt hat, besuchen Sie uns doch mal in unserem Haus am Forggensee, vielleicht haben wir etwas für Sie! Wenn wir ihr Persönlichkeitsbild richtig aufbauen, können wir zeigen, daß sie eine habsüchtige, bösartige, zur Gewalttätigkeit neigende Person war. Zuerst lädt sie Sie ein, bietet Ihnen an, etwas für Sie zu tun, dann kommen Sie, dann lacht sie Sie aus, sagt: Wie sehen Sie überhaupt aus! was fällt Ihnen ein, in diesem Aufzug mein Haus zu betreten! Sie aber sind durch Leichtsinn und wirtschaftliches Unglück gerade völlig am Boden, 72 000 Mark schuldhaft verspekuliert, das hat Sie geschmissen, das war überhaupt causa Nummer eins, ganz klar, da drehten Sie durch, Sie vagabundieren durch die Gegend, ernähren sich höchst unvollkommen von Beeren des Waldes, Früchten des Feldes, kleinsten Diebstählen und Gelegenheitsarbeit. Das ist ganz wichtig, daß Sie wochenlang praktisch Hunger litten. Zum Glück hab ich ein paar Semester Medizin gemacht, weil ich der Ansicht bin, ohne die materielle Basis zu kennen, auf die das Gesellschaftliche wirkt, ist die Frage der persönlichen Motivation, bzw. Schuld nicht zu diskutieren. Sie sind für mich ganz klar ein Hinterlappentyp, also da braucht's schon was, bis Sie schießen. Z. B. die hormonelle Umstimmung durch Eiweißmangel, das heißt: Eiweißabbau im Körper, Hypoproteinämie,

dann überreiche Kohlehydrat-Zufuhr, was zu einer Hypo-
glykämie führen kann, also zu abnormen Erregungszustän-
den, Zittern, Pulsbeschleunigung, vor allem auch Merkschwächen, das werden wir dem Gutachter schon stecken,
sehen Sie bloß Ihre Fingernägel an, dystrophisch, ausgesprochen dystrophisch, diese rissigen, sich ausfasernden
Kanten, ich bin überzeugt, daß Sie die Tat begangen haben
in einem Inanitionsdelir, das sich bis zur Tobsucht gesteigert
hat! Wenn diese Frau Dirlewanger in ihrer krankhaften
Spießigkeit das Büro nicht aufgeräumt hätte, bevor die
Mordkommission eintraf, hätten uns die Kampfspuren klar
bewiesen, daß es sich um eine lang währende Auseinandersetzung gehandelt haben muß, in deren Verlauf Sie, von
Hunger und einseitiger Ernährung total zerrüttet, zur
Waffe griffen, die ja die Waffe der Brohammers war!
Wahrscheinlich hat die gewalttätige Dame Brohammer die
Waffe aus ihrer Schublade gezogen, hat sie auf Sie gerichtet,
und Sie haben sie ihr in Notwehr entrissen und sie gegen
die Aggressorin gerichtet, aber da waren Sie schon ein Opfer der Situation. Wir kennen das fright-flight-fight-Syn-
drom zur Genüge. Fright und flight waren schon passé, Ihre
Entscheidungsfreiheit war verbraucht, Sie konnten nur noch
reagieren, und zwar ganz klar als the cornered rat. Auch
als Herr Brohammer in der Tür erschien. Sie schossen einfach weiter. Aber warum 7 Kugeln in Frau Brohammer
und nur 1 in Herrn Brohammer, Herr Doktor? Weil Ihnen
da sofort ein Schädelsteck-Gehirndurchschuß gelang und
Herr Brohammer auch sofort tot niederstürzte und Herr
Brohammer Sie auch nicht unmittelbar vorher durch Ver-
weigerung und bösartige Bemerkungen irgendwie beansprucht hatte. Und warum nahm ich dann das Geld mit,
wenn ich bloß aus Notwehr schoß? Weil Sie plötzlich spür-
ten, daß das, was Sie getan hatten, irgendwie sinnlos war,
es paßte nicht zu Ihnen, zu Ihrer ganzen Biographie, es

fehlte Ihnen einfach das Motiv. Sie konnten ja nicht einsehen, daß es dieser bösartigen Frau gelungen war, in Ihnen einen akuten Tobsuchtsanfall auszulösen, weil Sie seit Tagen am Rande eines regelrechten Inanitionsdelirs dahinvegetierten. Aber daß Sie 2 Menschen getötet hatten, stellten Sie gerade noch fest. Und weil wir nichts so schwer ertragen wie eine Handlung, deren Motiv uns verborgen ist, sorgten Sie auf geradezu groteske Weise für ein Motiv: Sie raubten den Panzerschrank aus. Es wäre für Sie schlechterdings unerträglich gewesen, die Erinnerung an die Tat auszuhalten, ohne daß Sie sich dazusagen konnten, warum Sie die Tat begangen hatten. Das Motiv enthält die Erlösung des Täters. Im Unterbewußtsein waren natürlich auch noch die verspekulierten 72 000 wirksam. Wie sollten Sie Ihrer Frau vor die Augen treten! Es war ja das Geld Ihrer Frau! die Sie lieben! Und warum schoß ich auf Dirlewanger? Da war ich doch schon ernüchtert durch 8 Schüsse, hatte schon die Tasche mit dem Geld gefüllt, das Licht gelöscht, war, wenn ich Ihnen folge, über die Toten hinweggestelzt, die Treppe raufgegangen, wollte ganz vernünftig die Haustüre schließen und ... Und dann ruft Sie dieser Dirlewanger an, jetzt, da Sie sich schon als Raubmörder, dem es um eine Tasche voll Geld geht, motiviert hatten, jetzt kommt der, und damit wäre alles umsonst gewesen, also was liegt näher, als die letzte Kugel auf den abzufeuern, wozu denn sonst hätten Sie die Waffe überhaupt an sich genommen, Sie wollten jetzt schon der Raubmörder sein, der sich den Weg notfalls freischießt. Anders wäre Ihnen alles, was Ihnen in der vorangegangenen Stunde passiert war, völlig fremd vorgekommen, so fremd, daß Sie sich hätten für verrückt halten müssen – was Sie durch Ihren Zustand auch waren, sozusagen. Da es aber leichter erträglich ist, ein Mörder zu sein als ein Verrückter, haben Sie sich in die Mörderrolle eingeübt, das Geld versteckt, die

Waffe vergraben, so sehr haben Sie sich eingeübt, daß Sie nicht einmal mir gegenüber, der Ihnen als Anwalt helfen will, zurückfinden in Ihre frühere Persönlichkeit. Fänden Sie zurück aus der Mörderrolle, so fänden wir zusammen den Weg in jene Erschöpfungszustände wieder und wahrscheinlich verschwänden die Merkschwächen allmählich und wir könnten dem Gericht einen verständlichen Hergang von allem entwickeln, wozu – als Causa Nummer zwei – sicher der entsetzliche Tod Ihres jugoslawischen Freundes in der Müllzerkleinerungsanlage gehört, und zwar genau in dem Augenblick, als Brohammer Ihnen die Abfuhr erteilt hatte, da passiert das, und sofort kriegen Sie Krach mit Ihrer Cousine, also rennen Sie aus der Stadt hinaus, jetzt ist kein Halten mehr, jetzt geht es abwärts, von Klippe zu Klippe, sozusagen, klar! Vielleicht erreichen wir sogar 213, wenn wir da auch, wegen der Konsequenz Ihres Vergehens, mit 5 Jahren Gefängnis rechnen müßten, aber ich bitte Sie, was wären 5 Jahre angesichts dieser Tatbestandsoberfläche: 2 Ermordete, 1 Verletzter, Raubmord und Mord aus Habsucht und Haß, also aus den niedrigsten Beweggründen überhaupt. Wenn das falsch dargestellt wird, ist ohne weiteres 2 mal lebenslänglich drin, das muß Ihnen klar sein, hören Sie, jetzt fangen Sie doch nicht schon wieder mit Ihrer Kästchenkritzelei an, ich bitte Sie, ja?! Ich wunderte mich am meisten über den Eifer des Staatsanwalts Dr. Ulrich Wegelin. Es gibt doch keinen Beruf, den man ganz ohne persönliche Beteiligung ausüben kann. Der Staatsanwalt war nicht weit davon entfernt, mich zu hassen. Ebenso wie mein Dr. Erble sich allmählich in einen Haß gegen Frau Brohammer hineinarbeitete. Herr und Frau Dirlewanger mußten auf Dr. Erbles Drängen zugeben, daß sie oft und oft Herrn Brohammer aus dem Abort befreit hatten, in den ihn Frau Brohammer eingesperrt hatte. Ohne Dirlewangers hätte er bis zur Rückkehr der Frau Brohammer, also oft stundenlang, oft eine ganze Nacht lang, in dem vergitterten Abort verbringen müssen. Falls diese Frau Brohammer mir in München – was ich, nach Dr. Erble, verdrängt hatte – tatsächlich angeboten hatte, ich könne bei ihr vorsprechen wegen einer Anstellung, dann war mir durch ihren Tod wirklich etwas erspart geblieben. Dr. Erbles Zeugen schilderten eine Frau Brohammer, die jeder gerne getötet hätte. Von 7 Uhr morgens bis 17 Uhr war sie mit Theopont Dirlewanger unterwegs, Geld einzusammeln aus all ihren Spiel- und Musikautomaten zwischen Lech und Bodensee. Dreimal in der Woche schleppten Theopont Dirlewanger und sie die Säcke voller Münzen auf die Bank, ließen aber nur etwa die Hälfte dort auf dem Konto, die andere Hälfte nahm sie in Scheinen mit, um sie gegen übermäßige Zinsen (10-14%) selber zu verleihen an kleine Geschäftsleute, die im Druck waren. Ihre Gewinne verbaute sie, gefördert vom Staat, in allen größeren Städten Süddeutschlands und der nördlichen Schweiz. Dr. Erble hat 19 Brohammersche Mietshäuser gezählt. Und ihr Mann, der Herr Brohammer? Der war im Grunde genommen auch Automatenkaufmann, obwohl das keiner seiner Freunde in München wußte. Sie hielten ihn alle für den Fabrikanten und Diplom-Ingenieur Brohammer, Gründer und Boß der Firma ELTRON. Dr. Erble ließ Firmenprospekte herumgehen, in denen ELTRON-Präzisionsgeräte photographiert waren, die angeblich mit Apollo 12 auf dem Mond gelandet waren. ELTRON stelle elektronische Meßgeräte her, auch für die NASA hieß es da. Und hinter einem Dorf in der Nähe Füssens lag auch tatsächlich irgendwo eine Halle, auf deren Dach ELTRON stand. Daß in der Halle je Meßgeräte gebaut worden waren, bezweifelte Dr. Erble. Die photographierten Renommiergeräte identifizierte Dr. Erble nach fleißigen Forschungen als Leistungen der US-Firma Perkin und Elmer. In den letzten Jahren hatte die ELTRON-

Halle nur der Lagerung und Reparatur von Spiel- und Musikautomaten gedient. Zwei Arbeiter waren dafür da. Auch sie ließen an Frau Brohammer kein gutes Haar. Einer sagte: Wenn man wüßt, wer sie umgebracht hat, die Hand müßt man ihm drücken und ihm ein Bier zahlen. Immer freundlicher schauten die Leute zu mir her. Auch die Geschworenen lüfteten ihre Justiz-Amateurs-Mienen ein wenig. Als Kriminalobermeister Paul gar aussagte: Eine Buchführung hatten die Brohammers nicht, wir fanden Schmierzettel als Schuldscheine ohne Rückzahlungsvermerk! da ging ein verächtliches Stöhnen durch den Zuschauerraum. Die Steuernachforderungen aus sechs Jahren beliefen sich auf 267 000 Mark. Warum das Finanzamt die nicht einzutreiben gewußt hatte, blieb unklar. Frau Brohammer also höchst herrisch, rücksichtslos und brutal. Herr Brohammer: ein träger oder gemütlicher Mensch, der schon am späten Vormittag anfing zu trinken; die Woche verbrachte er in München bei seiner 26 Jahre jüngeren Geliebten; diese Enthüllung rief kein Raunen hervor, so wirkungsvoll hat Dr. Erble Frau Brohammers Persönlichkeitsbild hergerichtet! Brohammer hat offenbar seit langem überhaupt nichts mehr gearbeitet. In verschiedenen Vereinen und Clubs hatte er Pöstchen. Kein schönes Leben, sagte Dr. Erble. Er mußte sich Nachschlüssel machen lassen und seine Frau bestehlen, wenn er nicht verhungern wollte. Der Staatsanwalt trieb dagegen noch einen Steuerberater der Frau Brohammer auf, der sagte: Einen Zornausbruch habe ich bei ihr nie erlebt, wenn ich mit ihr über ihre Schuldner sprach, Frau Brohammer war überhaupt nicht aggressiv. Jetzt ließ aber Dr. Erble Frau Brohammers Schuldner aufmarschieren: mit der Pistole hatte sie sie bedroht, wenn der Zins nicht rechtzeitig einging; in die Wohnungen war sie gestürmt, abends, wenn die Familien aßen, und hatte die Familienväter Lumpen, Tagediebe, Säufer, Betrüger, Saukerle und Mostköpfe genannt, und wenn man nicht am nächsten Tag zahlte, erstattete sie Anzeige. Ein Malermeister sagte: Sobald es ums Geld ging, wurde sie fuchsdeifelswild. Der Gerichtsvollzieher sagte aus, daß sie ihn, obwohl er ihr das immer wieder untersagt habe, auf allen von ihr provozierten Pfändungsgängen begleitet habe. Sie habe es wirklich genossen, hinter ihm in ein Haus einzutreten und der Pfändungshandlung zuzuschauen. Alle sagten, die schönste Zeit seien jedes Jahr die 2 mal 3 Wochen gewesen, die sie auf einer sogenannten Schönheitsfarm am Tegernsee verbracht habe. Das wiederum sei hinausgeworfenes Geld gewesen. In das magere Ripp hätt ich keinen Pfennig nicht hineingesteckt, sagte der Gerichtsvollzieher. Der Bankangestellte sagte aus, Frau Brohammer und Herr Dirlewanger hätten pro Woche 8 bis 10 000 Mark Münze angeschleift. Ja, was sagt überhaupt Herr Dirlewanger, Theopont, geboren 7 Jahre nach mir, nicht so weit weg von meinem Geburtsort, nämlich in Hergatz, bei Hergatz, auf einem herben Höfchen, das immer schon die Weiber umtrieben, während die Männer beim Adel schafften oder bei der Bahn! Theopont Dirlewanger, Hauptzeuge der Anklage! Aber die Idee, mich zu beschuldigen, war nicht ihm gekommen, sondern dem Leiter der Kripo-Sonderkommission, Herrn Oberamtsrat Prack. Es ist eine Anstrengung, Alissa, mich mit diesem Gerichtsverfahren zu beschäftigen, weißt du das? Auch drückt mich der noch nicht gefallene Schnee. Häher lassen ihr Weiß aufblitzen in dem nahtlosen Grau, das jetzt für 3 Monate über uns hängt. Welches Zimmer tapezierst du gerade? Ich sollte die Rosen schneiden. Heinrich Müller wird es drüben sicher schon gemeldet haben, daß ich wieder zögere. Der arme Michel Enzinger sagte, daß Müller ihm befohlen habe, die Tannenzweige uns möglichst mitten in den Weg zu häufen, sonst schnitte und deckte ich die Rosen wieder nicht vor Weihnachten. Und da er den

Michel seit Jahr und Tag in der Stimmung des Jetztgleich-hinausgeworfenwerdens hält, tut der alles, was Müller sagt. Aber spät abends kommt er dann rüber und entschuldigt sich für alles, was er in Müllers Auftrag tun muß. Er würde, z. B., liebend gern die Rosen auch im Gästehausgarten schneiden, Zeit hätte er auch, aber nein, der Müller verbietet ihm jede Tätigkeit außerhalb des zum Haupthaus gehörenden Parks. Da drüben hast du nichts verloren, sagt er. Ein Scheißvorderlappentyp, dieser Müller. Dr. Erble würde ihn garantiert eine hyperadrenale Persönlichkeit nennen. Während Theopont Dirlewanger und ich ... überhaupt Dirlewanger, die erste Gegenüberstellung, das war schon komisch, wie der mich anschaute, ich schau ihn an, dann spür ich gleich, daß es besser ist, ihn nicht anzuschauen, also schau ich ihm aufs Revers, darauf kommt sofort eine Hand von ihm ans Revers und macht daran herum, währenddessen hör ich ihn aber schon sagen, mehr stottern als sagen: Ja, doch, das war er. Und davon geht er seitdem nicht mehr ab. Als ich ihn noch einmal anschaue, reißt es ihm die Augenbrauen hoch und die Augenbrauen beginnen zu flattern, ich schau wieder weg, das ist ja zu peinlich, diese Unsicherheit. Ach Alissa, nördlicher Himmel, südlicher Himmel gleich grau. Seit Mittag treiben die Flocken waagrecht an diesem grauen Himmel entlang. Jetzt gibt es keine Tage mehr bis Anfang März. Wenn ich mich nicht ernst nehme, wird Herr Blomich mich auch nicht ernst nehmen, verstehst du das. Sonst würde ich natürlich auch regelmäßig lachen über mich, aber das spürt er, wenn er es nicht gar durch alle Wände durch und über Garten und Bäume hinweg hört. Dein Gesicht ist jetzt gelbgrau, Alissa, deine Augen sind von einem andauernden Schreck aufgerissen geblieben. Wer dich öfter anschaut, wird jedes Mal wieder überrascht sein, daß ein Gesicht diesen Ausdruck des jähen Erschreckens als Dauerausdruck tragen kann. Ich will dir einen deiner Erfolge schildern, das wird dir gut tun, ja? Wissen Sie was, sagte Dr. Chrysostomus Erble zu mir, jetzt habe ich endlich die Erklärung für Ihre grauenhafte Apathie Ihrem eigenen Prozeß gegenüber, ich hatte von Anfang an sowas im Hinterkopf, ich wußte nur nicht mehr, wo es steht! Bei Freud natürlich, *Verbrecher aus Schuldbewußtsein*, kennen Sie das? Ein Schuldgefühl belastete Sie, seit langem, Sie wußten nicht, warum, aber Sie fühlten sich schuldig, hatten ein regelrechtes schlechtes Gewissen, warten Sie ab! Sie suchen nach einer Tat, nach einer ganz bestimmten Tat, an die Sie Ihr Schuldbewußtsein dann knüpfen können, ein für alle Mal. Sie morden, so! Jetzt haben Sie Ihr Schuldgefühl bewußtseinsfähig gemacht. Jetzt können Sie umgehen mit ihm. Was Sie mit dem dunklen Schuldgefühl nicht konnten, da dies aus einer unbewältigten Ödipussituation stammte, d. h. diese Schuld nahmen Sie sich so übel, daß Sie sie verdunkeln mußten. Einen Mord an 2 unsympathischen reichen Leuten können Sie ertragen, damit werden Sie fertig. Welch ein Luxus, sagte ich. Wieso? sagte Dr. Erble. Wie Sie mich wieder ausstatten, sagte ich. Ich krieg Sie schon noch, sagte er. Wir waren ein Quintett, mein Gott. Dr. Magnus Bentele, Dr. Ulrich Wegelin, Dr. Chrysostomus Erble, Theopont Dirlewanger und Anselm Kristlein. Ein Landgerichtsdirektor, ein Staatsanwalt, ein Verteidiger (auf den bist du gekommen, Alissa), ein Kronzeuge und ein Angeklagter. Und ich dachte immer wieder: Wessen Spiel spielen wir in diesem schönen und gut geheizten Saal? Also Brohammers waren ein mieses Paar. Dr. Magnus Bentele schüttelte immer wieder den Kopf über Aussagen über Brohammers. Damit waren Brohammers abgemeldet. Eine Frau, die ihren Mann mit der Hundepeitsche verhaut und ins vergitterte Klo sperrt! Ein Mann, der sich von seiner Frau mit der Hundepeitsche verhauen und ins vergitterte Klo sperren läßt! Und das Automatengeld wurde als ein ziemlich verächtliches Geld dargestellt. Staatsanwalt Dr. Ulrich Wegelin hörte sich das lächelnd an. Ich war, nach Dr. Erbles Darstellung, ein sensibler und gebildeter Mensch, der in Geschäften nicht die glücklichste Hand hatte, der sich aber trotzdem seit Jahr und Tag viel Mühe gegeben habe, sich und seine nicht gerade kleine Familie ehrlich zu ernähren. Jedes Jahr mit einem neuen Job, konterte Dr. Wegelin. Dr. Erble: Das sei ein Einwand, in dem sich der Beamte verrate. Mobilität müsse in unserer Gesellschaft doch wohl eher eine Tugend als ein Charakterfehler genannt werden. Ich hatte, wenn ich denen zuhörte, immer das Gefühl, als spielte ein ziemlich großes Orchester im Hintergrund eine wuchtige und süße Begleitmusik. Bewundern mußte ich auch Herrn Oberamtsrat Prack: er hat meine blaue Cordhose und die blaue Jeansweste und das blaue Hemd und die Sandalen wieder gefunden. In der linken Brusttasche der Weste tot das Nuptiopterapaar. Der Oberamtsrat will die Sachen in Finchens Flügel gefunden haben. Dort, glaubt er, hätte ich sie selber versteckt, nachdem ich Herrn Dr. Merkelfinger, um mich zu tarnen, seiner Kleider beraubt hatte. Er lieferte dem Staatsanwalt die Zeugen, soweit die noch lebten, und die fast lückenlose Rekonstruktion meiner Tag- und Nachtwanderungen von München ins Gefängnis. Es sagten aus: die Cousine, Dr. Freudenreich, Dr. Ortasches Bdejan, Prof. Dr. Keckeisen, der Fatix-Personalchef, Meister Enzensberger, 1 Italiener aus der Alten Käserei, Angi (mit dem 3. Knopf offen) und Helmut, der Bergsteiger, Ethel (Agi mit dem violetten Crêpe auf der Brust), Zifura (Alma), Essid (Oliver) und Ahmed (Christian), Sheikh El Shabazz, Genovev (mit einer Taubstummenlehrerin, die uns Genovevs Zeichensprache übersetzte), ein Großvater von Schwabsoien (ohne Fahrrad und Enkel), die Bärenwirtin aus Kraftis, die entbundenen Bedienungen aus Kraftis und aus Sachsenried (beide schilderten mich als einen, der stundenlang am Spielautomaten stehen könne, bis er den letzten Zehner verspielt habe, und wenn er mal zwei Zehner gewinne, stoße er Jauchzer aus und trample herum), die Verkäuferin aus Kraftis (bei der ich einiges von Dr. Merkelfingers 600 Mark ausgegeben hatte), Herr Dr. Zerrl mit Gattin, der Bauer und Bauernmetzger Gottlieb Schmid ohne i-e, der quittengelb war im Gesicht (vielleicht war er deshalb zu Dr. Zerrl zum Untersuchen gekommen und hatte gar nicht bemerkt, daß er dort nur Rassenmerkmale abliefern konnte), die schwarzgekleideten Wächter aus der Schlucht und Dr. Helmut Merkelfinger (der, als seine Ankunft dem Staatsanwalt zugeflüstert wurde, sofort eintreten und aussagen durfte, weil er im Krankenhaus nicht lang entbehrt werden konnte). Die Bäurin, der ich das Schneewittchen aus dem Gemüsegarten gestohlen, und der Wirt aus Schongau, dem ich's verkauft hatte, waren auch da. Es fehlten nur die 2 Araber von Al Fatah. Aber dafür war ja die Cousine da. Sie versuchte etwas zu sagen, was der Staatsanwalt nicht wissen wollte. Sie sollte ihm bestätigen, daß ich kopflos aus München weggerannt war, nachdem dort alle Versuche, wieder Fuß zu fassen, fehlgeschlagen waren. Sie wurde richtig böse auf Dr. Wegelin. Ja, wenn Sie schon wissen, was ich sagen soll, warum haben Sie mich dann überhaupt kommen lassen, rief sie und erntete einen Lacher, den sie so überrascht und verwirrt lächelnd zur Kenntnis nahm, daß man glauben konnte, sie hätte ihn nicht beabsichtigt. Sie wußte leider nicht, daß ich guten Gewissens zu Protokoll gegeben hatte, ich sei nach einem Streit mit meiner Cousine aus München weggelaufen. Warum ich mich mit meiner Cousine gestritten hätte, wisse ich nicht mehr. Das wollten sie jetzt aus ihr herausbringen. Wir haben uns nicht gestritten, rief sie immer wieder. Ich bin nicht mit allem, was er tut, einverstanden, sagte sie, politisch, Herr Staatsanwalt, rein politisch, verstehen Sie, ich bin Kommunistin, aber ich bin seine Cousine, und in unserer Familie heißt das was. Der Staatsanwalt wollte nichts mehr wissen, da er wußte, daß er mit den Aussagen einer Kommunistin ohnehin nichts anfangen konnte. Dr. Freudenreich tat bessere Dienste. Prof. Dr. Keckeisen auch. Die beiden Akademiker bezeugten, daß ich schon in München einen überreizten und zu allem bereiten Eindruck gemacht hätte. Und zwar weil ich gescheitert sei. Es sei mir einfach nicht gelungen, mich durchzusetzen, und so sei ich einer aggressiven Resignation verfallen, wie er, Keckeisen, es auf der Sitzung eines Vereins, bei dem ich mich auch beworben hätte, formuliert habe. Und ich hatte das für Brohammers Formulierung gehalten.

Nach Dr. Freudenreichs Aussage war ich so aus München weggerannt: Racheschwüre auf den Lippen gegen alle, die ich für mein Versagen verantwortlich machte. Daß er sich dabei ebenso des Berliner wie des Wiener Tons bediente, schien seiner Glaubwürdigkeit in dieser Umgebung nichts anhaben zu können. Dr. Ortasches Bdejan wollte ein milderes Porträt anbieten, aber auch er mußte unter den einschnürenden Fragen des Staatsanwalts zugeben, daß er mich nicht länger hätte brauchen können. Ich hätte mich als vielseitig begabt gezeigt, aber 1. unselbständig und 2. ohne Durchsetzungsvermögen. In jedem einzelnen Fall, den er mir übertragen habe, hätte ich zu früh aufgegeben. Ich hielt, nach seinem Eindruck, einfach zu wenig für möglich. Aber pessimistisch bin ich selber, rief Dr. Bdejan aus, von meinen Mitarbeitern erwarte ich etwas anderes! Als Dr. Bdejan noch etwas Freundliches hinzusetzen wollte, sagte Dr. Wegelin, darum gehe es jetzt nicht. Dann der Schneewittchen-Diebstahl. Dann die Genovev-Verführung. Die Taubstummenlehrerin – eine riesige Schwarzhaarige – übersetzte auch noch die peinlichsten Staatsanwaltsfragen in diese sowieso schon viel zu bildhafte Sprache. Ich er-

kannte in ihr eine der Frauen, die das blumenbekränzte
Schlauchboot mit Genovev drauf im Becken herumgescho-
ben hatten. Dann folgte in der Anklage-Dramaturgie Dr.
Merkelfingers ärztliche Aussage. Meinem neugierigen Blick
wich er hochmütig aus. Ich hatte also, noch bevor ich mor-
dete, das Kind verführt. Später hatte ich auf meiner Flucht
Dr. Merkelfinger einen Anzug gestohlen, als der Herr Doktor gerade mit Freunden in einem Weiher ein Bad nahm.
Zuvor aber hatte ich es auch mal 'n paar Tage mit Arbeit
versucht, aber nicht zu lang. Meister Enzensberger bezeichnete meine Zugehörigkeit zur Fatix-GmbH als ein flüchti-
ges Gastspiel. Er war keiner unserer Eifrigsten, sagte der
junge Personalchef und lachte dröhnend laut und lang allein
im ganzen Saal. An diesen vom Lachen weit geöffneten
Mund mußte ich denken, als ich 2 Tage später im *Allgäuer*
las, der Personalchef sei auf der Heimfahrt zwischen
Kempten und Marktoberdorf von der Straße abgekom-
men, in ein Geländer gerast und von einem Geländerstahl-
rohr durchbohrt worden. Tot. Am Wiederaufkommen seines Mitfahrers Enzensberger müsse gezweifelt werden.
Dann waren Helmut und Angi dran. Sie berichteten, wie
ich die Nächte verbracht hätte: in Kneipen, endlos redend,
keinen hätte ich zu Wort kommen lassen, dabei sei alles,
was ich gesagt hätte, erstunken und erlogen gewesen, aber
schon so primitiv erlogen, daß es ihnen peinlich gewesen
wäre, mich darauf hinzuweisen, *wie* primitiv meine Lügen
und Renommierereien seien. Der und Erstbesteigungen in
den Westalpen, der und die Grande Rocheuse, so sieht der
grad aus, ja für wie blöd hält der uns denn! Aber bitte, ich
hätte ja jede Menge Geld springen lassen, da habe man mir
altem Deppen eben zugehört und so getan, als glaubte man
jedes Wort. Eins sei allerdings auffällig gewesen, darüber
hätten seine Freunde und er nachher diskutiert: ich hätte
eine Mordgeschichte erzählt, einen reichen Mann wolle ich

in den Hals geschossen haben, daß dem das Blut 1 m hoch
aus dem Nacken sprang, angeblich hätte ich das getan aus
Haß und aus Geldgier, und ich hätte gesagt, das sei ja eh
dasselbe. Nun hätten sie darüber diskutiert, ob ich das tatsächlich getan hätte und seien zum Ergebnis gekommen, das
sei sicher auch so eine Aufschneiderei von mir, sonst hätte
ich es nicht mit einer solchen Begeisterung erzählt.

Helmuts Schilderung und Angis und der anderen Kumpane
Bestätigungen bewegten die Zuhörer immer wieder zu
einem tiefen Raunen. Der Staatsanwalt ließ seine vollen
Lippen noch voller werden, schwer vor Befriedigung lagen
sie und satt unter seiner scharfen Nase.

Die makabre Episode im Holzhäuschen im Brennesselgar-
ten, sagte Dr. Wegelin, werde man hier mehr oder weniger
übergehen, weil die Staatsanwaltschaft noch überlege, ob
da nicht der Stoff für ein Extra-Verfahren gegen mich
schlummere. Ebenso werde extra geprüft, ob ich nicht auch
der berüchtigte Lederrock-Schlitzer sei, wofür manches
spreche. Dann waren die Moslems dran, die bei meinem
1. Besuch noch keine waren. Ja, ich sei da gewesen. Dann
sei ich weitergezogen. Sie hätten keinen genaueren Eindruck von mir gewonnen. Vielleicht daß ich mich nicht gut
einfügen könne in eine Gemeinschaft. Aha, und wie zeigte
sich das? Da bog aber Oliver-Essed weit ab und sagte, ich
gehöre eben noch zur Individualistengeneration. Mehr
sagte er nicht. Herr und Frau Dr. Zerrl sagten mehr: Ein
heuchlerischer, unaufrichtiger, vor keiner Täuschung zu-
rückschreckender Mensch sei ich, dabei unentwegt auf meinen Vorteil bedacht, geradezu rücksichtslos auf meinen
Vorteil bedacht sei ich, d. h. ich führe mich auf, als gebe es
nur mich und sonst nichts. Und zur Durchsetzung meiner
egoistischen Interessen sei mir leider kein Mittel zu mies
oder zu brutal. Sie könnten sich durchaus vorstellen, daß
ich auch Gewalt nicht scheute, hätte ich doch in ihrem Haus,

in das sie mich wie einen herrenlosen Hund aufgenommen hätten, biedere Gastfreundschaft mit Zerstörung und Diebstahl beantwortet. Der Bauer und Bauernmetzger Gottlieb Schmid konnte nur sagen, daß der Anzug, den ich samt Ausweis gestohlen habe, sein Anzug gewesen sei. Und dann Sheikh El Sabbaz. Der hat mir den Kriminellen, sagte er mit seiner hohen Stimme, sofort angesehen. Aber er konnte ja nichts beweisen. Er dachte: abwarten, der entlarvt sich schon. Oder man wird's in der Zeitung lesen. Er habe mich in seine Gefolgschaft und in seinen Betrieb nicht aufgenommen. Instinktiv. Und er wisse, was er sage. Er sei herumgekommen in der Welt, bevor er sich entschlossen habe, sich hier niederzulassen, um etwas aufzubauen, das seiner mohammedanischen Überzeugung gerecht werde. Er glaube, Christen und Mohammedaner brauchten sich heute nicht mehr die Köpfe einzuschlagen, das könnten sie sich, angesichts der schwellenden Flut des bolschewistischen Atheismus, auch gar nicht mehr leisten. Er bedaure jetzt nur, daß er mich nicht gleich der Polizei gemeldet habe, denn als er mich im Dämmer gefangen genommen hätte, da sei ja das Blut an meinen Händen noch ganz frisch gewesen. Dann wieder Theopont Dirlewanger. Unterm Türlicht steh ich und suche das Schlüsselloch, da fährt er her, der seine Frau in Füssen vom Friseur hatte holen wollen, aber sie war noch nicht fertig, und er wußte, jetzt wartet Frau Brohammer und will abrechnen, sie war ja immer pünktlich, das sei die Höflichkeit der Könige, habe sie immer gesagt, und er sah sich schon zu spät kommen, also fährt er wie wahnsinnig die 7 Kilometer hinaus, seiner Frau hatte er gesagt, sie möge vom Friseur aus anrufen, wenn sie fertig sei oder, noch besser, heute ausnahmsweise ein Taxi nehmen, und dann fährt er herein in den Hof, da sieht er einen stehen, ein Schuldner wahrscheinlich, der einen Schuldschein auslösen will, aber was macht denn

der, Theopont Dirlewanger steigt aus dem Auto, macht der
doch mit einem Schlüssel an der Haustür herum, das sieht
Theopont Dirlewanger jetzt ganz klar, soo hell geben die
zwei 100er-Lampen links und rechts des Portals! also ruft
er den an: He, was tun denn Sie da? und da dreht der sich
um, zieht etwas aus der Tasche, Theopont Dirlewanger
sieht noch das Mündungsfeuer, spürt noch den Einschlag in
der Schulter, es wirft ihn, 9 mm immerhin, eine ERMA 9 mm,
er sieht den sogar noch 2 Taschen aufnehmen und hört noch
Schritte im Kies, dann verschwimmt es ihm, erst Ameli
weckt ihn wieder, sie hat das Taxi nur bis zur Stelle genommen, wo der Privatweg abzweigt, das macht sie immer so,
dann rennt sie, weil sie weiß, sie ist spät dran, aufs Tor zu
und durchs offene Tor hinein und da sieht sie ihren Mann
liegen, im Blut und nicht bei sich selbst. Und Theopont Dirlewanger hat in mir den wieder erkannt, den er in Mün-
chen-Solln hinausgeleitet hat in den Garten, dann wieder
geholt, und gesehen hat er, auf Befragen des Staats-
anwaltes, auch, daß die Absage, die mir durch Herrn Brohammers Mund mitgeteilt wurde, eine niederschmetternde
Wirkung auf mich gehabt habe, ich sei, so Dirlewanger,
ganz baff gewesen, offenbar hätte ich schon fest mit dieser
Stellung gerechnet, und weil ich so reglos und wie niederge-
schmettert dagestanden hätte, deshalb habe doch ins allmählich peinlich werdende Schweigen hinein Frau Brohammer gesagt, ich könne ja mal vorbeikommen, vielleicht
könne sie was tun für mich, so war sie eben, sagte Theopont Dirlewanger, so von Herzen gut, so konnte sie
eben sein, sagte schon fast tonlos nachher seine Frau
Ameli. So war sie wahrscheinlich überhaupt gewesen, aber
wie mancher andere Wohltäter auch, sagte Dr. Ulrich Wegelin, als wisse er das aus eigener Erfahrung, wurde auch
sie zu oft enttäuscht, mußte sie einsehen, daß die Menschen
zu oft nur ein Geschmeiß sind, besonders wenn man ihnen

wahllos freundlich kommt, nichts vertragen nämlich Menschen so wenig wie die Überschüttung mit Wohltaten, wie die Umarmung durch die reine, die selbstlose Freundlichkeit, da ist etwas in uns, was die schiere Güte nicht erträgt, zu klein ist der Mensch für Güte, gleich nimmt er sich was heraus, schlägt den Wohltäter mitten ins Gesicht, das muß er einfach tun, so ist er, erst nach dem Schlag sagt er: jetzt sind wir quitt. Was für ein Mensch ist denn der Beschuldigte? Wie haben wir ihn kennengelernt? Zwielichtig. Verschuldet. Spielbesessen. Überheblich. Ehrsüchtig. Ja, sogar gefallsüchtig. Aber nicht daß ich bereit oder fähig wäre, etwas zu leisten und mir so Lob und Ehre zu verdienen, nein, ich verlange Lob, Ehre, Wohlstand, ja sogar Wohlleben, ohne Gegenleistung, ich verlange das einfach, und wehe, ich kriege nicht, was ich verlange, dann spiel ich den Verletzten, Gekränkten, sehe mich zu allem berechtigt, auch zur Gewaltanwendung. Ich hätte es ja selbst bewiesen von München bis Füssen. Mag sein, daß ich nicht in bester körperlicher Verfassung gewesen sei, als mir plötzlich einfiel: da ist ja noch dieses Ehepaar Brohammer! Theopont Dirlewanger schließt übrigens nicht aus, daß er dem Beschuldigten in München auf Befragen mitteilte, womit Brohammers soviel Geld verdienten. Automatenkaufmann. Das habe den Beschuldigten fasziniert. Die Verluste, die er auf seinem Weg von München bis Füssen in allen Wirtschaften erlitten hatte, mögen auch eine Rolle gespielt haben. Ausschlaggebend war sicher, daß Herr Brohammer dem Beschuldigten die Absage erteilen mußte. Also sucht der die allein gelegene Villa auf. Beobachtet 3 Tage, wer da aus und ein geht. Am 3. Tag ist er sicher, daß Frau Brohammer allein im Haus ist, oben gehen die Lichter aus, das Licht im Souterrain geht an, da dringt er ein, daß Frau Brohammer eine Waffe bei sich hat, kann er sich ausrechnen, also kommt es nur darauf an, der Frau einen Schreck einzujagen, dann wird sie nach der Waffe greifen, da ist man aber schneller, und dann schießt man sie zusammen, und da es sich nicht um eine vollautomatische Waffe handelt, muß man jedes Mal wieder abdrücken, 7mal drückt der Beschuldigte ab, 7 Kugeln jagt er der im Raum herumfliehenden Frau nach, 7 Kugeln pumpt er in sie hinein, bis sie sich nicht mehr rührt, und mindestens die letzten 2 Kugeln schießt er ihr aus einer Entfernung von nur 5 cm kaltblütig in den Kopf. Da kommt, überraschend, Herr Brohammer, mit dem Taxi war er bis zur Abzweigung seines Privatwegs gefahren, den Rest geht er zu Fuß, er sieht das Licht im Souterrain, das ist nichts Neues für ihn, er geht runter, will seiner Frau erklären, warum er schon heute aus München zurück sei, er tritt durch die Tür und wird abgeknallt. Dann mit dem Geld hinauf, Theopont Dirlewanger trifft ein u.s.w. Ach Alissa, ich hatte es bald satt, dieses Zeug anzu-hören. Theopont Dirlewanger trifft ein! Es war unüberhör-bar, daß der Staatsanwalt meine vermeintliche Tat milder beurteilt hätte, wenn der von mir angeschossene nicht Theo-pont geheißen hätte. Am liebsten hätte ich den Kopf in die Arme gelegt. Aber das darf man nicht. Sobald ich wieder in meiner Zelle war, legte ich mich hin und blieb liegen. All-mählich weigerte ich mich, den Anwalt zu empfangen. Ich wollte mich nicht mehr bewegen. Kauern wollte ich. Eng, klein, gelähmt. Warm und leblos. Es gelang mir. Ich spürte, wie das Blut vom Kopf in den Bauch wechselte. Weder Zu-friedenheit, noch Unzufriedenheit. Ich war nur noch ein mäßig warmes Gewicht. Kein Interesse mehr. Die einzige Angst: daß ich mich je wieder bewegen müßte. Bloß keine Bewegung mehr. Das war die einzige verbliebene Leidens-fähigkeit: Bewegung. Ich hätte vielleicht mal versucht, mich aufzuhängen, aber welch ein hochkonzentrierter Bewe-gungsaufwand war dazu notwendig. Ich habe nicht mehr zu dir hingesehen im Saal, entschuldige. Es war mir nicht mehr möglich. Es sitzt in der Schulterpartie, vor allem im Nacken. Es ist ein Gewicht. Oder eine Sperre. Du kannst einfach nur noch vor dich hinsehen. Aus. Ich weiß nicht, wie lange du schon geredet hattest, bis ich bemerkte, daß das ja deine Stimme war, die da sprach. Diese durchdringende Interesselosigkeit ist etwas Schönes. Besonders für mich. Ich war gefallsüchtig, früher, Dr. Wegelin hatte das richtig erkannt. Aber ihm wollte ich nicht mehr gefallen. Keinem mehr. Ich hoffe, diese Ausgeräumtheit hat mich noch nicht ganz verlassen. Deine Stimme also. Das interessierte mich natürlich, ob du das erreichen würdest, was du dir vorgenommen hattest. Deinetwegen interessierte es mich. Fragen der Frau des Beschuldigten an die Frau des Kronzeugen. Fragen der Frau des Beschuldigten an mehrere Friseusen, an einen Taxichauffeur, an die Mutter der Frau des Kronzeugen, mein Gott, Alissa, du hast es spannend gemacht, wir hörten dir alle zu, bis Ameli Dirlewanger weinend zusammenbrach und dir gestand, daß sie, auf Befehl ihres Mannes, ihn in die Schulter geschossen habe. Und als sie da über dem Tisch lag und schluchzte, bist du hingegangen zu ihr, hast sie in deine Arme genommen, an dir hat sie sich ausgeweint. Bevor sie hinausgeführt wurde, hast du ihr herzlich die Hand gegeben. Entschuldige, daß ich nicht gleich mit dir gegangen bin. Daß nun Dirlewanger für mich einsitzen sollte, begriff ich einfach nicht so schnell. 5 Tage brauchte ich, bis ich mir klar gemacht hatte, daß sie jetzt das Spiel mit Theopont Dirlewanger weiterspielen wollten. Ich wollte mit Theopont sprechen. Ich wollte ihm vorschlagen, wir sollten uns duzen. Ich wollte bei ihm bleiben. Er war ja viel empfindlicher als ich. Brauste gleich auf. Schrie Dr. Erble an, wenn er etwas über Theoponts Eltern wissen wollte. Lassen Sie meine Mutter aus dem Spiel, schrie er, ich verbiete Ihnen, meine Mutter in den Mund zu nehmen, ich verbitte mir das! schrie er und schaute hilfesuchend zum Staatsanwalt. Schon gut, sagte Dr. Erble und lächelte. Aus dem Kemptener Schwurgerichtssaal stammen deine aufgerissenen Augen, Alissa, das ist mir klar. Die wird hinausgeführt, du schaust ihr nach, bis sie nicht mehr zu sehen ist, du kennst sie ja, du hast das sogenannte Persönlichkeitsbild von ihr entstehen lassen: gearbeitet hat sie hauptsächlich für ihren Mann, der ein Faulenzer war, spielbesessen, in Lindau und Wiessee ging der an den Tisch und setzte und verlor und kam nicht zum Dienst, obwohl ihn Brohammer aufgenommen hatte nach einem Verkehrsunfall, den er verschuldet hatte. Nachts im Rohrach unter Scheidegg hatte er Frau Brohammers Wagen gerammt, und noch in dieser Nacht, in der nächsten Wirtschaft, als er noch leichenblaß war und immer noch zitterte, hatte sie gesagt, Sie zeig ich doch nicht an, und hatte ihn mitgenommen. Er hat es den Brohammers zuerst schon gedankt. 70 Stunden pro Woche fuhr er durch die Gegend, um das Geld zu sammeln. Immer mit ihr, und wurde miserabel bezahlt, aber er wollte auch ein Häuschen u.s.w., also machte er immer mehr Schulden. Je mehr Schulden er machte, desto nachlässiger tat er seine Arbeit. Oft blieb er 4 Tage in Lindau an der Spielbank, und seine Frau versuchte in der Villa gutzumachen, was sie gutmachen konnte. Frau Brohammer ließ sie spüren, daß sie ihren Mann nicht ersetzen konnte, weiß Gott! Komm, gehen wir weg von hier, diese Frau bringt uns noch ins Unglück, hat Ameli Dirlewanger oft gesagt, sie war ja aus Berlin, Alt-Moabit (so fleißig warst du, Alissa), zuletzt zwang er sie also noch, ihm ein Alibi in die Schulter zu schießen, Beute 6882 Mark und 60 Pfennig. Als sie draußen war, hast du dich umgedreht, bist zu mir hergekommen, stehengeblieben, ich bin, glaube ich, aufgestanden, habe dir die Hand geschüttelt, dann bat ich den POM Pichler, meinen Wächter, er möge mich zurückbringen in den U-Bau. Das riß dir wahrscheinlich die Augen auf, zumindest hat es deinen Blick sehr schnell und übermäßig geweitet. Und das ist so geblieben. Aber ich wollte Theopont nicht sitzen lassen. Dr. Erble kam auch, um mir die Hand zu schütteln. Ich wies ihn ab. Jeden Tag kam einer und sagte, ich könne jetzt gehen. Kann ich nicht wenigstens teilen mit Theopont? fragte ich. Und ob ich ihn sprechen könne. Nein, hieß es, er wolle mich nicht sehen. Am 4. Tag erhängte er sich in seiner Zelle. Da konnte ich gehen.

18

Draußen regnete es. Ein Polizei-BMW mit Lichtstrudel und Martinshorn raste an mir vorbei und beschmutzte mich. Ich rief an und sagte, jetzt käme ich dann. Ich fuhr mit dem Zug bis Immenstadt. Hier regnete es nicht mehr. Zu Fuß ging ich weiter. Es dämmerte schon, bis ich an den Alpsee kam. Auf einem Parkplatz stand ein Auto, dahinter, auf einem abgekuppelten Trailor, ein Segelschiff. In der Kajüte war Licht. Und weil es jetzt schneite, ging ich dem Licht nach. Irgendwie hoffte ich wohl, einen Selbstmörder anzutreffen, den ich hindern könnte, sich umzubringen, und aus Dankbarkeit würde er mich zum Essen und Übernachten einladen, oder ich käme zu spät, er wäre schon tot, ich würde ihn abknüpfen, ihn ins Freie legen und mir in der Kajüte ein warmes Nest machen für mindestens eine Nacht. Ich dachte an den Weinhändler Janzen, der immer spielen ging und mir und O. seinen Wohnwagen zur Verfügung stellte, dann fuhr er mit der geöffneten Ader immer um die Persiluhr rum. Das war ja auch im Herbst. Lasset uns hoffen. Ich kletterte hinauf, tastete mich vorsichtig zum Kajütfenster, die vorgezogenen Vorhänge ließen nur einen winzigen Spalt frei und der war beschlagen, trotzdem sah ich, daß da drin ein fettes Paar dem Geschlechtsverkehr nachging. Und *nachging* ist, trotz der Bemessenheit einer solchen Kajüte, das Wort für das, was ich sah. Die beiden waren in meinem Alter. Das stieß mich ab. In Oberstaufen war ich nicht im Nu. Ich sah mich im Dunkel gehen. Es sah aus, als müsse ich gleich zusammensacken und erhöbe ich mich nicht mehr. Aber noch während ich das dachte und dieses Zusammensacken und Nichtmehraufstehenkönnen erwartete, ging ich immer weiter und brachte es noch fertig, über die Zusammensackensvorstellung zu grinsen. Das wäre nämlich der sogenannte Tod gewesen. Ich konnte an nichts als an das Zusammensacken denken. Aber nicht sehnsüchtig, sondern grinsend und empört. Ich dachte: Erst bei dir, Alissa, bei dir schon, bei dir sofort, bei dir für immer, Alissa. Von Oberstaufen an würde es ja abwärts gehen. Mir wurde ganz geschmeidig zumute oder stählern, auf jeden Fall unbesiegbar. In Oberstaufen begann ich zu traben. Erfaßt von der Unaufhaltsamkeit lief ich das Allgäu hinab, in den Morgen hinein, von einem Kirchturm zum nächsten. Schon das Läuten seit 6 Uhr verriet mir den Sonntag. Es schneite nicht mehr, aber es lag noch erster Schnee auf den grünen Wiesen. Je näher ich dem Bodensee kam, desto deutlicher hatten sich die Bäume einen grünen Umkreis freigetropft. Noch vor Mittag wollte ich den letzten Hügel erreichen, durch das Waldtor treten, niederknien, den schirmenden Wäldern danksagen (weißt du noch?), des Himmels Gewölbe hoch überm Seegewell und überm ebenen Alpenwipfelgewell mit der Hand fromm nachziehen (weißt du noch?) und dann mit mulmigen Beinen die letzten Hänge hinuntertrotten zu dir: aber in einem der letzten Dörfer dieses Allgäus, in Mellatz, Meckatz oder Hergatz vielleicht, auf einem Kirchplatz jedenfalls, zog ich

Leute an. Aus verschiedenen Gruppen lösten sich welche
und kamen, von verschiedenen Seiten, näher, ich war ihr
Schnittpunkt. Sie waren zu dritt. Einer mit Glatze und
Brille, die anderen zwei mit langen, mehr deckenden als
dichten Haaren. Alle drei mit geschwollen vollen Lippen.
Also überhaupt nicht die lippenlosen Münder, Linealstriche
und dgl., sondern tolle volle Münder, die, wahrscheinlich,
unter allen Umständen schmollend aussehen. Oder schmoll-
ten die wirklich? Gegen mich? Der mit der Glatze schlug
zuerst zu. Aber erst, als auch die beiden anderen heran
waren. Also die Unterlippen hingen denen nur so aus dem
Gesicht. Die unteren Zähne von allen dreien waren sichtbar, inkl. Zahnfleisch. So hingen die Unterlippen weg.
Fie müßten Aufwuchfe beschneiden, hörte ich. Ja, sowas.
Ich lag ziemlich schnell am Boden und versuchte, meinen
Kopf zwischen Boden und Händen und Brust zu bergen.
Aber sie drehten mich immer wieder um. Offenbar sollte
ich dieser Bestrafung beiwohnen. Bei jedem Schlag dachte
ich: das tut ja nicht ewig weh! so weh wie im Augenblick
tut das morgen sicher nicht mehr! dieser stechende Schmerz
im Hinterkopf wird nachlassen, garantiert! Erstaunlich
war das gute Gewissen der drei. Die schlugen nicht aus
Mutwillen oder Boshaftigkeit oder dgl., die taten etwas,
was man von ihnen eigentlich gar nicht verlangen konnte. In ihrer Freizeit taten sie's. Bürgerinitiative, danach
sah das aus. Ihre Gesichter zeigten die Mischung aus
Mühe und Befriedigung, die auch der ehrenamtliche
Rotkreuzhelfer am Unfallort zeigt. Das war deutlicher
als alles andere: sie fühlten sich nur zum Prügeln berechtigt, weil sie es einem Allgemeinen zuliebe taten. Tun
mußten. Das war es doch. Es war eine Pflicht. Und sie wollten sich nicht entziehen. Auf mich wirkten sie, als prügelten
sie mich zu Ehren der Unbefleckten Empfängnis– vielleicht
war es also gar kein Sonntag, sondern der 8. Dezember –

oder im Interesse der Freiwilligen Feuerwehr oder der Philosophiegeschichte oder der Pressefreiheit. Wäre es nicht ein hochstehendes Allgemeines gewesen, hätten sie nicht so lange, nicht so gründlich und nicht so bedächtig auf mich einschlagen können. Das war das Pathetische daran: das Bedächtige. Kurz bevor ich ohnmächtig wurde, hatte ich noch den Eindruck, als wollten sie mir, während sie schlugen, auch noch deutlich machen, daß sie's mir zuliebe täten, tun müßten, es sei ausschließlich in meinem Interesse, wenn sie mich so schlügen. Wahrscheinlich bewirkte das in meinen Augen eine Art verständnisvollen Aufleuchtens (ich bin eben der vollkommene Schüler, auf Begreifen dressiert). Das wiederum können, möglicherweise, die Strafenden nicht oder falsch verstanden haben: sie fingen jäh an zu seufzen oder zu schmatzen – mir war schon alles gleich –, und ließen ihre Fäuste gleichzeitig niedersausen. Es krachte, als zerrisse eine riesige hölzerne Welt oder so.

19

Wenn ich, als ich wieder zu mir kam, gleich hätte sprechen können, hätte ich gesagt, daß man mir den nassen Lappen wegziehen möge, den mir jemand über die Augen gelegt hatte. Ich hätte gesagt, daß ich ihn selber wegziehen würde, wenn ich meine Hände bewegen könnte. Dann wäre der Lappen weggezogen worden und ich hätte gesehen, daß du die warst, die auf dem Bettrand saß. Du hättest sofort gerufen: Philipp mach das Radio aus. Und wenn Philipp das Radio nicht sofort ausgemacht hätte, wärst du aufgesprungen, hättest das Gesumse abgemurkst, Philipp hätte das Radio unter'n Arm gepackt und wäre abgehauen. Ich hätte gesagt: Wie geht es euch, hockt Guido immer noch so oft vor'm Fernsehapparat und hat ihn eingestellt, daß das Bild durchfällt? Du hättest dich wieder zu mir gesetzt. Ich hätte gesagt, daß bei jeder deiner Handbewegungen deine Armreifen klingelten. Wenn draußen Apollo geheult hätte und keines der Kinder hätte sich gerührt, ihn hereinzulassen, hätte ich gesagt, du würdest ihn sofort herein lassen, wenn du nicht meintest, du dürftest dich keine Sekunde von meinem Bett entfernen. Ich hätte gefragt, warum man mir die Hände ans Bett gebunden habe. Ein Selbstmordversuch sei das nicht gewesen, wenn sie das meinten. Ob ich getobt hätte? Oder ob man mir die Hände gar nicht angebunden habe und ich sei nur zu schwach, sie zu bewegen? Es fühle sich an, als lägen Gewichte auf meinen Händen. Direkt abgeklemmt fühlten sie sich an. Von der rechten Hand spürte ich noch 3, von der linken noch 2 Finger. Wenn ich hätte sprechen können, hätte ich dich gebeten, mir sofort eine Zigarette in den Mund zu stecken, mich ziehen zu lassen, mir die Zigarette aus dem Mund zu nehmen, zu warten, bis ich den Rauch wieder ausgeatmet haben würde, die Zigarette wieder einzusetzen, mich ein weiteres Mal ziehen zu lassen. Du hättest mich so richtig berauchen können, du hast das Gefühl für den Rhythmus. Wenn ich hätte sprechen können, hätte ich dir gesagt, daß es wieder einmal kein Zuckerschlecken gewesen sei, und daß du das aber auch selber wissen müßtest, und daß du, bitte, nicht so krankenwärterisch dasitzen solltest, und daß du dich ruhig runterbeugen könntest, zu mir, weil ich doch verdurstete, nach dir, und das hättest du nicht geglaubt, mißtrauisches Stück. Ich hätte gesagt, daß es diesmal besonders lehrreich gewesen sei, und daß ich, wenn es nach mir gegangen wäre, viel früher heimgekommen wäre, und wie viele Monate es denn nun tatsächlich gewesen seien, und ich ginge nicht mehr hinaus, nie mehr, du hättest mich jetzt auf'm Hals, du würdest schon sehen.

II. Geldverdienen. Phantasie des Angestellten

Els on e pon.
Rätoromanisches Sprichwort

I

Am besten stellt man sich uns vor, wenn man sich vorstellt, daß wir schweigend im Dunkel der Dezembernachmittage sitzen. Bis ich sage: Blomich hat mich wieder nicht gegrüßt. Dann stößt sie kurz Luft aus. Ich sage: Willst du das auch noch bagatellisieren? Heißt das denn immer noch nichts, daß ich gerade aus dem Gästehausgarten in den Haupthauspark trete, er verläßt in diesem Augenblick das Gärtnerhaus, von den 3 Wegen Richtung Haupthaus nimmt er den mittleren, ich schließe die Gartentür so leise als möglich, ich will ja nicht, daß er meint, ich wolle ihn durch Zuknallen einer Gartentür auf mich aufmerksam machen, so weit bin ich einfach noch nicht, also hat er bestimmt nicht gehört, daß ich in diesem Augenblick in den Haupthauspark eintrat, meine Schritte auf dem Kiesweg aber, gut-gut, ich weiß, daß er auf einem Ohr entweder seit Geburt oder durch die Schiffsartillerie fast taub ist, nur vergesse ich immer wieder auf welchem Ohr, das ist eine Vergeßlichkeit, die mich selber am meisten erbittert, denn natürlich könnte er von seinen Angestellten dieses kleine Entgegenkommen erwarten, daß sie sich merkten, über welches Ohr sie ihn erreichen können, das ist doch in ihrem eigenen Interesse, also gut, ich weiß es wieder nicht, also gut, wenn du sagst, auf dem linken hört er nichts, dann wird es schon stimmen, dann ist es allerdings unwahrscheinlich, daß er mich hörte, ich komm ja von Osten, und wenn er vom Gärtnerhaus Richtung Haupthaus, also genau nach Süden geht, wendet er mir ja das linke, das taube Ohr zu, das könnte einen schon wieder beruhigen, andererseits führen aber die Wege am Rondell zusammen. Ich verlangsamte meine Schritte. Ich wollte ihm ja nicht direkt in die Quere laufen. Da ich dachte, daß er mich gehört haben müßte, wollte ich es ihm überlassen, sich zuerst an mich zu wenden. Aber er war zuerst am Rondell. Zum Glück bog er wie ein Auto in den Kreis ein, ging also westlich herum. Wäre er links eingebogen, wäre er direkt auf mich zu gekommen. So konnte ich, als er in das Rondell nach rechts hin einbog, von unserer Seite unbesorgt auch nach rechts einbiegen. Ich ging nun fast in seinem Rücken. Da er schneller ging, kam er auf der Gegenseite zurück, bevor ich das Rondell verließ. Da gingen wir fast auf einander zu, wenn auch nicht auf einer Linie, sondern getrennt durch den Durchmesser des Rondells, das ja ein Kreis ist, dessen Pole etwas abgeplattet sind. Da sah er mich, nahm mich zumindest wahr, oder willst du mir einreden, er sei auch blind auf einem Auge? Das heißt, ob er mich gesehen hat, kann ich nicht sagen. Ich hab ihm ja nicht ins Gesicht gestarrt in dem Moment. Ich habe meinen Blick auf etwas anderes geheftet. Auf den Baum mit der glatten Rinde, die so hell grüngelb gesprenkelt ist. Ich mußte doch Blomich die Gelegenheit geben, mich nicht zu sehen, das ist ja klar. Aber wie ich die Rinde anschau, merk ich, mein Gesicht zieht sich zusammen, unter der Gesichtshaut bilden sich Muskel- oder Nervennester, ich weiß plötzlich nicht mehr, ob mein Gesicht jetzt lacht, lächelt oder böse fletscht, nur das Gefühl einer starren Grimasse hab ich, das Gefühl, daß mein Gesicht nicht mehr mein Gesicht ist, hoffentlich schaut er nicht her, denk ich. Und tatsächlich, er hat es offenbar so eilig, ist so auf etwas konzentriert, daß er abbiegt, ohne mich bemerkt zu haben, deo gratias! Ich steh da, löse vorsichtig meinen Blick von dem Baum. Da fällt mir ein, Alissa, daß Heinrich Müller uns vielleicht, was Blomichs Taubheit angeht, hereingelegt hat! Ist dir der Gedanke noch nie gekommen? Ich kann zwar durch irgendeine Unvollkommenheit in meinem Gehirn zwei an einander gekettete Gegensätze nie auseinanderhalten in meinem Gedächtnis – welche die Whigs und welche die Tories sind, behalt ich so wenig wie, was nun der Cunniling und was der Fellat sei –, aber so hilflos wie bei der Unterscheidung zwischen Blomichs taubem und seinem hörenden Ohr bin ich bei keinem anderen Gegensatzpaar der Welt. Dabei habe ich mir um Blomichs Ohren wirklich Mühe gegeben. Deshalb glaube ich doch, Heinrich Müller habe mir, wenn ich ihn wieder fragte, welches Ohr des Chefs denn das taube sei, jedes Mal ein anderes genannt, weil das die einfachste Methode ist, mich seinem Chef unangenehm zu machen, was meinst du? Sie hat sowieso gekündigt, sagt sie. Wie bitte, was sagst du, hast du? Gekündigt, sagt sie, hat sie. Ich lache. Da kann ich ja nur lachen, sage ich. Morgen kommen Kaiser und König, sagt sie, da wird es perfekt gemacht, wir übernehmen das Heim auf eigene Rechnung, Vollpension pro Kopf 17 Mark plus 11 Prozent Mehrwertsteuer, damit kämen wir hin, vor allem wenn sie, was Alissa zur Bedingung machte, Betriebsangehörigen, die länger als 25 Jahre im Betrieb sind, das Mitbringen der Ehegatten erlauben, dadurch kriegen wir die Doppelzimmer besser voll. Daß sie's auf eigene Rechnung nehmen soll, war eine Idee von Kaiser. Aha. Einfach weil es von Jahr zu Jahr noch mehr Aufwand erfordert, die Gästehausökonomie zu überprüfen, Einkauf, Schwund, Eigenverbrauch u.s.w. Wenn sie einen Pauschalsatz bekommt für die Vollpension, kann sie was rauswirtschaften und hat noch Getränke, Süßwaren, Sonnenöl, Sonnenbrillen etc. auf eigene Rechnung. Im vergangenen Sommer hat sie damit einen Umsatz von über 30 000 gemacht. Sie wird dafür in Zukunft Reparaturen und Anschaffungen selber bezahlen. Aber so kämen wir allmählich zu einem eigenen Inventar. Und wir sind endlich nicht mehr angestellt bei Blomich! Anselm, bitte, bedenk! Wir kriegen die Leute ins Haus, dazu die Liste, daß wir wissen, wer in Kategorie A, B oder C gelegt werden soll, und fertig! Keine Beschwerdelisten mehr! Die können nicht mehr Ende November, wenn der letzte Schub draußen ist, angefahren kommen und 2 Tage lang aus den Beschwerdelisten vorlesen: Das Essen bestand abwechselnd aus Maggisuppen und Luftschaumbrötchen! Bitte, muß man sich das sagen lassen? Luftschaumbrötchen! was immer das sei, unsere Semmeln, die vom Bäcker Hechelmann gelieferten, könnten damit nicht gemeint sein, überhaupt diese Beschwerdeformulare! Ihr sei durch die Sozialabteilung die Speisekarte praktisch vorgeschrieben gewesen. Jeden Pfennig, den sie ausgab, mußte sie dreimal rechtfertigen, ja was blieb denn da anderes übrig als Leberkäs mit Ei und Hacksteak Zigeuner Art. Alissa, du spinnst, dir ist nicht mehr zu helfen! Wenn du diese Kündigung morgen nicht rückgängig machst, dann bist du verloren und ich bin auch verloren, die erste Änderung in der Steuergesetzgebung, das Werk kann das Heim nicht mehr absetzen, also schicken sie keinen mehr her, also sind wir erledigt. Dann entlassen sie uns auch, wenn wir noch angestellt sind, sagt sie. Das werden wir dann schon sehen, dann werden wir Blomich zwingen, uns in Reutlingen zu beschäftigen. Weil du ein so großartiger Techniker bist, ja?! ruft sie. Er kann mich in der Kantine einsetzen, in der Essensausgabe, das gibst du zu! rufe ich. Wenn wir das Heim 5 Jahre auf eigene Rechnung führen, verdienen wir soviel, daß wir die Kaution für was Größeres haben! ruft sie. Hör mir auf mit was Größerem, schrei ich, mir reichen die 72 000 vom letzten Mal! Ich hock nicht noch 20 Jahre hier im Dunkel, um zu erforschen, ob Herr Blomich dich gesehen hat oder nicht, schreit sie schwach. Blomich wisse, daß wir ihn brauchen, daran denke er ununterbrochen! Sogar wenn *er* nicht daran denke, sein Gesicht, jeder Muskel seines Gesichts denke, sobald wir auftauchten, nur noch daran, daß wir ihn brauchten, er uns aber nicht, deshalb dieses eingefettete Lächeln, dieser geschmierte Blick, diese geradezu unauffällig huldvolle Kopfhaltung. Und wie er sich dann sofort wieder seiner neben ihm gehenden Jung-Frau zuwende, als hätte er Angst, man könne seinen Gruß und die unauffällige Huld gleich ausbeuten, hinrennen zu ihm und zu ihr und ein Gespräch anfangen, als sei man auch wer... Schluß, kein Wort mehr, was fällt dir ein, und in dieser Lautstärke, daß draußen vielleicht Müller steht, unterbrich mich bitte nicht! du bist ja von allen guten Geistern verlassen, du erlaubst dir eine Empfindlichkeit, ja, sag einmal, wer bist du denn eigentlich, daß du dich nicht genierst? Oder anders herum: daß du bloß so naiv, so selbstmörderisch beschränkt sein kannst! Du ziehst gegen Blomich los! Du spuckst in den Brunnen, aus dem wir täglich trinken müssen! Ja, glaubst du denn, ich könnte auch nur einen Tag und eine Nacht der Mitarbeiter eines Mannes sein, der so ist, wie du Blomich schilderst?! Eins lass dir gesagt sein: wenn es dir nicht gelingt, über Blomich anders zu reden als du jetzt geredet hast, und zwar ganz anders, total anders, wenn du nicht soviel Größe hast, menschliche Größe, Alissa, in Blomich die guten Seiten zu entdecken und zuzugeben und zu rühmen – und er hat gute Seiten, weiß Gott! denk an die Orchidee zu deinem letzten Geburtstag... Peinlich! schrie, brüllte sie, Schluß! brüllte ich – wenn du nur das Negative hervorzerren willst, dann nicht in meiner Gegenwart, Alissa! Um meiner geistigen und körperlichen Gesundheit willen, bitte ich dich, erwähne diesen Mann zwischen uns mit keinem Wort mehr! Nie, nie mehr! Es sei denn, du nähmest Vernunft an und sagtest etwas Angenehmes über ihn! Kannst du mir darin nicht folgen, mußt du wissen, daß du mir – und auch dir – den letzten Boden unter den Füßen zerstörst, wir können nirgends mehr hin, das ist doch klar, oder? Es läutete. Aber ganz draußen, am Hoftor, das wir neuerdings zur Straße haben. Wir sind nicht mehr gezwungen, bei jedem Gang hinaus durch den

Park des Haupthauses zu gehen. Hinter seiner milchigen Atemfahne fand ich draußen meinen allerältesten Freund Edmund. Den weißen Kopf schief auf einem riesigen Schalrund. Wie das Haupt des Johannes auf der Schüssel. Ach nein. Er schaute doch viel mehr aus seinem Schal, als ertrinke er darin. Aber er grinste. Ich brachte ihn ins Büro. Zu Alissa sagte ich: Gabriel ist da, Edmund, du magst ihn zwar nicht, aber er fliegt morgen von Zürich nach New York, da dachte er, er schaut noch herein, also bitte, sei so gut und lass dir nichts anmerken, das von früher ist ja alles vorbei. Alissa rannte hinaus, gleich darauf hörte man den Staubsauger aufheulen. Edmund grinste und machte es sich bequem. Später kam Alissa, blieb unter der Tür stehen, lächelte allerliebst und sagte: Das Abendessen ist bereitet. Da war sie doch tatsächlich in die feierlich teigige Ausdrucksweise zurückgefallen, die Edmund früher so gereizt hatte, daß es zu spontanen Schreistreiten gekommen war. Jetzt sprang Edmund auf und sagte ganz ernst in Alissas Tonart: Alissa! sei gegrüßt! Ging auf sie zu und küßte ihr ausführlich ihre große und fast ein wenig magere Klavierspielerhand. Im Sommer wundert man sich über die hohlen oder harten oder knackenden oder knarrenden Totenlaute der Seevögel. Im Winter nicht. Daß es einem öfter vorkommt, man werde von einer größeren, gut trainierten und unermüdlich wirkenden Jagdgesellschaft gejagt, liegt einfach an der konzentrischen Wirkung aller Bedingungen. Das ist ja klar, Umstände können gar nicht anders als zusammenwirken. Solange Kaiser und König in der Nähe waren, hatte Edmund Auftrittsverbot. Auch ich wurde erst zugelassen, als alles schon perfekt war. Alissa, die Pächterin, zum Wohl! Zum Besiegelungskognak hatte Alissa ihre schönsten Butter-S, ihre Elisen-, Kokos- und Nußplätzchen aufgetischt. Michel Enzinger drang ein. Hinter ihm, der Verfolger, Heinrich Müller. Müller entschuldigte sich. Michel ließ sich aber nicht von Müller hinausziehen. Er schnappte sich die Kaffeekanne und drohte. Herr Kaiser sprach schwäbisch zu ihm wie zu einem Tier. Seit Monaten ist er gekündigt. Blomich hat ihm einen Platz besorgen lassen im Altersheim in Bösenreutin. Aber Michel brennt immer wieder durch. Und immer rennt er hierher. Kaiser und König, die den Fall kennen, nehmen Michel von der humoristischen Seite. Alissa, die doch noch nicht alles besprochen hat, schlägt Michel vor, daß er einen Tag später kommen möge, dann habe sie Zeit für ihn. Michel will aber das Ohr der lieben Herren Kaiser und König aus Reutlingen, die ihm all die Jahre, in denen er Seehausgärtner war, immer günstig gesonnen gewesen seien, und jetzt braucht er ihre Hilfe. Im Altersheim werde nämlich noch vor Weihnachten selektiert, weil nämlich zu wenig Weihnachtsgebäck gebacken worden sei von den Schwestern, oder die Schwestern hätten, gleich nachdem das Gebäck aus dem Ofen gekommen und kalt geworden sei, das meiste davon in einer Art Orgie zusammengefressen, ein Vergehen, das jetzt natürlich keine eingestehen wolle, also komme man auf die einfachste Lösung: Selektion und Abspritzung so vieler Heiminsassen, daß das übriggebliebene Gebäck ausreicht, üm schtejns gesagt! Ihr Herren, ich seh euch schmejchlen, ich phantasier, denkts ihr, grad an Weihnachten nämlich ist, am 24. nachmittags, wo die alle auch schon glaubt ham, jetzt hamm'r's g'schafft für dies Jahr, da ist der Klehr noch einmal rüber, heiz ein, Michel, wenn ich z'rück komm, will ich warm, sagt er, geht rüber, und wie er z'rückkommt, sagt er, wie ich ihm aus dem weißen Mantel helf, hat ja immer den Arztmantel tragen, obwohl er nur SGD war, sagt er also, daß er noch 200 abgspritzt hat, und die haben doch auch immer g'sagt, wenn sie bei uns herüben im Garten gearbeitet ham: Wem Got wil derkwiken, dem kenen Menschen nit derschtiken, net wohr is, ieberhaupt net wohr, alles kann passieren, wann mer nicht aufpaßt wie der Luchs, oder asoo gesagt: Fuchs *und* Has mußt du sein, sonst ist nämlich schon Schluß, ieberall, ihr Herren... Alissa schmeichelte ihm, während er sprach, die Kaffeekanne aus der Hand. Ihr traute er. Da griff Heinrich Müller sofort zu, aber Michel Enzinger sprang noch auf's Sofa, Müller kannte jetzt kein Pardon mehr, es wurde eine Jagd, alle mußten sich beteiligen, sonst konnte es um Kaffee und Elisen und Nuß und Kokos geschehen sein. Als wir Michel dann fest in unseren 8 Händen hatten, bluteten einige seiner schorfigen Bartinseln, und sein Unterkiefer zeigte (von Michel aus gesehen) nach rechts aus dem Gesicht. Das konnte eine Verrenkung sein. Oder Trotz. Alissa setzte ihm seine dickglasige Brille wieder auf. Dann führten wir ihn hinaus. Heinrich Müller bedankte sich vielmals. Entschuldigte sich noch (bei Kaiser und König) vielmals für diesen Zwischenfall. Kaiser und König klopften Michel Enzinger auf die Schultern und wünschten ihm fröhliche Weihnachten und ein gutes Neues. Michel sagte: Nix für ungut, die Herren, nix für ungut. Heinrich Müller sagte: Los, vorwärts jetzt! und führte ihn, dem er einen Arm auf den Rücken gedreht hatte, durchs Schneetreiben davon. Also, wo waren wir stehen geblieben, Frau Kristlein? Die Einteilung in A-, B- und C-Kategorien. Richtig, Sie sagten völlig korrekt, daß Sie diese Einteilung nur beibehalten könnten, wenn sich diese Kategorien auch im Preis ausdrücken würden, König, was meinen Sie, ich würde vorschlagen, wir gehen mit A um 10% rauf, dafür aber auch mit C um 10 runter, B bleibt, könnten Sie dem zustimmen, Frau Kristlein? Wir haben aber viel mehr C als A, also komm ich insgesamt schlechter weg, sagt Alissa. Ich mußte hinauf zu Drea und sie bitten, ihr Tonband leiser zu stellen, da Mama eine geschäftliche Besprechung habe. Sie lag auf dem Bauch in ihrem Zimmer und reagierte überhaupt nicht. Also mußte ich an ihr vorbei und das Gerät selber leiser stellen. Da sprang sie auf und stellte das Gerät ganz ab und legte sich wieder auf den Boden. Je ähnlicher die Kinder einem werden, desto unerträglicher werden sie. Und desto bemitleidenswerter. Kaiser und König sagten mir etwas über meine bewundernswerte Frau. Zum Wohl. Ich sah auf Alissas Oberlippe diesen Anflug von Gleißen, den ich Firn nenne. Das heißt: sie kann nicht mehr, sie ist erledigt. Den beiden Herrn aus Reutlingen gefiel es bei Alissa. Sie seufzten. Kaiser war so dick wie König dünn. So g'mütlech wie bei Ehne Frau Krischtlein esch's net ieberall, ja, jaa, ergänzte König, wirklich weiß mer's zu schätze. Der Enzenger, des wesse Se scho, der war en Auschwetz, ja-jaa, auf eme södde Gut, wo se Versuche g'macht hend, net met Mensche, met Pflanze, ma hot jo net ieberall bloß Oomensche g'hett, zersch war er aber scho Bursch bei oim von dene greislege Kerle, dann hot er sech aber wegg'meld, jawohl, d' Mechel, das well scho ebbes heiße, sech da oifach wegzmelde, ond zwar uff des Gut, wo se Kautschukpflanze hend züchte wolle, König, was sage Se dazu: Kautschukpflanze bei ons, so hend dee de Krieg g'wenne welle: met Kautschuk aus Oberschlesie, der Mechel ko Ehne erzähle, also wenn me ebbes empört bei dene Nazes, dann dene ehr Delettantesmus, Kautschuk en Oberschlesie, also wesset Se! Esch ja e guter Kerl, der Michel, ech kenn en jetz scho ieber zwanzech Johr, s'war ja bald nach'm Krieg, wo'n d' Blomech uffglese hat, wo, weiß e au nemme, wesset Se's no Köneg? Au nemme! Abr luschteg esch dees scho, er hat doch dem Köneg und meer en Haufe Breef g'schreebe daß der Müller ehn verleimdet häb bei ons, er weise dee Kendegung zurück, er häb jo die Seerabatte auf den ausdricklich Wunsch vom Herr Derektor so zusamme gschnitte. Verstehe Se, er weiß ganz genau, das wesse Se doch au, daß er praktesch wege seiner Bettnässerei nicht mehr tragbar esch.

Die Frau Müller esch gwieß e gute Frau, die Gertrud, eine geborene Wegelin, hab ehrer Mutter emol auf'm Hoyerberg e Fleckle abkauft, e süß's Parzellele, aber sogar d'Frau Müller het gseggt, se kann ehn nemme em Haus b'halte, au net uff em Bode, es stenk oifach s'ganz Haus, das hat ma ehm au sage misse, esch ja klar. Aber davon schreibt er koi Wörtle, da rührt er net dra, immer bloß von dene lächerliche Rose, wo er verschnette häb. Da hat er sech en Kendegungsgrond konschtrueert, wo er weiß, der esch oogrecht, oohaltbar. Das esch hoch entressant, psychologesch, verschtehe Se, er braucht das für seine Selbschtachtung: oine oogerechte Kendegung! So esch der Mensch ebe, er muß em Recht sei. E glaub, heut schneit's au bloß oimol, König, was moinet Se, sodde mer ons net bald emol rühre, daß mer net no vollends awachse bei de Frau Kreschtlein. Des sen jo koine Flogga me, des sen Kendslomba, zum Wohl, zum Wohl. Und dann sprang er auf und nahm König das von König geführte Protokoll weg. Alissa schlug den Herrn vor, heute nicht mehr nach Reutlingen zu fahren. Bei diesem Wetter über die Alp! Nex do, nex do! schrie Kaiser, morgen früh müsse er an seinem Schreibtisch sein. Komme se, Köneg, sagte er plötzlich ganz langsam, wie ermüdet, und drückte Alissa und mir herzlich die Hand und ging stumm hinaus. König schauderte, dann ging er hinter ihm her. Edmund, immer ohne Kopfbedeckung, will natürlich auch wissen, wozu ich hinter den Perückensträuchern den Schacht schaufle. Jetzt ist's mal an mir, dünn zu lächeln. Meine Schaufel und der droben landende Auswurf machen das einzige Geräusch in der in Nebel gebundenen Welt. In dieser Zeit rührt sich auch der See wochenlang nicht. Auch Zweige rühren sich nur, wenn die Häher sich von ihnen abstoßen. Heinrich Müller sagt, er müsse jetzt dann Meldung machen, er sei schließlich Blomich gegenüber verantwortlich für alles, was hier auf Blomichs Grund und Boden geschehe.

Alissa sagt: Hilf mir lieber die Fenster streichen. Wenigstens abziehen könntest du sie. Nur Froni und der Baron fragen nicht. Froni und der Baron hassen einander auch im Winter. Aber gehen wollen sie beide nicht, obwohl sie für Januar und Februar keinen Lohn kriegen. König sagt es jeden Herbst aufs neue, daß die Firma kein Caritasverein sei. Wenn der Baron und Froni im März zum Beginn der neuen Saison nicht mehr kämen, stelle man eben 2 Türken mehr ein, Türken seien sowieso das Beste, was in den letzten 50 Jahren auf den Arbeitsmarkt gekommen sei. Türken, sagte König, dafür schenke er jeden anderen her. Froni sagt, sie hänge viel zu sehr an den Kindern. Der Baron sagt, ihm genüge das tägliche Bier. Er schwitzt wie im Sommer. Edmund sagt, wenn ich's nicht sagen wolle, bitte, er sei nicht neugierig, aber vielleicht könne er mir helfen. Ich bitte ihn, etwas weiter von der Kante zurückzutreten. Die Stempel, mit denen ich die Erdwände meiner quadratischen Grube am Einstürzen hindere, machen das Hinaufwerfen des Aushubs immer schwieriger. Ich rief Michel an in Bösenreutin. Eine Stunde später war er da. Er strahlte vor Glück. Und nach einer weiteren Stunde hatte er eine Leiter besorgt und eine Maurerbutte. Michel wollte natürlich auch wissen, was das werden solle. Du bist vielleicht 'n Maulwurf, sagte Edmund. Ich sage nichts, obwohl ich ihm gern erklären würde, warum ich diesen Schacht aushebe. Ich kann es ihm nicht sagen. Ich habe eine Sperre. Einfach weil ich spüre, daß er ganz gierig ist, zu erfahren, was ich da mache. Weil ich nichts sage, geht er wieder ins Haus, rauf in das Zimmer 58, in das wir ihn gelegt haben.

Plötzlich stand Maria am Rand meines Schachts. Maria Grabherr aus Retterschen, Gemeinde Ramsegg. Da spüre ich schon wieder, wie richtig es war, diesen Schacht zu graben. Sie fragt aber nicht: Was soll das werden, sondern sagt, Kaiser und König seien auf der Rückfahrt zermalmt worden, von einem Langholzlastzug, der auf der Zwiefaltener Steige gerutscht und umgestürzt sei, ob ich's schon gehört hätte, sie selber habe es gerade von Frau Kölsche gehört, der man's telephonisch aus Reutlingen gemeldet habe, daß sie's Herrn Blomich sage, daß er, falls er Lust habe, an der Beerdigung teilnehmen könne. Im Winter ist Maria durch den soliden Flaum, den sie ums ganze Gesicht hat, schöner als wenn sie diesen Flaum nicht hätte. Kaiser und König auf einmal, sagt sie, sowas Komischs. Und dann lachte sie und rannte davon. Ich spürte meine Füße in den Gummistiefeln, als stünde ich barfuß im Eiswasser. Es läutete am Hoftor. Rosa. Sie saß schon wieder in ihrem senfgelben Porsche. Ich öffnete das Tor, Rosa stieß herein, ich schloß das Tor wieder, Rosa schlüpfte aus dem Auto und sagte ganz aufgeregt: Stell dir vor, wen ich heute kennengelernt habe bei den Mahles, die Tochter eines Reichskanzlers, Luther, glaub ich, kann das sein? die hat eine noch ungedruckte Arbeit über Sternheim zuhause, selber geschrieben, verstehst du, und Blomich hat ihr versprochen, daß er die Arbeit drucken lassen wird, und jetzt, was tut er? nichts! rührt sich überhaupt nicht mehr! das ist doch scheußlich! absolut scheußlich! aber überraschen tut mich das nicht, nicht bei Blomich! Edmund erklärte uns beim Tee, das Typischste für uns sei, daß das absolut Höllenhafte unserer Existenz, wenn man es genau aufschreibe, das pure Feuilleton ergebe. Wer dieses Verhältnis nach dem Furchtbaren oder dem Komischen oder nach dem Furchtbaren und nach dem Komischen hin zuspitze, der könne damit zwar jede Menge Kunst produzieren, aber eben dadurch desertiere er aus dem wirklichen Verhältnis und lasse die anderen in der jetzt noch vernichtender gewordenen Banalität zurück. Er beschreibe damit die letzten Wandlungen seines Freundes Wollensak, der im vergangenen April plötzlich wieder angefangen habe, allerhöchste Gedichte zu schreiben, allein im September habe er 2 Bücher herausgebracht, einen Gedichtband unter dem Titel Ausbund und etwas Prosa unter dem Titel Verenden, beides irre Erfolge, im Augenblick sei er drüben bei Blomich, als dessen Gast. Das halte ich für möglich, sagte ich. Ich weiß es sicher, sagte Edmund. Bist du deswegen hergekommen, fragte ich. Ich muß nach New York, wie du weißt, sagte er. Oder glaubst du mir nicht? Michel Enzinger fragte grob dazwischen: Wollensak, ist das ein Jude? Nein, sagte Edmund. Wir könnten es ruhig sagen, sagte Michel, er sei ein Freund des jüdischen Volkes, wie auch immer ihm das ausgelegt werde, er stehe zu seiner Aussage. Lieber lasse er sich die Zunge rausreißen, als daß er sein Fähnchen nach dem Wind drehe. 2 Jahre Strafbataillon 500, und dann 4 Jahre Straßenbau bei den Fonjess, da hätte er ja auch anbringen können, daß er vorher in der Bewährungseinheit gewesen sei, aber einem Sieger werfe man sich nicht an den Hals. Da könne die Figur Heinrich Müller noch so frech behaupten, Michel habe die neuen Rosen in der Seerabatte verschnitten und deshalb habe Blomich schon wieder neue einsetzen lassen und Michel hinausgeworfen, so sei's eben nicht gewesen, Blomich habe die roten satt gehabt. Schon nach 1 Jahr! Könne denn er was dafür? Der Herr Direktor und die junge Frau hätten sich plötzlich nach gelben Rosen verzehrt. Der wahre Grund dafür, daß man ihn hinausgeworfen und dann ins Altersheim gesperrt habe, sei eben nicht die Rosensache, die sei nur ein Vorwand, sondern allein die Gemeinheit und Herrschsucht eines Heinrich Müller, Tschort egó prinëss! und was ich sag, kennt ihr ihm hintragen, ich lass es drauf ankommen, a Wort ün a Forz ken men nit züriknemen.

Auch Alissa hätte zu Rosa am liebsten gesagt: Liebe Frau Blomich, wir freuen uns immer über Ihre Besuche, aber noch lieber wär es uns, wenn Sie ohne Ihr bekanntes Auto kämen – mehr als 1 Viertelstunde geht man doch nicht von Ihnen zu uns –, weil wir einfach nicht wissen, wie Blomich, wenn ihm gemeldet wird, eine seiner früheren Frauen sei schon wieder drüben bei Kristleins, wie er das aufnimmt. Er kann's ja für Konspiration halten, für Aushorcherei, oder er fürchtet, wir redeten übel über ihn, verstehen Sie das? Aber auch Alissa wagte nicht, das zu sagen. Ich auch nicht. Die Hoftorglocke. Ich rannte hinaus. Diese Glocke hat in kurzer Zeit einen großen Einfluß auf mich gewonnen. Sobald ich sie höre, renn ich los, als stehe jetzt jemand draußen, der nur käme, um mir endlich zu sagen: so, jetzt ist es soweit, Sie haben's geschafft. Da das nie der Fall ist, wird jeder Gang zum Tor eine Enttäuschung. Auch diesmal: Ein dürrer Kerl in einem zweifelhaften Mäntelchen. Ich hatte kaum geöffnet, da war er schon an mir vorbei und ging vor mir her aufs Haus zu, als hätte ich ihn darum herzlich gebeten. Dabei sprach er ununterbrochen. Auch, als er drin war, sich von mir den Mantel abnehmen ließ, sich in die Stube bitten ließ, wo die anderen saßen, sich auf den Stuhl setzte, den ihm Michel Enzinger, der ihn wahrscheinlich für einen lieben Freund von mir hielt, gleich hinstellte, immerzu redete er weiter. Er redete, als könne er sich so unverwundbar machen. Nur 2 Minuten, hatte er draußen begonnen, nur 2 Minuten, mein Herr, ich bin ein ungern gesehener Mensch, das weiß ich, das sagt mir jeder, aber praktisch ist es doch so: die Studenten – dazu gesagt: die meistens gar keine sind –, die haben uns praktisch alles weggenommen! Ich bin Außenhandelskaufmann – dazu gesagt: das will ich werden –, aber zuerst muß ich, weil die Leute sich ja auch schützen müssen, eine Befähigung nachweisen, also schicken sie mich mal 6 Wochen durch die Gegend, und gleich in die finsterste Provinz, also ich würde auch lieber was anderes tun als pro

Tag 70 Menschen anzusprechen, aber wenn ich 150 Abonnements verkaufe, bezahlen die mir die Ausbildung, meine Eltern ham sich praktisch von mir distanziert, von klein auf (mit einer Handbewegung zeigte er, wie klein er da gewesen sein mußte), geschieden, und dann der Unfall, sehen Sie, hier und hier (zuerst zeigte er uns den Handrücken, auf dem absolut nichts zu sehen war, wahrscheinlich wegen der Dezemberdämmerung, dann erfolgte ein jähes Herunterbeugen seines Kopfes und sofort wies, durch eine kunstvolle Verrenkung seines Armes und seiner Hand, sein rechter Zeigefinger hinter sein rechtes Ohr, auch da sahen wir absolut nichts), aber da heißt es: krummer Hund, arbeite du doch was (er tauchte wieder auf), also ich steh auf dem Standpunkt, wenn einer studiert, dann kann er in den 3 Monaten Semesterferien was Produktives tun, dann muß er das nicht uns wegnehmen, also mein Kollege z. B., der macht es für eine Herzoperation, der braucht 600 000 Mark, und ich brauch's für die Ausbildung, also die ham mir schon letzte Woche gesagt, Glatthaar, wenn du jetzt nicht bald mehr bringst, du fauler Hund! – dazugesagt: die sind ja brutal –, und was für mich dabei abfällt, kommt gleich auf ein Sperrkonto für die Ausbildung, ich würde ja auch lieber was anderes anbieten als die Hefte, wo Sie heute hinkommen, hören Sie gleich: Gehen Sie mir bloß weg mit Hefte! das kommt von den Studenten, ist doch klar – dazugesagt: ich brächt' auch lieber 'n Stück Seife –, aber praktisch ist es doch so, daß ich mit 150 Abonnements den Nachweis liefern muß, daß ich für den Werbekaufmann tauge – dazugesagt: meine Mutter hat immer gesagt, Elmar, was soll bloß werden aus dir! –, natürlich könnt ich auch gleich den Bettelhut in die Hand nehmen, ich leb ja davon, daß manchmal einer ein Einsehen hat – dazugesagt: am ehesten, wenn er selber was mitgemacht hat –, aber das ist ja verboten, verstehen Sie, ich bin praktisch dazu gezwungen, den gesetzlichen Gegenwert anzubieten, also ehrlich, unter uns, ich steh nicht auf die Hefte – dazugesagt: ich bin Großstädter –, es ist ja auch was Kulturelles dabei, *Merian* und *Westermanns Monatshefte* – dazu gesagt: wie man damit Schiffbruch erleidet bei Leuten, bei denen man's nicht glauben möchte! z. B. drüben in der großen Villa, keine Ader für das Kulturelle, was man genau da doch verlangen könnte, dabei wird man aber genau da am kältesten abgewiesen, am kältesten, eindeutig! –, oder weil der Mensch jetzt immer mehr Zeit hat, hier *Film und Frau* oder *Sie* oder die *Quick*, ham Sie Kinder? dann würd ich dazu nicht raten, wird nämlich nicht empfohlen – dazugesagt: von der Kirche, ich weiß natürlich nicht, ob das was heißt für Sie –, oder *Hobby*, aber praktisch, glauben Sie mir, ich weiß, ich bin ein ungern gesehener Mensch, also die Hefte, verstehen Sie, sind praktisch keine Basis, also ich z. B. mach mir überhaupt nichts draus, ich schau sie nicht einmal an, nicht einmal wenn ich Zeit hätt, würd ich mir sowas anschauen. Plötzlich hörte er auf zu sprechen. Es war klar, daß er nicht zu Ende gesprochen hatte. Er hatte einfach aufgehört. Das wirkte, als wären wir daran schuld. Weil es so still war, sagte ich: Sollte jetzt noch jemand kommen, dann fehlt uns ein Stuhl.

2

Kaiser und König hätten alt werden können. König noch älter als Kaiser. König hat sich immer vorsichtig bewegt. Die Arme ließ er niemals einfach herunterhängen, er hatte die Ellbogen immer eng am Körper. Das machte den Eindruck von Sorgsamkeit, Bereitwilligkeit, Zartheit. Er war sicher ein schwacher Abteilungsleiter. Aber vielleicht hat man gedacht, für die Sozialabteilung ist Schwäche eine Stärke. Kaiser dagegen wird jeder für einen starken Abteilungsleiter gehalten haben. Er hatte eine enorme Nase, dunkelrote Lippen, die vor Fülle fast aus dem Gesicht fielen, eine braun spiegelnde Glatze, die goldene Brille. König war ein Bewunderer. Kaiser ein vor allem von König Bewunderter. Kaiser war Leiter der Lohnbuchhaltung und freiwillig, also ohne Aufgeld, auch noch Leiter der Liegenschaftsverwaltung. Wenn Kaiser mit Blomich etwas zu besprechen hatte, wozu König nichts beitragen sollte, saß König bei uns und rühmte Kaiser. Am meisten bewunderte er an Kaiser das Originelle. Jede von ihm dargebotene Kaiserpartie endete damit, daß Kaiser ein Original sei. Heidesakkra, sagte er dann. Für König war es das Schönste, mit Kaiser durchs Land zu fahren. König fuhr, Kaiser saß neben ihm und redete. Auch am Samstag oder Sonntag. Kaiser mußte ja den größeren Teil dieses Immobilienwesens in seiner Freizeit besorgen. Nicht ganz 8 Hektar verstreuten Besitzes hatte die Firma, als Kaiser im Jahre 52 bemerkte, daß die Buchhaltung ihn nicht ausfüllte. Er rationalisierte die Lohnbuchhaltung im Lauf der Jahre so weit, daß er sich praktisch selber abschaffte. 72 Hektar hat er aus den 8 Hektar gemacht. Er ist ein Spieler, sagte König, nein, ein Eroberer. Wenn er ins Telephon sagte: Um 3 am Objekt, dann war alles klar. Dann hatte er um 3 Uhr unter freiem Himmel eine Arie von Nachteilen parat, speziell für den Besitzer dieses Grundstücks, das er haben wollte. Nur ein Konzern wie der Blomich-Konzern konnte ein Grundstück trotz dieser Nachteile auf sich nehmen. Und wie er die Leute verhörte, Belastungen in Abteilung II des Grundbuchs, Grunddienstbarkeit, was?! und Abteilung III, ganz nette Hypothekenplantage, die Sie da haben,

Kreuzdonnerwetter! Er selber wohnte in einem Einfamilienhäuschen, das auf 700 qm Grund stand, die er in Erbpacht hatte. Auch für alle Firmenbauten, die zu seiner Zeit erstellt wurden, präparierte er Erbpacht-Bauland. Eigener Grund und Boden ist viel zu kostbar, um drauf zu bauen, sagte er. Bebauter Grund verliert seinen Wert, sagte er. Und er war ja ein Meister des Zuwachses und der Wertsteigerung. Das Land, das er in Erbpacht nahm, war 10mal so billig wie wenn er's gekauft hätte. Und in 99 Jahren, sagte er, gehört der Grund sowieso dem Staat und wir sind alle Pächter. In seinen Augen war, wer Grund erwarb, um ihn zu behalten, ein Dummkopf oder ein Verschwender. Wenn ein Bauer sich als zäh erwies und nicht verkaufen wollte, weil er die täglich feststellbare Wertsteigerung seines stadtnahen Grundstücks selber abwarten und kassieren wollte, konnte Kaiser grob werden. Solche Leute schrie er an, drohte ihnen, wußte auch meistens soviel über sie, daß er seine Drohungen gut ausfüttern konnte damit, ja, er schüttelte solche Leute sogar. König fürchtete oft, daß Kaiser einmal so einen erwürge. Wenn der andere dann immer noch nicht unterschrieb, schob Kaiser ab, aber wie, wie ein Gewitter, und auf dem ganzen Weg heimzu nach Reutlingen schrie und schimpfte er weiter. Es ist nicht leicht mit ihm, sagte König immer wieder. Ihm habe er auch schon dann und wann eine runtergehauen. Einfach ins Gesicht. Wegen einer Kleinigkeit. Er, König, leide besonders unter dieser Unbeherrschtheit und Roheit Kaisers. Vor allem könne er sich ja nicht wehren. Ihn verachte Kaiser, wie er alle Leute verachte, die nicht das zeigten, was Kaiser Initiative nenne. Deshalb lobe Kaiser doch Frau Kristlein, weil sie auf Kaisers Vorschlag, das Gästehaus in eigene Regie zu übernehmen, gleich eingegangen sei. Von ihm aus könne Kaiser jeden Tag an einem Gehirnschlag sterben, er werde ihm keine Träne nachweinen. Am schlimmsten sei

Kaiser beim Autofahren. Andauernd rede er drein, befehle zu überholen, zum Beispiel. Trotz Gegenverkehr. Obwohl wirklich nicht zu erwarten sei, daß man da noch rechtzeitig vorbeikäme. König müsse draufdrücken und überholen, weil Kaiser ihn sonst entweder prügle oder ihn 2 Stunden lang bis zur Unerträglichkeit beschimpfe, weil König ihm nicht vertraut habe. Das sei das Schlimmste für Kaiser, wenn einer ihm nicht vertraue. Also überhole König oft in aussichtsloser Lage. Die letzten Meter müsse er immer die Augen schließen. Dabei habe Kaiser wahrscheinlich auch selber Angst. Warum sonst führt er immer adressierte und frankierte Couverts mit sich, in die alle schriftlichen Abmachungen einer solchen Liegenschaftsreise gesteckt und dann vor der Heimfahrt in den Briefkasten geworfen werden. Die Straße, sage Kaiser, sei heute viel zu unsicher, als daß man ihr das Ergebnis eines ganzen Arbeitstages anvertrauen dürfe. Je länger König Zeit hatte, über Kaiser zu reden, desto schlimmer wurde Kaiser. Aber wenn er bemerkte, daß er jetzt von seinem Haß gegen Kaiser fortgeschwemmt wurde, versuchte er immer wieder zu bremsen, fügte rasch und geradezu gewaltsam etwas Wunderbares, Rettendes ein. Wie sanftmütig doch Kaiser zu seinen Kindern sei. Oder daß er wahrscheinlich nur wegen seiner Frau so geworden sei. Die sei aus einer altreichen Feuerbächer Familie und genau so bös. Deshalb wolle doch Kaiser immer im Land herumfahren und möglichst 1 Nacht pro Woche nicht heimkommen. Deshalb unterhalte er doch geschlechtliche Beziehungen mit vielen Bedienungen des Oberlandes. Und diese Beziehungen seien so, daß Kaiser einfach kommen könne. 16 verschiedene Bedienungen innerhalb von 6 Monaten habe König einmal gezählt. Davor kaufe Kaiser immer Kaugummi. König könne sich das nicht erklären. Aber bei diesem Menschen gebe man das Verstehenwollen allmählich auf. Auch der Herr Direktor ertrage

Kaiser kaum noch. König wisse das aus sicherer Quelle. Wörtlich habe Blomich einmal gesagt: Bleiben Sie mir bloß mit Kaiser vom Leib. Und ein anderes Mal: Mir ist er schon rein physisch zuwider. Er, König, habe Kaiser davon bis jetzt noch nichts gesagt. Er wisse, daß für Kaiser, wenn er das erfahre, eine Welt zusammenbreche. Kaiser glaube ja, daß er bei Blomich ein für alle Mal lieb Kind sei, weil er verhindert habe, daß der westlich ans Seehaus angrenzende Besitz an eine Altersheimstiftung verkauft wurde. Allerdings, seit Blomich mit dem neuen Nachbarn, diesem Ex-korvettenkapitän, solche Schwierigkeiten habe, weil der doch den riesigen Betonsteg mit den unheimlichen Lampen in den See hinausgebaut habe, seit dem habe Kaiser ganz schön Angst um seine gute Nummer bei Blomich. Und das mit Grund! Bei Gott! Da spielt sich dieses Immobiliengenie jahrelang auf als der große Parzellennapoleon, schachert einen Grundbesitz zusammen, daß Blomich bald in allen Gemeinden zwischen Stuttgart und hier in einen miserablen Ruf kommt, und dann braucht man ihn einmal wirklich, weil auf dem Nachbargrundstück ein Altersheim gebaut werden soll, das verhindert der Supermakler zwar, aber statt dessen bringt er diesen Marinespinner an, der seine letzten 20 Jahre mit 500 PS-Motorbooten verbringen will, im Augenblick hat er 4 davon, und dazu hat er die scheußliche Betonpiste mit Lampen gespickt, die den Lampen auf den Champs Elysées nachgebaut sind, und die läßt er gewöhnlich bis Mitternacht brennen, Blomich muß jetzt immer die Vorhänge zuziehen, sonst kann er wegen des hereinspiegelnden Wassers nicht schlafen. Kaiser habe sich zwar angeboten, den Exkorvettenkapitän, der zuerst ein idealer Nachbar zu sein schien – Sohn aus einer rheinischen Stahlfamilie *und* Offizier –, wieder wegzubringen, auf dem Immobilienweg, durch Angebote u.s.w., aber Blomich habe Kaiser verboten, sich noch einmal einzumischen, da

Blomich diese Sache auf dem Prozeßweg bereinigen wolle. Kaiser habe seine Immobilienleidenschaft seitdem nur noch wilder ausgeübt als zuvor. Er sei seitdem einfach zum Umbringen. Und er, König, warte nur auf den richtigen Augenblick, um Kaiser ein paar Sätze Blomichs mitzuteilen, Sätze, für die er Ort und Zeit und Zeugen sofort nennen könne. Aber es müsse natürlich ein Augenblick sein, in dem Kaiser ohnehin schon angeschlagen sei, irgend ein ganz mieser Moment, wenn ihm grad etwas total schief gelaufen sei, zuhause oder im Geschäft, und dann die Blomich-Sätze: Bleiben Sie mir bloß mit Kaiser vom Leib! Und: Mir ist er schon rein physisch zuwider! I' glaub, sagte König in seiner leisen und immer besonnen wirkenden Art, i' glaub, dann butzt's 'n.

Das hatte jetzt das Langholz besorgt. Aber da war nicht extra ein Langholzwagen ins Rutschen gekommen, wie Maria Grabherr gehört haben wollte; für Kaiser und König und eine Fußgängerin mit ihrem 3jährigen Kind genügten – so steht's in der Zeitung –, die Stämme, die vom Fuhrwerk stürzten, weil die vordere linke Runge am Drehschemel des Motorwagens gebrochen war; nun hätte allerdings die Spannkette die Stämme halten sollen; aber weil die nicht die vorgeschriebene Stärke von mindestens 12 Millimeter gehabt hatte, riß sie, die Stämme stürzten, Kaiser und König, gerade beim Überholen, wurden erschlagen, ein 3jähriges Kind auch, die 26jährige Mutter kam mit dem Leben davon, allerdings mußten ihr beide Beine abgenommen werden. Ein 77 Jahre alter Rentner kam mit leichten Schürfungen und – steht in der Zeitung – mit dem Schrecken davon.

3

Jetzt schmatzt der Lehm wieder an der Schaufel. Über Nacht ist alles, was gestern weiß gewesen war, schwarz geworden. Ast und Aberästchen. Der Föhn. Und eine Sichtbarkeit. Dieses apokalyptische Licht. Das holt noch das Letzte heraus. Und weil zu dem Stück, das jetzt gespielt wird, auch die vorigen Vögel nicht mehr passen, gibt's jetzt, statt Häher und Dompfaff, die Schar glänzend schwarzer Krähen. Und statt strengster, geradezu überwacht wirkender Stille, ein heroisches Brausen und Rauschen. Ich schaufle rascher. Ich bin schon auf groben Sand und ersten Kies gestoßen, als Heinrich Müller auftaucht. Blitzend die Augen, die Rüsselhand fährt durch die Luft. Er muß es jetzt wissen. Er wird das nicht zulassen. Er hat Blomich bereits davon berichtet. Er hat sich Blomich gegenüber verpflichtet, diesen Fall aufzuklären. Er stünde ja da wie der letzte Depp, wenn jetzt jeder anfangen würde, ein Loch zu graben, einen Schacht auszuheben. Er könnte es ja keinem verbieten, wenn er es mir durchgehen ließe. Er lasse es mir aber nicht durchgehen. Er bereue heute noch, daß er mir damals fast einen Sommer lang das Motorrad geliehen habe. Er habe sich schwer getäuscht in mir. Er sei eben doch immer noch *zu* gutmütig. Er falle immer wieder herein. Er lerne einfach nichts dazu. Er werde aber jetzt nicht mehr länger zuschauen, insbesondere, weil Blomich von ihm definitiv verlangt habe, jetzt Licht in die Sache zu bringen. Ich weiß ja, daß ich mich nicht stören lassen darf. Am unangreifbarsten wäre ich, wenn ich weiterschaufeln würde, ohne mich um ihn zu kümmern. Sein Zorn ist ja schon ein Beweis dafür, daß ich auf dem richtigen Weg bin. Aber ich bringe es nicht über mich, den Tauben zu spielen. Ich schaue hinauf. Ich sage nichts. Weil mer beim Geldgrobe nicks rede derf. Un grob un grob, daß mer der Schwaas von der Stern duht rinne. Ich bin noch nit dief kumme, do hör ichsch klingele, just als wanns Kronedahler wern und ich denk: jetzt werds kumma. Heinrich Müller steht jetzt wie verhext. Er hört es wohl auch klingeln und will dabei sein, mir es wegzunehmen, sobald es sich blitzend zeigen wird. Auf jeden Fall: daß er zuschaut, gibt mir Kraft. Daß er fassungslos ist, wenn ich noch schneller schaufle, gibt mir noch mehr Kraft. So genau hatte ich wirklich nicht gewußt, was ich mit diesem Schacht wollte. Als ich dann vom Fenster aus, am späten Nachmittag, Müller um meinen Schacht herumgehen sehe, hinuntersehen und hinuntersteigen und wieder auftauchen sehe, da weiß ich, daß ich mich nur nicht beirren lassen darf. Aber dieser Erfolg in meiner Umwelt würde mich vielleicht noch nicht zum Weitermachen ermutigen, wenn mir nicht das Graben selbst soviel Freude machen würde. Es ist eine schwere Arbeit. Das ist wahrscheinlich noch wichtiger als der Erfolg in meiner Umwelt. Erfolg ist vielleicht auch nicht das beste Wort für die Wirkung meiner Arbeit. Es fehlt jedes Verständnis. Auch Alissa begreift nichts. Sie sagt, Müller sei bei ihr gewesen und habe gesagt, daß ihm jetzt nur noch die Polizei bleibe. Schon die Art, wie ich die Schachtwände abgestützt hätte, sei kriminell, habe Müller gesagt. Polizei oder Irrenanstalt, was anderes sehe er jetzt nicht mehr. Eines Morgens finde ich meinen Schacht zur Hälfte wieder zugeschüttet. Das ist er gewesen. Mindestens 5 Mann müssen da mitgearbeitet haben. Ich gestatte mir keine Reaktion. Ich arbeite, daß er's, wenn er kommt, sieht und weitersagt: wann merschs voll mache deht, so wärs am annere Tag widder leer. Und ich lege einen Stolperdraht an, den ich an eine schrille Tischglocke anschließe. Die Wasserdämmung wird mein größtes Problem. Ich habe ja keine 4 Meter langen U-Schienen. Ich habe nur Bretter und Pfähle. Das heißt, die konnte ich mir bei meinem Vetter Erwin in Unterreitnau beschaffen. Am meisten wunderte mich bei diesem 60jährigen Mann, daß er von seiner Wohnung zu seiner Werkstatt keine Türe hatte, sondern nur einen 70 cm hohen Durchlaß, durch den er kriechen mußte, wenn er nicht außen herumgehen wollte. Und er, der Schreiner und Türenmacher, kroch offenbar schon einige Jahrzehnte hinüber und herüber. Alissa kam her und sagte, Müllers Frau sei heute vormittag nach Weißenau in die Anstalt gebracht worden. Sie habe seit 14 Tagen praktisch ununterbrochen laut geschrien. Müller habe sich jetzt keinen anderen Rat mehr gewußt. Ich ging hinter Alissa ins Haus, wusch mich und setzte mich zu Edmund, der im Wohnzimmer saß und vor sich hinstarrte. Wenig später kam Michel Enzinger. Dann Rosa. Und als letzter dieser Elmar Glatthaar, der uns jetzt schon als alte Bekannte grüßte. Sie redeten nicht über meinen Schacht, sondern über Blomich und Müller und Frau Müller. Das wirkte auf mich wie eine Demütigung. Zum Glück saßen wir in der grell hereingleißenden Dezembersonne alle wie beschämt. Ach nein, das wohl nicht. Das sind so Unterstellungen, die entstehen wegen dieses plötzlich über uns und alles ausgeschütteten, gewissermaßen apokalyptischen Lichts. Darin sitzt jeder für sich.

4

Rosa kommt nicht unseretwegen. Sie will in Blomichs Nähe sein. Das würde sie nie zugeben. Sie erzählt uns immer genauer, was Blomich einst unternommen habe, sie zu kriegen. 2 Jahre lang hat sie ihn hinter sich herlaufen lassen. Dann waren sie 2 Jahre und 2 Monate zusammen. Als sie merkte, daß es zu Ende ging, hat sie ihn noch dazu gebracht, sie zu heiraten. Nachdem er schon 2 Jahre mit der Neuen gelebt hatte, ist es ihm gelungen, Rosa die Scheidung abzuringen, bzw. abzukaufen. 3 Tage hat die Sichtbarkeit gedauert, jetzt stehen wieder in 30 m Entfernung unverrückbar die Nebelwände um uns herum. Seit Edmund da ist, will Rosa praktisch überhaupt nicht mehr gehen. Mit ihm kann sie Tag und Nacht über Blomich reden. Alissa und ich beteiligen uns kaum. Zuweilen versuche ich, die beiden darauf aufmerksam zu machen, daß sie ihre immer ausgearbeiteteren Schmähungen Blomichs ohne meine Zustimmung vortrügen. 40 Zigaretten raucht jeder von uns, wenn wir uns bis morgens um 3 halb 4 über den Nichtraucher Blomich streiten. Alissa kann sich oft kaum mehr ausziehen, so erschöpft ist sie dann. Sie liegt, als könne sie sich nie mehr rühren. Sie liegt noch nicht bequem. Aber sie hat offenbar keine Kraft mehr gehabt, sich richtig hinzulegen und zuzudecken. Sie liegt wie abgestürzt und röchelt mit leicht verzerrtem Gesicht. Sie muß ja von uns allen jeden Morgen als erste aufstehen. 8 Tage vor Weihnachten hat Heinrich Müller uns auch noch Leute ins Haus gelegt. Auf Blomichs Befehl. Die sollen bei uns das Frühstück kriegen. Ein Fernsehteam, das tagsüber drüben einen Film über Wollensak dreht. Edmunds Erbitterung wird unheimlich. Er versucht, das Team jeden Abend in unser Wohnzimmer zu ziehen, um sie ausfragen zu können. Kameramann, Tonmann, Regisseur, Aufnahmeleiter und Fahrer geben Auskunft. Wollensak gestatte nichts anderes, als daß er auf einem Stuhl sitzend aufgenommen werde. In einem sonst völlig leeren Raum. Blomich habe ein Zimmer mit einer eisgrünen, musterlosen Tapete extra dafür ausräumen lassen müssen. Dann spreche Wollensak ungeheuer langsam, aber es wirke überhaupt nicht langsam, 2 Stunden lang, ohne sich ein einziges Mal zu versprechen und ohne irgend etwas Schriftliches zu Hilfe zu nehmen. Sie wechselten die Bänder, die Filmkassetten, Wollensak unterbreche, bleibe zwar auf dem Stuhl sitzen, drehe den Kopf aber jäh weg von Scheinwerfern und Kamera, hin zur musterlosen Wand. Ansprechen dürfe man ihn während dieser Drehpausen nicht, das spüre man. Erfrischungen lehne er ab. Dann sagt der Kameramann: Wir können wieder. Dann sagt der Regisseur: Herr Wollensak, wir können wieder. Jetzt erst drehe der den Kopf genau um die 90 Grad zurück, um die er ihn vorher weggedreht habe, halte genau mit dem Blick ins Objektiv und fahre ohne jedes Suchen oder Zögern oder sichtbar werdendes Nachdenken genau da weiter, wo er vorher abgebrochen habe. So gehe es täglich 2 Stunden. Länger wolle Wollensak nicht. Und was er erzähle, sei jedes Mal sein eigenes Leben bis zu diesem Augenblick. Jedes Mal ganz anders. Aber jedes Mal wieder eine Tragödie. Ja, ja, sagt Edmund, Tragödien, das macht ihm so schnell keiner nach. Und dann noch der Anfall. Der Regisseur ist stolz, daß er Wollensak das abgerungen hat. Deshalb kämen sie doch auch nach Neujahr gleich wieder und blieben, bzw. reisten Wollensak nach nach St. Moritz, wenn Wollensak mit Blomich nach St. Moritz reise, sie blieben auf seinen Fersen, bis Wollensak wieder einen von seinen Anfällen habe. Den nähmen sie dann auf. Das gehört einfach zu Wollensak, sagt der Regisseur, jeder wisse heute, daß Wollensak am morbus sacer leide, was gäben wir darum, wenn wir einen Anfall Flauberts oder Dostojewskijs hätten, oder wenigstens einen von Berlioz, Byron oder Paganini. Edmund sagt: Und was krieg ich, wenn ich euch 'n Tip gebe, wie ihr im Handumdrehen zu'm Wollensak-Anfall kommt? Er mache keine Witze und der Preis werde erst fällig, wenn's geklappt habe, also los, was ist euch das wert? Die schauen immer noch. Der Aufnahmeleiter begreift als erster, daß

Edmund tatsächlich etwas anzubieten hat. 100, sagt er. Edmund tippt sich an die Schläfe. Junge, du spinnst wohl! Was kosten eure Spesen pro Tag, was die Fahrt nach St. Moritz, Mensch, und manchmal dauert das 6, 9, 15 Wochen, bis er wieder zu Boden geht, 100 Mark, also wirklich! Jetzt ist auch der Regisseur so weit. 500, sagt er. Der Aufnahmeleiter sagt rasch: Aber nur im Erfolgsfall. 1000, sagt Edmund. Die sehen einander an. Wie lang so ein Anfall gehe, fragt der Aufnahmeleiter. Vom ersten stangenhaften Kopfschwanken und Nasenschnuppern bis zum Initialschrei und Hinstürzen mit Bewußtseinsverlust und Streckkrampf kann es langsam oder schnell gehen, sagt Edmund. Aber der Anfall zähle ja erst nach dem Schrei, nach dem Sturz, wenn Wollensak einmal liege. Da liege er vielleicht ne halbe Minute mit starren offenen Augen, Kopf weggedreht, dann fange das Zucken an. Hände, Füße, alles zucke. Da seid ihr dann schon mitten drin. Vor allem solltet ihr ne Großaufnahme des Mundes kriegen. Durch die Zuckungen der Zunge werde ja der Speichel richtig zu Schaum geschlagen und die Gesichtsfarbe wechsle von blaß allmählich zu bläulich, das gehe maximal 3 oder 4 Minuten, dann schlaffe er ab, liege und schlafe, und zwar stundenlang, davon könnten sie auch mindestens 10 Minuten nehmen. Also gut, sagt der Aufnahmeleiter. Handschlag. Edmund sagt: Gut also. Nach dem Mittagessen sei Wollensak am wenigsten stabil. Also müßten sie nach'm Mittagessen ran an ihn. Er dreht doch, sagt ihr, sobald ne Kassette durch ist, den Kopf zur Wand und dreht ihn erst wieder her, wenn's weitergeht, ja? Ja. Daran seht ihr, daß er Licht nicht aushält. Und am wenigsten flackerndes Licht. Die Sklavenhändler der Antike ließen vor ihren Gefangenen Töpferräder rotieren, um Epileptiker auszusondern. Ihr müßt also nur an einem Nachmittag 2mal, wenn er den Kopf wieder herdreht, mit den Scheinwerfern ein Geflimmer und Geflacker erzeugen, einfach so'n strobe cuts-Effekt, das hält er wahrscheinlich schon das 1. Mal nicht aus, das 2. Mal fällt er garantiert. Und eingeleuchtet habt ihr auch schon, Kamera ab, Ton ab, der Anfall ist euer, vorausgesetzt, ich krieg die 1000 Emme, meine Herren. Die glauben's noch nicht so ganz, aber sie wollen's mal probieren. Von denen raucht auch jeder noch 20 bis 30 Zigaretten. Zu trinken muß man ihnen auch geben. Der eine sagt: Whisky, der andere: Weißen, Roten, der dritte, der Regisseur sagt: Ich bleibe beim Bier, der Fahrer sagt: Für mich nichts, wirklich nicht, ich vermiss' es auch gar nicht mehr. Michel Enzinger hilft mir beim Servieren. Täglich taucht Michel gegen vier Uhr auf und sagt: Nur auf einen Sprung, wir müssen ja wissen, wie wir vorgehen gegen Müller, Blomich weiß von nichts, darauf können Sie Gift nehmen. Er geht um 9, weil das Heim um 10 zumacht. So schlimm sei es auch nicht, daß wir heute in seiner Sache nicht weitergekommen seien, sagt er jeden Abend, aber morgen müßten wir's packen. Elmar kommt unregelmäßig. Er sei zwar immer noch in der Gegend, aber er könne es nicht jeden Abend einrichten, sagt er. Wenn er's aber irgendwie einrichten könne, dann komme er, dessen dürften wir sicher sein. Das habe er doch schon bei seinem 1. Besuch, schon nach 10 Minuten habe er das empfunden, daß wir ihm sympathisch seien und er könne nur hoffen, er uns auch. Und? Täusche er sich? Er glaube nicht. Er empfinde es, daß er uns auch ein bißchen, ein ganz kleines bißchen sympathisch sei, sonst wären nämlich wir ihm auch nicht sympathisch, das beruhe immer auf Gegenseitigkeit, eine alte Erfahrung von ihm. Dazu gesagt: sollte sich das ändern, nur raus mit der Sprache, bloß ihm gegenüber kein Blatt vor den Mund, er sei schon so oft hinausgeworfen worden in seinem Leben, also ihm falle da keine Perle aus der Krone. Dazu gesagt: vor allem, weil er keine habe! Zuletzt sitzen also immer Rosa,

Edmund, Alissa und ich noch da. Allenfalls noch Elmar, der darauf spekuliert, von Rosa in seine Aeschacher Bleibe gefahren zu werden. Rosa und Edmund werden richtig nervös, wenn jemand von etwas anderem als von Blomich, und das heißt, von Karin und Wollensak und Blomich sprechen will. Sie lassen das einfach nicht zu. Sogar Elmar lernt das schnell und tut sich bald hervor als Lieferant neuer Blomichgeschichtchen, die er in allen möglichen Häusern der näheren und weiteren Umgebung zusammengesammelt hat. Wo Rosa ihre Informationen her hat, ist mir ein Rätsel. Von Maria? Besticht sie sie? Immer wieder weiß sie Neuigkeiten aus den innersten Zimmern des Seehauses. Sie nennt es das Haupthaus, Edmund nennt es Seehaus. Darüber geraten sie öfter in Streit. Aber weil sie auf einander angewiesen sind, kommen sie überein, daß Edmund weiterhin Seehaus und Rosa weiterhin Haupthaus sagen dürfe, der andere werde sich daran nicht mehr stören. Aber schon am nächsten Tag streiten sie wieder. Rosa weiß, daß Karin die Pille nicht nehme, weil sie Angst habe, dick zu werden. Und weil weder Alissa, noch einer von uns Männern sagt: das ist sie doch schon! muß Rosa selber sagen: das ist sie doch schon, oder findet jemand die Nachfolgerin sei schlank? Und welch ein Geschmack, meine Lieben, welch ein Geschmack! Sie behält Joe bei! Dabei weiß sie doch, das muß sie doch wissen, das weiß doch jeder, weiß das nicht jeder, daß er Hans hieß, als ich ihn in die Finger kriegte? Einfach und schlicht Hans und sonst nichts! Und war das vielleicht keine Arbeit, Joe durchzusetzen! Hier und in München und auf Sylt und in St. Moritz und in Reutlingen und auf Capri und in Stuttgart! Das war eine Arbeit, oh je! Und jetzt hat die die Kuttel und sagt Joe zu ihm! Rosa will nicht behaupten, das sei ein Plagiat, aber mit Geschmack habe das nichts mehr zu tun! Ihr sei es ja egal! Sie möchte nicht wissen, was noch alles die jetzt prak-

tizierten, was einzig und allein von ihr stamme! Daß Joe
das mitmache, zeige übrigens nur, wie tief senil er inzwischen leider geworden sei, durchscheinend senil, möchte sie
behaupten. Erst letzten Samstag habe er sich drüben vor
mindestens 25 Leuten wieder schauderhaft blamiert. Es sei
um Politik gegangen. Dieckow habe Blomich spöttisch gefragt, wie denn das gehe mit der roten Karin, die und rot,
dann sei sie, Rosa, der pure bolschewistische Purpur, wenn
die rot sei, aber bitte, Dieckows politische Farbenblindheit
sei ja bekannt, Blomich hab also seine Karin angelächelt,
habe sie gebeten, für sie und für sich, also für beide antworten zu dürfen, sie habe ihm diese Erlaubnis gnädig erteilt,
dann habe er, zum Beweis, daß Karin auf ihn einen guten
Einfluß habe, erzählt, daß er jetzt kein Geld mehr gebe
fürs Bumsen, aber daß man nicht glaube, er wolle damit
nur renommieren, habe er Karin bis zu diesem Augenblick
nichts davon gesagt, er habe die Mittel einfach stillschwei-
gend gestrichen! Es sei dann zu einer komischen Diskussion
gekommen, in der Blomich doch tatsächlich behauptet habe,
unter *bumsen* verstehe er das Sprengen von Hochleitungsmasten in Südtirol durch Einheimische, und davon war er
nicht mehr abzubringen. Also er kann einem schon leid tun.
Und diese Affirmations-Hyäne hat natürlich nicht den
Finger gerührt, ihm zu helfen, die hat nur noch gelacht, die
lacht doch immer so, ob wir die schon einmal lachen gesehen
hätten, vor allem, wenn sie selber was erzähle, die könne
doch oft vor Lachen nicht weitersprechen, obwohl die Leute
um sie herum noch viel zu wenig gehört hätten, um auch
schon mitlachen zu können, sie lache einfach darauf los und
lasse die Leute sitzen, wenn das nicht peinlich sei, dann
wisse sie nicht mehr was peinlich sei, na ja, das mit dem
Sprengen von Hochleitungsmasten in Südtirol sei ja auch
nicht schlecht, ausgerechnet Hochleitungsmasten, oder heißt
es Hochleistungsmasten? auf jeden Fall, was da dahinter

stecke, das möge ihm doch bitte sein Freund und Psychiater Keckeisen mal erklären, der arme Joe, das sei doch furchtbar, wie die Senilität einfach zuschlage, wenn das nicht furchtbar sei, dann wisse sie nicht mehr was furchtbar sei. Sie habe übrigens jetzt einen guten Kontakt zu Hanna, also sie könne nur hoffen, daß Joe über sie nicht so furchtbare Lügen verbreite wie seinerzeit über Hanna! Hanna habe sie sogar eingeladen zu Silvester. Daß Hanna als Vertreterin gehe, na schön, sie finde das auch nicht sehr nett Joe gegenüber, aber immerhin reise Hanna mit wirklich gutem Schmuck, während die fette Witwe Beumann für Avon reise, also da hänge es bei ihr einfach aus, Avon sei doch wirklich die letzte Kosmetik. Solange der Beumann noch lebte, sei das ja noch verständlich gewesen, als Protest gegen die Scheidung, originell nicht, aber als Protest des unbedarften Hascherls, das sie halt ist, nicht einmal unrührend, aber jetzt, wo der Beumann Schluß gemacht habe – wenn der übrigens bei Lebzeiten nur halb so einfallsreich gewesen wäre wie bei seinem Selbstmord, dann hätte er sich den glatt sparen können – jetzt noch, als Volkmann-Erbin! für Avon herumzuwetzen, sei schon affenscharf, das müsse ein erworbener Beumann-Reflex sein, der habe einem ja auch ununterbrochen durch Leiden imponieren wollen, ob wir uns nicht erinnerten, jeden neuen Sportwagen habe der doch als mitleiderregendste Leidensgeschichte angeboten. Jede Nacht wird noch anstrengender. Alissa verlangt von mir, daß ich Edmund dazu bringe, das Haus zu verlassen. Noch vor Weihnachten. Sie fängt an zu weinen, sobald sie darauf zu sprechen kommt. So oft sie mich allein sieht, fragt sie: Hast du's ihm gesagt? Ich habe nichts zu antworten. Also weiß sie Bescheid. Sie kann sich nicht mehr helfen. Sie verfällt in ein Zittern und Weinen, das ich nicht beenden kann. 6 Tage vor Weihnachten kam Lissa. Am Telephon hat sie nicht gesagt, daß sie einen jungen Mann mitbringen würde. Vielleicht hat sie ihn erst auf der Herfahrt kennengelernt. Auf jeden Fall ist sie sich seiner Reaktionen überhaupt nicht sicher. Bei jeder Kleinigkeit schaut sie schnell und besorgt aus den Augenwinkeln zu dem hin. Er sitzt unter uns wie taub. Oder als verstünde er unsere Sprache nicht. Wenn er im Sessel sitzt, stellt er weit draußen seine Knie auseinander. Lissa setzt sich dann zwischen seine Beine und legt ihren Kopf auf sein Geschlecht. Das tut sie, glaube ich, nicht, um Alissa und mich zu ärgern, sondern um der 3 Jahre jüngeren Drea zu zeigen, daß sie mit ihr nichts mehr gemein habe, bzw. daß sie, die 3 Jahre jüngere und irgendwie schon Versunkenere, keine Aussicht habe, je so ihren Kopf zwischen die Schenkel eines Mannes zu legen. Er indes kaut Nägel. Höchstens, daß er mal knurrt. Weil noch keinem von uns ein Dialog mit ihm gelungen ist, versucht es Alissa beim Essen einmal ganz einfach: Schmeckt's, fragt sie zu Lissa und ihm hin. Lissa nennt ihn Hack-er-le-le. Schmeckt's, fragt also Alissa. Lissa schaut erschreckt auf, zuerst zu ihm, dann gleich voller Kritik zu ihrer Mutter. Alissa, milde, zu ihr: Entschuldige. Lissa: Ich... Dann wird sie vom Schmerz erwürgt. Sie springt auf, rennt hinaus, man hört nur noch einen Schluchzer. Er sieht ihr kurz nach, dann läßt er ein Brummen hören, das eindeutig Partei für Lissa ergreift, so ein Ist-doch-auch-wahr-Brummen, dann ißt er schon weiter, wie immer: mit rundem Rücken, das Gesicht dicht überm Teller. Einmal fragte ich ihn, ob er ein Kommilitone von Lissa sei. Darauf er zu Lissa: Bin ich dein Kommilitone, Lissa? Lissa schluckte und zuckte mit den Achseln. Als Alissa ihn auf die 2 Sorten Käse auf dem Tisch aufmerksam machte, sagte er zu Lissa: Macht es dir nachher was aus, wenn ich Käse gegessen habe. Obwohl Lissa uns weit voraus ist, errötete sie. Wenn einer von unserer Familie am Tisch etwas Sexuelles erwähnt, kriegt er einen Klang in die Stimme wie der, der singt, wenn er durch den dunklen Wald geht. Einmal hat dieser H. aber doch das Gefühl gehabt, er müsse Alissa etwas Nettes sagen, also sagte er, als er sich gerade die Zuckerdose griff: Ihr Zucker ist prima. Alissa sagte erstaunt: Unser Zucker? Ja, sagte er, den kauf ich auch immer, der ist ganz prima, ehrlich!

Der Junge und Lissa haben einen bösen Husten ins Haus gebracht. Weil sie beide mit dem angekommen sind, vermute ich, daß sie ihn vielleicht doch nicht erst im Zug kennengelernt habe. Die beiden erscheinen nur zum Essen. Würde sich der Baron nicht herbeilassen, Alissa ein wenig in der Küche zu helfen, es könnte ihr zuviel werden. Edmund, zum Beispiel, kommt nie vor halbzwölf herunter. Alissa bringt es nicht fertig, ihn ohne Frühstück zu lassen. Wenn sie schon zum Einkaufen gefahren ist, muß ich Edmund bedienen. Schon 10 Minuten nach dem Frühstück geht Edmund auf die Toilette. Gleich am 1. Vormittag hat er uns mitgeteilt, daß er seine Hämorrhoiden los sei, wahrscheinlich für immer. Von Tag zu Tag demonstriert er mir seine überprompte Verdauung. Noch unter dem Rauschen der Wasserspülung kommt er ins Zimmer zurück, sieht mich an, grinst, ich stehe wie gelähmt. Es ist keine Kunst, mir anzusehen, daß ich an nichts als an seine Verdauung denke und ihn beneide. Aber ich hatte auch an die Spinne gedacht, die am Fenster seit Anfang Dezember residiert. Irgendwie scheue ich mich, jeden, der das mit *Privat* bezeichnete WC betritt, zu bitten, er möge meine Spinne schonen. Seit auch noch Hackerlele im Haus ist, erschrecke ich jedes Mal, wenn ich höre, daß jemand das Abortfenster öffnet oder schließt. Meine Spinne ist eine Nachtarbeiterin. Wie lange wird sie sich das gefallen lassen, daß ihre Tagesruhe immer wieder durch jähes Rucken gestört wird! Immer noch der alte verkrampfte Anselm, sagte Edmund und grinste, kann immer noch nicht auf Too. Sind wir denn nicht 50 vorbei,

Junge, und alles ist gut gegangen! Ich mußte mich beherrschen. Das war der Augenblick, Alissas Weihnachtswunsch zu erfüllen. Alles gut gegangen, so! Und muß hierherfahren, uns vorlügen, er sei auf der Durchreise nach New York, und bleibt dann einfach, weil er nirgends mehr hin kann, weil er auch 50 vorbei ist, aber erledigt. Mensch, gib das doch zu, wenigstens soviel . . . soviel . . ., wenigstens das solltest du schaffen, Edmund, vielleicht behält dich dann Alissa da über Weihnachten, wenn du einfach zugibst, daß du am Ende bist. Aber ich konnte das nicht sagen. Ich hatte das Gefühl, daß ich den Abort, von dem er gerade gekommen war, nie mehr benützen könne. Zu allem Überfluß ist er auch noch Pfeifenraucher geworden. Der ganze obere Gang stinkt schon danach. Alissa sagt: Wenn der noch 8 Tage da ist, bringen wir den Gestank bis März nicht mehr raus, und wie wollen wir, wenn der ganze obere Stock nach Pfeifenschmotz stinkt, Punkt 6 der Hausordnung verteidigen: *Sofern das Rauchen nicht unterlassen werden kann, wird gebeten, den dafür vorgesehenen Raum im Souterrain aufzusuchen!* Wenn er wenigstens gesagt hätte: Anselm, du hast soviel Boden unter die Füße gekriegt, daß ich über Weihnachten und Neujahr bei dir ausruhen kann. Ich spürte das dringende Bedürfnis, von ihm ausgesprochen zu hören, daß er schlimmer dran sei als ich, daß ich imstande sei, ihm zu helfen, daß ich, verglichen mit ihm, geradezu Herr einer uneinnehmbaren Festung sei, und das habe ich nur meinem Fleiß zu verdanken, sollte er sagen, meiner Fähigkeit, mich zu ducken. Weder Talent, noch sonstwas sollte er mir bestätigen, aber Zähigkeit, Überlebensfindigkeit! 4 Kinder, 1 Hund, 1 Katze, Meerschweinchen, Hamster und Schildkröten in wechselnder Zahl, 1 Ehepaar: und das alles Jahre lang, Jahrzehnte lang über die Runden gebracht, und dann kommt dieses bleiche Schwein, diese blasse Sau daher und grinst und geht ins Clo und kommt wieder raus und findet sich toll und will dem armen verkrampften Anselm Ratschläge geben, daß der aufs Clo kann. Mensch, das hab ich gern. Jungejunge, wo schlag ich jetzt hin? Ich weiß nicht, wie sonst ich diesen schweren, würgenden, atemraubenden Zorn loswerde. Ich kann ja nicht diese beschissene, verschissene, ausgeschissene Kreatur schlagen. Das ist ja das Empörendste, daß er so arm dran ist, daß man ihm nichts tun darf. Nicht einmal anbrüllen darf man ihn. Schlucken muß man und ihn anschauen und ihn am Oberarm schnell streicheln und sagen: Take it easy. Oder sowas. Hab ich dir erzählt, warum ich nach New York muß, sagte er. Ich tat so, als glaubte ich an seine New York-Reise. Er: Du meinst natürlich, das sei alles nur Mache, gib's zu, sag nichts, ich kenn dich, du bist immer noch der selbe mißtrauische Kleinbürger wie vor 20 Jahren, aber gib wenigstens zu, daß du schon ein paar Mal überrascht worden bist. Beumann, zum Beispiel: Dem hast du nichts zugetraut, überhaupt nichts, na und jetzt? Was sagst du jetzt? Sag nichts, ich kenn dich gut genug, um zu wissen, daß dir das Wasser im Mund zusammenläuft, weil du ganz genau weißt, so'n Selbstmord kriegst du nie hin, du nicht, Anselm. Aber wenigstens zugeben könntest du das, und dich für alles entschuldigen, was du je über Beumann gedacht hast. Daß du dann auch noch gleich etwas über mich dazulernst, ist schon zuviel verlangt. Du bist im Grunde genommen lernunfähig. Du bist, der du warst vor aller Zeit, so bleibst du in Ewigkeit. Das ist dein Pech, Anselm, ist ja nicht deine Schuld, wahrscheinlich hat das deine Mutter gemacht. In eurer Familie muß mal was passiert sein, vor 100 oder 150 Jahren, auf jeden Fall so weit zurück, daß ihr nicht mehr wißt, was, aber das muß einen Eindruck gemacht haben, daß ihr dadurch eine Krötenfamilie geworden seid auf einem Kistendeckel im Weltmeer. Wer sich nur im mindesten aus der Klebeklammerkauerhaltung löst, wird unrettbar weggeschwemmt, und der Kistendeckel ist euer Gott, dem ihr ein Halleluja nach dem anderen hinmurmelt. Jeder sieht, daß es ein Kistendeckel ist, nur ihr nicht, weil ihr den Kopf nicht soweit zu heben wagt, daß ihr das erkennen könntet. Ihr seht nur die blickfüllende, alles- und nichtssagende, einschüchternde Maserung. Ich hab's ja immer wieder versucht, dich ein wenig wegzulocken, es ist mir denkwürdig schlecht gelungen. Du wolltest mir etwas über deine New York-Reise sagen, sagte ich. Und du meinst, da hätte ich wohl nicht viel zu sagen, deshalb erinnerst du mich daran, sagte er. Gib doch zu, du glaubst, ich sei gar nicht auf dem Weg nach New York! New York ist nur ein Vorwand, denkst du, gib das doch zu, ich kenn dich doch, du bist unerschöpflich, wenn's um's Unterstellen geht. Was meinst du, warum ich jeden Nachmittag von 3 bis 5 an der Maschine hock und tipp wie ein Irrer? Ich bin nicht ganz fertig geworden, und ich kann den Kontinent erst verlassen, wenn ich das fertig hab, ich kann dieses Manuskript nicht mit nach New York nehmen, verstehst du, nein, wie solltest du auch, hör zu, Anselm, es ist wirklich das größte Projekt, das ich je stemmte. Ich war ja nicht umsonst 'n paar Jahre östlich und bin dann zurück ohne Eklat! Wo, meinst du, säße ich heute, wenn ich die begehrten Interviews und Taschenbücher geliefert hätte! Mich hat ja auch nicht gar alles in Entzücken versetzt. Aber nach Art der Geschmacksfragen kann ich das nicht behandeln. Andererseits, was geht mich die SU an, ich kämpfe hier, darum hab ich ein Buch geschrieben. Das wird kapitelweise nach Moskau befördert, dort wird es von einem Freund ins Russische übersetzt, dann wird es kapitelweise verschiedenen westlichen Journalisten ausgehändigt, mit der Bitte, es seitenweise in den Westen zu befördern, und zwar nach New York, zu Harcourt, Brace, Jovanovich, den Verlag seines Vertrauens.

Wessen Vertrauen?

Des Autors natürlich. Der heißt Witalij Kirill Tolstikow und ist im Jahre 1966 in Swerdlowsk wegen *Verleumdung der Sowjetunion* zu 8 Jahren Zwangsarbeit in Sibirien verurteilt worden. Er erklärte das Verfahren als ungesetzlich und lehnte jede Verteidigung ab. Einer wenigen zugelassenen Prozeßbeobachter war Andrej Sacharow. Witalij Kirill Tolstikows Buch heißt *Didi Madlowa* oder *Die Liebe im Samisdat*, der erste authentische Roman über das unterdrückte sexuelle Leben des Sowjetbürgers, Anselm, ich glaube, danach kannst du zu mir ziehen!

Aber wie kommst du zu dem Geld, du bist doch überhaupt nicht im Spiel?

Das ist ganz einfach. Witalij Kirill Tolstikow legt dem Manuskript eine eidesstattliche Erklärung bei, in der er seinem Freund Edmund Gabriel alle westlichen Rechte überträgt, ihn auch bittet, diese Rechte für ihn zu verwalten und die Honorare, nach Abzug von Handlungskosten, auf ein von Edmund Gabriel betreutes Konto zu überweisen. Das Manuskript hat vier Wochen nach seinem Eintreffen im Westen eine Story, weil ich nämlich nicht alle Kapitel zu Harcourt, Brace, Jovanovich zu lenken gedenke. Einige Kapitel gehen nach Mailand, zu Alberto Mondadori, ein Kapitel geht zu Angelika von Schwanenflügel nach Hamburg, ein Kapitel zu dem rechtskräftigen Otto F. Walter, verstehst du. Dann trete ich vor die Presse und erzähle: Witalij Kirill Tolstikow, geb. am 28. 3. 1920 in Taschkent als Sohn des Ignatij Timofejewitsch Tolstikow, der bis zu seinem Tod viele hohe Ämter bekleidete, z. B. 1941 bis 49 Minister für Baustoffindustrie in Taschkent. Witalij's Mutter ist Usbekin. Der Vater ist Träger des Chmelnizki-Ordens und des Roten Arbeitsbanner-Ordens. Witalij ist in Taschkent zur Schule gegangen, hat beim Bau des Großen Fergana-Kanals mitgearbeitet und 1941 das Institut für Eisenbahningenieure in Taschkent abgeschlossen; danach Kriegsschule und Einsatz bei der 18. Landungsarmee der Nordkaukasischen Front und in den Transkarpaten. 1947 bis 52 Stadtbezirks-Komsomolssekretär in Moskau. 1953 bis 55 Komsomolsgebietschef in Stalino (heute Donezk). 1955-58 Redakteur der »Komsomolskaja Prawda«. Seit 1959 Redakteur bei der »Snamja«. 1966 Verurteilung in Swerdlowsk und Verbannung nach Sibirien. Dort schrieb er auch das Manuskript von *Didi Madlowa*. Didi Madlowa ist georgisch und heißt *Vielen Dank*. Nun aber, Damen und Herren, zurück zu den dramatischen Umständen, unter denen Tolstikows Manuskript im Westen auftaucht. Mich erreichte eine Postkarte von Helen Wolff (Harcourt, Brace, Jovanovich), darauf signalisiert mir Mrs. Wolff, in Mailand sei ein Teil des Manuskripts von *Didi Madlowa* aufgetaucht, möglicherweise befinde es sich bereits in den Händen von Alberto Mondadori, der möglicherweise eine Autorisation durch den Autor besitze. Durch telephonische Gespräche mit Mondadori komme ich zur Meinung, Mrs. Helen Wolffs Befürchtungen seien grundlos. Mondadori hat wohl 1 oder 2 Kapitel, aber keinerlei Rechte, auch nicht in seinem ganz neu gegründeten Verlag »Il Saggiatore«. Als Mrs. Helen Wolff von mir erfährt, daß Alberto Mondadori keine andere Wahl hat als uns sein Kapitel, für das er kein Recht hat, auszuliefern (wofür wir ihm allerdings versprechen, daß er die Rechte für Italien bekommt!), macht sie mir ein 1. Angebot, mit dem Vorbehalt, daß die Gutachten die Qualität des Samisdat-Romans bestätigen und die Autorisierung durch den Autor nachgewiesen werden könnte. Ich komme also zu einer Abmachung mit der alten Dame Wolff, die mich bis jetzt immer geschnitten hat. Und am selben Tag hör ich aus dem Hause Feltrinelli, daß der Londoner Verlag The Bodley Head 1 Kapitel des

Romans *Didi Madlowa* besitze. Ich sofort nach London. Max Reinhardt von The Bodley Head legt mir die Rechtslage dar: eine schriftliche Autorisierung durch den Autor könne zum Schutz Witalij Kirill Tolstikows nicht vorgelegt werden, das sei ja wohl klar, und zwar von *keinem* westlichen Verlag. Wohl aber gebe es eidesstattliche Erklärungen. Er gewährt mir Einblick in die Dokumente. Sie sagen aus, daß der Verlag The Bodley Head für das Kapitel 14, dessen Original sich in seinen Händen befinde, alle westlichen Rechte habe. Die Glaubwürdigkeit dieser Dokumente wird schriftlich bezeugt durch die Erklärung eines britischen Autors von Weltruf, der Anwärter auf den Nobelpreis ist; mir wurde sein Name offenbart; er will aber in dieser Sache öffentlich nur auftreten, wenn das zum Schutz der Rechte des Kollegen Tolstikow unumgänglich ist. Ich kaufte Max Reinhardt die Rechte für Kapitel 14 ab. Ebenso erwarb ich die Rechte für die Kapitel 6 und 11 in Hamburg. Näheres darüber dürfte ich nur vor Gericht und unter Ausschluß der Öffentlichkeit sagen, weil sonst sowjetische Verbindungspersonen gefährdet werden könnten. Leider werden im Kapitel 14 ganze 16 Seiten fehlen. Ausgerechnet im Kapitel 14, das mit dem nächtlichen Ritt der usbekischen Braut zur Bahnstation beginnt. Wir werden 16 leere Seiten in das Buch binden und allein schon diese 16 anklagend leeren Seiten machen dieses Buch zu einem erschütternden Zeugnis, an dem keiner vorübergehen kann. An dieser Stelle möchte ich auch die Darstellung von *Meshkniga* korrigieren, daß ein Zürcher Anwalt, der sonst spanische und portugiesische Mineninteressen vertrete, der westliche Vertreter Witalij Kirill Tolstikows sei. Ebenso muß ich die Tass-Meldung zurückweisen, Witalij Kirill Tolstikow habe verfügt, daß seine im Westen anfallenden Honorare subversiven antisowjetischen Organisationen zufließen sollen. Diese Honorare werden nach dem Abzug von Handlungskosten unangetastet bis zu dem Tag verwahrt, an dem Witalij Kirill Tolstikow Gelegenheit haben wird, den Nießbrauch davon zu haben. Auf Ihren Plätzen, meine Damen und Herrn, liegt die Photokopie der Vollmacht, die Witalij Kirill Tolstikow mir hat zukommen lassen. Ich darf dazu bemerken, daß zu den Handakten, die ich, laut dieser Vollmacht, nach Ablauf von 10 Jahren nach Erledigung der Sache ohne vorherige Anfrage vernichten darf, natürlich die Originalmanuskripte des Auftraggebers nicht gehören. Und noch eine letzte Nebenbemerkung: ich habe zu keiner Zeit versucht, Rechte Tolstikows der *Ymca-Press* in Paris anzubieten, und ich habe das auch nicht vor, was auch immer die *Welt am Sonntag* darüber in Erfahrung gebracht haben will oder bringen wird. Falls Sie noch Fragen haben, stehe ich Ihnen gern zur Verfügung. Das Gerücht übrigens, daß das Manuskript mit einer Glawlit-Nummer versehen in den Westen gekommen sei, also sozusagen von offizieller sowjetischer Seite lanciert zur Diffamierung des Samisdat, das ist eine so plumpe Erfindung, daß ich darauf nicht einmal antworten mag. Ich danke Ihnen. Verstehst du, und bevor ich nach New York fahre, um Helen Wolff zum 1. Mal von meinem Freund Witalij Kirill Tolstikow zu erzählen, möchte ich das Manuskript in Richtung Moskau auf dem Weg wissen, klar?! Jetzt muß ich aber rauf zu meinen täglichen 2 Stunden, länger kann ich nicht mehr pro Tag, das Alter, Anselm, alter Anankotrop und Skiapode! Aber daß das 'n Ding wird, siehst du! Der Held, ein weicher kleiner KGB-Boß mit 'ner Dystrophia adiposogenitalis, was ihn uns menschlich näher bringt, zappelt unrettbar, unrettbar, trotz narbenharter Seele, an einer Usbekin, die viel Ähnlichkeit hat mit der zwanzigbrüstigen Diana von Ephesus, aber auch hirsutisch ist wie die heilige Kümmernis, und aus den selben Gründen: sie will Männer abschrecken, weil es Männer waren, die sie aus ihren Steppen nach Moskau versetzt haben, weggerissen von ihrem Großvater, von ihren Pferden. Wir werden in ihr ein umflortes Bild von Witalij Kirill Tolstikows usbekischer Mutter vermuten lassen. Im KGB-Boß aber den moskowitischen Karrierevater, jawohl. Was meinst du, wenn ich Zervixschleim und Vaginalepithel aus östlichem Gelände nur politisch sauber präpariere, kann mir dann die Zustimmung der Besten noch länger versagt bleiben, Anselm?! Und wenn wir 491 000 Stück verkauft haben an das Mitleid und Entzücken der Westlichen Welt, dann nehmen wir die Kepka ab und stellen vor als den Autor von *Didi Madlowa:* Edmund Gabriel aus Itzehoe. Oh je. Vielleicht sollte man sogar mehrere Verlage um das Copy Right prozessieren lassen, was meinst du?

Ich schilderte Alissa seine Lage. Und hatten wir nicht zu gewärtigen, Hack-Hacke-Hacker-le-le am Weihnachtsabend bei uns zu haben? Und EIN Fremder macht doch unser intim-infantiles und unabschaffbar beliebtes Heiligabendritual schon so unmöglich, daß ein 2. Fremder überhaupt keine Steigerung bedeuten kann: kaputt ist kaputt. Edmund sagte: Ich mache natürlich keine Zugeständnisse, in der Liebe geht es ja nicht milder zu als vor Troja! Daß wir öfter den giftigen Urin aus der Mündung stoßen als aus ihr das lockige Sperma fliegt, zeigt doch, daß unser Feind Natur heißt, oder glaubst du, es sei so lustig, lebenslänglich im Kül rumbohren zu müssen für dann und wann 'ne Kulmination?! Übrigens habe er sich über unser WC zu beklagen, sei doch aus dem Überhang der Schüssel neulich eine Spinne ihm, als er gerade sein Wasser laufen hatte, auf sein in die Schüssel hängendes Geschlecht zugeschossen, und es habe aller Tierliebe und Beherrschung seinerseits bedurft, die Achtbeinige unermordet auf seiner Eichel spazieren gehen zu lassen. Was ich denn so schaute? Vielleicht, weil er zum Wasserlassen sich setze? ja, und anders tu' er's nicht. So emanzipiert sei er inzwischen, o ja.

Edmunds schlimmster Fehler ist, mich seinen einzigen Freund zu nennen. Und er sagt das so, daß ich schon aus Symmetriegründen sagen müßte: und du bist MEIN einziger Freund. Beide Bekenntnisse nicht im Ton, in dem man posaunt und rühmt, sondern – und so hat er sein Bekenntnis auch vorgebracht – im Ton, in dem man die äußerste Not gesteht, den Mangel. Ich erwidere sein Geständnis nicht. Mich hat das seine sofort und durch und durch enttäuscht. Ich habe Edmund für intelligenter gehalten. So unseren Spielraum zu zerstören. Edmund hat sich allerdings zeitlebens einen Ehrgeiz und Hoffnungsluxus geleistet, daß mir immer schon Angst und Bange wurde. Als man ihn in den Redaktionen noch ernst nahm, wurden seine Projekte oft in den Feuilletons gemeldet. Edmund Gabriel arbeitet an einem Bühnenstück über den Heiligen Franziskus. Das Stück soll den Titel tragen: *Der Trottel*. Das Dramaten und das Schillertheater wollen das Stück gleichzeitig herausbringen. Dann hörte man nichts mehr. Ach, das waren noch Zeiten, Edmund, als du an einer auf 4 Bände berechneten Biographie von William Blake arbeitetest: Schön wie ein Böcklinbild waren damals unsere Schmerzen. Oder wie Schumann op. 54. Aber bitte, da hätte ja schon Tschaikowski nicht mehr geboren werden müssen. Aber Tschaikowski mußte auch leben. Und dann auch noch wir. Du, Edmund, und ich. Nichts Neues. Ein längst überfließender Schmerz. Ziemlich ordinär nach den heutigen Standards.

Beim Aufarbeiten der Notizen aus Sommerzeiten störte mich das Geklapper von Edmunds Schreibmaschine. Es war zwar nur ein schwaches, fernes Geräusch. Aber ein schwaches fernes Geräusch, dem man zuhört, ist so durchdringend wie eins, das laut und nah ist. Und wenn man ihm einmal zugehört hat, kann man nicht mehr weghören. Ich nicht. Edmund schrieb offenbar sehr schnell. Und ich studierte nur an meinen Spinnenbeobachtungen herum und hatte keine Lust, davon eine Mitteilung zu machen. Dieses nach Veröffentlichung gierige Geräusch seiner Schreibmaschine vernichtete in mir sogar noch die Lust, mich dem Din A 4 anzuvertrauen. Plötzlich hielt ich es nicht mehr aus. Alissa, dachte ich, dich darf ich nicht auch noch opfern, der ist deiner Tränen nicht eine wert. Und rannte hinauf und hinein zu ihm. Er lag angezogen auf dem Bett und schlief. Das Schreibmaschinengeräusch kam vom Tonbandgerät, das auf dem Tisch stand. Ich erschrak so, daß ich mich sofort und so leise als möglich aus dem Zimmer schlich. Er schlief so tief, daß er mich nicht gehört hatte. Ja, kannte ich denn meinen Edmund noch immer nicht! Was hatte ich denn erwartet? Einen arbeitenden Edmund vielleicht? Ein täglich gedeihendes *Didi Madlowa*? Und trotzdem zitterte ich vor Wut. Ich ging zurück in mein Zimmer, setzte mich an meinen Schreibtisch, dann stellte ich mein Tonband an und legte mich auf mein Sofa. Jetzt hörte ich Edmunds Tonband nicht mehr. Aber ich lag unter der Vorstellung, daß das winterlich stille Haus jetzt angenehm belebt war von 2 geschäftigen Schreibmaschinen. Ich war bereit zuzugeben, daß 2 Schreibmaschinengeräusche das Haus viel freundlicher machen als eines, trotzdem ließ meine Wut gegen Edmund nur wenig nach. Ich bin soweit wie Alissa, ich ertrage ihn nicht mehr. Er muß weg. Daß er es nicht einmal für nötig hält abzuschließen, wenn er uns mit seinem Tonband betrügt! Was wir von ihm denken, ist ihm gleichgültig. Obwohl er doch von unserem Wohlwollen abhängig ist. Der wird Weihnachten nicht bei uns erleben. Früher ist er einfach appetitlicher gewesen. Nur mit Widerwillen kann ich an dieses von den Backenknochen aufgespießte Gesicht denken. Wahrscheinlich pißte er droben täglich ins Wasch-

becken. Ich kenne ihn jetzt bald 25 Jahre. Für Dritte haben
wir wenig Ähnlichkeit mit einander. Zum Glück. Beim
Abendessen fragte er frech, ob Alissa niemanden wisse,
der ihm sein Buch noch ganz tippen könne, nach Diktat.
Seit er wöchentlich 1 Pfund abnehme, schmerzten seine
Fingerspitzen beim Tippen so, daß es bald nicht mehr auszuhalten sei. Er bezahle jeden Preis. Aber er brauche die
Hilfe täglich mindestens 4 Stunden, dann sei er in 14
Tagen durch. Alissa sah mich an. Ich sagte, das müsse
schon möglich sein. Und ob ihm Alissa am nächsten Tag
einen neuen Hämorrhoiden-Ring mitbringen könne, da
der, auf dem er jetzt sitze, die Luft nicht mehr halte; er
brauche den Ring nicht wegen der Hämorrhoiden, die er,
wie er uns schon gleich nach seiner Ankunft mitgeteilt habe,
losgeworden sei, im Osten übrigens, in Georgien, durch
Manzoni, sondern eben wegen seiner sich rapide zuspitzen-
den Magerkeit, er habe am Hintern kein Gramm Sitzfleisch
mehr, kein Gramm; wir wüßten wahrscheinlich nicht, wie
das sei, da wir ja alle auf ziemlichen Ärschen säßen. Er
sprach eben wie ein Mensch spricht, der ganz genau weiß,
man will ihn hinauswerfen, und jetzt spricht er so, daß
kein Mensch ihn mehr hinauswerfen kann. Alissa und ich
sahen einander an. Wir hatten beide die gleiche Wut. Am
liebsten hätten wir beide geschrieen: Geh doch! Aber wir
hörten ihm stundenlang zu und nickten. Und wenn er dann
wieder sagte, ich sei sein einziger Freund, außer mir habe
er buchstäblich nichts mehr, dann wurden meine Augen
feucht und ich streichelte ihn, und Alissas Gesicht zerrte
sich ganz langsam zu einer Grimasse, die sie selbst im
Schlaf nicht mehr ganz verlor. Ich sagte zu ihr: Lass nur,
ich warte nur noch den richtigen Augenblick ab, dann sag
ich's ihm, er muß weg, das ist klar, ich mach das schon, lass
ihn Weihnachten noch da, aber spätestens wenn Lissa wieder abreist, reist er auch, das versprech ich dir, dann sind

wir wieder allein, Alissa. Rosa bleibt ja dann den Winter über in München bei Frau Blomich II und dann kommen die anderen von selbst nicht mehr. Das A und O sei der für uns beide gleich unerträgliche Edmund, klar. Alissa sah mich ängstlich an. Oder ungläubig. Sie wagte nicht mehr, mir zu trauen. Den Grund, warum ich Edmund jetzt einfach nicht mehr ertrage, habe ich auch vor Alissa verborgen. Das ist ein Grund nur fürs Din A 4. Aber es ist der einzige Grund, warum ich es nicht mehr für nötig halte, Alissa für Edmund einzunehmen, der einzige Grund, der mir buchstäblich die Kraft vernichtet, noch irgend etwas für Edmund zu tun, bzw. ihn auch nur noch zu ertragen: obwohl er oft genug das Schreibmaschinengeräusch aus meinem Zimmer gehört haben muß, hat er sich nicht mit einem Wort nach meiner Arbeit erkundigt. *Du sollst erfahren der Sonne Haß.*

5

Jetzt haben sie also Frau Müller geholt, sagte Maria zu mir in die Grube hinab. Sie lachte wieder so, daß man nichts dagegen haben konnte. Sie kann so lachen, daß es zu Katastrophenmeldungen paßt. Alissa saß mit hängenden Armen auf einem Stuhl und sagte, wir müßten Frau Müller besuchen. Ich rief Hanni an und fragte, ob wir unseren Jour einen Tag vorverlegen könnten? Sie lachte und sagte, sie werde sich sofort eine Vertretung besorgen. Ein Volltermin wird's nicht, sagte ich. Höchstens 5 Viertelstunden. Mensch, denn lass et doch jleich, sagte sie. Ach komm, sagte ich, jetzt sei doch nicht so. Iss doch ooch wahr, sagte sie, da kommsse alle Jubeljahre een Mal. Auf einen Sprung, sagte ich leblos. Was sagse? sagte sie. Also, um 3, sagte ich. Weil Alissa Angst hatte, sich allein durch das Anstaltsgelände durchzufragen, kam ich erst um 20 nach 3 aus Weißenau heraus. Und dann mußte ich noch nach Ravensburg hinein, in eine Apotheke, weil wir zuhause 3 Anginen hüteten. Hanni hatte zwar eine Menge Felle in ihrem Schäferkarren draußen und auch einen winzigen Eisenofen, aber daß Hanni jetzt nicht nur wartete (wodurch ihr ja auch von Minute zu Minute mehr Trinkgeld entging), sondern daß sie auch fror, war sicher. Und immer schickt sie gleich ihre Tochter weg, von der sie hinausgefahren wird. Wenn sie wenigstens in deren Auto wartete. Die hätte doch Zeit. Als Oberschülerin. Die Apotheke war voll. Ich stand da an, wo eine bediente, die aussah wie eine makellose Friseuse, um derentwillen ich einmal viele Jahre viel gelitten hatte. Vielleicht war das eine Tochter von M.! Gerade als ich meine Rezepte hinreichen wollte, trat die Blitzsaubere zur Seite und an ihrer Stelle bediente jetzt ein totenblasser Herr mit einem kugelrunden Köpfchen auf langem Hals, und am Köpfchen hatte er große leuchtend rote Ohren. Ich konnte die Rezepte nur noch stumm hinhalten. Das Apothekermädchen sah mir offenbar an, daß ich erschüttert war. Sie machte eine mitfühlende Grimasse, ging aber nach hinten und aus dem Ladenraum hinaus. Als ich zum Auto ging, kam sie gerade aus der Seitenstraße heraus. Ich blieb einfach stehen. Manchmal kann man einfach nicht mehr. Sie war jetzt im Mantel. Hasenfell. Sie blieb auch stehen. Ich zeigte scherzhaft auf mein Auto. Sie ging auf mein Auto zu, setzte sich hinein und sagte, als ich mich hinterm Steuer zurechtgesetzt hatte: Grünkraut. Ja sowas, dachte ich. Hannis Schäferkarren stand doch am Waldrand zwischen Grünkraut und Schrägsberg. Andererseits war es nicht angenehm, dieses Kind aussteigen lassen zu müssen, um dann sofort in den Schäferkarren zu Hanni zu klettern. Hoffentlich begegneten wir nicht Hannis Tochter. Wenn Hanni auch unpünktlich war, konnten wir Edeltraud auf ihrem Rückweg begegnen. Hoffentlich war Hanni pünktlich gewesen. Die Apothekergehilfin sagte nirgends Halt. Und um Ravensburg führen ja alle Wege gleich wieder in einen Wald. An einer goldenen Kette trug sie ein goldenes Büchlein, das konnte man öffnen, darin war ein Bildchen ihrer Großmutter aus dem Jahre 1911. Sowas merkt man sich. Und den andauernd so ernst auf mich gerichteten Blick. Durch seine Stummheit wurde mir das Mädchen unheimlich. Ich war dann nicht um 3 und nicht um halbvier, sondern erst 10 nach halbfünf am Schäferkarren. Der Karren steht so, daß er auch vom freien Feld aus kaum gesehen werden kann, weil die letzten Meter des Feldes zum Waldrand hin stark abfallen. Heftig schnaufend, und das nicht zum Schein, kletterte ich hinein. Hanni sah nicht auf. Ihr Gesicht war naß, das spürte ich gleich. Na ja, Mensch, du stellst dir alles so einfach vor. Ich kann dir ja nicht alle 999 Verhinderungsversuche schildern, die gemacht werden von Gott und der Welt, wenn ich zu dir will, obwohl, gar so lange kannst du auch noch nicht da sein, sonst wär es schon wärmer. 1³/4 Stunden! Nicht möglich, ja gibt's denn sowas, das ist doch ein Scheißofen, also sowas von einem Scheißofen ist mir noch nicht gerade begegnet. 1³/4 Stunden, und noch nicht wärmer! Überhaupt dieser ganze Karren, hinten und vorne zieht's herein, da käme der beste Ofen nicht dagegen an! Und den wievielten Winter verbring ich jetzt mit dir in deinem Karren? Und keine Erkältung! Das ist ein Wunder! Bzw. kein Wunder, weil du einfach diese Temperatur hast! Wenn ich dich nicht öfter selbst gemessen hätte, würd ich es nicht glauben, aber deine andauernden 37–9 sind schon was! Und das strahlt auf mich über. Jetzt sei doch nicht wie früher! Weißt du noch, wie mißtrauisch du warst, bloß weil du angeblich 7 Jahre älter sein sollst als ich?! Ich weiß nicht, ob ich dir je andeutete, daß auf mich das förmlich elektrisierend wirkte, als ich hörte, du seist 7 Jahre älter! Ich glaub, du warst damals grade 54! Mensch, Hanni, ich weiß nicht, wie ich das sagen soll, dafür gibt's ja nicht so vorgekaute Schwüre, ich hätte dir einfach jede Ader einzeln aussaugen können, als ich das erfuhr. Bitte, vielleicht ist es ein bißchen unnormal, lass es doch sein, was es will, ich kann dir nur sagen, ich wünschte, du wärst 17 Jahre älter als ich, das fänd ich noch viel toller! Ich spür das doch! Aber es ist eine Attraktion, die ich eben schwer erklären kann, vor allem dir, von der sie ausgeht! Ich glaube – entschuldige, wenn ich das so direkt hinsage –, für mich wärst du, wenn du jünger wärst als ich, völlig ... völlig unattraktiv, entschuldige, Hanni! Du hast mich eben gerontophil, so nennt man das, glaub ich, gemacht! Und warum weinst du jetzt auf einmal so? Aber es war jetzt ein anderes Weinen, eins, dem man durchaus zuhören kann. Hass wohl'n Knick inne Optik, wa, sagte sie naß. Dann löste sie ihr kurzes Röckchen, zog sich aus, bis sie nackt in dem zugigen Karren stand. Ich nahm ihren Rock und bewunderte die Kürze und daß sie sowas noch tragen könne. Weesse doch, dat ick dat Jeschlappe um die Beene nich leiden kann. Un jetzt muß ick erss mal uff Toalette. Und draußen war sie. In Schnee und Eiseskälte. Ohne was an. Die Lederne. Allerdings nicht, was die Hautfarbe angeht. Die war durchsichtig weiß. Magermilchweiß. Fast wie Edmund. Und sie litt auch unter etwas, worunter Edmund immer gelitten hatte, was er aber jetzt losgeworden sein will, sie nannte es Obstipation. Sie hat einen furchtbaren Haß auf alle Ärzte, weil sie noch keinen gefunden hat, der ihr, wie sie sagte, was Laxierendes verschrieben hätte, mit dem man arbeiten könne. Mal isset wie Wasser un' dann wieder wie Schtajen. Am meisten ärgerte sie sich, wenn sie mußte, so lange wir im Karren waren. Als sie endlich wieder hereinkam, fragte sie, ob rote Beete rot kämen oder was ich meinte, wie rote Beete kämen, oder ob das wieder Blut sei? Und diese Blödiane, die Ärzte! Zeit ihres Lebens habe sie gehört, sobald sie heirate und 'n Kind kriege, sei das weg, Feifendeckel, nach Edeltraud sei es nur noch schlimmer geworden. Sie legte sich aufs Schaffellager und sah mich an. Vorwurfsvoll. Wahrscheinlich hätte ich mich inzwischen auch ausgezogen haben sollen. Ich legte mich neben sie, als wolle ich, der Angezogene, ihr Wärme spenden. In ihrem Bauch pfiff es leise, gurgelte es rasch, stöhnte es immer wieder. Sie schlug auf ihren Bauch, als wäre der ein Kind, das schon wieder unartig gewesen war, so daß man ihm zeigen müsse, man werde die Geduld mit ihm jetzt bald verlieren. Bei jedem Geräusch, das sich in ihrem Bauch abspielte, hatte ich das Gefühl, versagt zu haben. Ich hätte sprechen sollen. Wenn ich sprach, hörte man den Bauch nicht. Aber immer wenn ihr Bauch sich meldete, fiel mir nichts mehr ein. Und der Bauch wies auch gleich mit Pfeifen, Gurgeln und Stöhnen darauf hin, daß mir nichts mehr einfiel. Jetzt lass doch deinen lieben Bauch, sagte ich immer an dieser Stelle. Und sie sagte dann immer: Ick hasse ihn. Und ich sagte dann: Wen du alles haßt! Ja, dat Volk, ick weeß dat du dat nich vaschteess, de Menge ist nu mal beschissen, kann ick dir saren. Nu mach doch ma! Um halbsechs muß sie zurück sein, weil ihre Vertreterin dann heim muß. Ich sprang gleich auf. Um Gottes Willen, Hanni, das ist es jetzt schon. Aber das ließ sie mir nicht durch. Zuerst schwärme ich drauf los und dann wolle ich mich drücken. Daß ick heut Perücke aufhab siesse? Nein, Donnerwetter, sitzt die gut. Sie zog mich wieder hinunter. Wie sollte sie auch wissen, was mir dazwischen gekommen war. Sie hatte es aber dann schnell heraus. Ich hatte keine Zeit mehr gehabt, mich in Ordnung zu bringen. Ich hätte mir dazu Zeit nehmen sollen! Unbedingt! Wie konnte ich nur! Das geht doch nicht, so von einer zur anderen zu tappen! Das empfand sie als eine Beleidigung. Ich sagte ihr, daß sie doch seit Jahr und Tag mein... mein... Du weißt schon! Warum sonst käme ich denn in diesen zugigen, kalten, schwankenden, ächzenden, recht beschwerlichen Schäferkarren! Wegen meine falsche Zähne mal nich, sagte sie und lachte schon wieder und wollte nun endlich etwas von mir haben. Wenn wir bloß ne Bibel da hätten, sagte sie. Wieso'n das? Weil et doch heeßt, sagte sie, mich weiterwalkend, dat in de Bibel allet steht. Plötzlich gab sie auf und drehte sich weg und rührte sich nicht mehr. Sie murmelte ganz ruhig etwas gegen mich. Wie sie mich fände. Ich gab ihr recht. Es nützte nichts. Ich bat, sie möge nicht unsere jahrelange gute Beziehung diesem gewiß einmaligen Versagen opfern, bitte. Sie sagte, wer zu sowas im Stande sei. Was mit dem sei, sagte sie nicht. Allein konnte ich hier nicht raus. Sicher wartete drüben auf der Grünkrauter Seite des Waldes längst schon Edeltraud im Auto und wollte sie holen. Sicher mit ihrem dämlichen Freund. Meistens schlief der gerade mit der Tochter, wenn wir zurückkamen. Auf mich wartete in der Pförtnerstube der Anstalt Weißenau oder im Freien vor den Toren der Anstalt Alissa. Aber wenn Hanni ihre falschen Zähne erwähnte – dabei waren nur ihre oberen durch ein Gebiß ersetzt –, dann konnte ich sie nicht einfach anziehen und durch den Wald zum Auto der Tochter führen und Adieu sagen. Als ich ihr ganz am Anfang mal gedankenlos Kaugummi angeboten hatte, kriegte ich sofort eine Ohrfeige. Ach, Hanni, jetzt zieh ich mich aus und du beißt mich ein bißchen, ja? Es gibt nämlich nichts Schöneres als von dir gebissen zu werden! Und wenn du das für eine seltsame Vorliebe hältst, dann zeigt das nur, daß dich noch niemand so gebissen hat wie du beißen kannst! Du kannst ruhig auf dein Gebiß schimpfen, ich liebe dein Gebiß! Ich komm mir immer vor wie in einem in Hochmooren spielenden Farbfilm, wenn du den Mund aufmachst! Und daß dir ein Zahnarzt diese Zähne etwas zu groß gemacht hat, beweist, was für Meister es doch überall gibt, die vollkommene und brauchbare Kunstwerke schaffen und nicht mal ihren Namen hinsetzen! Er hat dir Zähne gemacht, die du nie ganz verbergen kannst, dieser große Meister! Wie genau der dich erfaßt hat! Bei dir muß, daß es zu dir paßt, alles ein bißchen zu groß sein! Sonst wirkt es lächerlich! Und deine frechen künstlichen farbigen Zähne machen dich zur Raubvogelfrau! Und hier im Schäferkarren zwischen den Schaffellen, denen sie farblich so nahe sind, hier sind sie natürlich noch schöner als im Mund der Bedienung in der Kaffeemitsahnewelt! Hier in deinem Schäferkarren, Hanni, bist du das pure Science-Fiction-Girl! Hanni taute noch einmal voll und ganz auf, war glücklich gewonnen, löste sich völlig auf an mir, also dürfte ich, dachte ich, dem Schaffell jetzt entschlüpfen, ich konnte Alissa wirklich nicht länger warten lassen. Aber meine Aufbruchbewegung war um eine Spur zu hastig. Daß ich nicht einfach auf und davon durfte, wußte ich. Ich hatte durchaus einen beiläufigen Aufstehgestus gewählt, aber offenbar doch viel zu tendenziös für die empfindliche Hanni. Sie kippte zurück. Sie verkroch sich in den Fellen. Ich konnte praktisch von vorne anfangen. Aber genau das konnte ich nicht. Also tat ich, als bemerkte ich nichts von ihrem Zusammenbruch und suchte einfach mein goldenes Dunhill-Feuerzeug. Das hatte ich ja von ihr. Und ziemlich was gekostet hatte das auch. Wo hab ich jetzt bloß das Dunhill? Ja, sag einmal, und mein Geldbeutel fehlt mir auch. Und da war ein 500-Markschein drin. Das gibt's doch auf keinem Schiff, Mensch. Ich sah, daß sie aufhorchte. Ich begann immer ängstlicher zu suchen. Ihr Feuerzeug und ein 500-Markschein! Ja, wer war denn jetzt der Bedauerns-

werte, ha! Das klappte vollkommen. Hanni zog sich hastig
an. Ich auch. Wir mußten sofort zu meinem Auto. Vielleicht, daß sich dort was fand. Hanni behauptete, wahrscheinlich habe mir Feuerzeug und Schein die Hure gestohlen, mit der ich sie heute betrogen hätte. Ich sagte: Du hast
leicht Witze machen, mir fehlen 500 Mark! Und dein
Feuerzeug! Ja, schnell, komm, sagte sie. Sie habe jetzt direkt ein schlechtes Gewissen. Wenn ich die 500 nicht mehr
fände, ersetze sie mir die 500. Hanni, du spinnst! Weeß
ick, sagte sie und zog mich durch den dunklen Wald bis
zum Auto ihrer Tochter, die wir mit ihrem dämlichen
Freund antrafen wie immer. Schein und Feuerzeug fanden
sich im Auto natürlich nicht. Ich sagte gelinde stöhnend:
Machs gut, Hanni. Sie, ganz weich vor Teilnahme: Armer
Anselm.
Alissa hatte leider im Freien gewartet. Sie war weiß im
Gesicht, nur die Nasenspitze und die Nasenflügel waren
blaurot angelaufen und sahen geradezu blaurot geschwollen aus. Alissa sprach nicht. Sie sah mich auch nicht an. Ich
führte sie zum Auto, ich öffnete, ich setzte sie hinein, ich
schloß die Tür. Sie wirkte wieder einmal allwissend. Ich
fing an, mich zu entschuldigen. Meine Zerstreutheit, Alissa,
stell dir vor, was mir passiert, ich geh in die Apotheke, die
ist schon mal voll von Leuten, ich warte geduldig, besorge
alles wie aufgeschrieben, dann will ich noch 'n paar Weih-
nachtsbriefe einwerfen, in der Linken hab ich die Briefe,
in der Rechten den Autoschlüssel, ich mach die Klappe wie
immer mit der Linken auf und werf mit der Rechten den
Autoschlüssel rein, jetzt stell dir das vor, dieses Gerenne,
bis ich 1 Woche vor Weihnachten am späten Nachmittag
einen Postler finde, der einen Schlüssel hat und der Zeit hat,
verstehst du, da ist ja jeder an seinem Schalter unabkömm-
lich, und *Nächste Leerung 22 Uhr*, da stehst du ganz schön
blöd da, das kann ich dir sagen, und ich vergess' natürlich

in der Panik, mir den Briefkasten zu merken, also müssen wir in der Nähe der Apotheke 3 Kästen leeren, bis wir die Schlüssel haben, oh je. Auf sowas hätte Alissa eigentlich reagieren müssen. Da sie nicht reagierte, wußte ich, daß ihre Versteinerung entweder von der Kälte kam oder vom Besuch bei Frau Müller. Plötzlich erschrak ich. Ich bog zu einer Tankstelle hin, stieg aus, ging außen herum: Alissa saß reglos und sah vor sich hin. Sie hatte im Gesicht und an den Händen eine furchtbare Gänsehaut. Und im grauen Gesicht sah ich jetzt an den Wangen blaßrote kreisrunde Flecken entstehen. Ihre Unterlippe zitterte ein wenig. Ihre Augen waren offen, aber starr. Kein Lidschlag mehr. Ich fuhr sofort ins Tettnanger Krankenhaus. Ein junger türkischer Arzt hatte Dienst. Alissa wurde auf ein fahrbares Bett gelegt und weggebracht. Später kam der junge Arzt, setzte sich neben mich auf die Bank und sagte, Alissa müsse dableiben. Ein Schock, dazu eine extreme Unterkühlung. Eine allgemeine Erschöpfung. Vor übermorgen dürfe ich sie nicht besuchen. Hoffentlich käme keine Lungenentzündung dazu. Er blieb neben mir sitzen, bis ich aufstand. Dann stand er auch auf und gab mir die Hand. Er sah mich so mitleidsvoll an, daß mir das Wasser in die Augen trat. Zuhause saßen Edmund, Rosa, Elmar und Michel Enzinger. Edmund war gerade dabei, ein Projekt zu entwickeln, eine Art Femebande, die in nächtlichen Aktionen alle peinigen und schädigen sollte, die noch allgemein beliebt seien. Ich mußte zuerst die kranken Kinder versorgen. Lissa sollte mir helfen. Ich ging hinauf, näherte mich ihrer Tür. Weil nichts zu hören war, klopfte ich. Keine Reaktion. Ich klopfte noch einmal, da schrie Lissa so laut, wie ich sie in ihren 21 Lebensjahren noch nie hatte schreien hören. Nein, schrie sie, brüllte sie, Nein! Das war so laut, daß ich glaubte, das könne sie selbst nicht aushalten. Ich öffnete sofort die Tür. Er lag auf dem Sofa und rauchte.

Lissa hockte auf dem Boden. Sie hatte ein verheultes Gesicht. Raus, sagte sie jetzt mit unfester Stimme, los, raus, geh schon, Mensch, hörst du nicht, du sollst gehen!! Weiter reichte ihre Stimme nicht. Ich sah ihn an. Er grinste und sagte: Sie quälen sie, sehen Sie das nicht. Ich ging. Sobald ich die Tür hinter mir geschlossen hatte, hörte ich Lissa laut losweinen. Die anderen lagen alle brav im Fieber. Ich flößte jedem sein Zeug ein. Sogar Guido öffnete seine sonst immer aufeinandergebissenen Zähne. In der Küche saß Froni beim Essen. Sie war glücklich, als sie hörte, daß Frau Kristlein nicht komme. Sie werde sich schon um die Kinder kümmern. Ich konnte also zu Edmund und seinen Zuhörern gehen. Keiner fragte, wo Alissa sei. Edmund war dabei, die Statuten für die zu gründende Bande zu entwerfen. Mitglied könne nur werden, wer eine Probeaktion hinter sich habe. Edmund nannte als Beispiel für eine solche Probeaktion die Verbrennung des Autos eines homöopathischen Arztes, der sich für seine Patienten aufopfert, der wenig Geld verlangt, der Tag und Nacht erreichbar ist, den die Arbeiter und Kleinbürger lieben und verehren. Es läutete. Ich ging hinaus. Eine vermummte Frau. Sie sei Fronis Schwester. Ich führte sie in die Küche. Froni aß noch. Froni, sagte die Besucherin, d' Mama isch gschtorba. Froni sah auf, aß weiter. Die Besucherin sagte: Hosch g'hört, d' Mama sei g'schtorba. Ja, sagte Froni, jetzt lass mich doch zersch fertigessen. Ich sprach ihr mein Beileid aus, dann ging ich wieder zu Edmund und seinen Zuhörern. Edmund erklärte gerade, daß wir die letzten sogenannten guten Menschen auffinden müßten und die müßten wir dann solange schikanieren, bis sie's aufgäben. Anders kämen wir nicht weiter. Zum Beispiel dem Böll jede Nacht Scheiße vor's Haus karren, bis er aufhört, seine öffentliche Güte zu produzieren, versteht ihr, daß klar wird, in dieser society gibt's keine Güte, und wer den Schein nährt, es gäb welche, der kriegt eine auf'n Däz. Später kamen dann noch der Kameramann, der Tonmann, der Regisseur und der Fahrer dazu. Rosa ließ sich von denen erzählen, was im Haupthaus heute vorgefallen war. Sie konnten's gar nicht genau genug machen. Wenn der Regisseur sagte: In der Pause kam Blomich selber mit einem Tablett herein, fragte Rosa: Was für ein Tablett? Keiner der Herren erinnerte sich. Rosa bohrte: War es ein hölzernes, das auf der Tragfläche unter Glas aus echten Schmetterlingsflügeln ein Mosaik zeigt, das Rio de Janeiro darstellt mit dem Zuckerhut? Die Männer sahen einander an. Rosa schrie: Und sowas macht Filme! Der Kameramann wußte wenigstens, daß Blomich eine auberginefarbene Krawatte getragen hatte. Von mir, sagte Rosa ganz glücklich, in Lyon hab ich ihm die gekauft, Lyon hat ja ein paar Geschäfte, dafür schenkt sie manches in Paris und Rom her. Edmund verschwand plötzlich und kam nach einiger Zeit mit einer großen Schüssel Rotrübensalat zurück. Da heute offenbar niemand für ihn sorge, habe er sich selbst versorgt, aber was anderes als Rote Beete habe er nicht gefunden. Es gab jetzt eine lange Diskussion darüber, ob es Rote Beete oder Rote Rüben heiße, *was* nun beanspruchen dürfe, hochdeutsch zu sein und was Dialekt sei. Jeder hielt seins für hochdeutsch. Ich schlich mich hinaus. Mir war eingefallen, daß ich mich um Alissas Handtasche kümmern mußte. Sie trug ja immer unser ganzes Bargeld, verteilt auf mehrere Brieftaschen, mit sich. Ich erinnerte mich, ihr ihre Handtasche aus ihren weißen Fingern gelöst zu haben. Alissa lag schon auf dem fahrbaren Bett, 2 Pfleger wollten sie schon wegfahren, als mir einfiel: sie hat ja das ganze Geld bei sich, mein Gott! Also machte ich einen Sprung, griff nach der Tasche, aber Alissa ließ nicht los. Das war mir sehr peinlich. Finger um Finger mußte ich lösen. Die Finger waren so starr, daß ich Angst hatte, jetzt breche mir gleich einer. Auch sah Alissa mich an. Ohne jeden Ausdruck. Aber wenn ich das Geld nicht mitnahm, konnten's die Pfleger unter sich teilen; die sind ja, wie man hört, auch unterbezahlt. Hoffentlich hatte ich die Handtasche nicht auf der Bank im Krankenhausgang liegen gelassen. Nein, sie lag im Auto. Und das Geld war drin. Gott sei Dank. Und eine Seite aus einem linierten Schreibblock fand ich in der Tasche. Vorne und hinten mit Bleistift voll gekritzelt. Ich las: *Liebe Frau Kristlein! Lesen Sie bitte alles in Ruhe durch. Bitte tun Sie mir einen Gefallen. Sprechen kann ich hier nicht. Telephonieren Sie nach Ravensburg zum Taxistand (die Telephonnummer finden Sie im Fernsprechbuch unter T = Taxistand, am Bahnhof). Sagen Sie dem sich meldenden Taxifahrer, er soll sofort nach Weißenau Krh. Neubau I fahren und Frau Gertrud Müller (MÜLLER) nach Lindau zu ihrer Schwester bringen. Er soll in Weiß. sagen, er ist angerufen worden, daß er sie abholen soll zu Frau Kläger, Lindau, In der Grub 19. Ich muß heute noch dorthin aus einem dringenden Grunde. Wenn der Fahrer es nicht glaubt, geben Sie ihm das Geld. Sie bekommen es wieder. Ich schwöre das bei dem Seelenheil meiner lieben Mutter. Noch eine Bitte. Können Sie mir die 20 Pf. zum Telephonieren auslegen? Sie bekommen sie bestimmt zurück. Ehrenwort. Haben Sie 1 Herz für mich. Wenn der Taxifahrer gefragt wird, wohin er mich holen soll, soll er sagen, daß er mich in ein anderes Krankenhaus bringt, in die Nähe der Kinder, nach Rosenheim. Mein Schwager hat jetzt Urlaub, da paßt es gut. Haben Sie vielen Dank. Vielen Dank. Wenn Sie mir kein Taxi schicken wollen, telephonieren Sie ans evangelische Pfarramt nach Lindau für mich. Aber ohne Bedenken können Sie das tun. Oder könnten Sie mich gegen Erstattung aller Unkosten sofort nach Lindau fahren? Sie wären dann halt verwandt mit meiner Schwester. Habe schweres Asthma und muß unbe-*

dingt heute noch zum Arzt nach Lindau, bei dem ich vor Wochen schon war. Wegen Asthma brauche ich nicht in 1 Irrenanstalt sitzen. Hier bleiben ist zwecklos für mich. Wenn ich hier 1 Auto verlange, schicken sie mir keins. Ohne Schwester + Mutter. Am 1. Advent war ich auch in Urlaub in Lindau. Meine Schwester hat Geburtstag. Die Nummer des ev. Pf. Amtes: 6779. Sie sagen nur: Guten Tag, entschuldigen Sie die Störung, ich soll Ihnen 1 Gruß von der Tochter der Frau Wegelin (In der Grub 19), der Frau Gertrud Müller, ausrichten. Sie läßt Sie herzlich bitten, daß Sie nach Möglichkeit heute oder morgen zu ihr kommen möchten. Sie werden dringend erwartet. Sie ersetzt alle Unkosten. Oder wenn's dem H. Pfarrer nicht möglich ist, soll doch bitte der Herr Vikar als Vertreter kommen. Sie wäre für den Besuch sehr dankbar. Ich spreche im Auftrage der Frau Gertrud Müller, Tochter von Frau Wegelin. Vielen herzl. Dank. Kann Frau Müller mit Ihrem Kommen rechnen? Sollte sich 1 Frauenstimme am Apparat melden, so sagen Sie bitte, Sie hätten etwas für den Herrn Pfarrer zum Ausrichten, sie möchte es bitte notieren. Und Sie bekommen alles ersetzt. Das versprech ich hoch + heilig. Aber kein Wort zu meinem Mann, um Himmelswillen, gell! Vielen herzl. Dank. Vergelt's Gott. Ihre Gertrud Müller. Am nächsten Vormittag kam ein Anruf aus Tettnang. Eine Frauenstimme teilte mir mit, man habe meine Frau zur Behandlung ihres Schocks nach Weißenau verlegt, Neubau I. Ich rief in Weißenau an, man sagte mir: Wir sind nicht berechtigt, telephonisch Auskunft zu geben. Am späten Nachmittag läutete es, ein Mann im Arbeitsmantel stand draußen. Mohr, Flachdachbau, Lindau-Reutin, sagte er. Er arbeite zur Zeit in Weißenau, da habe ihm eine Frau einen Brief zugeworfen aus einem Fenster und darauf sei diese Adresse gestanden, ob ich der sei. Ja, sagte ich. Gott sei Dank, sagte er, denn diese Frau habe es sehr wichtig gehabt. Vielen Dank, sagte ich. Nichts zu danken, gern geschehen, sagte er, offenbar froh, diesen Brief los zu sein. Der Brief war nicht zugeklebt. Darin 1 Seite aus einem Block: Alissas Handschrift. Mit Bleistift. Ich las: *Scheißkerl. Dreckskerl. Fliegen Sie zum Mond. Nehmen Sie Ihre M ... (unleserlich) aber mit, Dreckskerl. Pfui Teufel, Mistvieh, gemeines! Sie sind zum Kotzen. Dieses war jetzt die Endstation und dann ist Schluß!!! Lassen Sie mich in Ruhe, Mistvieh, Blutsauger, Zecke! Wer Ihnen in die Hände fällt, ist nur zu bedauern. Gehen Sie weg. Sie sind zum Kotzen. Mich kriegen Sie nicht. Meine Große Liebe werden Sie nie ereichen. Ich sage Gott sei Dank, aber für alles, was ich gehabt habe. Und ich habe alles gehabt, was ein Mensch haben und erleben kann. Sie Dreckskerl könnten mir nichts mehr geben. Was ich gehabt habe, ist nie zu erreichen und somit sind Sie für mich zum Gähnen. Und es ist verschwendete Zeit, diesen Brief zu schreiben. Schluß. Mistvieh!!! Mistvieh!!!!!* 3 Tage später kam mit der Post ein Zettel, von Alissa geschrieben, lauter leicht lesbare zu große Buchstaben: *Manche Tage sind seltsam angriffstraurig jetzt in dieser Jahreszeit in der der Nebel der Eier legt über englische Gärten und die Gesichter der dicken Menschen gütiger + weicher macht sodaß man anfängt sie zu sehen und Tage erlebt die erst kommen werden. Ich denke mir dich einfach weg und stelle mir dich als Maiglocke vor unter die ich mich verkriechen werde um dort ganz für mich zu sein. Alissa.*

Als ich sie zum ersten Mal besuchen durfte, sagte sie: Ich hätte nicht hingehen sollen. Wohin, fragte ich. Zu Frau Müller, sagte sie. Warum, fragte ich. Die Ohren, sagte sie, sie hat sich die Ohren, die sie sich doch auf Wunsch ihres Mannes enger an den Kopf nähen lassen mußte, wieder weggerissen, sie wollte sie ganz wegreißen und sie mir mitgeben, für ihren Mann.

6

Lissa ist fort. Seinetwegen. Zum Abschied ließ sie einen Zettel. Froni freut sich. Geht als Frau Kristlein auf Weihnachten los. Das neue Beerdigungskleid zieht sie nicht mehr aus. Von ihrem eigenen Geld kauft sie Körbe voller Sachen für die Kinder. Der Baron kriegt sein tägliches Bier erst, wenn er etwas gearbeitet hat. Gegen Edmund wird sie von Stunde zu Stunde feindseliger. Edmund hat nur mit Mühe ein wenig Bedauern über Alissas Zusammenbruch formulieren können. Froni sagt: Am Heiligen Abend kann er nicht bleiben. Und wenn er auf seinem Zimmer bliebe? Sie überlegt. Es geht, sagt sie, wenn er sich ab 3 nicht mehr blicken läßt, und zwar bis Stefanstagabend. Edmund ist einverstanden. Rosa stiefelt herein. Sie sagt in die Küche hinein: Froni, ob Sie wohl so nett wären, uns ein bißchen Kaffee zu machen. Froni läßt sich herbei. Dazu serviert sie Weihnachtsgebäck, das sie mit Alissa und unter Alissas Leitung gebacken hat. Jetzt sagt sie: Ich hoffe, meine Elisen schmecken Ihnen. Edmund schmunzelt. Stochert in seiner kochenden Peterson herum, leert vor unseren Augen etwa einen Eßlöffel schlimmster Nikotinspucke in den Aschenbecher in unserer Mitte und ruft: Endlich wird's hier gemütlich. Und fordert mich auf, einmal zu erzählen, wie es mir auf meinem Marsch von München hierher ergangen sei. Anselm ist nämlich auf den Knien von München hierhergekrochen, auf den Knien, Anselm, stimmt's? Ich zeigte ihnen rasch Michel Enzingers Postkarte aus Straßburg. Ubaschaemui i dorogoi drug! Haben Sie Nachsicht mit meiner Untreue. Ich hab mir denkt, erger wie schlecht ken es hier nit sein. Und dort wars erger. Vergessens nicht mich beim Herrn Direktor darzustellen als den, der ich bin. Hierher postlagernd melden, wenn er mich sehen will. Ich komm dann toute suite. Peut-être je resterai là jusqu'à la mort. Xpucmoc bockpec! Ihr Michel Enzinger, welcher pischt hier a zelem, daß in Bösenreutin pejgert a galoch, Adieu Bam Michel, à dieu! Armer Michel, sagt Rosa, den sehen wir nicht wieder. Edmund sagt gleich und ungeduldig wie beim Skat: Also Anselm, was hören wir von dir? Er will verhindern, daß Rosa von Bomich anfängt, und selber fällt ihm nichts ein. Elmar begreift das nicht. Er sieht eine Chance für sich. Ich bin nicht so ganz unwürdig, von euch völlig übergangen zu werden, sagt er. Dazu gesagt: ich weiß, daß ich gesellschaftlich völlig unergiebig bin. Ausgenommen höchstens: von Mann zu Mann. Alles andere sei ja doch mehr oder weniger flache Konversation. Er sei natürlich nicht davon überzeugt, uns überhaupt ein Partner sein zu können. So weit gehe er nicht. Er sei doch nicht größenwahnsinnig. Auch sei er dafür einfach noch zu jung, allerdings durch harte Schulen gegangen. Zum Glück, möchte er sagen, zum Glück sei es ihm immer dreckig gegangen, das habe ihn weiter gebracht als manchen anderen, so daß er heute so weit sei, die meisten mit Verachtung ansehen zu können, einfach weil er durch die harte Schule ein solcher Menschenkenner geworden sei. Ein Pack seien die Menschen allesamt! Dazu gesagt: er schließe sich selber nicht aus! Was sei er denn? Ein Heftlesreisender! Ja, was das denn sei? Auf jeden Fall nichts Besonderes! Aber auch nicht das Schlechteste! Er selber kenne unehrlichere Berufe als den seinen! Dazu gesagt: den er überhaupt nicht für einen Beruf halte! Aber dürfe er die Vertretung dieser Druckerzeugnisse, von deren Verfassung und Herstellung hoch angesehene und hoch anständige Leute hochanständig lebten, er wisse, daß viele Millionäre darunter seien, dürfe er diese Vertretung nicht wenigstens als ein Sprungbrett ansehen zu einem einfachen Beruf? Müsse es denn jeder zu einer so hohen und ungeheuer sicheren Position bringen wie

Herr Kristlein? Ja, habe er denn überhaupt hoffen können, daß ihn so gesettelte Leute in ihren erlauchten Kreis aufnähmen? Doch wohl kaum! Dazu gesagt: er habe in vielen Gasthäusern nachts viele Din-A-4-Hefte vollgeschrieben und er wisse, es wäre eine Zumutung, wenn er verlange, wir sollten dieses Geschreibsel lesen. Dazu gesagt: da er es wirklich und wahrhaftig nur für sich aufgeschrieben habe, sei zudem alles noch völlig unleserlich geschrieben, er müßte es also erst abtippen, aber das täte er tatsächlich, wenn wir auch nur 10 oder 20 Minuten Zeit für so etwas Nebenwegiges wie sein Geschreibsel opfern zu wollen uns bereitfinden könnten! Wobei er sofort zuzugeben willens sei, daß er uns nicht ausgesucht habe, sondern daß er den Zufall loben müsse, der ihn, den in jeder Hinsicht und auf jedwedem Feld Isolierten zu 3 Menschen gebracht habe, die mitten drin stünden und für die es deshalb vielleicht sogar unterhaltsam sein dürfte, einmal einem Mann von so schneidender Ausgeschlossenheit zu begegnen wie er es sei, einem Mann, der heute immerhin auf sein 32. Lebensjahr zugehe, der aber von sich sagen könne, daß von ihm täglich das verlangt werde, wozu er sich am wenigsten geeignet fühle. Täglich habe er sich nach außen zu wenden, in X Wohnungen einzudringen, er, der von Haus aus am liebsten bei sich allein wäre, und im eigenen Nabel herumzustochern endlos geneigt, er habe sich den ganzen Tag lang an immer abweisungsbereite Andere zu wenden. Das sei nun wirklich sein wahres und unzerstörbares Glück, daß ihm Schlimmeres nicht mehr passieren könne. Und wohl dem, der das von sich sagen könne! Nicht umsonst sei gerade er mit 21 noch einmal an den Masern erkrankt, was zu dauerhaften Behinderungen vieler Art geführt habe, doch davon ein ander Mal, obwohl gerade diese Behinderung zu der Ausgeschlossenheit, die heute sein Leben beherrsche, viel beigetragen habe, aber er wolle jetzt lieber den Mut finden,

uns um die Erlaubnis zu bitten, uns gelegentlich ein paar
Seiten aus seinen Din-A-4-Heften abschreiben und zustek-
ken zu dürfen. Wir könnten sogar Wünsche äußern, da er,
neben viel Lyrik, auch mehrere Dramen, 3 Operntexte, 3
Drehbücher und eine große Zahl Erzählungen notiert habe,
allerdings auch jede Menge Tagebuch. Seine ständige
Furcht sei doch, daß er zu diesem nächtlichen Schreiben
jetzt bald nicht mehr imstande sei, weil die Tage immer
anstrengender würden! Und wie er die Tage, ohne die Wiederherstellung seines Selbst durch das nächtliche Schreiben,
überhaupt ertragen könne, sei vorerst noch nicht vorstell-
bar. Niemals übrigens hätte er vor, sagen wir, 2 Jahren so
viele Abende und Nächte an andere Menschen, an Konversation und Geschwätz verschwendet, wie er es jetzt tue. Natürlich liege das auch an der völlig überraschenden Freundlichkeit, mit der wir ihn aufgenommen hätten. Aber wäre
er vielleicht vor 2 Jahren schon so selfindulgent gewesen,
ein solches Angebot so gegen das eigene wahre Interesse
anzunehmen? Niemals! Und weil ihn unsere Freundlichkeit so von seinen wirklichen Zwecken abbringe, hasse er
uns auch ein bißchen, vielleicht sogar fast so sehr wie er uns
liebe. Also, wem soll er jetzt die schon abgetippten Seiten,
die er heute zufällig bei sich habe, zuerst geben? Edmund
oder Herrn Kristlein? Als ich noch schaute, sagte Edmund
schon: Herrn Kristlein. Also gab er die sorgfältig gehef-
teten Seiten mir.
Müller ließ mich hinausrufen. Ich wollte ihm die Hand
geben. Wahrscheinlich, weil seine Frau und meine Frau in
der selben Anstalt gelandet waren. Aber er ließ meine
Hand in der Luft hängen. Sein vollippiges Seeräuber-
gesicht verzog sich. Das sollte nach Laienspielerart Hohn
ausdrücken. Er zog einen Zettel heraus und las mir vor,
wer alles bei mir wie oft übernachtet hatte. Und zwar in
Zimmern, die nicht zu meiner Wohnung, sondern zum Gä-

stehaus der Firma Blomich gehörten. Ich sagte nichts und ging zurück ins Haus. Zu Elmar, der neuerdings auch öfter über Nacht geblieben war, sagte ich gleich, daß er jetzt nicht mehr bleiben könne. Edmund sagte, ich kann ja in dein Arbeitszimmer ziehen, auf die Couch. Rosa sagte: Ich rufe Joe an.

Für Silvester sollten 40 Betten gerichtet werden, das wußten wir seit dem Sommer. Froni und Adolf richteten die 40 Betten. Dr. S. in Weißenau sagte vorwurfsvoll, Alissa müsse mindestens noch 4 Wochen bleiben. Durch die Medikamente, die man ihr gegeben hat, liegt sie im Bett wie eine Fremde. Ich hielt ihre Hand, solange ich bei ihr war. Sie schien das nicht zu bemerken. Ich setzte mich auf ihr Bett. Drängte mich etwas an sie. Sie reagierte nicht. Zuhause saßen Rosa, Edmund und Elmar und hörten einem totenblassen Rabenschwarzen zu. Das war Fritz Hitz, der mit Schmitzer und Grack während eines Wohltätigkeitsballs den Anschlag auf die Garderobe des Festsaals des *Bayrischen Hofes* in München verübt hatte. Mit gefälschten Eintrittskarten waren die 3 Radikalen eingedrungen, hatten mit ihren Mänteln Brandsätze mit Zeitzündung abgegeben. Die Explosionen wurden durch die vielen Pelzmäntel gedämpft, der bei den Explosionen verspritzte Phosphor reichte gerade noch aus, in den teuren Mänteln einen Schaden von etwas über 70 000 Mark anzurichten. Die Garderobenfrauen konnten dabei nicht zu Schaden kommen. Der Schreck muß allerdings groß gewesen sein. In der Zeitung stand damals, am meisten seien durch den Explosionsknall folgende Personen erschrocken: Daniele Gaubert (Exfrau des Diktatorsohns Trujillo), die Fürstin Eleonore zu Salm-Salm, die Herzogin d'Uzes, Ex-Verlegersgattin Rosemarie Springer, Eliette von Karajan, Dr. Friedrich Karl Flick (weil er sich, eines Gipsbeines wegen, einer Panik am hilflosesten ausgesetzt gesehen hätte), ein namentlich nicht benannter Kammersänger und der Ex-König von Burundi (der übrigens inzwischen wieder heimgegangen ist und dann dort umgebracht wurde). Fritz Hitz war gerade vom Bundesgerichtshof freigesprochen worden. Er war der einzige, bei dem die Revision Erfolg gehabt hatte. Seit dem war er offenbar in einem furchtbaren Zustand. Seine 2 Mitanarchisten hatten jetzt ihre 4 Jahre Zuchthaus abzusitzen. Wegen menschengefährdender Brandstiftung. Ihn hatte sein Anwalt herausgepaukt. Fritz Hitz sprach leise, aber fließend. Sein Anwalt habe die Ablehnung seines (des Anwalts) Hilfsbeweisantrags vom 19. 9. 1969, den man in der Anlage 19 zum Protokoll vom 19. 9. 1969 fände, durch Beschluß vom 19. 9. 1969, Ziffer 8, gerügt. Die Ablehnung dieses Antrags verstoße, habe sein Anwalt ausgeführt, gegen § 244 Absatz 4 Satz 1 StPo. Die zur Ablehnung des Hilfsbeweisantrags gegebene Begründung zeige, daß das Gericht nicht erkannt habe, welches Beweisthema Gegenstand dieses Antrags gewesen sei. Der Sachverständige solle gefragt werden, ob nicht, nach dem Stand tiefenpsychologischer und psychoanalytischer Erkenntnisse, Brandstiftungs- und Sprengphantasien in Konfliktsituationen von Personen gewöhnlich auftreten, und ein solcher nicht von den Angeklagten zu verantwortender Konfliktherd seien nun einmal die Kriegshandlungen der USA in Vietnam; aber zu fragen sei doch, ob nicht die literarische Verarbeitung solcher Konflikte gerade eine Sublimierung und Verarbeitung der Spannung bedeute, also eine Ersatzhandlung, die es dem Betreffenden ersparen könne, etwas aus Protest wirklich in die Luft zu sprengen. Es könne nämlich als beweisbar gelten, daß die Niederschriften des Angeklagten Hitz gerade das Gegenteil von dem, was das Gericht daraus entnommen habe, nahelegten. Anstatt auf eine Tatbeteiligung hinzudeuten, stellten sie eine Tatersparung durch literarische

Transposition und Abreaktion dar. Als wissenschaftlich erwiesen dürfte gelten, daß solche Aufzeichnungen regelmäßig nur auf ein inneres Befinden, nicht jedoch auf wirkliche Handlungsweisen schließen ließen. Eine lange Beweiskette von Hölderlin bis heute könne dem Gericht jeder Zeit präsentiert werden.

Das Gericht hätte diesen Hilfsbeweis auch nicht unter dem Gesichtspunkt der eigenen Sachkunde ablehnen dürfen, habe sein Anwalt festgestellt. Ein Tatrichter dürfe sich eine Sachkunde nicht zutrauen, die er nach gewöhnlicher Erfahrung nicht haben könne. Im übrigen setze sich das Gericht in seiner Urteilsbegründung in Widerspruch zu der Begründung, mit der der Hilfsbeweisantrag abgelehnt worden sei. Einerseits werde behauptet, daß aus den Niederschriften des Angeklagten Hitz keine zwingenden Schlüsse hinsichtlich des tatsächlichen Verlaufs zu ziehen seien, und zwar weder in der einen, noch in der anderen Richtung. In der Urteilsbegründung würden dann aber doch die Niederschriften als »Mosaiksteine auf dem Weg zur Überführung« aller 3 Angeklagten bezeichnet. Nach der Art der Ablehnung des Hilfsbeweisantrags habe aber die Verteidigung darauf vertrauen können, daß aus den Niederschriften des Angeklagten Hitz hinsichtlich der Frage seiner Tatbeteiligung keine belastenden Schlüsse gezogen werden würden. Die Tatsache, daß dies in der Urteilsbegründung doch getan werde, verstoße gegen wesentliche Verfahrensgrundsätze und werde daher ausdrücklich gerügt. Daß das Urteil auf diesem Verfahrensverstoß beruhe, ergebe sich für die Angeklagten Hitz, Schmitzer und Grack ebenfalls aus der Tatsache, daß sich das Gericht selbst auf Seite 27 sowohl hinsichtlich der Tatbeteiligung als auch hinsichtlich der Persönlichkeitswürdigung auf diese Niederschriften stütze. Die Rüge werde daher auch für alle 3 Angeklagten erhoben. Hier seien noch einmal Teile der Hitzschen Niederschriften aufgeführt und zur Kenntnisnahme empfohlen:

Im Maiengrün / Sprenggelatin. / Wenn der Sommer eintritt / Dynamit / Oktoberrot / USA schlägt tot /.

Und:

Hoch die Gläser / hoch die Sprenggelatine / leg sie unter die Schiene / kaue Gräser / bis es gezündet hat / hoch das Kaliumchlorat / hoch Phosphor / der Schwefel, der Zucker / hoch der Arsch der Mucker / dein Name sei Terror.

Und:

Gnädige Frau Ruhrgebiet / laß mein Rufen / zu dir kommen / laß dich doch nicht so / hernehmen, hau / auf'n Putz, den der Kosmetiker. / Deine Langmut, Alte / beende mit Nitro / cellulose, daß / Rheinstahls Töchter / die unfruchtbaren Schachteln / nicht länger fressen / dein Halm.

Und:

Laßt ihr Worte gelten / oder müssen's Chloride sein / rheinaufwärts, rhein- / abwärts schlag ich Eier / in die Pfanne und Städte / springen in die Luft.

Und:

Haß wäre zuviel gesagt / viel wäre zuviel gesagt / zuviel wäre zuviel gesagt / Vivil wäre zuviel / viel zuviel Vivil im Mund.

Besonders diese letzten 2 Niederschriften, habe sein Anwalt ausgeführt, stellten direkt dar die Überführung eines Tatmotivs in ein Ausdrucksmotiv. Die Revision hatte Erfolg gehabt. In seinem Fall. Aber er habe gewußt vom geplanten Delikt Wohltätigkeitsball-Anschlag. Also war er noch nach § 138 StGB zu belangen. Und was da raussprang, war durch U-Haft verbüßt, er also frei. Er habe sich dann gleich umgehört nach Edmund und habe gehört, der sei auf dem Weg nach New York, wolle aber noch'n paar Tage Station machen bei dieser Adresse am Bodensee. Es hieß auch, daß einige Schweine hierherführen für Silve-

ster, also habe er gedacht, vielleicht könne man da ein bißchen was verrichten, was Edmund meine, das Hausdach in
die Luft lassen, an 8 Punkten im Dachboden eine Ladung,
und dann pünktlich um 12: hoch die Gläser, hoch die Dä-
cher, 8mal hoch! Kristlein sei doch hier eine Art Hausmeister, höre er, der komme doch bestimmt rein ins Haus
drüben, oder?
Zum Glück wollte Edmund zuerst noch ein paar Prozeß-
details diskutieren. Er kritisierte Fritz wegen seines Ver-
haltens im Gerichtssaal. Fritz müsse sich nicht wundern,
daß man ihn von Schmitzer und Grack getrennt und vom
Anarchisten zum Dichter befördert habe. Schon als Fritz
angegeben habe, er sei 1848 geboren, habe er sich den bür-
gerlichen Richtern als Kulturkasper angeboten. Fritz sagte
stolz, er sei immerhin 4 mal wegen *Ungebühr* aus dem Gerichtssaal entfernt worden. Ja, sagte Edmund, und auch das
hat dein Anwalt später zur Revision verwendet. Ja, sagte
Fritz, und mit Recht! Das Gericht dürfe ihn doch nicht nach
§ 178 GVG zu einer Ordnungsstrafe von 3 Tagen Haft
verurteilen und seine Entfernung aus dem Saal gemäß
§ 247 Absatz 2 StPO anordnen, ohne ihm vor Erlaß solcher
Entscheidungen rechtliches Gehör zu gewähren. Nicht einmal eine Beratung habe stattgefunden! Das Gericht sei im
Verhandlungssaal geblieben! Der Vorsitzende habe sich
kurz an den links neben ihm sitzenden Beisitzer gewandt
und ein paar Worte gesagt! Die Schöffen seien nicht befragt
worden! Der rechts sitzende Beisitzer und der rechts vom
rechten Beisitzer sitzende Schöffe hätten den Vorsitzenden
nicht gehört haben können! Umgekehrt hätten der links
vom Vorsitzenden sitzende Beisitzer und der links vom linken Beisitzer sitzende Schöffe nicht gehört haben können,
was der Vorsitzende dann kurz nach rechts hinüber gesagt
habe! Also bitte, der für die getroffene Maßnahme nötige
Gerichtsbeschluß sei unterblieben! Und trotzdem habe der

BGH die Revision in diesem Punkt abgewiesen! Die Behauptung der Revision, dem Beschluß sei keine Beratung im Sinne des § 193 GVG vorausgegangen, da der Vorsitzende in der Sitzung zwar die richterlichen Beisitzer, nicht aber die Schöffen befragt habe, sei, habe der BGH entschieden, durch die dienstlichen Äußerungen der Richter und des noch lebenden 2. Schöffen widerlegt. Danach habe eine Beratung im Gerichtssaal jeweils durch geeignete Mittel, hier: Blickaustausch, stattgefunden. Da angesichts der publizistischen Vorgeschichte dieses Strafprozesses Störungen und entsprechende Ordnungsmaßnahmen zu erwarten gewesen seien, habe der Vorsitzende die Schöffen vor der 1. Verhandlung darüber unterrichtet, daß und auf welche Weise in der Sitzung selbst Übereinstimmung über sofort zu verkündende Beschlüsse erzielt werden müsse. Ein solches Verfahren werde durch die Rechtssprechung des BGH gebilligt. Und von einer Verletzung des § 33 STPO könne auch keine Rede sein, weil rechtliches Gehör dann nicht zu gewähren sei, wenn der Ungebührwille des Angeklagten außer Frage stehe; selbst *Woesner*, der weitgehend für die Anwendung des § 33 STPO in Fällen von Ungebühr vor Gericht eintrete, räume ein, daß sich ein Prozeßbeteiligter, der den Ablauf des rechtsstaatlichen Verfahrens störe und dann jede sachliche Auseinandersetzung über sein Verhalten vereitele, sich außerhalb der Ordnung stelle und den Schutz verwirke, den sie dem ihr Eingegliederten stelle. Und dieser Cliquen- bzw. Klassengeist, die reine Herrschaftsfratze also, sei dann im Urteil gegen Schmitzer und Grack vollends sichtbar geworden, als der Vorsitzende zugab, daß er als Strafzweck generalpräventiv eine Stärkung des Rechtsbewußtseins des weitaus überwiegenden rechtstreuen Teils der Bevölkerung betrachte.

Ich entfernte mich leise, um nach den fiebernden Kindern zu sehen. Froni war mit feuchten Umschlägen unterwegs.

Rosa kam auch. Der Anarchist sei für sie weniger interessant. Sie bat mich, schnell einmal mitzukommen, sie müsse mir etwas zeigen. Das war nichts Außergewöhnliches. Rosa kaufte oft etwas, was sie dann gern herzeigte. Sie kriegt pro Monat 11 000 Mark von Blomich und ist andauernd beschäftigt, dieses Geld gegen etwas zu tauschen, was wertbeständiger ist als das Geld. Blomich gibt mir nur die Fetzen, sagt sie, ich muß dann was machen daraus. Meistens ist sie hinter Kunst und Schmuckstücken her. Sie verbraucht wenig Geld für sich. Wenig, wenn man bedenkt, wieviel sie hat. Sie beschäftigt in ihrem Haus in Schachen 1 Türkin und 1 Mecklenburgerin. Die Mecklenburgerin ist eine Art Sekretärin. Jutta von Platow ist vielleicht noch sparsamer als Rosa selbst. Geld darf praktisch nur ausgegeben werden, wenn es sich dadurch vermehrt. Rosa hat eine irrsinnige Angst, Blomichs Zahlungen könnten plötzlich ausbleiben. Immer redet sie von ihrer bedrohten Unabhängigkeit. Das Geld vermehre sich zu langsam, ihre angehäuften Vermögensschätze seien viel zu klein angesichts der Zeit, die sie noch zu leben habe. Sie sagt öfter: Ich bin doch noch so schrecklich jung. 1 Dutzend Anlageberater beschäftigt sie sicher. Jäh disponiert sie um, zieht sich ganz emotionell aus Bankpapieren zurück und engagiert sich plötzlich in Schweizer Immobilien oder antikem Grabschmuck. Manchmal kommt sie und sagt süß lächelnd: 41 000 plus in 6 Wochen, wie findest du das? (Wenn wir allein sind, duzt sie mich noch immer). Aber, fährt sie dann fort – und die Lippen überziehen die prächtigen Zähne zielstrebig und bitterstreng –, wenn es so weiter geht, weiß ich nicht mehr, wie ich es machen soll, diese Geldentwertung ist mörderisch, du kriegst einfach nichts mehr für 10 000 Mark, verstehst du, buchstäblich nichts mehr. Weißt du, was so'n Senilblatt von Picasso heute kostet! Ach Anselm, ich weiß wirklich nicht, wie das weitergehen soll, verstehst du, unsereiner, der bares Geld in die Hand kriegt, der keine Maschinen für sich laufen hat, ja, was soll denn der machen, kannst du mir das mal sagen, der wird doch andauernd geplündert, ich sehe sehr schwarz, Anselm.

Diesmal wollte sie mir ein Stück aus der griechischen Antike zeigen, ich glaube, von der Insel Delos, und das war ein Phallus aus purem Gold. Jutta von Platow bot uns etwas von ihrem Bärentraubenblättertee an, den sie jahraus jahrein trinkt, weil sie an chronischen Entzündungen der Harnwege leidet. Wenn mich Rosa in ihre Schachener Schatzkammern vor ihre Tresore schleppt, bin ich immer enttäuscht über ihre offenbare Empfindungslosigkeit mir gegenüber. Mit vor Eifer sich überschlagender Stimme, oft geradezu stotternd vor Eifer, sagt sie die Vorzüge und Werte ihrer jeweiligen Neuerwerbungen auf. Niemals erinnert sie daran, daß wir vor vielen Jahren ein Mal miteinander in Berührung gekommen sind. Das Gefühl, der schrecklichen Zukunft völlig ungesichert ausgesetzt zu sein, hat in ihr offenbar alle anderen Gefühle verzehrt. Nie sieht man sie mit einem Mann, nie erwähnt sie einen. Dabei würde ich gern einmal den Versuch machen, mich ihr inmitten ihrer Porzellane, ihres Goldes, ihrer Bilder, ihrer düsteren Seiden und lackierten Wände zu nähern. Es würde mir verrucht vorkommen, bzw. abenteuerlich. Dazu kommt, daß mir die Art, wie sie vor ihren Schätzen in dieses trancehafte, zähneschälende Lächeln verfällt, sehr nahegeht. Fletscht sie denn nicht die Zähne, mein Gott! Aber seit sie Jutta von Platow im Haus hat, müssen sich ihre schwelenden Parfüms, die mich natürlich auch disponieren, gegen den Geruch bitterster Tees wehren. Ich bildete mir diesmal sogar ein, altjüngferliches Ammoniak wahrgenommen zu haben. Der Goldphallus stand auf einer dunklen Marmorsäule. Rosa erklärte mir das Wertvolle daran. Da-

mit dem Michel, der im Frühbeet gekniet, die Finger im Boden; und wo's Herz, wo denn, Baal-ssojd?! Furchtbare Narben sieht man an den Männern selbst hier.

Michels Briefe werden immer länger, ausschweifender, unlesbarer. 6 Seiten, 13 Seiten, Buchstabendickichte, schwer zu durchdringende. Wenn man allein und pensioniert leben würde, könnte man schon eindringen. Ich lese immer 3 oder 5 Seiten, dann werde ich gestört.

Michel Enzinger kommt mir allmählich wie ein Gestirn vor, das um uns, bzw. um Blomich herumrast und nicht mehr näherkommen kann, aber auch nicht weiter weg. Ich kann nicht zu Blomich mit diesen Briefen. Insbesondere nicht, wenn Michel plötzlich so rein russisch daherkommt wie in seinem letzten Brief: Mnogo ubaschaemui Gospodin Kristlein! Kak Bui chotite nisbergatsja, odin ili po dboim?? Eto baschnee tschem bsë Baschi deklamatsii. Alissa kritschit sa Bami moschno kak Bam Michel Enzinger.

Im 1. Jahr bin ich noch manchmal hinübergerannt mit diesem oder jenem Problem, das, nach meiner damaligen Meinung, Blomich interessieren mußte, da es mit seinem Haus, seinem Konzern zu tun hatte. Die Kölsche hat mich jedes Mal angemeldet, Blomich hat mich jedes Mal empfangen, aber die Kölsche hat mir von Mal zu Mal deutlicher gezeigt, daß sie Geduld beweise, wenn sie mir schon wieder einen Termin gebe, obwohl der letzte erst 6 Wochen zurückliege, und Herr Blomich hörte mich ebenso geduldig an. Auch ein bißchen erstaunt. Mir wurde beigebracht, daß alle Probleme, die ich überhaupt vorbringen könnte, keine Probleme seien, derentwegen man Blomich stören durfte. Das waren Probleme für Kaiser, König, Müller. Michel Enzinger hat das offenbar nie gelernt. Und das war Müllers Schuld. Auf den unteren Ebenen der Hierarchien meint jeder, seine Probleme müßten jedem so wichtig sein wie ihm selbst; daß seine Probleme aber, wenn man sie auch nur auf die übernächste Ebene bringt, förmlich verdampfen vor Nichthierhergehörigkeit, das begreift er nicht. Ich begreife es auch nicht, aber ich weiß wenigstens, daß es so ist! Daß Michel Enzinger ausgerechnet in den Monaten Januar, Februar, März von mir verlangt, für ihn zu Blomich vorzudringen, zeigt mir nur, daß sein Realitätssinn getrübt ist. Er müßte ja wissen, daß Blomich von Januar bis Ostern in St. Moritz weilt, um die Gästerennen des Oberen Engadin zu gewinnen.

In Michel Enzingers Briefen fällt auch auf, daß er glaubt, er habe ein gutes Verhältnis zu Blomichs Dalmatinern. Alissa ist auch schon dann und wann ins Zimmer getreten und hat etwas gesagt über die Freundlichkeit und Aufmerksamkeit dieser 4 Hunde. Ich habe auch schon öfter gedacht, daß diese 4 Hunde besonders angenehme Tiere seien, weil sie, sobald man in ihrem Umkreis auftaucht, sofort zu einem herrennen und einen durch Kopfhochreißen, Beschnüffeln und dergleichen begrüßen. Ich erwidere diese Aufmerksamkeiten nie, weil ich nicht von Blomich ertappt werden will, wie ich mich mit seinen Hunden abgebe; er könnte es für eine Form der Anbiederung halten. Mir war das peinlich genug gewesen, als wir von München hierherzogen, um in Blomichs Dienste zu treten, daß unser Hund auch einen Namen aus der Antike hatte. Immer wollte ich einmal in Blomichs Gegenwart eine Bemerkung machen, die klarstellte, daß unser Hund schon in München Apoll geheißen hatte. Es war mir nie gelungen.

Apoll stand gestern vor meiner Grube, in der das Wasser täglich höher stieg, und bellte. Er bellte nicht in die Grube hinab, sondern auf eine Schuhschachtel hin, die am Rand stand. Ich sah die mit einem Flaschengummi zusammengehaltene Schachtel und wußte gleich, daß sie Michel Enzinger gehörte. Dann sah ich auch schon ihn selbst. Er schwamm mit dem Gesicht nach unten in der Grube. Ich sperrte Apoll sofort in den Schuppen und rannte zu Müller hinüber.

9

Der 1. Schub in diesem Jahr waren Weibliche. Die haben immer mehr auszusetzen. Wenn Männern etwas nicht paßt, tun sich ein paar Aktive zusammen, bilden einen Ausschuß, setzen ein Schriftstück auf, sammeln Unterschriften, dann sind sie meistens zufrieden; Frauen hören nicht auf, bis sie das, was ihnen nicht paßt, beseitigt haben. Und in diesem Jahr waren wir schlecht ausgerüstet. Ich habe keines der Zimmer tapeziert, die Alissa, wenn sie nicht krank geworden wäre, noch tapeziert hätte. Ich habe keinen Fensterrahmen gestrichen. Und in der Küche hält es Alissa nicht länger aus als 2 Stunden, dann muß Froni das Kommando übernehmen. Die Kaiser-Vorschläge sind glücklicherweise von dem neuen Herrn in Reutlingen ohne weitere Begründung abgelehnt worden. Alissa fragt nicht mehr danach. Ihre 2 Abendvorträge – in der 1. Woche DIE HERRGOTTSAPOTHEKE, in der zweiten SELBSTMORD MIT GABEL UND MESSER – hält sie in diesem Jahr nicht. Keinen Klavierabend bietet sie an. Sie übt überhaupt nicht mehr. Sie ist fertig.

Edmund habe ich, 8 Tage bevor Alissa heimkam, auf dem Dachboden aus alten Spiegelschränken und Waschtischen eine Art Raum abgeteilt und darin ein Bett aufgeschlagen. Als ich ihn hinaufführte, erschrak er und sagte: Prima, Anselm, ganz prima. Ich bat ihn, Alissa am Anfang ein bißchen aus dem Weg zu gehen. Er nickte kräftig. Tatsächlich sieht man ihn kaum mehr, seit Alissa zurück ist. Geld braucht er sich, da er mit dem Wollensak-Tip 1000 Mark verdient hat, vorerst auch nicht mehr zu leihen. Vorher hat er immer wieder mal gesagt, ob ich ihm schnell 25 Mark leihen könne, er sei grade in Verlegenheit. Ich habe jede Ausleihe in meinem Kalender notiert. 9 mal hat er sich 25 Mark geholt. Und weil er immer 25 wollte, war daraus eine Art Anspruch geworden. Einmal hatte ich plötzlich Angst um ihn. Ich rannte hinauf, aber er saß auf seinem Bett und grinste. Seine Füße steckten in einem der alten Waschlavors, die man dem Dachboden anvertraut hatte, als sie durch das fließende Wasser überflüssig geworden waren. Elmar war so freundlich, mich zu bedienen, sagte er. Elmar stand mit dem zum Lavor gehörenden Krug daneben und schüttete Wasser nach. Offenbar warmes. Dabei hätte ich, sagte Elmar, das Füßewaschen nötiger als er, dazu gesagt: ich bin ein alter Schweißfußindianer. Als er sah, daß ich das nicht, ohne Wirkung zu zeigen, anhören konnte, sagte er: Nicht wörtlich zu nehmen, dazu gesagt: wie das meiste bei mir. Ich hoffe, Du hast nichts dagegen, daß Elmar sich auch so ne kleine Kammer gebaut hat, sagte Edmund und wies über einen der Waschtische hinüber. Platz sei ja da, alte Betten, Schränke, Matratzen auch, und er und Elmar garantierten dafür, daß sie weniger Lärm machten als 2 Mäuse. Zum Rauchen würden sie sich, versprach er, ganz und gar mit alten Waschschüsseln umgeben. Was ihn angehe, so verspreche er sogar, nicht zu onanieren, weil bei ihm Bilder überhaupt nichts bewirkten, er brauche mindestens Musik, am besten eigne sich zur Animierung das Magnifikat von Bach wegen seiner Mischung aus Seelischem und Organisatorischem, aber einen Plattenspieler hätten sie ja nicht. Für Elmar könne er nicht sprechen, da er es bisher unterlassen habe, mit Elmar eine geschlechtliche Beziehung aufzunehmen. Elmar wurde rot und versuchte zu lachen. Elmar sitzt meistens bei dem türkischen Ehepaar und hilft beim Gemüseputzen. Er geht ganz offen durchs Haus. Er gehört zur Küche. Alissa ist mit ihm zufrieden. Er sieht es, wenn sie ganz rasch einen Stuhl braucht, er öffnet gerade noch rechtzeitig das Fenster, er rennt und hebt die Zwiebel vom Boden auf, auf die sie niedersah, ohne Mut, sich zu bücken, weil sie Angst haben muß, dann nicht mehr hochkommen zu wollen. Lissa ist auch wieder da. Das Zimmer in Heidelberg hat sie aufgegeben. Wozu denn studieren, sagt sie, es gibt ja schon genug. Sie zog zu Philipp ins Zimmer und hilft auch in der Küche. Alissa sagt: Sie muß wieder fort. Ich bin froh, daß sie wieder da ist, aber ich sage es nicht. Ich ziehe von 9 bis 11 den Staubsauger durch die 3 Stockwerke, das ist meine Arbeit, die lasse ich mir nicht nehmen. Da die Wände in den Gängen rauh verputzt sind und der Teppichboden dunkelgrün ist, habe ich am meisten mit dem Abrieb zu tun. Oft muß ich einer einzigen Partikel minutenlang flattieren, bis sie mit Klick durch die Saugspalte schießt. Wenn ich im obersten Gang mit Saugen anfange, müssen die Türkinnen die Zimmer schon gemacht haben. Die Türkinnen tun die Putzarbeit mit einem erschütternden Ernst. Und dieser furchtbare Stolz, mit dem sie von der Tür aus auf eine erreichte Sauberkeit hinweisen. Sezer, die im Winter im Haupthaus und im Sommer herüben arbeitet, sagt: Wegen einem Floh verbrennt der Türke sein Bett. Aber wenn ein Abfluß verstopft ist, holen sie doch mich. Dann renne ich mit *Rohrfrei* und mache ein Rundschreiben, in dem ich, *aus gegebenem Anlaß*, an den Punkt 14 der Hausordnung erinnere. Die Türkinnen lassen sogar die Spinnen leben. Sie würden sie leben lassen. Aber unsere Gäste beschweren sich über jedes Netz. Kopfschüttelnd zerquetschen die Türkinnen die Spinne und zerstören das Netz. Befriedigt sieht der Gast aus Reutlingen zu.

Nachmittags trage ich den Einkauf ein, erledige den Schriftwechsel, hefte die Belege ab, fülle die Anweisungen aus. Meine Grube ist mir zugeschüttet worden. Eine Schuld an Michels Tod konnte mir nicht nachgewiesen werden. Die am Rand abgestellte Schuhschachtel und Spuren auf der Leiter wiesen darauf hin, daß Michel sich sozusagen freiwillig in das Wasser meiner Grube gelegt hat. Natürlich mußte auch der Polizeibeamte fragen, wonach ich da eigentlich gegraben hätte. Ich zuckte nur mit den Achseln. Das kam mir selber kindisch vor. Aber ich war nicht darauf vorbereitet, mit einem fremden Menschen über meine Grube zu sprechen. Immerhin hatte sie sich jetzt schon brauchbar erwiesen für einen Selbstmord. Bis nach Hampstead-London war Michel gefahren und wieder zurück, und nirgends hatte er offenbar eine Grube gefunden, die so praktisch war. Heinrich Müller tat natürlich empört. Ausgerechnet er. Einen Schaufelbagger ließ er anrücken, der den weichen Weg und den noch weicheren Rasen verwüstete und alles, was ich in Wochen ausgegraben hatte, in 2 Stunden zuschüttete. Heinrich Müller stand ununterbrochen dabei und grinste ununterbrochen, als würden ihm 2 Stunden lang ununterbrochen und vor einer großen Menge von Zuschauern die tollsten Komplimente gesagt. Ich sah vom Büro aus zu. Aber so, daß Müller, der sich dann und wann umdrehte, mich nicht entdecken konnte. Am liebsten hätte ich hinuntergerufen zu ihm: *Meine* Frau ist wenigstens wieder da, jawohl!

Männliche Schübe sind schwerer im Haus zu halten. Weibliche bleiben zwar im Haus, halten die Ruhezeiten besser ein, kommen abends nicht nach 10 (samstags 11), aber es ist dafür schwerer, den Frieden unter ihnen zu wahren. Und es gibt eine Schar Einheimischer (darunter inzwischen auch schon Italiener und Spanier u.s.w.), die haben sich auf die wechselnde weibliche Belegschaft spezialisiert. Die dringen in den frühen Abendstunden in den Garten ein, pfeifen oder summen gezogene Melodien, klemmen Gänseblümchen zwischen die Zähne, wiegen mit dem Oberkörper hin und her, versuchen absolut einen träumerischen oder romantischen Eindruck zu machen oder stoßen einfach geile Schreie aus. Wenn ich sie aus dem Garten verjage, warten sie draußen vor dem Tor, bis die Mädchen und Frauen hinauskommen und ihnen praktisch in die geöffneten Arme laufen. Jede, die hierherkommt, weiß schon, daß draußen die Abschlepper warten. Wie ich hörte, hat mein Vorgänger Kops die frisch gewaschenen Stenze des öfteren mit der Hundepeitsche vom Trottoir draußen vertrieben. Auch nachts soll er im Sommer mit der Hundepeitsche durch den Gästehausgarten und am Gästehausstrand entlang gestreift sein, um herumliegende und in einander verkrallte Pärchen auseinanderzutreiben. Ich kann das nicht. Ich kann das nicht. Inzwischen sage ich, wenn ein neuer Schub kommt, nicht einmal mehr mein Hausordnungssprüchlein. In jedem Zimmer ist die Hausordnung angeschlagen. Auf dem Tisch eines jeden Zimmers können die gerade Angekommenen lesen: *Die Blomichsche Ferienverwaltung begrüßt Sie herzlich im Gästehaus Blomich. Sie wünscht Ihnen gute Erholung und Zufriedenheit. Es wird empfohlen, den Aufenthalt wirklich zur Erholung zu nutzen. Es wird wesentlich von Ihrem Willen und Verhalten abhängen, ob Ihre 14 Tage einen Erholungserfolg zeitigen werden. Wenn SIE sich an die Hausordnung halten, garantieren WIR Ihnen den Erholungserfolg. Im Auftrag der Blomichschen Ferienverwaltung Ivo Kops.* Aber es gibt Punkte dieser Hausordnung, die schwer durchzusetzen sind. Punkt 8 *(Das Waschen und Trocknen von Wäsche u.s.w., sowie die Benutzung von elektrischen Bügeleisen, Tauchsiedern u.s.w. in den Zimmern ist strengstens untersagt.)* kann ich bei den Weiblichen so wenig durchsetzen wie bei den Männlichen

Punkt 9 (*Gegenseitige Besuche auf den Zimmern, sowie das Spielen um Geld sind nicht gestattet.*). Punkt 4 (*Laute Unterhaltungen auf Fluren und Treppen sind zu unterlassen, besonders auch abends auf den Balkonen und vor dem Haus.*) ist bei Männlichen und Weiblichen gleich schwer durchzusetzen.

An manchen Tagen kommt dieses Frösteln an den Armen nicht vor. Dann ist es plötzlich wieder da. Ich sitze dann möglichst bewegungslos, weil es unangenehm ist, wenn die Wäsche an den fröstelnden Armen reibt. Dann setze ich mich neben Guido vor den Fernsehapparat und überlasse mich wie er dem Anschauen des durchfallenden Bildes. Guido bemerkt mich nicht oder er hat nichts dagegen, daß ich mich neben ihn setze. Das ist tatsächlich sehr angenehm. Und je länger man sitzt, desto angenehmer wird es. Ich spüre das Frösteln viel weniger. Eine Art Verzückung oder Entrückung tritt ein oder beherrscht einen oder reißt einen hin. Alissa will uns immer verjagen. Guido soll sich auf das Abitur vorbereiten. Erstaunlich, wie rasch Alissa sich wieder eingestellt hat auf das Weitermachen. Sie hat noch so gut wie keine Kraft, aber schon wieder Willen genug für andere. Für Guido reicht ihr Wille noch nicht. Er bleibt sitzen. Ich weiche aus, geh ins Büro, schließe ab, lasse das Schreibmaschinentonband laufen und lege mich auf die Couch.

In diesem 1. Schub gab es Schwierigkeiten mit einer Arbeiterin, die immer ohne BH zu den Mahlzeiten erschien. Eine Abordnung von 5 jungen Frauen kam zu mir und meldete Protest an. Sie beriefen sich auf die Hausordnung, Punkt 3 (*Mit Rücksicht auf die übrigen Gäste und auf den Charakter des Hauses, bitten wir Sie, zu den Mahlzeiten n u r in korrekter Kleidung zu erscheinen.*). Und Kommunistin sei sie auch. Ich sagte, ich werde mit Fräulein Frohwein sprechen. Ich sprach mit ihr. Sie sagte, sie sei, auch ohne daß sie unter Pullover oder Bluse den BH trage, korrekt gekleidet.

Die Partei ihrer Gegnerinnen mobilisierte die Mehrzahl der Mädchen und Frauen gegen dieses Fräulein Frohwein. Sie rührten die Suppe nicht an. Fräulein Frohwein aß ganz allein. Alle sahen ihr zu. Als sie gegessen hatte, verließ sie den Speisesaal, die anderen sahen hinter ihr her, dann standen sie auf und verließen den Speisesaal, ohne gegessen zu haben. Also sprach ich noch einmal mit Fräulein Frohwein. Sie heulte. Aber sie sagte, sie könne nicht nachgeben. Mir wurde gemeldet, sie rauche auf ihrem Zimmer. Ich stellte sie zur Rede. Sie sagte, sie könne nicht wegen jeder Zigarette ins Souterrain rennen, abgesehen davon, daß die Luft in diesem sogenannten Aufenthaltsraum zum Schneiden sei. Die anderen beobachteten jeden Schritt dieses Mädchens und meldeten, was zu melden war. Wann ihr Schlepper sie zurückbrachte, wann sie das Licht löschte, daß sie Strümpfe auf dem Zimmer gewaschen hatte, daß sie schon wieder nicht beim Frühstück gewesen sei, daß sie schlecht gekämmt zum Frühstück erschienen sei, daß sie einen Körpergeruch habe, der einem den Appetit verschlage u.s.w. Ich mußte Fräulein Frohwein bitten abzureisen. Dem Erholungserfolg der Mehrzahl zuliebe. Man nennt das: einen zurückschikken. Lissa beschimpfte mich. Aber Alissa fand auch, daß das die einzige Möglichkeit sei. Das Komitee der Siegerinnen überreichte mir, einen Tag nachdem Fräulein Frohwein das Haus verlassen hatte, einen Strauß fettroter Tulpen. Ich bedankte mich. Ich hatte nicht gewagt, Fräulein Frohwein selber zum Bahnhof nach Lindau zu fahren. Elmar tat es für mich. Ich hatte ihr bei der Verabschiedung tief in die Augen geblickt und sie gebeten, für meine Lage Verständnis zu haben. Der Erholungserfolg der Mehrzahl, den die Firma dafür verlange, daß sie das alles bezahle, sei das Ziel, dem ich alles andere unterzuordnen habe. Ich wünschte ihr alles Gute, sie könne sich darauf verlassen, daß meine Mitteilung an die Personalabteilung in Reutlingen nicht zu ihren Ungunsten ausfalle. Ich scheiß auf Ihre Mitteilung, sagte sie und ließ mich stehen. Offenbar hatte sie noch nicht daran geglaubt, daß sie tatsächlich zurückgeschickt werde. Sie hatte noch gehofft. 8 Tage später kriegte ich einen Brief von ihr. Es tue ihr leid, daß sie zum Schluß noch aus den Latschen gekippt sei. Das Zurückgeschicktwerden habe sie eben doch unheimlich geschlaucht, inzwischen habe sie's hinter sich und sie finde die Kolleginnen jetzt eher bedauernswert. Mit sozialistischem Gruß Annelies Frohwein. Am vorletzten Abend ist immer eine Abschiedsveranstaltung, an der Alissa und ich teilnehmen, um zu erfahren, ob es den Gästen gefallen habe. Meistens werden dann Verse vorgetragen über Vorfälle während der Erholungszeit. Diesmal war natürlich der Sieg über das Mädchen, das keinen BH tragen wollte, das wichtigste Thema für die Verse der Mädchen und Frauen. Mir wurde nachgerühmt, ich hätte mich, obwohl es mir nicht leicht gefallen sei, doch durchgerungen, diesen bloßen Busen aus dem Haus zu weisen u.s.w. Ich schaue heute besonders oft zu den Gipfeln hinüber, deshalb kommt es mir vor, ich sei schon dabei, auf allen vieren das Rheintal hochzukriechen, und an mancher Fluß- und Talbiegung hätte ich Angst, den Kopf nicht mehr durchzubringen. Eines Tages muß ich hinein und hinauf. Sobald die Familie mitgeht wie von selbst.

Der 2. Schub waren Männliche. Wenn einer dabei ist, der meutert, können die 14 Tage zur Hölle werden. Und einer ist fast immer dabei. Der steckt dann ein paar andere an, und los geht der Zauber. Ein paar Besonnene mahnen zur Vernunft, das reizt die Lackel zu noch lauterer Unvernunft. Ich werde geholt. Ich soll die Hausordnung durchsetzen. Konrad Schnell hieß der Anführer diesmal. Ein Arbeiter, einsneunzig, schwarzer Schnurrbart, eine starre Haarwoge, die frechsten Augen des Kontinents, noch keine 30, ein Teufel. Warum der in Erholung geschickt wurde, wußte er sicher selbst nicht. Er brauchte nur den Daumen zu lecken, dann lachte schon der halbe Speisesaal, weil das immer der Auftakt zu irgend einem Blödsinn war. Entweder blies er dann einen Präservativ auf und rannte damit Lissa oder einer der servierenden Türkinnen nach, oder er forderte auf, vor dem Essen ein Tischgebet zu sprechen, und wenn alle standen, begann er: Es geht ein Gespenst um in Europa, Jeden Nachmittag fuhr er mit seinem VW weg. Das war verboten. Laut Hausordnung mußten mitgebrachte Autos während des Erholungsaufenthalts auf dem Parkplatz stehen bleiben. Wegen des Erholungserfolgs. Ausnahmen konnten genehmigt werden. Aber Konrad Schnell fragte erst gar nicht. Und er nahm jedesmal mindestens 4 andere mit. Und sie kamen nachts heim, wenn es ihnen paßte. Sie waren nicht laut, aber ein paar Angestellte schrieben genau auf, wann sie zurückkamen, und überreichten mir die Zeiten mit ihren Unterschriften. Der Initiator der Gegenbewegung war Herr Lämmle, Betriebsingenieur, Diät II, Magenschleimhautentzündung. Bei uns heißt sie die Abteilungsleiterkrankheit. Herr Lämmle ist uns auf der Liste mit 3 Sternchen angekündigt worden. Das heißt, er muß ein Südzimmer bekommen und einmal in der Woche 1 Flasche Rotwein aufs Zimmer. Ich ließ also den Schnell zu mir bitten. Er ließ mir sagen, wenn ich was wolle von ihm, wisse ich ja, auf welcher Bude er zu finden sei. Ich ging hin. Er war beim Kartenspielen. Kartenspielen in den Zimmern ist, laut Hausordnung, verboten. Ich übersah die Karten. Tut mir leid, sagte ich, aber das Auto müssen Sie stehen lassen. Sie haben, bevor Sie hierher kamen, unterschrieben, daß Sie sich an die Hausordnung halten würden. Ich wies ihn darauf hin, daß 2 mal während des Aufenthalts Gelegenheit gegeben sei, mit der Firma Litz einen Omnibus-Ausflug zu unternehmen, und die Auswahl sei groß, 4-Pässe-Fahrt, Königsschlösser, Vierwaldstätter See, Montafon, Säntis u.s.w. Er lachte. Das sei ihm klar, daß ich da scharf drauf sei, dem Litz die Busse zu füllen, weil ich da ja die Prozente einsteckte, aber dafür lasse er sich nicht durch die Gegend karren. Ich spielte den Beleidigten und schlug die Tür zu. Für diese Unterstellung, ließ ich ihm ausrichten, habe er sich bei mir zu entschuldigen. Prozente! Natürlich versuchten die Geschäftsleute der Gegend einem diese oder jene Kleinigkeit zu schenken, um sich als Lieferanten zu empfehlen, aber zu richtigen Prozenten war es noch nicht gekommen. Da er sich weder entschuldigte, noch seine Tag- und Nachtfahrten einstellte, sah ich mich, von der Angestelltengruppe beharrlich gemahnt, schließlich gezwungen, den Hausherrn hervorzukehren. Ich verpfropfte eines Abends die Haustür und die Zimmertüren derer, die sich Schnell angeschlossen hatten, mit Steckschlössern.

Gegen 1 Uhr nachts kamen sie zurück und fingen an, gegen Fenster und Türen zu trommeln. Überall gingen die Lichter an. Herr Lämmle hatte seine Gruppe schon auf seinem Balkon und den angrenzenden Balkons versammelt und befahl nun von seinem Balkon zu allen anderen Balkons hinüber und hinauf, daß jede Hilfeleistung für die Störer zu unterlassen sei. Man habe abzuwarten, was der Heimleiter unternehme, um der mutwillig verletzten Hausordnung wieder zur Geltung zu verhelfen.

Die Nacht war kalt. Alissa sagte: Du mußt etwas tun. Ich ging hinunter und öffnete. Herr Lämmle rief: Wir protestieren. Von allen Balkons wurde er mit Jawohljawohl unterstützt. Schnell und seine Kumpel zogen lachend ins Haus ein wie Sieger. Alissa strich mir rasch über den Kopf, als ich wieder neben ihr lag.

Am Morgen blieb ich liegen. Draußen ein Frühjahrslicht so scharf wie Glas. Der Wind dröhnte in den Bäumen. Nordnordost. Der treibt das Wasser fort. Alissa kam herauf und fragte, was los sei. Ich antwortete zuerst nicht, dann dachte ich an ihren Zustand und sagte, ich käme gleich. Wenn sie einmal ihren Medikamentenplan um ein weniges verfehlt, sitzt sie gleich auf einem Stuhl und kann sich vor Weinen nicht mehr helfen. Als sie wieder draußen war, spürte ich, daß ich nicht aufstehen konnte. Ich hatte Angst. Vor dem Licht. Vor Konrad Schnell. Vor Herrn Lämmle. Vor Heinrich Müller. Vor Reutlingen. Vor Blomich. Da kam auch schon Lissa und sagte, Herr Lämmle warte mit 3 weiteren Herrn im Büro auf mich. Also stand ich wieder einmal wider besseres Wissen auf und ging hinunter. Ich beneidete Edmund und Elmar. Edmund lag sicher noch im Bett. Und Elmar, wenn er nicht mehr im Bett lag, saß mit dem türkischen Ehepaar hinter dem Haus und ließ das Messer über die Karotte rauschen. Herr Lämmle überreichte mir eine Liste mit 47 Unterschriften. Zu meiner Unterstützung, sagte er. Daß ich energischer durchgreifen könne. Jede Nachgiebigkeit mache diese Radikalen ja nur noch frecher. Herr Lämmle forderte mich auf, den Schnell zurückzuschicken. Ich kann doch nicht schon wieder einen zurückschicken. Aber das konnte ich Herrn Lämmle nicht sagen. Wenn Schnell aus dem Hause sei, sei sofort Ruhe, also hinaus mit dem Schnell. Mit 47 Unterschriften sei die Heimleitung gedeckt gegenüber Reutlingen. Und unterbaute das mit dem Hinweis, daß er Betriebsrat sei und ein Mitglied der SPD. Ich sagte, daß ich überlegen würde, was da zu tun sei. Aber nicht zu lang, sagte er, sonst müßten er und seine Freunde selber für Ruhe und Ordnung sorgen, da sie nicht gewillt seien, den Erholungserfolg von einer pöbelhaften Bande in Frage stellen zu lassen. Ich stimmte ihm so herzlich und in seiner Tonart zu, daß er mich wieder für einen Verbündeten hielt. Heute nacht, als ich die Rowdies so einfach eingelassen hätte, habe er an mir gezweifelt, bekannte er. Ich suchte Konrad Schnell auf. Ich möchte mit Ihnen sprechen, sagte ich. Sie können mit mir überhaupt nicht sprechen, sagte er, Sie sind ein Funktionär des Besitzers, wenn Sie reden, spricht der Besitzer, und was der Besitzer sagt, weiß ich schon, also sparen Sie sich die Mühe. Es gehe um den Erholungsaufenthalt. Hier die Liste. Er sah sie sich an. Solange ich mich dazu hergäbe, eine solche Hausordnung zu vertreten, solange also Unterschriftensammlungen nur bewiesen, daß es mir, bzw. dem Besitzer, gelinge, diese miese, diese beschissene, diese Sklavenhalterhausordnung den armen Opfern als in ihrem Interesse verfaßt zu verkaufen, solange die Diskussion nur über die Verletzung der Hausordnung geführt werde und nicht über das, was durch diese Hausordnung andauernd und systematisch und vorsätzlich verletzt werde, solange werde er fortfahren, die Erholungszeit hier, die er auch lieber dazu nutzen würde, sich von seiner an der Rotor-Conche geholten Gehirnerschütterung zu erholen, zum Kampf gegen diese unannehmbare Hausordnung zu nutzen. Als Sozialdemokrat habe er gar keine andere Wahl. Dann müsse ich ihn zurückschicken, sagte ich. Bitte, sagte er, aber mit ihm verließen das Haus dann 12 Kollegen. Ich suchte Herrn Lämmle auf. 12 Kollegen, Herr Lämmle, mit Schnell 13! Herr Lämmle sagte: Der blufft. Keiner geht mit ihm. Lassen Sie sich nicht bluffen. Bleiben Sie konsequent. Und wenn er es trotzdem schafft, 12 Kollegen zu überreden? Diese Scheiß-Hausordnung! Alissa, hab ich nicht immer gesagt, daß diese Hausordnung nichts taugt! Man könnte das wenigstens anders formulieren. Ich fragte Edmund. Er lag nackt im Bett. Sofort setzte er sich auf, zog sich an, ging auf und ab und redete. Er war glücklich. Endlich brauchte man ihn. Er redete auch nicht gleich seine neueste Platte. Er sagte nicht: Wir müssen die Hausordnung noch terroristischer machen, um die Verhältnisse, die sie ausdrückt, noch unmißverständlicher zur Erscheinung zu bringen. Er sagte: Du brauchst eine Basis, sonst machen der Schnell und der

Lämmle und seine Gruppe 47 mit dir, was sie wollen. Egal, was du denkst, egal, wer da recht hat, du hast das Recht auf Selbstverteidigung, du mußt ja auch sehen, wo du bleibst. Das hier ist dein Posten, deine letzte Position, wo willst du denn hin, wenn du hier fliegst? Soll doch der Schnell seinen Klassenkampf in Reutlingen treiben, hier herrschen der Rhododendron und die Ruhe, das ist ein Erholungsheim, ein Erholungsgebiet, auch Klassenkämpfer brauchen Erholung...

Moment, sagte ich, das mit der Basis, Edmund, wie meinst du das?

Ja, die brauchst du. Die gibt es. Du mußt dir nicht weismachen lassen, daß unter 70 Leuten alle entweder Reaktionäre oder Demokraten sind, niemals! Red mit den Leuten! Da sind mindestens 35 darunter, die ihre Ruhe haben wollen, solange sie hier sind, die auch mal 'n Auge zudrücken, wenn der Schnell seinen Jokus macht, die natürlich auch dem Lämmle die Unterschrift geben, die sie aber, wenn du ihnen klar machst, daß das Ärger bedeutet, auch wieder zurückziehen. Ich mach das für dich, wenn du einverstanden bist, ja? Als dein Sekretär, verstehst du.

Jetzt war ich auch glücklich. Edmund zauberte Manschettenknöpfe in Form goldener Pyramiden aus einer alten Nachttisch-Schublade, wählte nach kurzem Nachdenken von 3 Parfüms das dunkelste, tupfte das hinter die Ohrläppchen, steckte noch 3 Ringe an, wovon einer einen goldgefaßten wässerig violetten Stein in Form eines langgezogenen Zwetschgenkerns hatte – der reine Damenring also –, salbte sich die Hände mit Creme und trippelte los zur politischen Handlung. Ich ging in mein Büro, legte mich auf die Couch und schaute zur Decke. Das Tonband lief. Wenn ich doch nur noch die Arbeit in meinem Schacht gehabt hätte. Mittags traf der Brief von der Schule ein, in dem mir mitgeteilt wurde, daß Drea jetzt endgültig empfohlen werden müsse, die Schule zu verlassen, da ihre Passivität einen Grad erreicht habe, der für die Lehrer ganz unerträglich und für die Mitschüler ernsthaft gefährlich sei. Ich zeigte den Brief zuerst Lissa. Sie biß sich in die Unterlippe. Nach dem Essen, beim Kaffeetrinken, zeigte ich ihn Alissa. Sie las, dann schluckte sie hastig zweimal hintereinander.

Ich nahm den Brief, ging rauf zu Drea, machte laute Geräusche vor der Tür, weil ich immer Angst hatte, sie bei einem grauenhaften oder lächerlichen Ritual zu überraschen, öffnete die Tür voller Angst, weil drin die Matthäus-Passion so laut lief, daß meine Warngeräusche nicht gehört worden sein konnten. Drea saß mit nacktem Oberkörper im Diamantsitz auf einem ausgebreiteten weißen Schleier, um sie herum standen in mehreren grell bemalten Blumentöpfen dicke brennende Kerzen. Drea saß völlig reglos. Ich bewegte vor ihren Augen den Brief durch die Luft. Nach einiger Zeit drehte sie den Kopf zu mir herauf, erkannte mich, zog die Brauen ein wenig hoch, lächelte wie jemand, der trotz Schmerzen lächelt, rührte sich im übrigen aber nicht. Ich brachte den Brief wieder vor ihr Gesicht. Sie griff nicht danach. Da ich den Brief nicht mehr weiter bewegte, sie den Kopf zu mir heraufgedreht hielt, ich zu ihr hinunterschaute, wurden wir zu einer starren Gruppe, vom Lautsprecher überspült mit dem Gesang: *Komm, süßes Kreuz, so will ich sagen, mein Jesu, gib es immer her.* Da fiel mir ein, daß morgen ja Karfreitag war. Ich steckte den Brief ein und ging in mein Büro, schloß zu und legte mich unter dem, was mein Tonband hergab, auf die Couch. Meine Zunge tippte langsam gegen die oberen Zähne und dabei dachte ich mir lange nichts als diesen Laut: lall-lall-lall-lall-lall-lall-lall-lall.

Während eines guten Mittagessens, bestehend aus 4 Gängen allmählich im Moor zu versinken, das wäre für die ganze

Familie die beste Lösung. Aber sicher fehlte dann wieder Philipp, der immerzu mit der Serviette überm Arm herumrennt, Verbeugungen macht und Floskeln schwätzt wie ein 60jähriger Ober, wo er die bloß herhat. Auch daß er immer Blusen und Unterwäsche seiner Schwester tragen will, macht mir Sorge. Er hat schon, sagt Alissa, zum Trocknen aufgehängte BH's gestohlen. Und überall stößt man auf seltsame Lager, die nur er angelegt haben kann: Streichholzschachteln, Nußschalen, Lippenstiftbehältnisse, Füllerhülsen, Cremeschachteln, jede Art von Ringen, jede Art von Schlüsseln, Lockenwickel, Puppenbeine, Puppenrümpfe, Spraydosen, Spiegel u.s.w. Immer nur eine Sorte, und davon dann immer gleich eine Menge. Also nie ein Lockenwickel bei einem Spiegel, sondern 40 Lockenwickel in einer mit Folie tapezierten Erdhöhle und 30 Spiegel in einem Leinensäckchen im Keller. Die Gäste merken sehr schnell, daß er alles sammelt, also überschütten sie ihn förmlich mit solchem Kram. Und er bringt es nicht fertig, auch nur das Mindeste davon wegzuwerfen. Und wehe, wenn jemand von uns eines seiner Lager berührt. Er wirft sich dann zu Boden und beißt in seine Finger und krümmt seinen Körper nach hinten, daß man befürchtet, er breche jetzt gleich ab. Andererseits ist unvorstellbar, wie wir alles, was er noch sammeln will, unterbringen sollen. Das Schlimmste: er vergißt nichts, was er irgendwo gelagert hat. Da ich mir nicht vorstellen kann, daß er das alles im Kopf behält, nehme ich an, er führe genau Buch. Mir ist er, lippenlos und schwer kurzsichtig, von unseren Kindern das drohendste. Er läßt überhaupt nicht mit sich reden. Jeden Versuch dazu beantwortet er mit Theater. Er hat zur Abwehr einen unerschöpflichen Vorrat von Verbeugungen, Handbewegungen, ausgedienten Floskeln. Noch keine Sekunde habe ich ihn unverstellt erlebt. Wenn ich ihn bei seinen Tannenzapfen antreffe und, so beiläufig wie überhaupt möglich, sage: Hast du Lissa gesehen? springt er auf und verneigt sich pagenhaft und sagt im graziösesten, also unpassendsten, also im reinen Zitierton: Bin ich der Hüter meiner Schwester?! und verneigt sich wieder und bückt sich und zählt weiter seine Zapfen: 56, 57, 58, 59, 5 Dutzend. In der Schule sind sie ihm gegenüber so hilflos wie wir zuhause. Er läßt sich nicht fassen. Man hat mir gesagt, daß nur noch die Sonderschule bleibe, wenn es nicht bald gelinge, ihn zu direkten, brauchbaren, normalen Antworten auf das Lehrangebot zu bewegen. Von Gleichaltrigen zieht er sich durch solches Benehmen fast nur Prügel zu, deshalb meidet er sie. Also ohne ihn dürften wir nicht ins Moor sinken, das ist klar. Ich habe auch Angst, daß Edmund sich seiner bemächtigen könnte. Immer wieder mal renn ich plötzlich in den Dachboden hinauf und trete, ohne anzuklopfen, ein. Ich würde Edmund erwürgen.

Abends trat Herr Lämmle ein, noch hellgrauer im Gesicht als sonst, und schrie mich schon von der Tür aus an. Er lasse sich nicht von mir an der Nase herumführen. Mit einem Mann, der sein Wort breche, verhandle er nicht mehr. Ins Gesicht hinein habe ich ihm schön getan und dann sei ich ihm kaltblütig in den Rücken gefallen. Auf seinen Lippen hafteten kleine zähe Spuckebläschen, die sich auch vom heftig redenden Mund nicht mehr abschütteln ließen. Seine Hände zitterten. Er griff nach der nächsten Stuhllehne, weil er offenbar vermeiden wollte, daß ich ihn so zitternd sähe. Oder griff er diesen Stuhl als Waffe? Ich habe einiges erlebt mit diesen Typen aus den Fabriken, besonders wenn sie so zwei messerscharfe Falten auf die Mundwinkel hin haben wie Lämmle. Edmund hatte also seine Basis-Bildung ganz offen gegen Herrn Lämmle, auf Kosten von Herrn Lämmle betrieben. Mit immer noch zitternden Händen zog Herr Lämmle ein Blatt aus der Tasche, entfaltete es und las vor, welche ehrenrührigen Wendungen meine Kreatur (so

nannte er Edmund) gebraucht hatte: Nazi, Faschist, Ein-
peitscher, law-and-order-Hengst, Schleimhautmärtyrer,
Kapitalistenknecht, Edelschurke, Paperface, Anstandswau-
wau, Moralheini, Amateurbulle. Er habe mir, sagte Herr
Lämmle keuchend, seine Hilfe angeboten, aber wenn ich
Kampf wolle, könne ich Kampf haben. Und daß das ein
Nachspiel in Reutlingen haben werde, sei wohl klar.
Später kam Edmund und setzte sich kopfschüttelnd und
hörte nicht mehr auf, den Kopf zu schütteln. Das sah eher
nach einer Nervenkrise als nach Verwunderung aus. Er
gebe seinen Auftrag zurück. Dieser Schnell sei ein ganz
gefährlicher Typ. Du weißt, was wir mit Abwieglern tun,
habe er zu Edmund gesagt. Edmund sagte: Entschuldige,
daß ich passen muß, ich hab es wirklich versucht, aber diese
Arbeitnehmer haben nie mit Demokratie zu tun gehabt,
Familie, Schule, Fabrik, eins schlimmer als das andere,
denen fehlt schlicht das Erlebnisvermögen, verstehst du,
denen kannst du die eleganteste Lösung der Welt servieren, die erleben das nicht, verstehst du, also ich hab's
wirklich probiert, aber ich glaube, ich kann dir da nicht
helfen, verstehst du, deshalb ist es besser, ich lass' die
Finger da raus, ich halt das einfach für vernünftiger als
daß ich da rumpfusch und am Ende verderb ich dir noch
was, verstehst du. Ich hätte ihn am liebsten geschlagen.
Aber da hätte ich genau so gut mich selber schlagen
können.
Draußen Schritte, Stimmen, heftiges Klopfen. Noch einmal
Lämmle, diesmal aber mit einem Anflug von wirklicher
Gesichtsfarbe, direkt belebt sah er aus: So, rief er, so, jetzt
haben wir den Salat, jetzt ist das Kind im Bach, jetzt bin
ich nur noch gespannt, wie Sie sich aus dieser Predouille
herauswinden wollen, und immer trifft es die Besten, Berthold Traub, wer ihn kannte, der kann es kaum fassen, der
steht fassungslos vor dieser Tat, aber unter diesen Bedin-

gungen ist das kein Wunder, da müßte einer ja Nerven aus Stacheldraht haben, wenn einer diesen Erholungsaufenthalt gesund überleben wollte, wer hier die Nerven nicht verliert, der hat keine!

Also, ein älterer Arbeiter, d. h. ein 46jähriger Arbeiter, war drunten am Strand tot gefunden worden. Selbstmord. Er hieß Berthold Traub. Neben ihm fand sich ein beschriebenes Blatt. Herr Lämmle und ich lasen es gleichzeitig.

Hier ist es mir bewußt geworden. Ich kann nicht mehr zurück. Und das ist das schönste Gefühl, das ich jemals hatte. Wenn ich daran denke, daß ich nach der Erholung wieder zurück müßte in den Betrieb, ist es sofort weg. Wenn ich daran denke, daß ich nicht mehr zurück muß, ist es sofort wieder da. Es ist ein unheimlich schönes Gefühl. Wie wenn man sich ausstreckt. So nimmt also ein Fabriklerakkordarbeiterleben ein Ende. Übrig bleibt mein lieber Lebenskamerad, die Hermine. Sie war mir ein lieber und treuer Mensch, mit dem es sehr schön war zu leben. Aber einmal hat alles ein Ende. Wenn ich eine Zeitvorgabe erhalte, welche 1 bis 2 Mal zu niedrig ist, so geht das schon eine Zeit lang. Wenn es ein Dauerzustand wird, so ist nach einer gewissen Zeit das Maß mehr als voll. Von Natur aus ohne Lug und Trug, konnte ich es nicht über mich bringen, einen Schwindel mit der Zeitkarte vorzunehmen, um so doch noch zwischenhinein einen guten Akkord zu haben. Und so kam es, wie es kommen mußte. Das Ende wird einsam, aber kurz sein. Daß der Herrgott mich deswegen zur Rechenschaft zieht, glaube ich nicht. Viel eher jene, welche durch zunehmenden Materialismus es so weit kommen ließen. Meister B. und Abteilungsleiter Z. waren stets gerecht, und ich glaube, daß sie auf die Kalkulationsmachenschaften keinen Einfluß hatten. Hermine soll wissen, daß ich ruhig bin. Nur kann ich mich jetzt nicht mehr an sie wenden, dann schaff ich's nicht. Hermine soll meine Wachstuchhefte besser nicht lesen. Was ich da manchmal hineingeschrieben habe, hat keinen Wert. Es war nur nötig für mich. Ich hätte es sonst nicht so lange ausgehalten. Ich mußte mich abends irgendwie wieder herstellen. Einen letzten Wunsch habe ich auch noch: man soll Hermine erklären, daß ich von ihr nicht mehr angeschaut werden möchte, weil ich in ihrer Erinnerung nicht mit dem zerschossenen Kopf weiterleben will. Berthold Traub.

Ich konnte es mir nicht versagen, Herrn Lämmle, als er aufschaute, einen fast triumphierenden Blick zuzuwerfen. Aber auch er sah mich triumphierend an. Ich schaute sofort zu Boden.

Lissa rief nach mir. Und zwar in dem durch und durch gehenden Ton, der in dieser Familie üblich ist, auch dann, wenn einer den anderen nur an die Haustüre ruft, daß man beim Briefträger einen Einschreibebrief in Empfang nehme. Aber da der Rufende ja jedes Mal in der höchsten Not sein könnte, die sein Ton signalisiert, rennt man jedes Mal wie zur Katastrophe. Ans Telephon, hieß es diesmal. Na und? Rosa, aber ganz dringend, es ist etwas Furchtbares passiert. Ich nahm den Hörer.

Setz dich mal zuerst, sagte Rosa, ich muß dir was vorlesen, aus der Zeitung, ich nehme an, Du liest ja den Wirtschaftsteil nicht, hast Du Glücklicher auch nicht nötig, also paß auf: *Hat der große Schweiger Hintermänner? Nach Blomichs großem finanziellen Engagement in Sachen Trux, Berlin, begann die Branche im vergangenen Herbst zu rätseln, ob der große Schweiger nicht längst in die Abhängigkeit von amerikanischen Interessenten geraten sei. Die deutschen Süßwarenhersteller hatten erstmals im vergangenen Jahr aufgehorcht, als der US-Mischkonzern Foremost - Mc Kesson in San Franzisko bei der amerikanischen Börsenaufsichtsbehörde SEC in Washington den Kauf der zur Blomichgruppe zählenden Kölner Firma Cross meldete.*

Blomich hatte das konkursreife Unternehmen erst 1968 er-
worben. Was Blomichs deutsche Konkurrenten stutzig
machte, war der Preis, den die US-Bosse laut Eintragung
für Cross zu zahlen bereit waren: rund 140 000 Zwei-Dol-
lar-Aktien des Konzerns, zum damaligen Kurs umgerech-
net 12 Millionen Mark. Das Kaufobjekt hatten Branchen-
kenner zum Zeitpunkt des Übergangs an Blomich kaum
höher als mit 2 Millionen Mark bewertet. Man munkelte,
Blomich sei dabei, seine ganze Gruppe an die Amerikaner
zu verkaufen. Blomich selber ließ dementieren. Jetzt wird
bekannt, daß der New Yorker Biskuit-Konzern Nabisco,
größter Dauerbackwaren-Hersteller der Welt, der die Fir-
men XOX in Kleve und Trüller in Celle übernahm und
sich in die Hannoveraner Pralinenfabrik B. Sprengel u. Co.
einkaufte, schon vor Jahresfrist eine 49prozentige Beteili-
gung an der Blomich-Gruppe erwarb und die gerade jetzt
zu einer soliden Mehrheit von 75% ausgebaut habe. Man
vermutet, daß das dem Einfluß des Blomich-Schulfreunds
und Finanzintimus Sir Siegmund G. Warburg zuzuschrei-
ben ist, dem es ja bekanntlich gelungen ist, sogar British
Aluminium den Amerikanern (Reynolds Metal) in die
Hände zu spielen. Die Old Freddies der Londoner City
reagierten darauf mit dem »Aluminiumkrieg«, den aller-
dings die Warburg-Bank gewann. Wird es bei uns zum
»Pralinenkrieg« kommen? Eine Stellungnahme des großen
Schweigers konnte nicht erlangt werden.

Hallo, rief Rosa, hallo, bist Du noch da? Ja, sagte ich. Na,
was sagst Du dazu? Sie meinen also, sagte ich, wir gehören
jetzt den Amerikanern?

Im Haus war es ruhig über die Osterfeiertage. Ich blieb in
meinem Zimmer. Karsamstag, Ostersonntag, Ostermontag.
Ohne Schreibmaschinentonband. Aber am Dienstag begeg-
nete ich doch Konrad Schnell. Ich konnte ihn nicht über-
sehen. Aber er sah mich überhaupt nicht triumphierend an.

Er kam her und gab mir die Hand. Er sagte nichts dazu, aber irgendwie wirkte das, als kondoliere er. Er machte mich also zum Angehörigen von Berthold Traub. Ich konnte vor Überraschung nicht sprechen. Wir standen einen Augenblick zu lang vor einander. Ich hatte gleich wieder weggeschaut. Als ich ihn wieder anschaute, sah ich, daß er mich noch immer anschaute. Er hat wirklich sehr dunkle Augen. Na ja, Mensch. Dann klopfte er mir noch an den Oberarm. Ein bißchen zu fest. Ich sagte wieder nichts. Offenbar habe ich schon zuviel Zeit allein in einem Zimmer verbracht.

Ich erzählte es Alissa und Lissa. Noch mehrere Male erzählte ich es beim Essen, daß Konrad Schnell sich fabelhaft benommen habe beim Selbstmord des Berthold Traub. Mir traten beim Erzählen immer Tränen in die Augen. Zwischen der Lämmle-Gruppe und Schnell und Genossen gab es während der 2. Woche keine Schwierigkeiten mehr. Alle sprachen von Berthold Traub.

Ich hatte Alissa immer noch nichts gesagt von dem Verkauf an die Amerikaner. Da Blomich alles versucht hat, das Grundstück westlich des Haupthauses zu kaufen, wird er jetzt nicht das Gästehaus an die Amerikaner geben. Er will freie Flanken haben. Wahrscheinlich wird er einfach froh sein, daß der Gästehausbetrieb aufhört, daß er auf dieser Seite völlige Ruhe hat. Das heißt, wir werden gar nicht mit verkauft. Wir wären ganz raus aus'm Business.

Ich redete in Gedanken ununterbrochen an jemand hin. Sie haben leicht lachen, sagte ich. Tragen Sie mich mal. Bitte, tragen Sie mich nur mal probeweise, daß Sie mal ne Ahnung haben. So haben Sie ja praktisch überhaupt keine Ahnung. Sie reden nur. Bitte, ich kann Sie nicht zwingen, aber dann reden Sie gefälligst auch nicht mehr, ja! Ich meine, mich an Ihrer Stelle würde es wenigstens interessieren, wie schwer ich bin. Aber Sie reden lieber. Und das fällt natürlich leichter, solange Sie keine Ahnung haben. So gesehen, haben Sie recht, wenn Sie mich nicht tragen. Wenn Sie mich nämlich einmal getragen hätten, dann wüßten Sie, was ich meine, bzw. wiege, dann fiele Ihnen manches, z. B. das Reden, nicht mehr so leicht.

Am Ostermontagnachmittag läutete das Telephon. Die Kölsche. Ob ich rasch mal rüberkommen könne zum Herrn Direktor. Wann? Jetzt gleich, wenn's gehe. Natürlich geht's. In 10 Minuten. Ich nichts wie zu Alissa und ihr gesagt: Liebe, ich habe es nicht gewagt, Dir zu sagen: Blomich hat uns verkauft, an die Amerikaner! So hat's ausgesehen. Aber er läßt mich jetzt rufen, jetzt im Augenblick, ich war kleinmütig. Du gibst zu, daß ich gut daran tat, Dir die Nachricht vom Verkauf des Konzerns zu verheimlichen, Du wärst noch kleinmütiger gewesen als ich, Du hättest Dir gleich das Schlimmste gedacht, gib das zu! Aber jetzt siehst Du's, er läßt mich rufen, am Ostermontag! Persönlicher geht's nicht! Mensch, mir war schon leicht schummrig. Er will also mit mir besprechen, wie's weitergehen soll mit uns.

Und zog mir ein hellblaues Hemd an und band mir eine blaßrote Krawatte mit einem schwierigen dunkelblauen Muster um und zog eine langtaillierte, also schlankmachende Jacke an und kämmte mich und rannte hinüber. Zum Nordeingang hinein, Hochparterre, ich wußte ja sein Büro. Ich klopfte an der Vorzimmertür. Die Kölsche antwortete. Ach, so ein funktionierendes Zusammenarbeiten ist eben doch das Schönste. Drinnen die Kölsche und Maria Grabherr beim Kaffee. Und beide fangen, sobald sie mich sehen, hell und laut zu lachen an. Aprilapril, ruft das ältliche Fräulein Kölsche und wetzt ihre trainierten, harten Zeigefinger aneinander. Maria lacht weniger laut. Sie entblößt lediglich die Zähne. Ja, wieso, frag ich, was ist denn los? Nichts, sagt die Kölsche, außer daß der 1. April ist und wir dachten, da könnten Sie ja auch mal ne Tasse Kaffee mit uns trinken. Jetzt schauen Sie mal, Maria, wie er zusammensackt, Sie sind wohl sehr erleichtert, was, daß der Herr Direktor in St. Moritz ist, möchte mal wissen, warum Sie immer so'n schlechtes Gewissen haben....... Ich verneigte mich noch rasch und war wieder draußen. Alissa wartete auf mich. 1. April, sagte ich und zog meine Jacke aus und stellte den Gürtel wieder um 2 Löcher weiter.

Heute steht in der hiesigen Zeitung:

Nabisco (New York) übernimmt die Blomich-Gruppe.

Ein Bild zeigt Blomich und einen Mann, dessen Gesicht ein senkrecht stehendes Rechteck ist.

Verkäufer und Käufer steht unter dem Bild.

Professor Dr. h. c. Hans Blomich (links) und Paul A. Miller von der Konzernleitung der Nabisco Corp., der in seinem Unternehmen die Stellung eines Executive Vice President-Operations einnimmt. Der Händedruck fand in Blomichs Haus in St. Moritz statt, wo die Kontrahenten eine Serie anstrengender Verhandlungstage hinter sich gebracht haben. Miller betonte in St. Moritz, mit der Übernahme werde für die Blomichgruppe ein weiterer Aufschwung eingeleitet. Nähere Angaben über das, was Nabisco mit der Blomichgruppe vorhat, wurden nicht gemacht. Immerhin wurde betont, Nabisco gestehe seinen Konzerngesellschaften hohe Selbständigkeit zu und sehe darauf, daß jeder Betrieb gewinnbringend arbeitet. Mr. Miller unterstrich ferner, Nabisco sei bemüht, den Mitarbeitern das Gefühl der persönlichen Wertschätzung zu geben. Es sieht so aus, sagte Mr. Miller, als ob Archie G. Powell, der 10 Jahre für Nabisco in Mexiko war, die Leitung der Blomich-Gruppe übernehmen wird.

Inzwischen trafen, per Post, unsere Kündigungen ein. Wegen *Betriebsstillegung*. Am 1. September soll Schluß sein.

Während der Zimmerstunde kam, eine frische Flasche Bier

in der Hand, der Baron herein und fragte, ob er mal telephonieren dürfe. Ortsgespräch. Er rief die Polizei an und sagte, er stehe zur Verfügung, sein Name sei Kreidler, Erwin Kreidler, nee, mit e-i. Offenbar wußte der Beamte damit nichts anzufangen. Dann möge er sich doch, bitte, die Mühe machen, einmal im Fahndungsbuch nachzuschauen, sagte Adolf in deutlich nervösem, fast schon ein bißchen grobem Ton. Dann saß er schwitzend da, in einer Hand die Flasche, in der anderen den Hörer und mußte sich richtig konzentrieren, daß er nicht aus dem Hörer trank. Na bitte, sagte er ein paar Minuten später. Und: Ich erwarte Sie hier im Gästehaus Blomich in Reuten. Und: Na ja, abholen werden Sie mich ja wohl noch können, oder?! Er hängte auf, tat einen langen Schluck, sagte: Merci, und ging langsam hinaus. Als er schon fast draußen war, steckte er den Kopf noch einmal herein und sagte: Tschüss.

10

Fortschreibung des Gegentyps. Der leitende Mensch. Der oben. Und der von oben Bestellte. Der Hinaufreichende. Der Angekommene. Im Grund ist es nichts als seine Unabhängigkeit, die ihn so fremd macht. Er stinkt geradezu nach Unabhängigkeit. Ein sehr verwirrender Gestank. Ein unheimliches Parfüm. Er hat sich derart bewährt, daß sie ihn machen lassen. Er dröhnt vor Rechtschaffenheit. Nichts, was er nicht hinkriegte. Er muß nicht für Kost und Logis arbeiten. Also sieht es aus, als arbeite er überhaupt nicht für sich. Er arbeitet für das Großeganze, für das Allgemeine, für die Kunst. Er ist Arbeitgeber, also Bewohner des Elfenbeinturms. Er hat es nicht nötig, andauernd vor allen Leuten seinen Vorteil zu verfolgen. Ihn hetzt nicht sein Interesse. Deshalb macht er auch diesen humanen, geradezu demokratischen Eindruck. Er kann zuhören. Nicht nur das: jeder weiß, daß er zuhören kann. Jeder sagt: er kann zuhören. In den Zeitungen steht, daß er zuhören könne. Und er sagt allen Parteien die Wahrheit. Und zwar ins Gesicht. Immer, wenn es sein muß. Ich frage mich manchmal, ob er Aktien besitzt. Ich bin keinesfalls sicher, daß er Aktien besitzt. Selbst wenn er Aktien besitzt, selbst wenn er für 399 000 Mark Aktien besäße, so hätte er es doch nicht nötig, Aktien zu besitzen. Und er hätte sicher alle Erledigungen, die durch Aktienbesitz nötig werden, weit von sich weg delegiert. Er besäße Aktien, wie jemand ein Pferd hat, der wirklich keinen allzu großen Wert aufs Reiten legt. Auf jeden Fall sieht man es ihm nicht an, daß er Aktien hat. Wenn er überhaupt welche hat. Er ist Antifaschist. Daran ist kein Zweifel möglich. Seine persönliche Integrität hat in diesem unanzweifelbaren Antifaschismus ihren offenbar unerschöpflichen Nährboden. Er wendet sich oft genug gegen links und rechts. Er kann durchaus heftig werden. Gegen links und gegen rechts. Und seine Heftigkeit ist einfach bedingt durch seine eigene Tadellosigkeit. Das beginnt natürlich schon im Familiären. Er liebt seine Kinder mit einer ungetrübten Liebe. Er ist ein wunderbarer Vater. Oft taucht er in beruflichsten Situationen mit seinen Kindern auf. Er lächelt dem Erstaunen der Partner entgegen. Er habe sich einfach nicht trennen können. Entfremdung mag er nicht. Er kennt sie auch kaum mehr dem Namen nach. Das ist Jahre her, seit ihm zum letzten Mal eine Entfremdung widerfuhr. Es war in einem Urlaubsort in Italien. Ich glaube, auf Capri. Er hatte sich seine Schreibmaschine nachschicken lassen und sollte jetzt Zoll bezahlen, um seine eigene Schreibmaschine ausgehändigt zu bekommen. EINEN Vormittag lang stand er da herum und wartete und ließ sich behandeln und hatte Nachsicht mit der Dämlichkeit dieses dämlichsten aller dämlichen Zollbeamten. Das war eine Situation, mein Gott. Aber später erzählte er davon immer als von einer Erfahrung, die er nicht missen möchte. Wegen der Mordgelüste nämlich, die er gespürt hatte und dergleichen ihm sonst eher fremden Empfindungen. Inzwischen könnte ihm so etwas nirgends mehr in Europa passieren. Nicht daß man ihn in jedem Nest kennte, aber er geht nur noch hin, wo man ihn kennt. Er geht da nicht hin, *weil* man ihn kennt, sondern weil er sich dort, wo er immer hingeht, wohlfühlt. Ja, soll er denn irgendwohin gehen, wo er sich nicht wohlfühlt? Ja, möchte ich sagen. Aber damit beweise ich bloß meine zum Himmel schreiende Unsachlichkeit. Er dagegen hört ruhig zu, dann gibt er seinen vor Sachlichkeit geradezu gläsern wirkenden Rat. Selbst wer seinen Rat überhaupt nicht braucht und auch überhaupt nicht verlangt, kriegt seinen Rat und macht davon wie hypnotisiert Gebrauch. Und wer keinen Gebrauch davon macht, verheimlicht das. Laut lobt der den Rat und dankt für den Rat. Heimlich läßt er ihn ungenutzt. Er aber wehrt sich inzwischen glaubhaft gegen Ehrenbürgerschaften, die ihm an seinen Plätzen angetragen werden. Er gibt lokalen Zeitungen und Fernsehstationen geduldig Interviews und erteilt von seinem weiteren Horizont aus den Ansässigen politische Belehrung. Er kann ja nichts dafür, daß er das meiste ein bißchen besser weiß. Das liegt eben an seinem nicht vom eng persönlichen Interesse beschränkten Blick. Wenn ihm etwas vollkommen fehlt, dann ist es das Ressentiment. Deshalb setzt er sich doch so entspannt und durchsichtig an jeden Tisch. Er kommt nicht um seinetwillen. Obwohl er alles auf vollkommen subjektive Art sieht, behandelt und löst, hat alles, was er tut, nichts verschwitzt Persönliches. Seine Handlungen wirken nie, als wären sie für ihn um seinetwillen nötig geworden. Er ist leidenschaftlich und trocken. Das heißt, er hat Geld genug, abwarten, etwas auf sich zukommen lassen zu können. Er spricht vom Geld nie in Zahlen, sondern in Bildern. Er sagt nicht, ich besitze 1 Million oder 10 Millionen, sondern er sagt: Ich könnte inzwischen einen Gipfel in Feuerland kaufen. Er weiß, daß jeder weiß, daß er in Feuerland keinen Gipfel kaufen wird. Er leidet nicht an Entscheidungspanik. Er wird nicht verfolgt von immer mehr Folgen früherer hastiger Fehlentscheidungen. Er wird nicht gezwungen, unter dem Druck der Folgen früherer Fehlentscheidungen andauernd weitere hastige Entscheidungen zu treffen, die mit großer Wahrscheinlichkeit wieder Fehlentscheidungen sein werden. Er ist einfach ausgeruht. Er schläft jeden Morgen bis 9. An Wochenenden und während der jedes Jahr noch länger dauernden Urlaube schläft er bis 11, halb 12. Auf jeden Fall ist er so lange im Bett. Er kann das, lange wach im Bett liegen. Am Vormittag. Dabei wird er weder nervös, noch bewegungsunfähig. Er bleibt heiter. Kurzum: er kann im Bett frühstücken. Sein wichtigster Gesichtsausdruck ist der einer entschlossenen Empfindlichkeit. Er verhält sich zu seiner eigenen Leidensfähigkeit wie ein Forscher. Ein wenig auch wie ein Arzt. Einfach um alles im Rahmen zu halten. Aber stärkstens ist seine forscherische Haltung entwickelt. Er wird nichts unangeschaut passieren lassen. So ist er sich selber zum Beispiel geworden. Zum Exemplar. So ist es dazu gekommen, daß er allmählich seiner eigenen Vorbildlichkeit immer weniger Bescheidenheit entgegenzusetzen hatte. Er will doch nicht lügen. Und es wäre doch gelogen, wenn er sich für weniger gelungen gäbe als er sich hält. Und er ist ja gelungen. Er ist besser als die meisten, die man kennt. Vor allem, er ist besser als man selbst. Das ist überhaupt der Eindruck, den er auf viele macht – ich habe mich erkundigt –: nahezu jeder, der ihm begegnet, muß zugeben, der ist besser als du, und zwar in jedem Sinn. Und er ist derjenige, der das am allerbesten weiß, daß er besser ist. Wahrscheinlich ist er noch keinem begegnet, der besser ist als er. Vielleicht fühlt er sich einsam. Ganz ohne Verachtung uns gegenüber ist er natürlich nicht. Kann er nicht sein. Er liebt uns nicht. Das ist klar. Verglichen mit ihm, sind wir allesamt nicht liebenswert. Er dagegen ist liebenswert, das ist klar. Und das weiß er auch. Und tatsächlich wird er von vielen verehrt, bzw. geliebt. Und auch wenn ich mich manchmal sträube, immer wieder stelle ich bei mir doch fest, daß er auch auf mich anziehend wirkt. Das ist das Furchtbare.

II

Ein Familienausflug. Mit gesenktem Kopf, heraufgedrehten Augen, alle Kraft im Nacken versammelt, so stehe ich und warte, bis sie alle im Auto sind. Dann löse ich die Zähne aus der Unterlippe. Kein Aufbruch findet ohne Weinen, Kratzen, Schreien statt. Nicht daß mir erst dadurch der Gedanke käme, diese Fahrt zur letzten Fahrt dieser Familie werden zu lassen; aber die furchtbare, körperliche Verletzungen nicht scheuende Feindseligkeit, die unter den Kindern herrscht, ihre rotgeweinten Augen und blasentreibenden Münder, der immer schwerer erträgliche Gestank unseres 12jährigen Hundes, Alissas schrille Kraftlosigkeit, das und dergleichen bestätigt mir, daß hier endlich Abhilfe geschaffen werden muß. Und warum denn nicht mit Hilfe des Autos? Deshalb fordere ich doch zu jeder Fahrt, die in geeignete Gegenden führt, *alle* Familienmitglieder auf mitzufahren. Stumm und vielfältig verbittert fuhren wir auch nach Scheidegg hinauf. Ich prüfte das Rohrach. Vielleicht war eine dieser Serpentinen geeignet, über sie hinauszugeraten auf eine wirklich erlösende Weise. Ich würde die Stelle für den Rückweg vormerken. Aber da war viel zu wenig Abgrund. Und wo ein bißchen Abgrund war, hätte man zuerst Bäume knicken müssen, um hinunterzudürfen. So fand ich, wie so oft, den Ausgang verrammelt.

Ich habe begonnen, mein Blatt Papier mit Treppen zu überziehen. Sobald ich bemerkte, was ich tat, wurde mir klar, daß mir nicht nach Treppen zumute war. Hindernisse wollte ich zeichnen. Treppen sehen zuerst zwar aus wie Hindernisse, dann aber sieht man doch, daß es sich weniger um Hindernisse als um Mittel zur Überwindung von Hindernissen handelt. Also zeichnete ich, wo ich eine Treppe gezeichnet hatte, zwei Barrikaden dazu. Aber die Barrikaden sahen überhaupt nicht unüberwindlich aus. Über jeder Barrikade blieb ein leerer Raum, in den man eben mit Hilfe der Barrikade gelangen konnte. Also zog ich den leeren Raum über den Barrikaden rasend schnell ganz enge, steile, hohe, das Blatt völlig ausfüllende Schleifen. Ich hörte erst auf, als alles Weiß des Blattes fest vergittert war. Jetzt durfte ich aufhören. Da war kein Durchkommen mehr. Allerdings auch kein Hinauskommen. 10 nach 3 betreten Alissa und ich das Nebenzimmer des *Rössle* in Scheidegg. Lissa war mit den Kindern zum befohlenen Spaziergang abgezogen, als führe sie ihre Geschwister direkt zum Schlachten. Sie sträubt sich gegen jede Tätigkeit, um die man sie bittet. Aber nicht nur so obenhin. Ihr Gesicht läuft violettblau an und aus den Augen preßt die Wut ihr Tränen. Im Nebenzimmer saß schon Herr Schreiter. Am Tisch daneben eine blasse fette Frau mit schräggehaltenem Kopf. Wir sollten offensichtlich bemerken, daß sie uns spöttisch betrachtete. Am liebsten hätte ich ihr gleich als Gruß ins Gesicht geschrieen: Sie

haben's grad nötig. Ich mußte sofort einen doppelten Obstler trinken. Diese mehlige Person regte mich auf. Als sie
den Mund aufmachte, wurde es noch schlimmer. Alissa
legte die Hand auf meine Hand. Diese Sauschmalznudel,
diese dreckige, die ist doch auf das selbe Inserat hier wie
wir auch, oder?! Na also! Dann soll sie's doch zugeben,
daß sie's genau so nötig hat wie wir, verflucht nochmal,
elende Schnalle, elende, sowas kann mich schon fuchsteu-
felswild machen, wenn eine so tut, als hätt sie's nicht nötig,
oder ist das jetzt die Höhenluft, also Alissa, wenn du mich
nicht gleich mit irgendwas rettest, weiß ich nicht, was ich
tun soll, mir wird schwindlig vor Nervenwut, ich hab das
Gefühl, ich flimmere, ich weiß nicht mehr, wie und was!
Zum Glück kam der Obstler. Und nach dem 3. doppelten
schwankte alles um mich herum ruhig auf und ab, ein gemütlicher Seegang. Auch war ich jetzt endlich im Stande,
Herrn Schreiter zuzuhören. Also, es handelt sich um Semmelautomaten. Mechanische. Verkaufspreis pro Stück ca.
500 Mark. Die amerikanischen kosten um 5000, sind zwar
elektrisch, aber sicher nicht sehr viel leiser als seine, Schreiters, unelektrische, mechanische Konstruktion. Patentiert
ist sie. Ab 20 000 Mark Beteiligung gibt's Gebietsschutz.
Ab 30 000 bekommt man für jeden Apparat, der irgendwo
in der Welt verkauft werden wird, 1 Mark. Nun stelle man
sich das einmal vor: in einer Neubausiedlung in einer mittleren Stadt kommt sicher auf 20 Familien ein Apparat. In
einem 6-10stöckigen Haus wird man ohne weiteres 2 Apparate finden. Wie schnell werden da 100 000 Apparate
verkauft sein! In der ganzen Welt! Und wenn einer will,
kann er natürlich auch noch das anhängige Geschäft
machen. 3 bis 5 Pfennig zahlt er der Brotfabrik für 1 Sem-
mel. Für 15 verkauft er sie im Automat. Und wieviel er
verkauft, ist nur eine Frage der Organisation. Die Bäcker-
läden machen um 7 Uhr auf, aber die meisten Leute müssen

ihr Frühstück vor 7 haben, und wenn sie dann auch noch frische Semmeln im Haus haben, na dann sind sie doch einfach dankbar. Vom Abendgeschäft will er mal gar nicht reden. Und wenn ein Automat nicht leer ist, dann läßt man die Semmeln alt werden und macht Paniermehl daraus und verliert so unter keinen Umständen auch nur 1 Pfennig, also risikoloser geht's schon nicht mehr. Wenn der Anfang einmal gemacht ist. Das Startkapital, das ist das einzige Problem. Wer aber da schon dabei ist, der sieht natürlich Bedingungen, die später keiner mehr zu sehen kriegt. Hier die konstruktionsreifen Zeichnungen, daß jeder sieht, wie sauber die technische Lösung gelungen ist. Der auf dem Patentamt in München hat ja nicht umsonst gesagt: Das einzige, was man nicht begreift, ist, daß da nicht schon längst einer draufgekommen ist.

Ich machte mich über die Zeichnungen her, daß die Mehlige nur noch von der Seite hereinschauen konnte. Alissa sagte, wir müßten gehen. Ich sah sie erstaunt an. Ja, sagte sie, wir haben doch Herrn Schreiters Adresse, das genügt doch. Sie stand schon an der Tür. Am liebsten hätte ich ihr die Zeichnungen nachgeworfen und irgendwas Ekelerregendes geschrieen. Mensch, ist das ein Leben. Warum bin ich nicht allein hierhergefahren. Jetzt war sie schon draußen. Herr Schreiter sagte: Ich kann ja mal vorbeikommen bei Ihnen, wenn Sie Interesse haben. Ich gab ihm meine Adresse, bat ihn dringend, mich sobald wie möglich anzurufen, mein Interesse sei brennend, dieser Automat sei genau das, was ich schon längst gesucht habe. Ohne die Mehlige anzuschauen, ging ich in unauffälliger Eile hinaus. Ich hatte Angst um Alissa. Offenbar waren ihre Nerven noch so schlecht, daß sie vor lauter Angst, ich würde übereilt einen Vertrag unterschreiben, kopflos hinaus gerannt war. Ach, Alissa. Draußen stand sie und stützte sich auf dem Brunnenrand auf. Ich hatte gute Lust, ihr die Hände wegzustoßen, daß

sie kopfüber in den Brunnen gekippt wäre, für immer. Ist
doch auch wahr. Wie sie da stand, erschöpft, kaputt, fähig
nur noch zur Flucht, eine Demonstration meiner Niederlage. Weg mit ihr, und dann los. Was hast du denn gegen
Semmelautomaten, sagte ich ganz ruhig, aber dieses Ruhig-
bleiben kostete mich unheimlich viel Kraft. Woher willst
du denn die 20 000 oder 30 000 nehmen? fragte sie völlig
kraftlos. Soweit waren wir doch noch gar nicht, sagte ich.
Du haust einfach ab, sagte ich. Jaa, Mensch, sagte ich, ist
doch auch wahr, so geht's doch nicht, einfach abhauen, die
Flinte ins Korn werfen (würde Herr Lämmle sagen, dachte
ich), wo kommen wir denn da hin, du wirst schon sehen, wo
wir da hinkommen, wenn du so weiter machst, einem einfach den Boden unter den Füßen wegziehen, wie soll denn
da was zustande kommen, da hört sich doch einfach alles
auf, da können wir's doch gleich aufgeben und Schluß
machen, wenn du das meinst, mir soll's recht sein, ich ver-
säume nichts mehr. Sagte ich.
Langsam rückwärts gehend, kam aus der Straße Richtung
Süden Drea herein. Verfolgt von Lissa. Abstand 10 m.
Philipp und Guido folgten beobachtend; einer am linken,
einer am rechten Straßenrand. Apollo, als letzter, in der
Straßenmitte. Lissa und Drea schrieen schon so laut, daß
die Leute zu Fenstern und Türen eilten. Lissa hat eine
harte helle Stimme. Drea hat ein Stimmchen, das überan-
strengt werden muß, wenn es überhaupt gehört werden
will.
Lissas Gib-ihn-her-jetzt war das erste, was ich hörte. Ich
hab ihn mitgebracht, fistelte Drea. Aber er gehört mir,
schrie Lissa. Aber wenn ich ihn nicht mitgenommen hätte,
hättest du ihn jetzt auch nicht, quiekste Drea. Doch, schrie
Lissa ,ich hab nämlich gesehen, daß du ihn mitnimmst,
dann hab ich gedacht, von mir aus, ich brauch ihn jetzt ja
nicht gleich, aber jetzt brauch ich ihn eben. Dann erkält ich

mich, kreischte Drea. Inzwischen war sie, noch immer rückwärts gehend, am Brunnen angekommen und sah, daß Lissa gleich bei ihr sein würde. Das ist mir lieber als wenn *ich* mich erkälte, sagte Lissa jetzt schon etwas ruhiger, befriedigter, weil sie sah, daß Drea nicht weiter konnte. Los, gib ihn jetzt her, sagte sie, griff zu oder wollte zugreifen, aber Drea riß sich noch rascher den Schal, um den es ging, vom Hals, streckte ihn weit von sich und der zugreifenden Lissa weg, die fuhr wie eine Katze hinterher, da flog der Schal aus Dreas Hand in den Brunnen. Lissa schlug Drea ins Gesicht, Drea rannte, einen Arm vor dem Gesicht, als renne sie durch Feuer, vom Platz. Alissa fischte den Schal, Lissa schluchzte vor Wut, Apollo bellte, ich konnte mich nicht rühren. Als ich endlich alle wieder im Auto hatte und im ersten Dämmer zum Rohrach hinunterfuhr, dachte ich: Das Schlimme ist eben, daß es keine Sache auf Leben und Tod ist. Meine Fahrweise entsprach dem genau. Ein bißchen mutwillig, aber doch immer noch halb vorsichtig. Eine besonders enge Linkskurve schnitt ich ein bißchen weniger als halb vorsichtig und sägte auch schon mit meiner Stoßstange durch das Scheinwerferglas eines heraufkurvenden Autos. Die Dame riß ihr Steuer heftig nach rechts und fuhr gegen einen Baum. Ihre Windschutzscheibe splitterte. Das sah ich, bevor ich rechts ausbog. Ich ging allein zurück zu der Dame. Mercedes 280 SE. Die Dame hatte eine wesentlich tiefere Stimme als ich. Daß ich schuldig sei, sei so klar wie dicke Tinte, sagte sie. Es gelang mir, ihr einzureden, daß zuerst ihr Wagen aus der Kurve herausmüsse, sonst passiere gleich nochmal was. Sie ließ mich das besorgen. Dann ging ich zurück und bat Alissa, bis nach Rehlings vorauszufahren und dort in der Wirtschaft auf mich zu warten. Ich konnte nicht viel sagen, weder zu Alissa, noch zu der Dame, weil ich zu sehr erschrocken war. Aber gerade dieses Nochnichtsprechenkönnen wirkte.

Alissa rutschte herüber und fuhr ab. Ich ging zu der Dame zurück, setzte mich ans Steuer, schlug mit ihrem Schlüsselbund ein Loch in die gesprungene Scheibe und fragte, wohin ich sie fahren dürfe. Meine Stimme zitterte sogar. Lindenberg, sagte sie. Ich fuhr sie da hin. Sie sagte auch nichts mehr. Nur einmal, als ein paar Splitter bröckelten, sagte sie, Glassprünge breiteten sich mit 5-facher Schallgeschwindigkeit aus, ob ich das wisse. Sie wohnte auf dem Nadenberg. Auf den Schreck müßten wir noch einen trinken, sagte sie. Sie hieß Fürschläger. Daß sie sich darauf eingelassen habe, ihren Wagen wegfahren zu lassen, ohne daß vorher die Polizei alles aufgenommen habe, sei nicht etwa meiner schönen Augen wegen geschehen, sondern weil sie grade aus der Spielbank komme, wo sie in 2 Stunden viereinhalbtausend gewonnen habe. Sie lachte und sagte Prost. Dann sagte sie, sie fände, ich sei doch ein bißchen zu nett, um einfach der Polizei übergeben zu werden. Sie hatte Zähne wie Hanni. War aber klein, quadratisch, trug eine augenvergrößernde Brille und war im Gesicht ziemlich gelb. Die Gesichtshaut hing lose. Das Weiß ihrer Augen war nicht weiß. Sie setzte sich an den Flügel, der auf Marmor stand, und sang Schubertlieder. Ich klatschte mit tauben Händen. Sie kam her, prostete mir wieder zu, sagte, sie habe sowieso Leberkrebs, dann verlangte sie alles Mögliche. Ich habe dich, sagte sie, in der Hand. Ich griff dann schon freiwillig nach diesem scharfsüßen Gesöff, in dem Pflaumen schwammen. Frau Fürschläger tanzte auf Polsterlandschaften herum und wollte, daß wir ausgelassen wären. Der Unfall hatte ihr überhaupt nichts ausgemacht. Mensch, Kerle, rief sie, Stimmung. Und dann ganz nah, rauhtief: sie suche einen Mitarbeiter, abwechslungsreiche Tätigkeit, lange Autofahrten. Mich schüttelte es plötzlich. Und schon war sie verletzt. Sprach nicht mehr. Nur noch Handbewegungen. Dirigierte mich hinaus.

Als ich in Rehlings aus ihrem Zweitwagen kletterte, fiel der Boden steil abwärts, auch schwankte er, gleich würde er in der Gegenrichtung kippen, ich suchte an einem Baum nach Halt. Die Dame Fürschläger war Gott sei Dank fort. Ich rief nach Alissa. Verweht-verwischt sah ich Alissa mit den Kindern aus der Wirtschaft -kommen, spürte einen Ruck, mein Gesicht flog hoch, aus meinem Mund schoß ein Strahl Brühe, mich drehte es, korkenzieherhaft und wendeltreppenmäßig, ich hielt mich am Baum, aber es drehte und drehte mich, und andauernd schoß aus dem Mund die Brühe mit Brocken. Ohne Würgen und Gacksen. Schub um Schub. Und von Schub zu Schub wurde die Brühe heller, wurde hellgelb zum Schluß. Es krümmte mich einfach zusammen, so wie ein Bogen gespannt wird, und Schuß, und schon schoß und strahlte wieder eine Ladung Galle hinaus. Der Kinder und anderer Zuschauer wegen hätte ich das alles gern unauffälliger gehalten, hätte z. B. den hellen Strahl lieber direkt abwärts und zum Baum hin gelenkt, aber das war nicht zu machen; die Kraft, die das Zeug aus mir hinausstieß, war stärker als ich. Alissa fuhr uns schließlich von diesem Ausflug heim. Am meisten hat mich empört, daß uns diese Dame dann trotzdem noch eine Reparaturrechnung von 2180 Mark ins Haus schickte. So eine Geschmacklosigkeit. Meine Genugtuung bleibt, daß die Dame jetzt wenigstens meine fließende Krankheit hat. Andererseits, bei ihrem Zustand ist das eine solche Geringfügigkeit.

12

Tatsächlich haben wir noch nie so wenig Beschwerden gehabt wie in den Schüben seit Ostern. Alle reden nur noch von den Amerikanern. Bis Mitternacht stehen sie vor dem Haus und auf den Balkons und reden. Die Amerikaner kommen. Immer wieder fragen welche, was man falsch gemacht habe. Habe man denn nicht gearbeitet von früh bis spät? Nichts sei einem zuviel gewesen. Und jetzt, der Erfolg? Die Amerikaner kommen. Jawarumbloß? Womit hat man denn das verdient? Aber lass nur, denen wird man's schon zeigen. Was die wollen, ist ja klar. Noch mehr herauspressen aus einem. Da sind die ja groß drin. Deswegen können sie ja alles aufkaufen, weil sie die Arbeiter noch mehr ausnützen als die unseren. Aber lass nur, denen werden wir's schon zeigen. Gar nichts wirst du denen zeigen. Gegen die Methoden kommst du überhaupt nicht an. Die machen mit dir, was sie wollen, verstehst du, und du mußt noch danke sagen, und du sagst auch noch danke, das schaffen die, verstehst du, dafür, daß sie dich auspressen wie eine Zitrone und dich dann wegschmeißen, sagst du auch noch danke, wetten? In den Arsch kriechst du ihnen dafür noch, wetten?

Ich flattiere nicht mehr jedem Körnchen Abrieb. Im Gegenteil, ich versuche das Haus zu verletzen, wo es geht. In die Luft sprengen, das wär's. Wenigstens Zigaretten ausdrükken im Teppichboden, einen Rest Rotwein an die Wand schütten, dann und wann einem Stuhl ein Bein abschlagen. Ich muß mich zwingen dazu. Teppich, Wand und Stuhl tun mir leid, als wären es Lebewesen. Aber gegen diese Hemmung muß ich ankämpfen. Teppich, Wand und Stuhl gehören Blomich. Sie gehören zu ihm. Also sind sie meine Feinde. Also vernichte ich sie, so gut ich kann. Lampenschirme, zum Beispiel. Den Lampenschirmen sieht man es direkt an, daß sie zu Blomich gehören. Ich werde von jetzt bis September jedem Lampenschirm ein Stück ausbrechen. Kein Lampenschirm wird unbeschädigt überleben. Heinrich Müller grüßt neuerdings, als sei er amüsierter Zeuge meiner Vergeltungsversuche. Er lacht, verbeugt sich, singt sein Habe-die-Ehre-Herr-Krischtlein in die Länge und Breite wie noch nie. Er dröhnt geradezu vor guter Laune. Seine Frau soll für immer in Weißenau bleiben. Ich gehe nicht mehr ans Telephon. Und wenn Herr Schreiter anruft, sage man ihm, ich sei für lange Zeit verreist. Wir haben die 20 000 nicht und die 30 000 erst recht nicht, das stimmt ja. Einsamkeit ist, glaube ich, wirklich ein Begriff aus der Geldwelt.

Es ist nicht mehr nötig, Edmund vor Alissa zu verbergen. Alissa, Edmund, Elmar und ich sitzen abends zusammen und spotten drauflos. Auch Projekte werden diskutiert. Elmar bot uns an, er könne seine Stotternummer wieder aufpolieren. Damit sei er glänzend angekommen. Und gab uns die Nummer, mit der er sich im Winter bei uns eingeführt hatte, mit Stottereffekt. Bei jedem g oder k reißt es ihm den Kopf nach vorn, die Augen treten heraus vor Anstrengung, dann klappen sie zu, scharf treten vor Anstrengung die Halssehnen hervor – wie bei einer wartenden Gaby, dachte ich schnell in die bodenlose Zeit zurück –, Elmar beginnt jetzt zu gacksen, wird er kotzen? nein, es ist das g, das g ist da, ein richtiges g, aber es ist so hart und spitz, als hätte er's aus einem Diamant brechen müssen. Also er kann das wirklich. Wir haben gelacht. Er sagte, diese Anstrengung sei nicht bloß gespielt. Deshalb habe er das auch wieder aufgegeben. Wenn er die Nummer 2mal machte an einem Vormittag, war es ihm schlecht für den Rest des Tages. Wir sagten: Vielen Dank, Elmar, Ihre Freundlichkeit ist größer als unsere Not. Er würde natürlich alles für uns tun, weil er darauf wartet, daß ich seine Manuskripte lese. Er wird bei uns bleiben, mit uns ziehen, für uns arbeiten, bis ich seine Manuskripte gelesen haben werde. Mein Ekel diesen Manuskripten gegenüber wird um so größer, je inbrünstiger er mich durch Warten, Dienstfertigkeit und Unterwerfung bittet, endlich mit der Lektüre zu beginnen. Immer wieder stehe ich mal in meinem Zimmer vor den blauen Mappen – schwarz umschnürt – und konstatiere: Ich bin aus Stein – Ich lese Dich nicht – Ich bin aus Stein – So ist die Welt beschaffen – Offenbar bin ich es, durch den Du das erfahren sollst. Edmund will sich, wenn wir abends so ausgelassen sitzen, auch einen Nützlichkeitsrang erschleichen. Daß er auf der Reise nach New York sei, hält er immer noch aufrecht. Und daß er dort das große Projekt starten wird und daß wir dann alle zu ihm ziehen werden, muß auch von allen geglaubt werden. Aber bis es soweit ist, schlägt er ein todsicheres Automatengeschäft vor: Präservativautomaten, aber so, daß in jeder 2. Packung, in der 2 Prä's sein sollten, nur 1 Prä sein wird, das wird jeder für'n Verpackungsfehler halten, dafür lohnt sich keine Beschwerde, Männer sind da sowieso komisch; Edmund hat, sagt er, Studien gemacht im Bahnhofsclo in Stuttgart und im Clo des Flughafens Berlin-Tempelhof; pro Clo hat er 1 Woche investiert, und in dieser Woche haben in Stuttgart nur 5 Männer in seiner Gegenwart Prä's gezogen, in Berlin waren es 11, pro Woche! Deutlich wurde aber, daß 3mal soviel ziehen wollten; die warteten, bis Edmund ging. So genant seien eben die Männer immer noch. Also die liefen nicht wegen eines fehlenden Prä's zu irgend ner Aufsichtsoma. Und bitte, wann bemerkten die das denn? Wann denn? Doch in einer Situation, in der es einem auf 1 Mark nicht mehr ankomme; abgesehen davon, meistens wisse der Kunde ohnehin nicht mehr, wo er das Ding gezogen habe, und auf der Packung liest er nur *London-*

gefühlsecht-korallrot, na wo will er damit hin? Wir aber hätten durch diese Methode 25% Mehrgewinn, wir könnten also dem jeweiligen Lokalbewilliger Bedingungen machen wie kein anderer Automatenkaufmann, klar! Ich sagte, wir müßten eben alle Vorschläge sammeln und dann entscheiden. Schon am nächsten Abend kam Edmund mit dem nächsten Projekt. Das sei's nun wirklich. Er habe die ganze letzte Nacht und noch den ganzen Tag gearbeitet, um ein Exposé hinzukriegen. Eigentlich sollte man's allein machen, aber falls das Startkapital nicht ganz aufgebracht werden kann, dann eben in Zusammenarbeit mit 2 Instituten, nämlich mit dem *Institut für Karriere und Kommunikation, 2 Hamburg 6, Postfach 101* oder mit der *VWD, Vereinigte Wirtschaftsdienste GmbH,* die ja in mehreren Städten ihre Agenturen habe. Ausgangspunkt sei das *Deutsche Börsenspiel,* das das Hamburger Institut vor einiger Zeit gestartet habe. Jeder Teilnehmer des Spiels sei angetreten mit einem Startkapital von 10000 Mark, das er binnen 3 Monaten optimal anlegen sollte. Die Papiere konnten aus 80 deutschen Aktien ausgewählt werden, aber das auszuwählende Depot durfte nicht mehr als 10 verschiedene Aktien enthalten. Dann war ein Termin gesetzt. Wessen Auswahl in dieser Zeit die größten Gewinne gemacht haben würde, der war Sieger und kriegte sein ganzes Depot, also die 10000 plus Steigerung geschenkt. Nun seine Idee: die VWD verleihe Stockmaster für 3000 Mark pro Monat; das seien schreibmaschinengroße Geräte, mit denen man durch Druck auf die Tasten die Kurse von jeder wichtigen Börse der Welt abrufen könne. Hauptsächlich würden die bisher für Commodities verwendet, im Warenterminhandel, zum Beispiel; er habe aber ausgearbeitet, daß das Deutsche *Aktien-Spiel* in ein *Welt-Aktien-Spiel* umgewandelt werden könnte und Siegerprämien nicht nur einmal im Jahr, sondern jede Woche versprochen werden könnten. Man müsse lediglich das Fußball-Toto-Prinzip auf die Aktie anwenden. Und das könne man ohne Bürokratie und ohne umständliche Annahmeorganisation, nur mit Hilfe des Stockmasters organisieren. Man beginne natürlich klein, sagen wir mit 30 Aktien, gebe ein Informationsblatt heraus, das die Kursbewegungen der spielbaren Aktien in den letzten 2 Jahren verzeichne. Jeder Stockmaster-Kunde könne tippen, und zwar von Montagmorgen bis Freitagnacht. Und er könne nicht nur tippen, er könne auch kaufen und verkaufen. Er könne seinen Tipp absichern durch Käufe, er könne alles auf seinen Tipp setzen. Und im Lauf der Zeit erhöhen wir die Liste der spielbaren Aktien auf 50, auf 100, auf 500, auf 1000, auf 10 000. Es wird das größte Spiel, das die Menschheit je gespielt hat. Schließlich ist es spannender und gewinnträchtiger, auf den Sieger im Kampf zwischen Firestone Tire und Goodyear Tire zu setzen als auf den 1. FC Nürnberg oder die 6 aus 36. Hier spielt man das entscheidende Geschehen der Welt mit. Man finanziert Geschichte, setzt auf Geschichte. Muß einer doch nur die Geschäftspolitik auf dem Regierungssektor in den USA beobachten und natürlich auch den jeweiligen Krieg, den das Land gerade führt, und schon sieht er, daß da 12,7 Milliarden Elektronik-Aufträge anfallen, also auf Honeywell getippt, und er gewinnt 1. durch Kursanstieg und 2. als Tipper. Und wir machen eine Bestsellerliste, wöchentlich, die 10 bestselling Aktien der Welt, da kann man noch auf genaue Placierung tippen. Natürlich kann, wer aus Empfindlichkeit, oder weil er ein Kriegsgegner ist, nicht auf Krieg setzen will, auf Coca Cola und Eastman Kodak setzen. Wir werden in 10 Jahren das größte Spielunternehmen der Menschheitsgeschichte sein, wir werden das Interesse der Menschheit vom Sport auf den Wirtschaftssektor gelenkt haben, wir schlagen einfach unsere Kapitalzähnchen ins Fleisch der

Arbeitenden auf der ganzen Welt und dann zehren wir. Das tun wir zwar heute schon, aber ganz offenbar wird dieser Zustand erst durch unsere Welt-Aktien-Spiel-Gesellschaft, abgekürzt: WASP-Society.

So verbringen wir unsere letzten Abende.

Elmar ist schon ein Idiot. Jetzt liegt er mit einer Blutvergiftung im Krankenhaus. Es fehlte wenig, und das Sauerstoffzelt wäre nötig geworden. Ein Nagel am großen Zehen war ihm ins Fleisch gewachsen. Elmar hatte uns erst verständigt, als er schon hohes Fieber hatte. Alissa sah sich den Fuß an und schauderte. Offenbar hatte Elmar eben doch Schweißfüße. Und er genierte sich, den nötigen Waschaufwand einzugestehen. Bloß keine Umstände wegen mir, sagte er, als Alissa seine Füße wusch und den rotblaugelb geschwollenen Zehen in ihren Kräutersaucen badete. Bloß wegen mir keine Umstände, sagte er, als ihn die Männer hinuntertrugen. Als ich ihn im Krankenhaus besuchte, sagte er, er habe die ganze Zeit ein schlechtes Gewissen gehabt mir gegenüber, weil er doch einmal beiläufig bemerkt habe, er sei kein Schweißfußindianer. Dazu gesagt: er habe diese Schweißfüße erst bekommen, als er vor 3 Jahren von seinem Arzt zu einem Psychiater geschickt worden sei. Durch diesen Psychiater sei das dann gekommen. Der Arzt und der Psychiater hätten es ja gut gemeint, sie hätten ihn befreien wollen von der Schwierigkeit mit den Frauen, das sei nur psychisch, hätten sie gesagt, Sie sind ein Fall schwerer Errötungsfurcht, habe der Psychiater gesagt, und das habe er ohne weiteres zugeben müssen, die Angst, rot zu werden, habe er gehabt von Anfang an, und dann sei ihm natürlich bei jeder Gelegenheit, besonders natürlich Frauen gegenüber, das Blut nur so in den Kopf geschossen. Bei ihm als Hellblondem sei sowas einfach peinlich oder lächerlich. Also gut, was tut der Psychiater? Er schickt das Blut in die Beine. Will mir das Blut in den Kopf, schick ich's in die Beine! Das habe der ihm beigebracht in 1 1/2 Jahren geduldigen Psychotrainings. Wahnsinnig heiß sei ihm immer dabei geworden. Besonders in den Beinen und ganz besonders in den Füßen. Nach der Behandlung sei die Errötungsfurcht weg gewesen, aber seitdem habe er eben diesen Fußschweiß. Dieser Fußschweiß sei aber bei weitem angenehmer als früher das Rotwerden, einfach weil er verborgener sei. Unangenehmer sei schon dieses Zehennägeleinwachsen. Aber so schlimm sei es noch nie gewesen wie diesmal. Meistens trete es im Spätwinter auf. Wenn der praktische und vielerfahrene Michel Enzinger – er soll sich mihen – noch lebte, wäre Ihnen das nicht passiert, sagte ich, der hätte Ihnen nämlich geraten, den Nagel einfach dünn zu feilen, dann läßt die Spannung sofort nach und der Nagel tritt aus dem Fleisch zurück. Tatsächlich, sagte Elmar. Ja, ja, der Michel, der wußte eine Menge. Und was hat es ihn genützt? Nichts hat es ihn genützt. So ist es. Blomich hat eben keine eingewachsenen Zehennägel, sonst hätte er Michel mehr ästimiert. Das Wahnsinnige ist eben, wir müssen unsere Nützlichkeit beweisen. Das ist das Schlimme, da haben Sie ganz recht. Und dann haben die noch die Kuttel und reden von Beruf! Kann sich noch nicht jeder hundertste leisten, 'n Beruf, das sag ich Ihnen. Alle anderen müssen doch einfach schuften. So ist es, die wären schon froh, wenn man sie das weitermachen ließe, was sie gewohnt sind. Genau, die Gewohnheit ist das Höchste, das Heiligste, was es überhaupt gibt. Jaja, aber denen ist doch nichts mehr heilig. Außer ihrem Profit. Genau. Also, machen Sie's gut. Machen Sie's besser. Können vor Lachen.

13

Momentan unabweisbare Vorstellungen:

1   Ich kann nicht aufstehen und dann die Aufmerksamkeit Blomichs auf die Stelle lenken, an der ich zuletzt lag.
Ich kann – ein wenig – den Kopf heben und sehen, wie
immer wieder einer aufsteht, Leute herwinkt und ihnen
zeigt, wo er zuletzt lag und auf welcher Kriechspur er bis
zu dieser Stelle gekommen ist. Lebhaft oder dumpf erzählend, auf jeden Fall erzählend geht er mit den Leuten an
seiner Kriechspur zurück. Sie verschwinden. Es muß interessant sein. Ich lasse den Kopf wieder sinken.

2   Ich schaute zum geöffneten Fenster hinaus. Eine Tomate klatschte mir ins Gesicht. Unters rechte Auge. Ich
konnte nicht lachen. Ich bin überarbeitet. Ich schloß nicht
einmal das Fenster. Ich trat nicht einmal weg vom Fenster.
Gegen meinen Willen beugte ich mich noch ein wenig weiter
hinaus. Eine 2. Tomate traf mich. Ins rechte Auge. Sie war
weicher als die erste. Sie zerspritzte vom Aufprall. Mein
Auge schmerzte. Ich hielt eine Hand davor. Eine 3. Tomate
traf ein. Ins linke Auge. Eine härtere. Das Auge tat sofort
wahnsinnig weh. Ich hatte das Gefühl, es sei dick aufge-
schwollen. Ich bedeckte es mit der Hand. Darüber hinaus
wäre das auch eine passende Erklärung für den Fall, daß
mich jemand am Fenster stehen sah, beide Hände vor den
Augen, mit nassem Gesicht.

3   Das zweiflügelige Tor geht auf. 3 Reiter auf glänzen-
den schwarzen Pferden reiten herein. Die Pferde tänzeln
mehr als sie gehen. Die Herren tragen schwarze, flache, unter dem Kinn gebundene Hüte. Ein Chor von Mädchen-
stimmen schwelgt dazu. Heinrich Müller rennt her und

brüllt HALT. Ich lege eine andere Platte auf und denke: da wirst du mir nicht dazwischenpfuschen. Es handelt sich um eine Landschaft in Schottland. Ich sehne mich so danach, daß ich fast ohnmächtig werde. Der Nebel steigt türkisfarben aus Niederungen. Wieder ist ein furchtbar schwebender Gesang beteiligt. Aber ich bin offenbar zu schwer. Lledlanet zergeht. Ich will auf eines der letzten Pferde springen. Ich sehe vor mir 6, 7 Pferdeärsche, davonstiebende, also Hände vor, ein entschlossener, alles mobilisierender Sprung, die Hände fliegen voraus, ins Leere, Sturz. Und woher jetzt dieses verrückte wie durch ein Nadelöhr dringende Weinen? Ein kleiner Käfer, glaub ich, kriecht an meinem rechten Auge entlang, hält, schiebt sich noch näher auf das Auge zu, wenn er nicht sofort stoppt, wird er in meinem tränenden Auge ertrinken. Er zieht sich zurück, krabbelt weiter, es kitzelt irrsinnig. Was da so schreit, ist natürlich Drea. Sie schreit zu ihren Platten. Mit Schreien ist ihr Einsatz gemeint. Der höchste, den es gibt. Und das stundenlang. Es klingt, als werde sie gefoltert.

4   Abwärts. Es würde mir leid tun, wenn einige von uns zu glatte Sohlen hätten. Eine trittsichere, griffige Sohle ist fast eine Voraussetzung für diesen Weg. Bitte, geht noch rasch in die zahlreichen umliegenden Schuhhäuser und versorgt euch. Was an einem Wallfahrtsort der Devotionalienhandel, das ist hier der Schuhhandel. Daraus mögt ihr schon sehen, wie wichtig ein gutes Schuhwerk für unseren Ausflug ist. Es geht abwärts. Fast ununterbrochen abwärts. Wir werden unterwegs sein, bis wir den tiefsten Punkt erreicht haben werden. Die Talsohle hat eine Minushöhe von 13 469 Metern. Der Punkt, an dem wir Halt machen werden, gilt heute schon nicht mehr unbestritten als der tiefste Punkt. Aber ich glaube kaum, daß einer unter uns den Ehrgeiz hat, als erster noch weiter erdeinwärts vorzudringen.

Diesen Ehrgeiz werdet ihr vor allem dann nicht mehr haben, wenn ihr auf etwa 13 000 Metern angelangt sein werdet und euch dann umdreht, hinaufschaut zu den überwachsenen Rändern der Schlucht, den letzten Grasbärten und Bäumchen an steiler Wand. Wir müssen ja wieder hinauf. Aber schlimmer, gefährlicher ist tatsächlich der Weg hinunter. Es wird ja sehr warm da drunten. Wenn wir mal 1500 Meter tief sind, wird keiner mehr etwas am Leib haben, außer seinen Strümpfen und Schuhen. Und die Luft wird ein blaues Gas sein, das sich warm anfühlt. Sehr warm. Wir werden schwitzen. Aber wir werden ja nichts mehr anhaben.

5   Und andauernd führe ich dieses Gespräch mit Blomich. Blomich: Sie wollen immer als ein erstklassiger Mitarbeiter angesehen sein, jetzt frage ich Sie: Halten Sie sich selbst für einen erstklassigen Mitarbeiter? Ich schüttle vorsichtig den Kopf. Ja, was soll ich dann machen, sagt Blomich. Jeder, sagt er, sagt mir, daß Sie Ihre Arbeit mehr schlecht als recht tun. Irgendwie, sagt mir jeder, ist Ihnen für alles, was Sie hier tun sollen, Ihre Zeit zu schade. Sie machten den Eindruck, heißt es, als würden Sie lieber etwas ganz anderes tun, aber keiner kann mir sagen, was das ist, was Sie lieber täten und um dessentwillen Ihnen alle Arbeit, die wir Ihnen bieten können, wie eine Störung vorkommt. Können Sie selbst mir vielleicht sagen, um welche Art von Arbeit es sich dabei handelt? Ich schüttle den Kopf, unsicher. Sehen Sie – sehen Sie, sagt Blomich, das dachte ich mir fast. Ihr Überdruß hat gar keinen wirklichen Grund, Sie wollen diese Arbeit einfach nicht tun, ohne daß Sie deshalb schon eine wüßten, die Ihnen mehr zusagte. Das ist bedauerlich. Für Sie. Für uns. Wir werden eine Lösung finden müssen. Sie haben schon eine Lösung gefunden, sage ich. Wie bitte, sagt Blomich. Die Entlassung, sage ich. Richtig, sagt Blo-

mich, richtig, mein Gott, da bin ich aber froh, na sehen Sie, es gibt doch immer wieder eine Lösung.

14

Edmund ist tot. Ich fuhr langsam auf der Schachener Straße heimwärts. Plötzlich Leute. Rechts ein roter Bundesbahnomnibus. Auf dem Asphalt Fleischstücke. Deutlich etwas Gehirn. Der Omnibus noch voller Leute. Und im Vorbeifahren sehe ich ein ausgewachsenes Mädchen unterm Omnibus liegen. In Cordhosen. Vornüber. Ich bremste nicht. Gab nicht Gas. Ich konnte nicht mehr schlucken. Alissa kämpfte in der Küche. Ihr durfte ich mit sowas nicht kommen. Schon gar nicht zur Mittagszeit. Also, dachte ich, geh zu Edmund damit, sprich dich aus mit ihm, löse den Krampf, streichle ihn, sei nett zu ihm wie schon lange nicht mehr, lass Haß und Ekel mal weg für ein paar Minuten. Also ging ich hinauf und fand ihn. Plötzlich hatte ich das Gefühl, Fahrerflucht begangen zu haben. Daß Edmund tot war, empfand ich nicht unangenehm. Ich atmete auf. Der Tod des unbekannten Mädchens war nicht mehr ganz so grauenhaft. Der Tod hat auch sein Gutes. So etwa dachte ich. Grauenhaft, das Mädchen unter dem Omnibus, zum Kotzen. Liebenswürdig, der tote Edmund in seinem grotesken Arrangement. Wirklich, wer unsereinen findet, sollte nicht anders reagieren als die Hausfrau, die eine Fliege auf die Schaufel kehrt. Ach, Edmund, wie löste sich mein Haß auf dich, wie besänftigte sich sofort meine Wut, weg war mein Zorn, endlich konnte ich dich wieder mit der Liebe anschauen, die dir gebührt, die zwischen uns zweifellos herrschte, als du schon große Reden hieltest in allen möglichen Wohnungen und Häusern und ich immer noch jemand war, der versuchte, ein Gesicht zu machen wie einer, mit dem man zu rechnen hat. O Edmund, lieber Edmund. Bruder. Vorbild. Verführer. Abschreckendes, hinreißendes Beispiel. Glücklicher, du, o du, mein Freund, mein wahres Ich, mein einziges Du.

Nachdem er mir Herrn Lämmle verpfuscht hatte – ohne den ablenkenden Selbstmord des Akkordarbeiters Berthold Traub wäre ich mit Lämmle und Konrad Schnell nicht mehr fertig geworden –, hatte ich mit Edmund kaum mehr sprechen können. Wenn er zur Tür hereinkam, schaute ich weg. Am liebsten hätte ich ihm jedesmal, wenn ich ihn sah, mit abgewandtem Gesicht eine Pistole überreicht oder ein geöffnetes Messer. Erst als ich dann in einer Zeitung das Interview fand, das Ernst Wollensak in New York gegeben hatte, war es mir wieder möglich, Edmund aufzusuchen und anzusprechen. Da, rief ich scharf, bitte, hier, lies, Wollensak *ist* in New York, da, schau, schon seit 14 Tagen, jeden Tag werden für ihn Empfänge veranstaltet, da, bitte, schau, er ist in New York lieber als in jeder anderen Stadt der Welt, sagt er, und warum? weil New York die Stadt der Zukunft ist, sagt er, und warum das? weil es eine sterbende Stadt ist, sagt er, er liebt in New York, sagt er, die nach außen gestülpte Unmöglichkeit des menschlichen Daseins, New York, sagt er, ist das andauernde Gericht, hier möchte er bleiben, da, bitte, der ist in New York. Edmund, der wie immer im Bett lag, sagte leise: Laß sehen. Er nahm die Zeitung und las. Ich wartete. Aber er schaute nicht mehr auf. Blätterte auch nicht um. Er schaute einfach die Interviewseite an. Ich glaube nicht, daß er las. Da er nichts sagte, konnte ich auch nichts mehr sagen. Das steigerte natürlich meinen Zorn. Ich schlug, als ich den Dachboden verließ, mit aller Kraft die Türe zu.

Mein größter Triumpf über Edmund war natürlich die

Kündigung. Die schmetterte ich ihm bloß so hin. Da, bitte, aus ist es, im September ist Schluß, nur daß Du's weißt. Er richtete sich im Bett auf, las das Kündigungsschreiben, schaute wieder nicht auf. Ich zog ihm das Kündigungsschreiben aus den Fingern. Er hielt es nicht fest. Er sagte: Das tut mir leid, Anselm. Aber er sah mich nicht an, der Affe. Er wollte mir einfach zeigen, daß ihn die Kündigung mehr treffe als mich. Das wollte ich ihm ja auch beweisen. Aber ich wollte, daß ich es ihm bewiese, nicht er mir. Auf jeden Fall saß er völlig zerdeppert in seinem Bett, schaute vor sich hin, kratzte sich am Hinterkopf, zog einen Mundwinkel kraß hoch, gab einen Schnaufer von sich. Abends war er noch zweidreimal heruntergekommen und hatte sich am Projektmachen beteiligt. Als ich ihn jetzt in seiner grotesken Aufmachung fand, fiel mir ein, daß er am Abend zuvor noch eine seiner großen Reden gehalten hatte. Fast wie früher in Frantzkes, des Blomichschwagers, Salon hatte er geredet und das schmale Kinn herumgeschwenkt zwischen uns. Und wie so oft war es eine schöne Rede über die Impotenz geworden. Diesmal hatte er uns den Anteil der Impotenz an der Bildung seines literarischen Geschmacks erklärt. Von Impotenten geschriebene Literatur sei von Anfang an die für ihn geschriebene Literatur gewesen. Er füge sich hier dem herrschenden Sprachgebrauch, der ja schon *den* Mann impotent nenne, der unfähig sei, eine Erektion zum Zwecke des Eindringens in einen Mann oder eine Frau zustande zu bringen. Auf uns ruht ja, sagte er, so ein Reichsnährstandsfluch von alters her. Er sei immer stolz gewesen auf diese Unfähigkeit. So hätte er sich eben mit keinem und mit keiner einlassen können, geistig, ja! geistig, das wäre nämlich bei ihm die Voraussetzung gewesen, die geistige Berührung und Enge, und dann erst das andere; aber da das eine fehlte, sei ihm das andere unmöglich gewesen. Zeit seines Lebens. Ach Anselm, denk jetzt nicht in die Tiefe zurück zu Lerry und Sophie Möllenbruck: das waren wahre Josefsehen, Schaustücke beide, nur ertragen, um der Umwelt zu imponieren. Er sei immer ein Onanist geblieben, allerdings einer, dem menschliche Gesellschaft viel bedeute, gerade beim Onanieren. Nichts, wobei er dringender des Zeugen, um nicht zu sagen: der menschlichen Nähe bedürfe, sei's eine Frau, sei's ein Mann, daß er sich darbringen könne. Nun, das habe er sich abgewöhnen müssen. Mancherlei Ersatz habe er entwickelt.

Zum Beispiel Bach, zum Beispiel vorbeifahrende Züge. Güterzüge am liebsten. Ein langer, die Schienen schlagender Güterzug, das sei für ihn eines der hilfreichsten Geräusche geworden. Deshalb habe er in den letzten Jahren nur Zimmer in der Nähe von Bahngeleisen genommen. Hier sei leider, auch wenn er alle Dachbodenfenster aufreiße, kein Zug zu hören. Er habe sich aber an einen Tip erinnert, den er einmal von einem alten Artillerieoberst bekommen habe: Kohlensäureanreicherung im Gehirn! Das kann man überall haben, und mit dem Magnifikat zusammen ist es sogar besser als jeder Güterzug. Zur Einstimmung aber unentbehrlich für ihn: die Literatur. Und am liebsten eine, die von Impotenten seines Schlags geschrieben sei, und ob das der Fall sei, spüre er schon nach ein paar Seiten. Übrigens sehe er das noch jeder Kritik an, ob der Kritiker das Buch lobe, weil er in ihm der eigenen Impotenz wiederbegegnet sei. Leider seien die Kritiker viel zu feige, das offen zu sagen. Die Autoren übrigens auch. Alle häkelten irgendwelche Literatur um ihre spezielle Blöße herum und machten ein Vexierbild mit dem Titel: wo steht der Onanist? Er finde ihn in jedem Lieblingsbuch und in jeder Kritik. Fast die ganze nennenswerte Literatur heute sei von Onanisten geschrieben. Wenn er sich etwas übelnehme, dann sei es seine Saumseligkeit und Nachlässigkeit in diesem Punkt: er nämlich wäre berufen gewesen, diesen Sachverhalt im Klartext darzustellen, aber er habe sich immer wieder ins Bett fallen lassen, um den nächsten Güterzug nicht zu verpassen, um es noch einmal zu versuchen, vielleicht gelänge es wieder einmal, es gelänge ja immer seltener, der beste Güterzug ersetze noch keinen zuschauenden Menschen, denn mehr als zuschauen müsse einer bei ihm ja nicht! So bescheiden sein Anspruch, so unerfüllbar! Er geniere sich seit fast 20 Jahren, einen oder eine ums zärtliche Zuschauen zu bitten, na ja, es gebe ja barmherzige Spiegel und die Kohlensäure im Kopf. So hatte er geredet. Elmar hatte rote Backen bekommen vom Zuhören. Weil keiner was sagte, sagte Edmund: Ich säße natürlich, wenn ich getan hätte, was ich hätte tun können oder tun sollen, genau so dumm hier wie ich jetzt hier sitze, weil weder jene Autoren, noch jene Kritiker daran interessiert sind, daß ihre Produktions- und Urteilsbedingung genauer benannt wird, sie tun's lieber durch die Blume, Scheißdichter alle miteinander.

Und nun hatte er sich diesen wunderbaren Tod gebastelt. Als ich das Arrangement begriffen hatte, erkannte ich erst, daß man diese Art zu sterben nicht einfach Selbstmord nennen konnte. Edmund hat in einen Dachbalken zwei Haken geschlagen und daran hat er eine Schaukel aufgehängt, und zwar so, daß er auf einen der alten Spiegelschränke, mit denen wir seine Schlafstelle umstellt hatten, zuschaukeln konnte. Auf dieser Schaukel fand ich ihn. Er hat sich so an die Schaukelstricke gebunden, daß er nicht mehr vom Schaukelsitz fallen konnte. Er trug seidene Strümpfe, ganz neue, hoch modische Damenschuhe und einen Schaumgummibüstenhalter. Gesicht, Hals und obere Brust waren dunkelblaurot angelaufen. Vom Gesicht blätterten Puder und Schminke hell ab. An beiden Armen trug er rote Gummiringe wie man sie für Einmachgläser verwendet. Von den Ellbogen an aufwärts saßen die Gummiringe dicht aneinander. Auch um den Hals 5 eng sitzende

Gummiringe. Und durch 3 dieser Gummiringe hat er ein aus aufgeschnittenen Gummiringen geknüpftes Gummiseil geführt; dieses Gummiseil hat er an einem Bettfuß befestigt. Wenn er nun schaukelte, zog dieses Gummiband die Gummiringe an seinem Hals zusammen, verminderte dadurch die Gehirndurchblutung und bewirkte so die offenbar erwünschte Kohlensäureanreicherung. Auch aus seinem Geschlecht hatte er eine Maschine gemacht. 4 Präservative hatte er sich übergezogen. 2 davon waren eher Korsette oder Rüstungen als Präservative. Und weil er sie zu ihrem Zweck auch gar nicht gebrauchte, hatte er bei allen das vordere Viertel abgeschnitten. An der Basis hatte er jeweils 2 Löcher angebracht, durch die hatte er Nylonfäden gezogen, die führten zwischen seinen Schenkeln durch zwei Bohrungen im Schaukelbrett zum Boden hinab, genau an den tiefsten Schaukelpunkt, da waren sie an einem in den Boden getriebenen Haken befestigt. Ich mußte, angesichts all dieser Praxis, daran denken, daß Edmund ja als Bühnenbildner begonnen hatte. Wenn er nach vorne schaukelte, auf den Spiegel zu, zogen die Nylonfäden seine Präservativmanschette zurück, gleichzeitig verstärkte sich der Zug des Gummiseils, das heißt, die Gummiringe um den Hals wurden enger, die Kohlensäure im Kopf nahm zu; da zog ihn das Gummiseil aber schon wieder nach hinten, er passierte den tiefsten Punkt, Sauerstoff strömte wieder ins Gehirn; die Nylonfäden zogen, sobald er nach hinten schaukelte, die Manschette wieder nach vorne, – da mußte er wohl aufpassen, daß er nicht zu weit nach hinten kam, sonst wäre ihm die Manschette einfach entzogen worden –, und er setzte an zum nächsten Schaukelstoß; je stärker er abstieß, desto enger schnürten die Ringe wieder den Hals, desto weiter zogen die Nylonfäden die Manschette und das, was sie mitnahm, zurück, desto näher kam er aber auch dem Spiegel. Und irgendwann hat es dann offenbar ausgereicht: sein Samen klatschte in den Spiegel. Edmund hat, hoffe ich, noch gesehen, wie sein *lockiges Sperma* sein Spiegelbild traf. Dann ist er gestorben. Erdrosselt also. Ob freiwillig oder unfreiwillig, ist wirklich ohne jede Bedeutung. Auf einem Höhepunkt ist er gestorben. Ich stellte das Tonband ab. Dann band ich den unter den Armen durchführenden Strick los, der ihn auf der Schaukel gehalten hatte. Dann legte ich ihn auf sein Bett, zog ihm den Büstenhalter, die Schuhe und die Seidenstrümpfe aus und versorgte alles im Schrank. Die vielen roten Gummiringe ließ ich ihm. Erstens mußte die der Arzt sehen, zweitens wollte ich, daß er so gerüstet begraben werde. Die rosarote Damenbadekappe, die er trug, zog ich ihm aus. Es stellte sich heraus, daß er insgesamt 3 Badekappen übereinander trug, und eine saß noch enger als die andere. Dann kämmte ich ihn noch mit seinem Kamm. Die Haare waren feucht. Dann deckte ich ihn zu. Dann wischte ich den Spiegel mit einem seiner feinen gestreiften Hemden sauber. Dann suchte ich noch in der Nachttischschublade nach seinen schön goldenen pyramidenförmigen Manschettenknöpfen. Die wollte ich. Die und das gestreifte Hemd nahm ich mit. Das Hemd habe ich in die Mülltonne geworfen.

15

Ich durchsuchte Edmunds Papiere. Von *Didi Madlowa* keine Spur. Aber eine Menge Notizen, die nicht bis zur Satzeslänge gediehen waren. Nur über Spinnen fand sich etwas, das fast einen Zusammenhang ergab.

> And we learn from Sprat's History of the Royal
> Society of an experiment in the seventeenth
> century »of a Spider not being inchanted by a
> Circle of Unicorn's horn, or Irish Earth, laid
> about it«.
>
> W. S. Bristowe

*1   Bald werden die Begriffe ausgehen. Täglich neue
sexualbiologische Entdeckungen. Und jeder Entdecker er-
öffnet für seinen aberranten Typ gleich eine neue Art. Die
Gruppen unsicherer systematischer Stellung nehmen dadurch von Jahr zu Jahr zu. Alles ist in eine verwirrende
Bewegung geraten. Parolen der Unvoreingenommenheit
werden zur Aufforderung zum schrankenlosen, letzten Endes begriffsfeindlichen Naturalismus. Da fragt man sich
doch: Sind denn das überhaupt noch Spinnen? Warum
überhaupt noch Einteilung, wenn jeder Werbungstriller
und jede Insertionscalamität eine Extralegion nötig macht.*

*2   Es gibt ein allgemeines, alle Spinnen verbindendes
sexuelles Verhalten. Und das allen Gemeinsame ist un-
gleich bedeutender, zahlreicher, sinnfälliger . . . als das Un-
terschiedliche.*

*3   Da wir die Werkzeuge viel weniger kennen als nötig
wäre, beschäftigen wir uns mit der Beobachtung ihres Ge-
brauchs. Das setzt aber beim Beobachter eine große Kraft
zur Zurückhaltung voraus. Eben daran läßt es z. B. Pocket
in seiner neuesten Veröffentlichung fehlen. Was Pocket
über das Spinnen des Werbefadens der Phyllonetis lineata
berichtet, enthält zu meinen früheren Angaben (1951)
nichts Neues, ebensowenig wie die Schilderung der Wer-*

bung und der Begattungsversuche (die Begattung selbst wurde also von Pocket nicht beobachtet!!) der von mir 1944 bereits eingehend geschilderten Steatoda bipunctata.

4   Nichts ist in der Wissenschaft so schädlich und nichts so erfolgreich wie die Entfaltung und Anwendung von common sense. Pocket ist Deutsch-Engländer. Womit die Herrschaft des Eindrucks über die Operation bezeichnet ist. So bringt auch die Schilderung der Begattung von Zilla-x-notata und Aranea cucurbitina nicht nur nichts Neues, sondern darüber hinaus noch offenbare Fehler.

5   Kann man mit der Beobachtung, daß das Männchen dem Weibchen bei der Werbung eine Fliege überreicht und das Weibchen diese während der Begattung frißt, gleich wieder eine Familie gründen? Natürlich machen wir heute nicht mehr den entgegengesetzten Fehler, den Montgomery 1903 machte, als er die Erstarrung der Agelenaweibchen während der Begattung für die primäre Begattungshaltung der Spinnenweibchen überhaupt gehalten hat. Er kannte, wie schon Gerhardt bemerkt hat, noch nicht die Begattung der haplogynen Formen. Aber Pocket übertreibt doch wieder einmal die Augenunschuld, wenn er das Herumbeißen des Männchens am mäßig chitinisierten Vulvarand der (abgebrochen)

6   Wenn das Männchen mit einem von einem Weibchen gesponnenen Faden in Berührung kommt, verfällt es in ein krampfhaftes Zucken aller Beine, der Hinterleib macht Klopfbewegungen. Mr. Pocket ist das zu allgemein. Also schaut er angeblich genauer hin, und was sieht er: der Werbefaden, den das Männchen jetzt hinundherrennend spinnt, hat bei den Epeiriden eine andere Färbung als (abgebrochen)

7 1953 publizierte Hermann Wiehle (Dessau) den Satz, daß der Simonsche Satz, daß alle haplogynen Spinnen ihre Taster simultan inserieren, seine Gültigkeit verloren habe. Und schon 1959 freute sich Mr. Pocket darüber, daß wieder ein Gesetz außer Kraft gesetzt worden sei. Er hätte sich schon 1927 freuen können, weil schon damals der große Gerhardt die Beobachtungen an Harpactes rubicundus machte, die Simons Satz widerlegten. Aber wenn ein Gesetz sich als falsch erweist, muß eins gefunden werden, das (abgebrochen)

ÜBER DIE KOPULATION EINHEIMISCHER ARANEAE-ARTEN.

> *Sore wondren some on cause of thonder*
> *On ebb and floud, on gossomer, and on mist.*
>   Chaucer

Die Werbung verläuft wie sie Jeanne Berland geschildert hat. (Ich will mich übrigens nicht als Präzeptor aufspielen, aber daß bei allen Berland-Nennungen oder -Zitaten der Vorname nicht fehlen darf, kann nur jenen Kollegen entgangen sein, die noch – wie z. B. Mr. Pocket – nicht bemerkt haben, daß es zwei Arachnologen dieses Namens gibt: J. und L. Berland.) Wenn ich auch Jeanne Berlands Angaben bestätigen kann, so muß ich sie doch in einigen, wie ich glaube, wichtigen Punkten ergänzen. Mir ist es ähnlich ergangen wie Gerhardt, dem es ja im Frühjahr 1927 nur durch Zufall gelungen ist, die Begattung der Sicariidae wiederholt zu beobachten; er hatte zwar in den attischen Bergen viele reife Weibchen angetroffen, aber erst kurz vor seiner Abreise fand er in seinem Hotelzimmer in Athen ein reifes Männchen, das dann schon am nächsten

Abend (1. V.) mit einem Weibchen die Begattung vollzog. Und dann noch einmal im Zug auf der Heimfahrt von Athen nach Jena. Ich traf in der Nähe von Fürstenfeldbruck im August dieses Jahres mehrfach Paare im Freien in copula. Es gelang mir aber nicht, mit nach Hause genommene Tiere im Glase zur Fortsetzung der Kopulation zu bringen. Im Gegensatz zu Pocket, der in seiner neuesten Arbeit über die Begattung einiger britischer Spinnen offenbar nicht bemerkt, daß er nur das Vorspiel der Begattung, nie aber diese selbst zu Gesicht bekam, weiß ich sehr wohl, daß ich bei den tetrapneumonen Spinnen bisher keiner Begattung beiwohnte. Das einzige Paar von Phormictopus cancerides, das ich von der Firma Karl Hagenbeck bezogen habe, zeigt keine Neigung zur Paarung, seit etwa 2 Monaten.

Als ein Kuriosum nur muß ich doch erwähnen, daß Pocket meine ihm dem Titel nach durch Bristowe bekannten Arbeiten nicht erwähnt, auch, wie mir Bristowe brieflich mitteilt, nicht in einer neueren Arbeit, die mir noch nicht vorliegt.

Natürlich muß das Weibchen reif sein. Wie weit wir kommen, wenn es weiterhin Brauch bleibt, Beobachtungen das Denken ersetzen zu lassen, sehen wir an der Verwunderung des Mr. Pocket über die Inaktivität seines Drassiden-Männchens. Vor lauter Impressionismus hat er vergessen, was Montgomery 1909, Lichtenberg und ich mit ausdrücklicher Bezugnahme auf die Priorität Montgomery's 1944 beobachteten und beschrieben: daß nämlich manche Männchen sich das Weibchen schon vor dessen Reife sichern, dann bis zu dessen Häutung warten und dann zugreifen. Mr. Pocket dagegen wundert sich über die Inaktivität des Männchens, weil er

(abgebrochen)

(Der Verfasser widmet diese Arbeit seinem großen englischen Kollegen E.J.W. Pocket, Ph.D., F.Z.S., ohne dessen bahnbrechende Arbeiten er dieses Buch nicht einmal hätte beginnen können)

Mir imponiert, seit ich es kenne, dieses Prinzip der Trennung von Produktion, Distribution und Konsumtion in der Sexualität der Spinnen. Wenn das Männchen seinen Samen abliefert, so bedarf es dazu keiner geschlechtlichen Erregung mehr, allgemeine Muskelarbeit genügt. Die Taster (!) enthalten die komplizierte Apparatur, die zur Samenübertragung entfaltet wird. In haarigen Kolben, die ein bißchen an Boxhandschuhe erinnern, enden die Taster des Spinnenmännchens. Und aus diesen Kolben (Bulbus) schleudert es einen häutigen und schlauchigen Apparat, aus dem eine Blase schwellen kann, die dann den Samen aus dem Samenschlauch in die Samentaschen, bzw. die dahin führenden Gänge des Weibchens preßt. Embolus heißt die Spitze dieses Apparates. Der Embolus ist das Mundstück des Samenschlauches und bedarf, weil er nicht besonders hart ist, eines Konduktors, der ihn fester umgibt und führt; auch mehrere mehr oder weniger chitinisierte Haken (Apophysen) helfen am vordersten Teil des Apparat, Halt zu gewinnen in der Epigyne des Weibchens; alles Drumherum und vor allem die oft korkenzieherartige Form des Embolus selbst dient dazu, den Samen in die immer schwer erreichbaren Samentaschen zu bringen. Die Gänge verlaufen oft wendeltreppenartig, führen zuerst tief ins Weibchen hinein und in einer Schleife wieder zurück zu den Samentaschen (»weitwegige Vulven«). Es gibt Spinnen, deren Embolus 3mal so lang ist wie sie selbst. Aber der Embolus ist ein reines Transportorgan. Die Ejakulation hat längst stattgefunden, wenn der Samen im Taster, im Samenschlauch, gelagert ist.

Das Männchen trifft auf einen von einem Weibchen gesponnenen Faden: Alarm, Spinnen des Werbefadens, Schwingen der Taster, Schwingen des Hinterleibs, Zucken der Beine, Trillern mit dem Beinpaar I, Reißen am Werbefaden, das Weibchen erscheint, Sprung des Männchens nach den Öffnungen zu den Samengängen, der Nagel (Clavus) auf dem Bauch des Weibchens spreizt sich senkrecht hoch, das Weibchen ist also reif, das Männchen findet Halt am Nagel, entfaltet den Apparat eines Tasters (oder auch beider Taster), versucht, ihn in einen Samengang des Weibchens einzuführen, und wenn es endlich gelingt, mobilisiert das Männchen alle Muskeln und preßt Blut in die Blase, die sich auch aus dem Taster entfaltet; die Blase füllt sich zusehends mit Blut, füllt sich und fällt zusammen und füllt sich; bei einigen Arten richten sich die Haare an den Beinen der Männchen ebenso auf wie sich die Blase füllt, und sie legen sich, wann immer die Blase zusammenfällt. Also Hinüberpumpung des Samens mit Hilfe von Blutdruck. Die 1. Abpumpung des Samens in die weiblichen Samentaschen dauert höchstens 10 bis 12 Minuten. Bei den meisten Arten weniger als eine Minute.

Dann zieht das Männchen seinen Apparat wieder ein und wird jetzt auch von den Araneaeweibchen, die ihre Männchen nach der Begattung aufzufressen gewohnt sind, nicht behelligt, d. h. die »Begattung« ist keinesfalls beendet, die 1. Insertion und Abpumpung war nur ein Auftakt. Das Männchen spinnt jetzt nämlich ein kleines Stückchen Netz, meistens ein dreieckiges, reibt seinen Hinterleib an diesem Netz solange hin und her, bis es ejakuliert. Es gibt sogar Spinnen, die in ihr IV. Beinpaar ein 1 cm langes Stückchen Faden nehmen und mit diesem Faden dann an ihrer Geschlechtsöffnung auf und abreiben, bis der Spermatropfen austritt und auf dem kleinen, sogenannten Spermanetz liegt wie eine Perle auf dem Samt. Jetzt dreht sich das Männchen und taucht seine beiden Tasterenden, die Emboli, also die Samenschlauchmundstücke, in den Samentropfen ein und bewegt beide Taster alternierend im Tropfen auf und ab, ohne daß die Taster den Samentropfen noch einmal verlassen, bis er ganz aufgesogen und aufgetupft ist. Eine Art befördert den Tropfen zuerst mit den Fängen in den Mund und läßt ihn dann dort von den Tastern auftupfen. So aufgetankt, kehrt das Männchen zum Weibchen zurück und versucht die nächste Insertion. Bei manchen reicht dieser 2. Tropfen stundenlang, andere müssen nach jeder Insertion absteigen, das Spermanetz rasch neu überspinnen und sich einen weiteren Tropfen abreiben, den auftupfen, hintragen und hinüber- und hineinpumpen ins Weibchen. Aber jede Insertion dauert jetzt länger. Die ganze Serie kann sich über Stunden hinziehen.

Wie das Männchen zu seinem Samen kommt, ist nach menschlichen Begriffen Onanie. Nur daß das Spinnenmännchen sorgfältiger umgeht mit dem Produkt. Und es braucht das Weibchen in der Nähe, sonst fängt es erst gar nicht an.

Dieser autoerotischen Praxis der Samenproduktion entspricht ganz und gar, wie das Weibchen jetzt weiter verfährt. Die Samen lagern in der Spermathek, bis das Weibchen seine Eier ablegt. Wenn die Eier den Gang an der Spermathek vorbei passieren, werden sie durch den Samen befruchtet. Also keinesfalls im Augenblick der Begattung. Etwa nach 1 Minute beginnt beim Menschen schon das sogenannte Leben. Das Spinnenweibchen hat seinen eigenen Rhythmus. Es nimmt Sperma in Empfang, quittiert den Empfang, z. B. durch Verspeisen des Männchens. Die Einführungsgänge führen nur bis zu den Samentaschen. Von dort werden die Spermatozoen später durch die Befruch-

tungsgänge den Eiern zugeführt. Damit hat aber das Männchen längst nichts mehr zu tun. Es gibt einige Arten, bei denen das Samenschlauchmundstück nur an die Einführungsöffnung des Weibchens angelegt wird, da sind dann die weiterführenden Gänge des Weibchens drüsig und übernehmen den Transport. Emboli, die nicht tief eindringen, haben im Samenschlauch eine kugelige Erweiterung, die sogenannte Fickertsche Drüse (1875 von Fickert im männlichen Taster von Lepthyphantes mughi entdeckt). Da diese Drüse sich nur bei kurzen, stumpfen, uneinführbaren Emboli findet, nie aber bei langen, wendigen, spiraligen, tiefdringenden, kann sie nur einer chemischen Zubereitung des Samens zur besseren Transportierbarkeit dienen. Und die Vulven dieser Art sind dementsprechend kurzwegig, die Einführungsgänge drüsig. Das heißt, alle geschlechtliche Differenzierung ist bei den Spinnen dem Samentransport, der Samenübertragung gewidmet. Wie wenig Partnerschaft für diesen Transport, außer der werkzeughaften Entsprechung, nötig ist, sieht man auch an den abgebrochenen Kopulationsorganen, die sich oft in den Samengängen und -taschen der Weibchen finden. (Siehe Fr. Dahl, 1902, Über abgebrochene Kopulationsorgane männlicher Spinnen im Körper der Weibchen. Sitzungsbericht der Gesellschaft naturforschender Freunde. Berlin).
Am deutlichsten machen die Beziehung eben doch die Araneaeweibchen: wenn deren Samentaschen voll sind, erlischt in ihnen der Trieb, sich das Vollgepumptwerden weiter gefallen zu lassen, sofort. Das Männchen pumpt noch, merkt wohl auch, daß gerade voll ist, streckt seine Beine, gerät mit denen dem Weibchen vor die Fänge, das beißt zu, das Männchen stirbt, während es seinen Embolus noch im Weibchen hat, das Weibchen zieht das tote Männchen aus seiner Vulva, spinnt es ein und frißt es. Das heißt, sobald die Taschen voll sind, ist das Männchen wieder das Beute-

tier. Das ist zweifellos biologisch vernünftig. Warum sollte man auch einen Körper der eigenen Art irgend einem Fremdling zum Fressen überlassen: vor 300 Millionen Jahren, als die Fliegen noch knapp waren. Aber so traditionsreich ist auch dieser Geschlechtsverkehr. Auf nichts bedacht als darauf, kein bißchen Samen verloren gehen zu lassen. Deshalb ist diese Übertragung auch keiner sogenannten sexuellen Erregung anvertraut, sondern einem hoch verfeinerten Apparatesystem. Diese Übertragung eine Begattung zu nennen, ist grotesk. Die hohe neurologische und muskuläre Konzentration der beiden Beteiligten ist nötig, weil die Funktion so kompliziert ist, und die ist so kompliziert, weil sonst ein Tropfen daneben gehen könnte. Oft springt oder steigt das Männchen 20 mal, bis eine Insertion gelingt. Und dann wird durch Fixatoren, Haken, Klammergriffe und schraubenhafte Drehung des ganzen Apparates um 180° und manchmal auch noch durch zusätzliche Verwindung des Weibchens eine sichere Verbindung hergestellt, jetzt erst kann gepumpt werden. Es handelt sich um ein Ankoppelungsmanöver, das eher an Weltraumschiffe als an die stürmische sexuelle Invasion erinnert.

Ich schildere diese Fortpflanzungspraxis nur, weil ich beweisen will, daß die ältesten geschlechtlichen Praktiken solcher Art waren. Daß die Begegnung des Weibchens mit dem Männchen dann Erregungen auslöste, die sich bis zum Menschenmöglichen verselbständigen konnten, ist eine Folge der zuerst nichts als technischen Konzentration, die nötig war, um
(abgebrochen)

Daß die Araneaeweibchen ruhig an der Fliege weiterfressen, während das Männchen seinen Samen herüberpumpt, zeigt ja auch schon, was ich meine. Sie fressen doch einfach weiter. Mr. Pocket anthropomorphisiert einfach drauflos, wenn er das Herumbeißen auf den Epigynewülsten für Liebesspiel hält.

Da wundert man sich nicht mehr, daß Pocket behauptet, die Männchen reinigten den gerade nicht inserierten Taster mit den Mundwerkzeugen. Das Inserieren war ja für Pocket etwas Geschlechtliches, und Geschlechtliches ist unrein, also muß da rasch »gereinigt« werden. Eigentlich hätte ich bei Pockets pansexuellem Beziehungswahn erwartet
(abgebrochen)

Die Fortpflanzung ist nicht
(abgebrochen)

Das Sexuelle ist nichts
(abgebrochen)

Ich bin von mir selber verschieden genug
(abgebrochen)

Mr. Pocket, was kann ich denn noch tun? Kann ich mehr tun als Ihnen alles zu widmen? Warum lassen Sie mich nicht, obwohl ich Ihnen doch sozusagen vor die Füße gestürzt bin
(abgebrochen)

Schon Aristoteles fiel auf, daß die Hinterleiber der Kreuzspinnen bei der sogenannten Begattung voneinander abgewandt waren. Die Geschlechtsöffnungen beider Geschlechter sind aber am Hinterleib. Erst Lister (De araneis Angliae, London 1678) setzte die aristotelische Beobachtung fort: Non alio pene usus est quam antennis. Lister war praktisch schon weiter als Pocket, weil er
(abgebrochen)

16

Morgengebet. Ich geh ins Clo, lasse mein Wasser in die Porzellanschlucht prasseln, eine kleine Spinne hat ihr Netz über die Schlucht gesponnen, ruht am Rand dicht über dem Wasserspiegel, oder sie wartet, erschrickt aber durch mein Geprassel, große Tropfen schlagen links und rechts von ihr auf der Porzellanschräge ein, hastig fußelt sie nach oben, glaubt sich zwischen kleiner werdenden Tropfenhügeln schon gerettet, ich ziehe ab, die Riesenflut stürzt von allen Seiten herab, die Spinne zieht sich, 1 Zehntelsekunde bevor das Wasser eintrifft, zu einem winzigen Ball zusammen, stellt sich tot, wird mitgerissen. Amen. Ich gehe frühstücken.

An dem Unglück drüben ist niemand schuld. Das stellt sich allmählich heraus. Wenn etwas nur unter einer großen Anzahl von Bedingungen möglich ist, ist offenbar ein Versagen immer auch auf ein Versagen einer großen Anzahl von Bedingungen zurückzuführen. Die Verantwortung ist also technisch so verteilt, daß sie keiner mehr hat. Und das versteht man. Was da ermöglicht werden soll, kann nicht mehr persönlich verantwortet werden. Die Verantwortung muß vielmehr durch Aneinanderkettung der Bedingungen aus der Welt geschafft werden.

Möglich ist natürlich immer auch das Attentat. Das ist immer die einfachste Lösung: bei einem im Gehirn hat eine Bedingung versagt, er hat durchgedreht, hat die Stromzufuhr gekappt, das Notstromaggregat hatte er schon vorher betriebsunfähig gemacht, also waren die, als der Strom ausfiel, ohne Strom, und das heißt da drunten: ohne Sauerstoff, ohne Licht, ohne Wärme, ohne Kraft. Vier von den als tot Gemeldeten haben ihren Tod inzwischen dementiert: Justizminister Schieler, Generalstaatsanwalt Schüle, Bankier Sir Siegmund Warburg und Komponist Nacke Dominick Bruut. Die waren in der Unglücksnacht gar nicht in Blomichs »Knochen«. Also nur 7 Tote. Herr Blomich, Professor Keckeisen, Hans Helmut Dieckow, Elke Moog, Siegrid Malle, Solange d'Estaing, Hilde Meßmer. Maria Grabherr hat es nur Heinrich Müller zu verdanken, daß sie noch lebt. Sie hätte servieren sollen. Aber Heinrich Müller, der sich an Pfingsten mit Maria Grabherr verlobt hat, duldete es nicht, daß Maria die ganze Nacht im »Knochen« drunten serviere. Soll doch eine von den Schicksen, habe er zu ihr gesagt. Also mußte die Kölsche ein anderes Mädchen engagieren. Hilde Meßmer, 22. Karin war mit Wollensak in Blomichs Haus auf Capri. Rosa sagte: Das ist überhaupt die größte Schweinerei. Am 15. Juli, also einen Tag später, wollte die ganze Gesellschaft hinunterfliegen zu Karin nach Capri. Aber irgendeiner oder -eine muß auf die Idee gekommen sein, im »Knochen« eine 14. Juli-Party zu feiern. Der »Knochen« wurde also mit vielen Quadratmetern Tricolore geschmückt; davon ist im Haupthausdachboden ein schier unendlicher Vorrat aus den Jahren 45 und 46; Blomich hat damals sein Anwesen dem General Lattre de Tassigny als Residenz zur Verfügung gestellt. Dann muß noch irgendeiner oder -eine auf die Idee gekommen sein, ABC-Alarm zu spielen. Also zogen sich alle in die westliche Kugel zurück, die Türen zum zylindrischen Gang und zur östlichen Kugel hatte man verschlossen, die Normalbelüftung wurde ausgeschaltet, eingeschaltet wurde die Schutzbelüftung, d. h. jetzt wurde die Luft mit Hilfe eines Elektromotors durch 3 Kubikmeter Grobsand hindurch angesaugt. Dann muß jemand auf die Idee gekommen sein, die Stromzufuhr zu unterbrechen, vielleicht um zu beweisen, daß ja das Notstromaggregat zum Überleben genüge. Dann muß jemand auf die Idee gekommen sein, das Notstromaggregat betriebsunfähig zu machen, um zu beweisen, daß man, wenn man einander genügend oft abwechsle, auch mit der Handkurbel die Schutzbelüftung in Gang halten könne. Dann muß einer an der Kurbel auf die Idee gekommen sein, die anderen ein bißchen zu schokken, durch langsames Kurbeln. Dann hatten alle schon ziemlich getrunken. Dann wollten wohl mehrere auf einmal kurbeln, weil sie dachten, der an der Kurbel sei schon zu betrunken. Dann ist es wohl durch Mißverständnis und Trunkenheit und Sauerstoffmangel zu einem Kampf um die Kurbel gekommen. Dann wurde wohl durch diesen Kampf das bißchen Sauerstoff in der Kugel noch rascher verbraucht. Dann erstickten sie wohl alle miteinander oder nacheinander. Die Staatsanwaltschaft schließt ein Attentat nicht aus. Dann wären's Radikale gewesen. Die Bundesanwaltschaft hat sich eingeschaltet.

Die Toten hätten, sagt Maria Grabherr, Schaumpilze vor dem Mund gehabt. Und am Boden, sagt sie, war ein Blutsee. Und dazu lachte sie wieder, daß man's nicht unpassend finden konnte. Nun wird sie ja bald Frau Müller heißen.

17

Am schönsten, dachte ich bis gestern, ist dieser Sommer noch für Lissa. Die Kündigung hatten wir ihr verschwiegen. Alissa berichtete jeden Abend neue Taten Lissas aus der Küche. Umsichtig ist sie, vorsorglich, ruhig und flink und macht aus dem Handgelenk Saucen von solcher Feinheit, daß Alissa mir sagen muß, daran sehe sie, daß sie in der Küche eine Dilettantin bleibe, und woher die das bloß habe, solche Saucen. Selbstverständlich sage auch ich während des Essens immer wieder einmal zu Lissa hin: Also das ist wieder eine Sauce heute. Also das ist direkt unheimlich, was das wieder für eine Sauce ist heute. In der Küche ist es, seit der Baron im Kündigungsschock sich hat verhaften lassen, ruhiger geworden. Froni ist jetzt sanft und schmiegsam. Nie mehr höre ich seit dem Alissa grell schreien: Wer hat denn jetzt die Beize da reingeleert, mein Gott, Baron, die Beize ist hin, was machen wir jetzt um halbelf ohne Beize, ja, was denken Sie sich eigentlich, also ich weiß mir bald nicht mehr zu helfen, wirklich, ich weiß es nicht mehr! Die Arbeit des Barons hat, seit er aus dem Krankenhaus zurück ist, Elmar übernommen. Er hat sich in Lissa verliebt, sagt Alissa. Aber er sagt zum Glück nichts. Er wird nur wieder öfter rot. Lissa arbeitet, legt sich in der Zimmerstunde in die Sonne, schwimmt, arbeitet weiter, dann geht sie ins Bett; sie teilt das Zimmer mit Philipp.

Alissa drängte. Wenn wir nicht bald was unternähmen, sei es zu spät für Herbst und Winter, wieder verliere Lissa Monate, bald 22 sei sie jetzt und habe keinen Beruf, warum nicht in eine PH, auf jeden Fall müßten wir endlich reden mit ihr, daß sie nicht selber davon anfange, sei bedenklich, in der Küche kann sie ja nicht bleiben, oder! Also gut. Im Vorbeigehen, sagte ich, leichthin, Lissa, ob du mal heute mit deiner Mutter und mir Kaffee trinken würdest? Ich, wieso, was ist los, wenn was ist, sag es doch gleich, komm, drück nicht herum, was ist denn? Ach, überhaupt nichts, wir dachten einfach, wir sollten mal wieder Kaffee trinken mit einander, und Samstag ist auch, also bitte.

Alissa und ich saßen schon, sagten nichts, da kam sie herein. Perfekt gekleidet. Als müsse sie sich irgendwo vorstellen. Und bis aufs äußerste gekämmt. Und Platz nahm sie erst nach kurzem Zögern. Als hätte sie eine höfliche Aufforderung erwartet. Und schlug die Beine ein wenig über einander. Und Alissa mußte ihr den Kaffee einschenken. Offenbar war überhaupt nichts mehr selbstverständlich. Ihre Zähne saßen fest in der Unterlippe. Ich dachte: Das kann ja gut werden. Und: Bitte, Alissa, fang du an. Aber Alissa sah zu mir her. Aber dann mußte sie doch anfangen. Vorsichtig wollte sie die Kündigung vermitteln. Aber Lissa sagte, sie sei doch nicht blöd, was wir denn eigentlich dächten, das sei mittlerweile rum, daß der Laden hier dichtgemacht werde. Das ist eigentlich wahr. Was hatten wir eigentlich gedacht? Alissa, hatten wir eigentlich gehofft, keiner der Gekündigten werde darüber je ein Wort verlieren? Also gut, um so besser, wenn du's schon weißt, dann hast du dir sicher schon Gedanken gemacht? Gedanken? Was für Gedanken denn? Wie's weitergehen soll, und so, was du machen willst, wo du hin willst, eben, wie alles werden soll ab September, es ist ja immerhin Juli jetzt. Was macht ihr, fragte sie ziemlich leise zurück. Alissa sah zu mir her. Aber zu lange durfte mit der Antwort nicht gewartet werden, sähe ja gleich nach Ratlosigkeit aus. Ach, wir, sagte Alissa, wir finden schon was, aber du... Aber ich, sagte Lissa, was ist mit mir? Du mußt doch weitermachen, sagte Alissa. Was weitermachen? Das Studium, sagte Alissa, oder ein neues anfangen, zum Beispiel... Hör auf, sagte Lissa und stand auf. Sie sagte das ziemlich laut. Ziemlich heftig. Stand noch, schaute auf die Sessellehne hinunter. Dann ging sie hinaus. Alissa sagte: Du mußt sie holen. Ich rannte raus. Lissa! Sie ging weiter. Ich kriegte sie noch vor der Treppe. Bitte, sagte ich, was soll der Quatsch, jetzt bleib doch noch. Sie versuchte, an mir vorbeizukommen. Bitte – bitte, Lissa, wir müssen doch bloß mal reden, also reden müssen wir doch, ich meine, es ist ja völlig egal, auf was wir dann kommen, bloß irgendwas muß es ja sein, jetzt sei doch nicht so! Jetzt komm doch. Ich hatte sie schon fast an der Tür, da erschien unter der Tür Alissa, da scheute sie wieder, wollte wieder weg, da hielt ich sie, da drückte sie kräftiger, da mußte ich auch kräftiger zufassen, da begann sie zu schreien, vor allem Nein-nein-nein, und: Ich geh-

nicht-da-könnt-ihr-machen-was-ihr-wollt-ich-geh-nicht.
Aber dann heulte sie fast nur noch. Da hatten wir sie aber
auch schon wieder drin im Zimmer. Türen und Fenster zu.
An der Tür stand ich, Alissa am Fenster, wir schwitzten.
Lissa stand mit dem Gesicht zur Wand. Es schüttelte sie. Ich
ging zu Alissa hin und sagte fast unhörbar leise: Es hat
keinen Zweck. Lissa hatte davon sicher nur einen z-Laut
und das ck gehört, aber das genügte, daß sie wieder anfing
Nein-nein-nein zu schreien undsoweiter. Ich näherte mich
ihr sehr vorsichtig. Ich hatte mal im Fernsehen einen in
Afrika gedrehten Tierfängerfilm gesehen. Sobald sie mich
hörte, schrie sie, ohne sich herzudrehen: Geh-weg-nicht-
komm-nicht-näher-nicht-bitte-nicht-laßt-mich-doch-so-
laßt-mich-doch-ich-kann-doch-nicht-ich-kann-doch-nicht-
ich-kann-doch-nicht. Sie wurde immer lauter. Wahrscheinlich liefen draußen schon die Leute zusammen.
Ich ging mit möglichst hörbaren Schritten weg von ihr.
Ging auch nicht mehr zur Tür, sondern zum Fenster zu
Alissa. Und in dem Augenblick sah ich drunten über die
Liegewiese Maria aufs Haus zurennen. Sie rennt, da sie
immer schwerer wird, eigentlich selten. O Lissa, dachte
ich, jetzt schreist du schon, daß Maria aus dem Haupthaus herüberrennt. Und Maria rannte unten ins Haus,
rannte herauf und herein und auf mich zu, lächelte nicht,
konnte überhaupt nicht reden, kümmerte sich aber auch
nicht um Lissa. Lissas Schreie versackten erst, als Maria
versuchte, Herr Kristlein zu sagen und es nicht sagen
konnte vor lauter Stottern, vor lauter Atemlosigkeit und
Schreck. Heinrich Müller war nicht da, darum holte sie
mich. Wohin holte sie mich? Guido-Drea-Philipp? Welches
würde da liegen. Kommen Sie doch, sagte sie, als wir schon
fast drüben waren. Das war ein Satz, den sie offenbar viel
früher hatte sagen wollen, aber erst jetzt war er ihr gelungen. Die Lindenallee zum Hafen hinunter zog sie mich

und hinaus auf die Hafenmauer und hinaus auf den Steg
zum Badehaus und auf die Seeseite des Badehauses, dann
zeigte sie steil hinunter: angelandet, vom Wellenschlag gegen die das Badehaus tragende Pfahlreihe gedrängt,
schwamm da drunten, tot und aufgetrieben, Frau Leoni
Kölsche. Ich holte den diensttuenden Wächter und 2 spanische Gärtner. Die Spanier taten die Arbeit. Ich dirigierte
zum Schein. Frau Kölsch hatte sich 2 Schlingen um den
Hals gelegt, 2 laufende Schlingen, und die Enden hatte sie
je an einem Handgelenk festgebunden, dann war sie ins
tiefe Wasser gesprungen. Falls sie, was sie wohl gefürchtet
hat, noch Schwimmbewegungen machte, zog sie mit jeder
Schwimmbewegung nur die Schlingen um ihren Hals noch
enger. Ich ging hinüber zu uns und meldete, Frau Kölsche habe den Freitod gesucht und gefunden, und zwar
im Wasser. Ich verzog dabei das Gesicht zu jenem Ausdruck, den ich bei Maria gelernt hatte, man könnte
Grinsen sagen. Abends im Bett teilte ich Alissa mit, was
sich Frau Kölsche hatte einfallen lassen. Alissa sagte: Ja,
das habe ich schon öfter gedacht, es gehört auch eine praktische Begabung dazu. Ich sagte, das hätte ich auch schon
öfter gedacht. Dann sagte ich, das käme immer öfter vor,
daß wir das gleiche dächten.

18

Endlich hängen vor jedem Fenster die Spinnennetze. Sezer
hat jetzt so lange auf die Gäste eingeredet, bis die einsahen,
daß es ein besseres Schnakengitter nicht gibt. So ist das
Haus kurz vor unserem Auszug noch eine Festung geworden. Selbst die Schuhöffnungen sind jeden Morgen fein

übersponnen. Und draußen jeder Busch. Da zur Zeit jedes Fädchen zur Tautropfenkette wird, und die Spinnen nicht EINEN Zweig auslassen, sieht am Morgen alles aus wie eingepackt. Wir können gehen. Der Sturm schüttelt die Netze, wirft uns das Laub vor die Füße.

Heinrich Müller wird mit Telmon, Ajas, Medon und Teuker auf das Haus zurücken und eindringen. Telmon, Ajas, Medon und Teuker sind schärfer geworden unter Müllers Hand. Sie dürfen nicht mehr herrennen zu einem und schnüffeln. Sie müssen immer um Müller herumrennen und warten, bis er sie auf ein Ziel hetzt.

Ich denke nicht daran, pünktlich auszuziehen. Die Kraft, unauffällig zu sein, ist geschwunden. Ich hatte nie Spaß daran, unauffällig zu sein, ich hatte nur nicht die Kraft, mich durchzusetzen; also mußte ich versuchen, mich anzupassen. Schon das wurde von Jahr zu Jahr anstrengender. Jetzt habe ich auch die Kraft zur Anpassung nicht mehr. Die Kündigung ist fast ein Ausdruck dafür. Sie wirkt auf mich wie von mir veranlaßt. Ich kann es Heinrich Müller nicht ersparen, mich hinauswerfen zu müssen. Über meinem geliebten Papier wird er mich finden. Und mein Gesicht wird einen ruhigen, bzw. menschlichen Ausdruck zeigen, der ihm neu ist. Ich bin ziemlich sicher, daß ich mir durch Lesen und Schreiben einen solchen fast gefestigt wirkenden Ausdruck erwerbe. Behauptung oder Selbstbehauptung, das wird er an mir bemerken. Und schon deshalb bleibe ich an meinem Schreibtisch, bis er kommt. Müller gegenüber ist es wichtig, daß meine Gesichtszüge fest sind und fest bleiben, wenn er mich anschaut und dabei seine Seeräuberaugenbrauen hochzieht und die Lippenschläuche in die Breite dehnt, bis als erstes der Zwischenraum zwischen seinen Schneidezähnen sichtbar wird. Egal, ob ich vom Lesen oder Schreiben aufschaue – aber es muß Lesen oder Schreiben sein, eine der beiden Quellen, mein Herr –, die Hunde werden es noch vor Ihnen bemerken, daß ich nicht nach Angst rieche, also werden sie zu mir herfinden mit nichts als neugierigen Schnauzen, und Sie werden an der Tür stehen bleiben müssen, ohnmächtig, bzw. angenagelt vor Staunen über meine Kraft.

19

Alissa führt ihr Innenleben in Wachstuch weiter. Sie ist inzwischen bei Heft XXIII angelangt. Ich habe mir das Heft XXIII heimlich ausgeliehen. Ich brauche Informationen über Alissa.

Was glaubst du, für wen ich mir diese Löckchen eingedreht habe. Das sagte gestern jemand, nicht ich.
Zwischenblutungen. Ich soll einen Krebsabstrich machen lassen.

Am meisten erinnert mich der Spätwinter. Am allermeisten der Frühling. Mehr noch erinnert der Sommer mich. Noch mehr der Herbst. Am meisten aber der Spätwinter.

Seine barbarischen Schwächeanfälle.

Die Möwe läßt sich tragen, mir fällt der Kopf ungefangen.

Es prasselt. In der Höhe. Das Datum. Nach Ostern. Ich höre husten. Ich frage mich.

Traum:
Mein Vater liegt im Bett. Seine Operationswunde ist an der Schläfe. Immer wenn er hustet, wulstet Fleisch von innen

aus der Wunde. Ich sitze am Fußende des Bettes. Vater beginnt mit den Gliedern zu zucken und zu arbeiten, ich weiß, das ist der Todeskampf, ich schaue weg, sehe aber jetzt die Augen, ganz nah, sie gehen aus.

Traum:
Um irgendeine sportliche Übung besser ausführen zu können, schneidet sich Anselm beide Beine ab. Gleich unter den Knien. Ich schreie ihn an. Beide Beine haben Schnittflächen wie große Würste. Dann schluchze ich in Gegenwart irgendeines Menschen, Anselm und ich hätten doch immer vorgehabt, lange miteinander zu wandern, dafür hätten wir doch gelebt. Dann fällt mir ein, daß ich Anselm in einem Wägelchen fahren könnte.

Traum:
Wir rennen vor Flutwelle ins Haus. Darin Notquartier für viele. Am Tisch zwei Männer in zerfetzten Kleidern, mit Hüten, lesend. Rufe in den Raum, daß das ja Männer seien. Schäme mich gleich und entschuldige mich überschwenglich, weil die zwei aufschauen, erschrecken, und ich erkenne, daß die Kostümierung als Männer nur als Tarnung zur Lektüre des Kinseyreports diente. Zwei Männerarme fahren in meinen Ärmeln empor, feuchter Kuß. Plötzlich fällt mir jetzt ein, wie es angefangen hat vor dem Tor in Weißenau. Es hat damit angefangen, daß ich mich, ohne mich zu drehen, wie in einer Zentrifuge fühlte und alle Teile von mir nach außen weggeschleudert wurden. Vorangegangen war dieser durchdringende Abscheu vor mir selber. Körper, Gesicht, Verhalten, alles.
Dr. S. drängt einem jedes neue Mittel mit erpresserischer Begeisterung auf. Daß sich die Wirkung verbraucht, kann er sich offenbar nicht vorstellen. Jetzt predigt er von MAO-Blockers.

Drea liegt meistens auf dem Boden, Gesicht zum Boden, und hört Platten. Aber wenn man sie fragt, was das sei, was sie gerade höre, weiß sie es nicht. Sie legt die Platten auf, ohne auf dem Etikett zu lesen, um welche Platte es sich handelt. Es ist auch nicht so, daß sie die Musiken inzwischen einfach kennt und deshalb nicht mehr auf die Etikette schauen muß. Dem Namen nach kennt sie keine Musik, weil sie noch nie auf die Etikette geschaut hat.

Ich fand dieses Aufsatzkonzept von Philipp:
Wozu braucht man in der Biologie Pflanzen? Wenn die Frau Studienrätin sagt, wir sollen Pflanzen mitbringen, dann ist es unsere Pflicht, die Pflanzen mitzubringen. Wenn wir die Pflanzen nicht mitbringen, obwohl die Frau Studienrätin gesagt hat, wir müßten Pflanzen mitbringen, dann sind wir selber schuld, dann tragen wir die Verantwortung für unsere zukünftige Unwissenheit ganz allein. Und noch etwas: wenn wir die Pflanzen, die wir auf Befehl der Frau Studienrätin mitbringen sollen, einfach nicht mitbringen, dann ist das nicht der Nachteil der Frau Studienrätin, sondern unser Nachteil, denn die Frau Studienrätin weiß ja, wie die Pflanzen aussehen, aber wir wissen es natürlich nicht. Wir laufen ja blind in der Natur herum. Das hat die Frau Studienrätin selber gesagt. Wir müssen uns endlich einprägen, was unser Vorteil ist, sonst müssen wir eben eine Strafarbeit schreiben. Und hat denn die Frau Studienrätin nicht durch und durch recht? Ist es denn nicht wirklich viel schöner, eine Pflanze in den Unterricht mitzubringen als einen Aufsatz zu schreiben über den Sinn des Mitbringens von Pflanzen in den Biologieunterricht? O ja, es ist 1000 mal schöner, eine Pflanze in die Schule zu tragen als einen Aufsatz zu schreiben über Pflanzen im Biologieunterricht. Warum haben wir das nicht gleich gewußt! Warum mußte uns die Frau Studienrätin zuerst eine Straf-

arbeit geben? Ob sie uns das auch noch sagen wird, uns Un-wissenden?

Immer wenn der Baron wieder 10 Mark Vorschuß in Emp-fang genommen hat, sagt er: Ich entschuldige mich. Ich be-danke mich. Gnädige Frau. Dann verbeugt er sich auch noch.

Furchtbar, dieser Krüppel heute, ein Teppichhändler, der sich ausgibt als Armenier und Doktor. Der Komplize geht als türkischer Diener. Dr. Bedeejan, stellte er sich vor, ein Bekannter von Anselm! Leider kam Anselm dazu, bevor ich die zwei wieder draußen hatte, so wurde eine Schlacht daraus. Der angebliche Armenier setzte sich, gab seine Krücken dem angeblichen Türken (obwohl, der sah tatsäch-lich aus wie ein Türke) und sagte: Wo stellen wir sie hin, daß wir sie nachher nicht vergessen! und lachte und streckte seine Stümpfe. Gegen meinen Protest wurden nun Tep-piche gelegt. Der Armenier pfiff dem Türken wie einem Hund. Anselm wollte mich ausschalten. Trat als Hausherr auf. Aber der »Armenier« sah wohl an der Einrichtung, was wir wert sind. Manche Teppiche pfeift er, ohne mit uns gesprochen zu haben, wieder hinaus, als täten ihm diese Teppiche leid, wenn er sie in dieser Umgebung lassen müßte. Da, diesen Keshan hält er für angemessen und die-sen Kirman. 5200 der, den könnte er aber für 4300 geben, aber der andere zu 4800 kann keinesfalls gesenkt werden, aber beide zusammen für neun, das geht, das ist die Lö-sung. Anselm hat ein hochrotes Gesicht, glänzende Augen, kniet, und krabbelt auf den Teppichen herum. Und diese Kirmanbrücke für 670. Unseren kleinen Afghan kann er für 500 in Zahlung nehmen. Morgen, gnädige Frau, kön-nen Sie ihn bei mir wieder für 300 kaufen, das zahlt das Fi-nanzamt. Und für die großen zahlen Sie drei an, die rest-

lichen sechs in *12* Monatsraten, bis dahin sind die Stücke sowieso um 40% teurer. Auf seine Prophezeiungen ist Verlaß. Er hat am *13.* August *61* am Ku-Damm einen Platz für *200000* Mark gekauft, den hat er jetzt verkauft für *2* Millionen. Und als Anselm unterschreiben will, renn ich hin und reiß ihm den Vertrag weg und schreie so lang, bis der Türke und der Armenier draußen sind samt den Teppichen. Anselm schlägt die Tür zu, rennt hinauf, schlägt auch oben ein paar Türen zu, irgendwo fällt eine Scheibe aus dem Rahmen und zerbricht. Das ist auf jeden Fall billiger.

Wem ich begegne aus Eis.

Traum:
Ich habe, wenn ich in den Mund lange, dort lauter Blechspiralen, die sich aber entfernen lassen. Anselm soll helfen. Er ist aber spielzeugklein, hat einen schwarzglänzenden Anzug an und ist deshalb ganz glitschig.
Säuglinge im Behälter, nur noch rohe Organe, ich nehme sie aus der Tasse, lege sie auf ein Brettchen, mäßiges Entsetzen. Ich spüre, daß ich meine Tage habe und sehe neben mir große Klumpen Blut liegen.
Warum bin ich nicht Ärztin geworden wie Helga. Warum habe ich mich abfangen lassen von dem. Einfach abgefangen hat er mich. Abends. Am Weg. In der Wilhelmstraße. Als ich vom Audimax kam. Abgefangen. Sich auf Blicke bezogen, mir unter den Rock gegriffen, wie nach einem Schalter, mitgenommen, Tag und Nacht, der Weg war sein Weg, ob ich auch irgendwohin wollte, hat er noch nicht einmal gefragt. Helga ist Ärztin. Und sie hat mehr mit Männern zu tun als ich. Viel mehr. Und schon viel früher. Schon zuhause. Aber sie arbeitet jetzt in Hütten auf den Bermudas, taucht Neugeborene, die keinen Ton von sich geben wollen, rasch ins Eiswasser. Mich verachtet sie, weil ich an

diesem Kristlein hängen geblieben bin. Am Erstenbesten, sagt sie. Sie ist immer noch nicht verheiratet. Und sie ist froh. Ich arbeite lieber für mich als für IHN, sagt sie. Sie schlägt unserer Mutter nach. Sie ist genau so scharf auf Süßes. Ich bin eher wie Papa. War.

Meine Tochter..., entschuldige, Anselm, das ist wirklich ungerecht: daß Drea stundenlang kniend in ihrem Zimmer verbringt, vor immer mehr Marienbildern, und Christus nur als Gekreuzigten anbetet, das hätte ich allein nie geschafft, daran hast du den großen Anteil, deine Zeitschriften, Redensarten, Nacktphotos, Sexreports, Phantasiepräservative, dein ganzes einschlägiges Folterinstrumentarium, und wie du her bist hinter allem, was damit zu tun hat, das dürfte sie verschränkt haben, für immer, u n s e r e Tochter Drea also, von der ich festhalten wollte, daß sie mir alles, was ich ihr kaufe: Bluse, Hose, Rock, Schuhe, einfach wieder vor's Zimmer stellt: unausgepackt.

Traum:
Anselm steht im Keller und ordnet verschmitzt sowohl Eierbriketts als auch richtige Eier in einen Eierkarton. Dabei sagt er immer vor sich hin: das ist es, jetzt haben wir's, das ist es, jetzt haben wir's. Gleichzeitig höre ich ihn grell pfeifen. Großer Schmerz.

Ich verbrauchte in dieser Nacht fast eine ganze Dose Handcreme. Kaum war eine halbe Stunde vorbei, waren meine Hände wieder so trocken und spröde, daß es weh tat, wenn ich die Bettdecke berührte. Ich fühlte mich vergiftet, umstellt, erledigt. Nie mehr hinaus. Keine Menschen mehr. Sobald ich mir sagte, daß ich nie mehr einen Menschen sehen müsse, konnte ich ruhiger atmen. Aber wenn mir wieder einfiel, morgen... Die einzige hilfreiche Vorstellung war, daß ich jetzt einfach wartete, bis die Apotheken geöffnet hätten, dann das Zeug zusammenkaufen, hinüberfahren nach Bregenz, an Mamas Elternhaus vorbeigehen, hinauf auf den Pfänder, tief in den Wald, in irgend eine Bodenfalte, das Zeug schlucken und schlucken, herumgehen im kleinen Kreis, sich an der muldigsten Stelle hinlegen ins trockene Laub, einschlafen. Gegen 6 Uhr putzte ich mir die Zähne. Dabei fiel mir plötzlich ein, was das ist: Gott. Ganz genau die Entsprechung unseres Zustands. Unser weißer Schatten. Gott ist haargenau so groß wie unser jeweiliges Unglück. Daß jemand, obwohl die Bedingungen des Unglücks überhaupt noch nicht abgeschafft sind, Gott für tot erklärte, ist tapfer und dumm. Springt einer mitten im Ozean von Bord, weil er, behauptet er, selber schwimmen könne. Zum Glück will jetzt keiner mehr Gott beweisen. Unsere Not erzeugt ihn von Sekunde zu Sekunde. Das ergibt den Anschein einer Existenz.

Warum dieser Schmerz, mein Herz
warum dieses Weh, meine
Seele, warum diese Schwere
aller meiner Gedanken.

Als ich Philipp die Fingernägel mit dem Stinklack (so sagte die in der Apotheke) eingepinselt hatte, mußte ich wegrennen, ins Zimmer, und heulen. Als ich wieder runterkam, saß er und kaute schon wieder an seinen Nägeln. Er hat entzündete Fingerkuppen. Vom Nägelkauen. Der Arzt sagte, wenn der Lack nicht helfe, gebe es kein Mittel mehr.

Die Lichteinfälle, Lichtsektoren, Lichtspalten, wenn ich im Dunkel liege. Und wer auftritt in diesen Lichtfeldern und sofort wieder mit ihnen verschwindet.

Traum:

Ich bin der Mann und die Frau und schlachte ein Schaf. Neben einem Wasserloch voll schwärzlichen Unrats und weißer Kadaver. Ich weiß, daß es die Wasserversorgung ist. An dem geteilten, auf einen Karren gelegten Tier werden unter der Haut große Fettwülste sichtbar. Aufbruch mit dem Karren. Großer Schmerz. Erleichterung durch das laut gesungene Klagelied: Ihmamit sadash, alai alai. Stoßen auf Guido. Guido soll entheiligt werden. Er ist gekleidet wie ein orthodoxer Jude. Weicht entsetzt zurück. Qual. Versuch, das Lied zu singen, steigert die Qual. Anselm weckt mich.

Ich bin jetzt sicher, daß alles, was wir wissen, nicht ausreicht, das Sichzurückziehen Dreas zu erklären. Sie muß etwas noch Zerstörerischeres erlebt haben. Sie betet praktisch ununterbrochen. Sie macht keine Aufgaben mehr, sie betet. Und jetzt fällt mir ein, daß ich im letzten Sommer unter ihrem Bett die Tassen mit Spucke fand. Als ich sie fragte, sagte sie, das sei noch von der Nacht. Und wieso das? Sie habe Angst, ihren Speichel zu schlucken. Warum? Das konnte sie nicht sagen. Ihr Gesicht sagte es. Vor Ekel. Einige Tage und Nächte konnte sie vor Ekel ihren eigenen Speichel nicht schlucken. Und literweise trank sie Milch. Jetzt liest sie schon seit bald zwei Jahren immer wieder das selbe Buch: M a l e r   N o l t e n.

Mach das nicht nochmal, bitte. Wenn du das nochmal machst, weiß ich nicht, was ich mach. Mach das, bitte, nicht nochmal.

Liegen. Bewegen. Die Zehen bewegen. Den Fuß heben. Drehen den Fuß, die Augen von der Decke bis zur Wand.

Schritte sind über dem Kopf. Was ist, genügt nicht. Also rauche ich zusätzlich.

Schaumkronen. Brecher. Der Wind von der Rhône. Von der Biscaya. Aus der schönen Nachbarschaft. Reisewind. Trockene Zweige stoßen gegen's Fenster. Mein Mark friert. Schmerzstellen brennen. Wind hör auf. Es ist genug.

Immer mehr Verläufe, die man ebenso natürlich wie künstlich nennen kann.

Endlich bist du weg, Sonne, und ansprechbar.

Guidos Astartelächeln.

Wenn, dann geht eben alles schief. Die getrenntesten Bereiche scheinen sich verständigt zu haben. Aber die geheime Verbindung bin ganz einfach ich. Es sieht so aus, als machte ich alles falsch. Auch das Einfachste. A u c h   d a s   E i n f a c h s t e , als gebe es Einfaches und weniger Einfaches! Nur daß man nachher sagen kann zu dir: auch das Einfachste machst du falsch. Dabei ist alles gleich schwierig.

Ich arbeite gern, wenn ich arbeiten kann.

Das erste, was ich verlor, war meine Stimme. Anselm sagt immer öfter: Deine Stimme, schon wieder halbiert.

Im Gefolge dieser Mutlosigkeit werden Belästigungen immer frecher. Mir gegenüber kann sich jeder was leisten.

Bewundert und bewundernd kommt man in die Welt. Wenn alles normal verläuft, verläßt man sie verachtet und verachtend.

Anselms Fähigkeit, alles mitzumachen, ist fast auf mein Maß zurückgegangen. Aber er ist traurig darüber. Oder wütend. Darüber, daß Frauen nur Traggestelle für so oder so sind, wird er nie hinauskommen.

Lissa sagt: Ihr seid alle so feig, ihr Älteren. Sie kommt am meisten hinaus und bringt herein, wie zur Zeit geredet wird.

Er war stärker als ich. Ich war stärker als er. Es war ein wirklicher Kampf.

Wenn ein Reicher zu Besuch kommt, strengt man sich mehr an als wenn ein Armer kommt.

Laß doch. Der Schmerz. Übrigens. Meistens. Die Lösung. Das Wasser.

Ich war einmal. Ich war heiter. Ich muß heiter gewesen sein. Dieser Kopf hat nicht gehalten.

Was schreit. Es siedet. Melde, es siedet. Ich koche. Melde, ich koche. Verkoche.

Litanei macht frei
Scardanelli steht dabei
zwei und zwei ist drei
ich streichle dein Geweih.

Guido übt stundenlang hinterm Haus Schläge mit der Faust und mit der Handkante. Offenbar will er es errei-chen, so gut wie alles mit der bloßen Faust oder mit dem Schlag mit der Handkante zertrümmern zu können. Heute sah ich ihn Glasstücke von alten Gewächshausscheiben mit solchen Schlägen zertrümmern, und er verletzte sich nicht.

In mir ist es dunkel wie im unangebissenen Apfel.

Das Gefühl, ich würde einfach abbrechen, wenn ich mich bücke.

Traum:
Wir schleppen unsere Sachen in ein elendes Haus an der oberen Kante eines Steilhangs. Das Dach der Veranda ist eingesackt. Seitentüren führen in dunkle, verschmutzte Gänge, überall furchtbares Getier. Überdeutlich wird ein Tier in Form von viereckigem Blasentang. Es haftet an den Wänden, kann sich aber in überschnellen Bewegungen hüpfend vorwärts bewegen. Ich halte zur Abwehr die Schere geöffnet bereit, um nötigenfalls das Luftkissen des Tiers zu zerschneiden. Danach, mein' ich, müßte es zusammenfallen.

Heute wieder bis zu den Augen mit Tränen gefüllt, und wenn man mich kippt, fließen sie über. Ich darf mich einfach nicht bücken.

Wenn mir plötzlich auffällt, daß der See jetzt schon seit Tagen laut ist, glaube ich, ich könnte dieses tosende Waschen, Zischen, Schlürfen keine Sekunde länger aushalten. Aber ich kann nicht aufstehen. Und wenn ich aufstünde, könnte ich nicht gehen. Und wenn ich ginge, käme ich nicht von der Stelle. Und wenn ich von der Stelle käme, wäre es, wo ich hinkomme, wie hier.

Traum:
Langsam fährt auf dem hohen Damm ein Güterzug, lauter Tiefladewagen. Auf einem nichts als ein riesiger Kranz. Ich renne unten auf dem holprigen Weg neben her, ziehe auf einem viel zu kleinen Handkarren den riesigen Sarg mit dem toten Blomich und rufe immer halt: Halt, halt, die

Leiche! Aber der Zug beschleunigt, ich komme nicht mehr mit.

Es gelang mir, Drea an den Frühstückstisch zu holen. Aber sobald sie saß, rührte sie sich nicht mehr. Griff nicht nach dem Brot, nicht nach der Tasse. Ich sagte, was hast du? hast du geträumt? Sie nickte. Ich fragte, was sie geträumt habe. Von einem Mädchen mit zwei Stimmen, sagte sie. Ich fragte weiter, aber sie gab kein Wort mehr von sich.

Eine ununterbrochene Abwärtsbewegung seit? Unterhalten können wir uns nur noch über das Datum. Ich glaube, es war ... Es kann auch schon früher angefangen haben. Wir achteten nicht darauf. Wir dachten, das hört wieder auf. Es wird auch wieder aufwärts gehen, dachten wir. Auch fielen wir, von heute aus gesehen, anfangs sanft. Das Tempo nahm dann immer mehr zu. Jetzt ist nicht mehr daran zu zweifeln, daß es ein Sturz ist. Und er bemerkt es nicht.

III. Geldverdienen. Phantasie des Angestellten. Mit dem Segelschiff über die Alpen

> *Wenn du das Einhorn wärst, würden dich Stolz und Wut verderben, und du würdest erlegt werden von deinem eigenen Zorn.*
>
> William Shakespeare: *Timon von Athen*

Wir werden eine Reise machen, Alissa. Zuerst werden wir
die Kinder unterbringen. In der Verwandtschaft. Wir werden mit meinen Verwandten sprechen. Wir werden die
Kinder bitten, solange hinauszugehen. Ich werde sagen:
Geht doch mal in den Stall! Drea wird die erste sein, die
mit nach vorne gefallenen Schultern aus dem Zimmer
schlurft. Mißtrauisch zurückschauend wird schließlich auch
Lissa gehen u.s.w. Also, Arthur, lieber Vetter Arthur, wir
würden gern unsere älteste Tochter..... Nein. Alissa, da
siehst du, wie gut es ist, eine Sache rechtzeitig zu durch-
denken. Arthur Kristlein kommt nicht in Frage. Da sitzt
noch aus der letzten Generation der vom Arsen gelähmte
Vetter Dietrich herum, die böse Tante Agnes ist auch noch
nicht tot, und der jüngere Arthur hat alle Schikanier-
Manieren seines Vaters von dem übernommen. Und der
jüngste Arthur, heißt es, wird wieder genau so. Also Schluß,
nicht nach Ramsegg. Oder: wenn nach Ramsegg, dann nicht
ins Heimathaus der Kristleins. Ein wohlhabender Kristlein
nimmt uns kein Kind ab. Wohlhabend sind sie ja alle nicht.
Aber furchtbar selbständig. Lissa hatte doch früher diesen
fast ironischen Humor. Wir werden sie zu meinem Vetter
Erwin nach Unterreitnau bringen, weißt du, zum Schreiner,
der von der Wohnung den Durchschlupf hat zur Werkstatt.
Das ist auch so eine Art Sinnierer. Als ich ihn fragte, warum, statt einer Tür, dieser Durchschlupf, sagte er: Der
Mensch kann sich auch bücken. Dem soll sie die Wirtschaft führen. Ihre Saucen, sagst du, seien so überraschend. Das wird sich herumsprechen. Erwin kann ja nichts
für sich behalten. Wir zahlen 3000 Mark ein auf ihr Konto.
Ich bin überzeugt, daß sie plötzlich eine Karriere machen
wird. Es muß einfach die Konstellation eintreten. Sie wird

in den *Adler* zum Kochen geholt für eine Hochzeit. Ein Hochzeitsgast, angereist aus Amsterdam, kann sich nicht erklären, wie es kommt, daß er in diesem Nest einer solchen Sauce begegnet. Also wird nachgefragt. Zuerst will die Wirtin alles für sich in Anspruch nehmen, aber das Personal murmelt *Schiebung*, immer lauter, bis eben die wahre Saucenmacherin hinausgeschoben werden muß. Du gibst doch zu, Alissa, daß der Gast aus Amsterdam, dieser Herr mit dem feinsten Geschmacksvermögen, Lissa nicht wird ansehen können, ohne ihr zu verfallen. Das heißt doch, er wird mit ihr noch am selben Abend tanzen wollen, und nun haben ja die Holländer genau die Art trocken daherkommender Laune, die auch Lissa hat, also wird er auch ihre Bemerkungen zu schätzen wissen. Und das heißt: ein besserer Hochzeitsgast hätte überhaupt nicht passieren können, der will sie einfach gleich mitnehmen, von Unterreitnau nach Amsterdam, Alissa, ist dir das klar?! Wir werden 1 Tochter in Holland haben! Ja, gibt es denn ein europäisches Volk, in dem du lieber eine Tochter untergebracht sähest als bei den Holländern? Alissa, sei nicht verrückt, Amsterdam und die Holländer, und Lissa dort als Frau eines kräftigen, gleichwohl zarten, irgendwie an Kirschbaumholz, Ingwer, blanke Wange, blanke Welt erinnernden Holländers, ach Alissa-Ilsebill, mach es mir nicht so schwer, verlang nicht zuviel, du weißt, wie dann die Geschichten enden!

Wir müssen einander endlich eingestehen – bitte, davon darf und wird Lissa nie etwas bemerken, das ist klar! –, daß etwas falsch gelaufen ist in der Entwicklung oder gar in der Erziehung dieses Kindes. Es fällt mir einfach auf, wie dieses normal gewachsene und geistig bisher immer sehr regsame Kind alles, was um sie herum geschieht, auf Saucen bezieht. Das muß dir auch schon aufgefallen sein. Daß sie hell auflacht, wenn wir je in einer Gaststätte essen und sie probiert den Sauerbraten, ist klar. Auch daß sie nur Gerichte bestellt, die von der Sauce abhängen, stört mich nicht. Sie liebt nun einmal Saucen. Aber daß sie gar alle Gespräche, egal wo und mit wem, immer auf das Thema Saucen zu bringen versucht, was heißt: versucht! sie fängt einfach an, von Saucen zu sprechen, verstehst du, das ist es, was ich meine. Nun weiß sie darüber tatsächlich sehr viel. Und zwar in einem internationalen Ausmaß. Und Saucen sind natürlich sehr wichtig. Das alles zugegeben, muß ich doch sagen, daß es mich martert, wenn ich sehe, wie durch irgendeine Fehlmaßnahme oder -entwicklung dieses blühende Mädchen sich reduziert hat auf diese Saucenspezialität. Und ich frage mich, ob wir, in unserer Begeisterung, als wir diese ihre spezielle Kochfähigkeit entdeckten – denn sie kann ja außer Saucen fast nichts in der Küche, das weißt du –, nicht etwas zu weit gegangen sind. Es könnte ja sein, überlege ich heute, daß wir, aus einem gewissen durch Welterfahrung gewachsenen Pessimismus, zu glücklich waren darüber, daß sie nun doch noch ein zartes Begabungsprofil, eine feststellbare Talentinklination zeigte, und daß wir sie dann sozusagen ein bißchen darauf festlegten. Möglich ist es. Auf jeden Fall, glaube ich, bei Vetter Erwin könnte sie das Ungesunde dieser spezialistischen Entwicklung überwinden. Der pfeift auf Saucen. Und ist doch kein Unmensch. Also genau das, was sie braucht. Oder schlag was anderes vor, wenn dir Vetter Erwin nicht paßt. Wohin denn mit ihr, ich bitte dich, sag doch, wohin denn sonst?!

2

Dann haben wir, wenn wir Lissa glücklich auf den Weg
nach Amsterdam gebracht haben werden, noch Guido. Der
ist, das wissen wir, nicht so leicht unterzubringen. Lissa
wird sich ja durch ihre Saucen schon einen Platz erobern
in der vollen Welt. Daran ist doch nicht zu zweifeln. Alissa,
ich hoffe, daß wir daran beide nicht zweifeln wollen. Immerhin hat Guido diese Ruhe, diese Zurückhaltung, dieses Nichtnaseweise, Nichtgleichvorpreschende, diese Art
Gleichgültigkeit, hinter der sich aber doch vielleicht, wer
weiß, eine große, vielleicht sogar wahnsinnig große Aufmerksamkeit verbirgt. Die Schule hat ihn nicht entdeckt.
Nun gut, so entdecke ihn das Leben. Die Wirklichkeit. Es
muß Aufgaben geben, die diese fast gläserne Zurückhaltung
verlangen. In der Politik oder im Gesundheitswesen. Oder
in der Elektronenphysik. Findest du nicht, daß er die Haltung hat, mit der man einem Experiment beiwohnt. Er
stört es nicht. Guido nicht. Der beobachtet. Wir werden
ihn zum Vetter Josef nach Hiltmannsberg bringen. Josef
ist schwer herzleidend, hat kein Telephon, ist Junggeselle,
lebt von einer Beerenanlage und einer Rente. Und es fehlt
ihm am Rückgrat. Er braucht Guido noch mehr als Guido
ihn braucht. Das ist eine Voraussetzung. Und er spricht fast
überhaupt nichts. Du kannst 2 Stunden zu Besuch sein bei
ihm, er spricht nur, wenn du gehen willst. Jetzt bleib doch
noch, sagt er, und sobald du wieder sitzt, ist er wieder still,
schaut vor sich hin und schnauft hörbar. Er wird Guido in
die Beerengewinnung einarbeiten. Ich glaube, Guido wird
die Beerengewinnung interessant finden. Dadurch wird er
aktiver werden. Die Arbeit in der freien Luft wird seine
Krampfpotentiale abbauen. Das wäre dringend nötig, denk
nur, wie er neulich seine Holzsandale Drea mitten ins Ge-

sicht warf, daß sie aus Mund und Nase blutete, und als er das Blut sah, schrie er so, daß alle, inklusive Drea, nur noch ihn trösten mußten. Josef ist übrigens der ärmste Kristlein, den es gibt, aber er ist nicht der schlechteste. Vielleicht läßt sich die Beerengewinnung steigern. Vielleicht führt Guido die biologische Düngung ein in Hiltmannsberg. Wir zahlen 2000 Mark auf sein Konto ein. Die Frage ist nur, wie ihn hinbringen. Ich meine, daß er nicht gleich erschrickt. Wir müssen Guido gut vorbereiten. Oder meinst du, Drea fände das Häuschen samt Beeren attraktiver, ich meine, weil sie doch diese Neigung zum Abseits hat? Aber ich glaube, zu Onkel Josef können wir nur einen Buben tun. Und für Philipp ist Onkel Josef nicht mehr gesund genug. Philipp braucht noch eine starke Hand. Guido kann ja den Fernseher mitnehmen. Das müssen wir gleich am Anfang mit einfließen lassen. Josef wird begeistert sein, wenn wir ihm Guido und einen Fernseher bringen. Ich glaube, Guido wird es sehr gut gefallen bei Josef. Wenn er Josef richtig zu nehmen weiß, hat er praktisch das Paradies dort. Josef hat seine Moden, klar. Wenn einer so lang allein lebt, bleibt das nicht aus. Aber die Geschichten, die man in der Verwandtschaft herumtratscht, zeugen mehr von der Kristleinschen Sucht nach erhöhender und zugleich erniedrigender Selbstdarstellung als von einem wirklichen Zustand. Sicher, durch sein Rückenleiden ist Josef geprägt. In der Stadt würde man sagen, Josef sei verbittert. Aber das stimmt eben nicht. Er hat nur andauernd Schmerzen. Und das wirkt sich auf die Gesichtszüge aus. Alles, was er sagt, geht gleich sehr weit. Er ist eben radikal. Er läßt nichts Gutes an der Welt. Bei jeder Bewegung stößt er Flüche aus. Aber keine lauten, großen Flüche. Zwischen zusammengebissenen Zähnen murmelt er seine Flüche. Sie klingen sanft, aber sie heißen immer so: Blutsau nixige, Sausackermentsackerment u.s.w. Das macht den eigenartigen Eindruck,

dieses fast sanfte Aussprechen von Heilandsjesuskreuzkru-
zifixsackermentsackerment, weil man gewohnt ist, sowas
geschrieen zu hören. Nur wenn er sich auf seinen alten
Schallplattenapparat zu bewegt, flucht er nicht, dann lächelt
er. Er hat 3 oder 4 Platten, ausschließlich Ländler, baye-
rische und österreichische Ländler. Dann sitzt er und hört
diese immer gleichen Ländlerverläufe. Und wenn man ihn
anschaut, spürt man direkt, daß diese Ländler eine nihilisti-
sche Musik sind. Ich bin sicher, Guido und der Fernsehapparat werden Josef eine Hilfe sein. Ich sehe es schon vor
mir, wie sie beide vor dem Fernsehapparat sitzen und
lächeln.

3

Im Stall wird noch trübes Licht brennen. Wir werden ohne
Motor ausrollen, halten, leise aussteigen, zur Stalltür treten, ach ihr sind's, wird Tante Mathilde sagen. (Man betont
das so streng als möglich auf der 1. Silbe.) Ja, wir sind's,
guten Abend, Mathilde (in unserer Familie werden Onkel
und Tanten nie so genannt, nur Vettern reden einander mit
Vetter an), so, wie hast du's, aaah, sind das schöne Stücke,
Heimatland! wie die dastehen, 3jährig, was noch nicht 2¹/₂!
was du nicht sagst, ja sowas, also das hätt ich zuletzt denkt,
daß die noch nicht 2¹/₂ sind, aber der Scheck da ist doch,
was, der am wenigsten, du hast einfach eine Hand dafür,
Mathilde, und heute solche Tiere herziehen, das will schon
was heißen, ohne jede Begünstigung, praktisch gegen den
Staat, völlig auf dich allein gestellt, Schlachtprämien, das
kannst du kriegen, das Positive aber wird nicht honoriert!
ist's nicht so? ist doch so! so ist's doch, oder? Und dann

werde ich ohne weiteres vom Geld anfangen. Mathilde wird begeistert sein. Ein Kind, das so gut wie nichts ißt und 3000 mitbringt und jeden Sonntag zum Kommunizieren geht, ohne daß man es dazu zwingen müßte, wo findest du das heute noch. 3000 Mark, das wird Mathilde uns zuerst nicht glauben wollen. Mach keine Sprüch, Anselm, wird sie sagen, weil sie so geldgierig ist. Für 3000 Mark nimmt sie Drea 10 Jahre lang. Daß eins mehr mitißt, merkt man nicht. Und wenn es wahr wäre, was sie da hört, ein Mädchen, das kaum was ißt, und am liebsten ißt es Obst, ja, das kann es, zentnerweise Birnen und Äpfel und Kirschen auch. Aus 3000 Mark macht Mathilde in 1 Jahr 3500. Und so weiter. Und dann will die ja doch fort in ein paar Jahren. Auf einem Hof bleibt doch keine mehr. Aber das Geld bleibt. Das bleibt auf dem Hof. Bei Mathilde. Bzw. auf ihrem Konto. Auf der Bank. Ach die Bank. Jetzt haben sie in Ramsegg (1450 Einwohner) schon 2 Banken. Mathilde hat bei jeder 1 Konto. Sie muß sich richtig beherrschen, sonst rennt sie jeden Vormittag zu den Schaltern, um in der Nähe ihres Geldes zu sein – sie glaubt ja, das liege dort im Tresor und dabei gedeih' es – und mit den sonntäglich gekleideten Beamten zu plaudern. Also wenn Drea 3000 bringt, wird sie's gut haben bei Mathilde, das ist sicher. Und sie könnte in Ramsegg das Grab meiner Eltern pflegen. Und wie ich sie kenne, wird sie das gern tun. Ich glaube, die Leute in Ramsegg werden binnen kurzem stutzen. Das Grab von Anselm Kristlein und seiner Frau, der geborenen Kennerknecht, blüht auf. Innerhalb von 3 Monaten schlägt dieses Grab einer Kristleinschen Seitenlinie, das Grab einer ruhmlosen Familie, das Grab dieses komischen Geschäftsmanns, den man in Ramsegg einen Baatsche (*a* wie *a* in englisch *law*) nannte, jedes andere Grab auf dem Ramsegger Friedhof. Das machen die tief blau und tief rot leuchtenden Blumen. Höchstens 7 cm hoch. Und kleine Blüten. Aber unzählige. Und so dicht wie ein Teppich. Das Wichtigste aber: die Leuchtkraft. Dieses Tiefblau. Fast ein wenig violett schon. Tatsächlich, die Farben gehen in einander über. Die changieren doch. Dieses Grab lebt plötzlich. Und war bisher immer nur ein vom Regen verwüsteter Erdfleck gewesen, höchstens mal mit elend hängenden Stiefmütterchen bestückt, und jetzt also dieser Ausbruch. Ob die uns auch sowas richten würde, fragt bald eine Rechtsteinerin Mathilde. Und Mathilde wird es sich überlegen und wird Drea ausleihen. Und Drea wird Geld verdienen. Sie wird die beliebteste Friedhofgärtnerin im weiten Umkreis werden. 100, 200, 300 Grababonnements werden ihr aufgedrängt. Sie braucht ein Fahrzeug. Aber sie will keine Angestellten. Sie will selber die Gräber zum Leuchten bringen. Sie will allein sein bei ihrer Arbeit. Glückliche Drea. Und wenn sie dann nachmittags tief aus der Kirche den Organisten üben hört, sagen wir, der heißt Heinrich, dann richtet sie sich auf, geht hinein und hört so verständnisvoll zu, daß Heinrich davon befeuert wird, sie reden, er erkennt, daß sie Stunden nehmen muß bei ihm, und damit wird sie Organistin und fällt in den aufgerissenen Rachen Gottes, Punkt.

4

Von meiner Mutter lebt noch eine Schwester in einem finsteren Ort des Allgäus: Agathe. Auch das wird jäh auf der 1. Silbe betont. Und weil sie nie zum Heiraten gekommen ist, hat niemand dafür gesorgt, daß die aus Kinderzeiten stammende Verkleinerungssilbe abgetrennt worden wäre. 'S Agathle also. Immer mit dem bis auf das s verkürzten

Neutrumsartikel. Steinenbach liegt in einem Loch. Steil steigen die Hänge ringsum an. Eine Straße windet sich hinauf. Steinenbach liegt drunten wie hinuntergefallen, abgesackt. Und 's Agathle wohnt am Dorfende, schon am Anfang des Tobels, aus dem der Bach kommt. Es wohnt allein im elterlichen Holzhäuschen. Im Lauf der Zeit hat es Zimmer um Zimmer verloren an die Feuchtigkeit und den Zerfall, weil es seiner Arthritis wegen nicht mehr Treppen steigen kann. Aber das Parterre hat es noch im Schuß. Der Sandsteinboden ist sauber. Philipp kann ihm helfen, seine immer noch enormen Ansprüche an Reinlichkeit zu realisieren. Ich bin sicher, Philipp wird begeistert sein. Wir waren doch einmal dort. Philipp wollte nicht mehr weg von dem eisernen Pumpbrunnen in der Küche. Daß der beim Pumpen so quietschte, begeisterte ihn. Erinnerst Du Dich? Vielleicht kann Philipp sogar Agathles fürchterliche Schwermut ein wenig lindern. Hat es doch vor 2 Jahren einen Brief in vielen Abschriften durch die ganze Verwandtschaft geschickt und alle aufgefordert, an Fronleichnam – ein Tag, an dem die Sonne zum 1. Mal wieder hinunterkommt nach Steinenbach – bei ihm zu erscheinen zu einer Familienberatung? Es schlage nämlich vor, daß alle Kennerknechts – und wer von den angeheirateten Kristleins schon soweit sei, sei eingeladen – mit einander tiefer in den Steinenbachtobel zögen und tief im Tobel unter den Felsen ein Haus bauten. Die Zeiten seien danach. Die Menschen hätten sich mit ihrer Selbstvernichtung inzwischen so vertraut gemacht, daß dieselbe jetzt jederzeit stattfinden könne. Also hinein in den Tobel und dort beten und arbeiten und bloß keinen mehr sehen von den lässigen Betreibern des Unglücks. In der dunklen kalten Küche werden wir 's Agathle antreffen. Es wird nicht aufstehen können. Die Hand, die es uns reichen will, wird zittern. Dazu wird es sagen: Es ist nicht jeden Tag gleich schlimm, es gibt Tage, da nimmt man's leichter, es will eben keiner sterben, das müssen wir erleiden, bloß weil Eva gesündigt hat. Und plötzlich fällt einem ein, daß 's Agathle ja nicht mitgesündigt hat. Auf der Straße bin ich nichts mehr wert, wird es sagen, auf der Straße bin ich praktisch eine Null.

Philipp wird es aufheitern. Er wird ihm die Geißen melken, das Futter eintun, die Gänse, Hühner, Hasen, Schweine und Schafe versorgen. Was macht ihm denn mehr Spaß als Vorräte anzulegen und zu disponieren! 1500 Mark kriegt er mit. 'S Agathle wird das zurückweisen. Keinen Pfennig rühr ich davon an, wird es sagen. Wisse es denn, womit dieses Geld verdient worden sei! Eben weil man's dem Geld nicht ansehe, sei es mit nichts so vorsichtig wie mit Geld. Es hat den Geldverkehr praktisch eingestellt. Mit Eiern, Milch und Fleisch bezahlt es im Ort, was es noch braucht. Hör mir auf mit Geld, sagt es. Wenn's das nicht gäb, wären wir nicht, wo wir heut sind, sagt 's Agathle. Hör mir bloß auf mit Geld. Gut, werden wir sagen, das Geld kommt auf die Bank, man kann ja nie wissen. Und der ewig plappernde und sich hin und her verbeugende, Vorräte bewirtschaftende Philipp wird Herr der Heimat der Kennerknechts, er wird das Häuschen stärken, daß es dem Brausen des Tobelbachs noch einige Jahre länger standhalten wird. Und 's Agathle wird nicht mehr ständig unter der Vorstellung leiden, es rutsche mal aus, falle hin, liege dann, halb auf der Seite, halb auf dem Gesicht, unfähig, sich noch zu bewegen, und werde bei lebendigem Leib angefressen und aufgefressen von allem, was aus Löchern und Ritzen und am Boden daherkommt. Also für 's Agathle ist Philipp ein Segen. Und für Philipp 's Agathle auch. Basta.

5

Du meinst, es müsse anders kommen. Lissa in München, Guido in Innsbruck, Drea in Zürich, Philipp in Stuttgart. Alle friedlich Wissenschaft mampfend, die bald Geld bringt. Selbst Arabistik oder Musik würdest du gern sehen. Weniger Geld! Bitte. Hauptsache hinauf. Ins Akademische. Einfach, weil man dann hoffen kann, später stünden mehr unter als über einem. Hinaufhinauf, unser Traum. Aber jetzt stell dir vor, uns wäre etwas gelungen. Ich glaube, ich wäre ziemlich ruppig geworden. Bei der nächstbesten Gelegenheit hätte ich gebrüllt. Das hätte ich mir ja leisten können. Und dem und jenem hätte ich's heimgezahlt. Und wenn's mir danach gewesen wäre, hätte ich den und jenen einfach nicht empfangen. Meine Sekretärinnen hätten gesagt: Keine Zeit. Und das Wunderbare: Wenn ich das durch die Sprechanlage gesagt gehabt hätte, wäre ich im Sessel zurückgesunken und hätte es selber durch und durch empfunden, daß ich einfach keine Zeit habe für den. Und das noch Wunderbarere: gleichzeitig hätte ich ganz lebhaft empfunden, wie schön es ist, gerade für den keine Zeit zu haben. Überhaupt alles, was ich getan hätte, hätte ich für richtig und für gerechtfertigt gehalten. Und wenn du erst einmal alles, was du tust, für prima hältst oder doch glaubst, daß es eben besser oder anders zur Zeit und unter diesen Umständen nicht getan werden könnte, wenn du also erst einmal, wie auch immer seufzend, mit dir einverstanden bist, dann kannst du dir praktisch alles erlauben. Dann gibt es keine Grenze mehr. Wenn sich dann mal einer deiner Mitarbeiter umbringt, tut dir das wirklich weh. Wieso bringt sich der um, wo er mich zum Chef hatte, denkst du und spürst einen geradezu erbitterten Schmerz über die Fühllosigkeit dieses Mitarbeiters.

Verstehst du, Alissa, für so einen prima Burschen hätte ich mich gehalten. Dazu neige ich ja sogar jetzt, obwohl ich nicht den mindesten Rückhalt habe. Soviel wie mein Chauffeur und meine Sekretärin hätten in meinem Umkreis keines anderen Chauffeur und Sekretärin verdient, da kannst du dich drauf verlassen. Und in der Kantine hätte ich die Blicke warm auf meiner Haut gespürt. Aber ich wäre trotzdem eher demütig oder verlegen, gewissermaßen abwinkend wäre ich durch die Kantine gegangen. Und das nicht gespielt, Alissa, nicht gespielt!

So gesehen, dürfen wir unseren Kindern nicht wünschen, daß sie's einmal besser haben sollen. Laß sie das erst gar nicht versuchen. Wir setzen sie einfach aus. Vielleicht wehren sie sich. Unsere Generation hat sich überhaupt nicht gewehrt. Rasch und scheinheilig hat sich jeder verabschiedet, ist losgerannt und hat sich salviert. Eine Generation von Überläufern. Ich hör dich sagen: Und das sagt Anselm Kristlein, der fast zerging vor Loyalität. Und ich sage dir: Eher als du mit deiner religiösradikalen Aufmuckerei vernichte ich einen Blomich durch nichts als Loyalität. Du sagst: Also der unsere hat sich schon mal selber vernichten müssen. Ich sage: Ich hätte ihn vernichtet, wenn er es nicht selber getan hätte. Die Kraft dazu ist mir allmählich gewachsen. Umgebracht hätte ich ihn nicht. Du weißt, ich kann nicht töten. Nicht einmal dich, ha-ha-ha. Aber vernichtet hätte ich ihn. Ich hätte ihn gezwungen, sich selber zu erkennen und dann auch noch seine Rolle. Er hielt sich ja für einen Menschenfreund. Die Wahrheit hätte er nicht ausgehalten. Man hätte ihn also gar nicht umbringen müssen. Ihn zu enttäuschen, hätte genügt. Du lachst wie eine Ungläubige. Dann wisse, wie wir hier von je her mit Ungeheuern verfahren: Hinter Maria Schreien hat man einmal einen Basilisk gesehen mit einer feuerroten Zunge. Um die Zeit hat man eine Magd in den Keller geschickt und gewartet. Keine Magd ist mehr gekommen. Eine zweite hinuntergeschickt. Auch nicht mehr gekommen. Und die dritte nicht. Alle sind, sobald sie den Basilisk erblickten, gestorben. Zuletzt ist einer mit einem Spiegel hinunter und hat den Basilisk in den Spiegel schauen lassen. Als der sich selber erblickte, ist er sofort verreckt. So ist das nämlich.

Aber Schluß jetzt mit dem Basilisk Blomich. Die Kinder, Alissa, wir setzen sie aus, das wird ihnen gut tun. Denk an Moses. Sie werden rascher hassen lernen als wir. Sie werden sich nicht alles gefallen lassen. Sie werden Glasscherben nehmen und sich wehren. Sie werden lügen nicht wegen Kleinigkeiten, sondern planmäßig, strategisch, weltverändernd. Sie werden Schläge austeilen. Sie werden uns rächen. Sie werden sich rächen. An dieser Fratzenwelt, an dieser verfluchten, der ich nur noch mit entgleitender Zunge nachzischen kann. Im Versinken. Mit keiner Kraft mehr. Bitte, Alissa, jetzt komm doch endlich. Verlassen wir das benediktinische Gewässer. Dem nichts entspricht.

6

Fortschreibung des Gegentyps. Mehr blind als sehend, sehe ich ihn. Ich seh ihn überhaupt nicht. Sowie ich hinschau, beschlagen meine Gläser. Ich bin praktisch stumm, sobald ich mit Menschen zusammenkomme. Er hält Reden. Er überzeugt. Er hat sich wesentlich dunkler gekleidet als ich. Aber wenn er will, erscheint er morgen in blendendem Kolonialweiß und sagt, DAS sei seine Lieblingsfarbe, man möge das, bitte, zur Kenntnis nehmen. Und man wird es zur Kenntnis nehmen, so wie man bis zu diesem Tag zur

Kenntnis genommen hat, daß Höllenschwarz seine Lieblingsfarbe sei. Er wird die Konzerne bezaubern, daß sie mich nur noch Häusern mit unverschämten Hausordnungen zuweisen. Warum auch habe ich aufgemuckt? Wie konnte ich, ein Mann von solchen Schwächen, gegen ihn aufmucken? Ich verstehe es selber nicht. Meine Abhängigkeit reicht schließlich ins Metaphysische. Genau daher aber kommt seine Unabhängigkeit. Er würde mir, wenn ich es mit mir machen lasse, nach einiger Bußzeit mein Aufmucken vergeben, denn er braucht das Erlebnis seiner Güte. Ich werde trotzdem fortfahren, gegen ihn zu beharren. Ich bin genauso durchdrungen von ihm wie andere. Aber ich möchte ihn wenigstens ausspucken. Er hat in mir eine Entwicklung durchgemacht. Vielleicht auch bewirkt. Da er viel von dem verkörpert, was ich gern geworden wäre, hat er mir etwas erspart. Er hat mir nicht nur eine Laufbahn abgeschnitten, sondern mir auch eine andere ermöglicht. Ich werde es darin nicht weit bringen. Ich habe zuviel Kraft verbraucht in seiner Richtung. Aber in der Gegenrichtung wird man nicht am Weitkommen gemessen, hoffe ich. Dort ist es nicht so wichtig, bemerkt zu werden. Er ist der Superdemokrat. Der vierstrahlige Mensch. Die Überschallexistenz. Der Weltmeister der Menschlichkeit. Ich habe viel zu lange diese subtilste Kapitänshaftigkeit bewundert. Spät erst komme ich dazu, die Bewunderungswürdigkeit wirklich nicht mehr zu bewundern. Ich grüße Konrad Schnell. Der wird mit ihm fertig werden. Der wird es ihm zeigen. Mit Konrad Schnell kann er nicht machen, was er mit mir gemacht hat. Konrad Schnell wird gar nicht erst anfangen, ihn zu bewundern. Der braucht ihn auch gar nicht. Auf Protektion und dergleichen spekuliert Konrad Schnell nicht. Konrad Schnell steht ja nicht allein da. Ich stand allein da. Ich kann mich gerade noch von diesem Gegentyp emanzipieren. Das Ausderhandfressen verweigern u.s.w. Aber ich kann nicht leugnen, daß ich, wenn ich ihn negiere, auch mich selbst negiere. Ich habe mich ihm während all dieses Hinstarrens angeglichen. Insofern bin ich nicht leicht zu retten. Offenbar hänge ich an ihm wie an mir selbst. Aber dadurch, daß ich nicht mehr ganz so wild an mir selbst hänge, hänge ich auch nicht mehr so wild an ihm. Seit ich nicht mehr so werden will wie er, kann ich ohne ihn sein. Ich will nicht mehr unabhängig werden. Solang ich das wollte, wurde ich immer abhängiger von ihm. Von seiner Protektion. Ich bin doch kein Ausstattungsstück, oder? In seinem Gefolge wurde ich eins. Wäre ich gern eins geworden. Schmerzensreich, glorios u.s.w. Ich werde den Absprung finden. Das wird aussehen wie eine Art Selbstmord oder Auferstehung.

7

Das wird, weil sie auftritt wie eine Rettung, die größte Gefahr gewesen sein: die Cousine. Ein Fetzenkleidchen, das sie bei jedem Schritt praktisch durchschreitet, das heißt, sie zeichnet sich so unheimlich ab, wenn sie sich bewegt in diesem um ihren Schritt und Bug schwankenden Fetzchen, daß ich die Hände vor die Augen schlagen müßte. Das kann ich aber nicht, weil ich dann alles zugeben würde. Einen Tag vor unserer Abreise. Eine Verlängerung ins Unabsehbare wäre die Folge. Und dann hebt sie, noch mitten im Zimmer, ihre Arme. Diese mächtigen Arme. Damit verschwindet das Kleidchen total. Ich atme weiter. Alissa spricht mit Irmgards Mann. Er ist Gewerbelehrer und will als Kommunist in den Stadtrat in München. Sie besuchen zur

Zeit Genossen im Allgäu. Auf den Spuren des heiligen Magnus, sagt Irmgard und lacht lang und breit. Ist doch auch wahr, sagt sie dann. Sie komme sich, seit sie mit Herbert verheiratet sei, wirklich vor wie ein Missionar. Tag und Nacht. Herbert ist indes mit Alissa auf neue Küchenmaschinen und damit auf den Mikrowellenapparat zu sprechen gekommen. Der ist kaputt. Herbert sagt, er schaue den Apparat gern einmal an. Alissa will das verhindern. Er meint offenbar, sie wolle nicht, daß er sich Mühe mache. Er macht sich aber die Mühe gern. Warum soll er Blomichs Apparat reparieren, sagt Alissa. Wenn der Dir die Arbeit erleichtert, sagt Herbert. Wir sind praktisch am Aufhören, sagt sie. Jetzt komm, zeig ihn mir mal, sagt er und steht schon an der Tür. Alissa will mich nicht mit der Cousine im Zimmer lassen, klar. Auch ich möchte nicht mit der Cousine allein im Zimmer sein. Aber Herbert hat Alissa schon hinausbugsiert. Die Cousine streckt sich. Der Kleiderfetzen ist praktisch von ihrem Körper absorbiert.

Willst du schnell einmal, sagt sie.

Mir gehorchen im Augenblick die Stimmbänder nicht.

Du hast sicher wenig Gelegenheit hier herum, sagt sie.

Ich nicke nicht, ich schüttle nicht den Kopf. Meine Wirbelsäule würde splittern, wenn ich jetzt den Kopf bewegen würde.

Ich würde dich gerne lassen, sagt sie, aber es paßt nicht zu unserer Politik, verstehst du? Wir sind für die Ehe, wir sind ganz solid, verstehst du, also es ist wieder fast wie daheim, ich bin eigentlich ganz froh. Böse?

Jetzt schüttle ich endlich den Kopf.

Mensch, Anselm, komm doch zu uns, zieht nach München, dann weißt du wenigstens wieder, warum der ganze Rotz. Ehrlich, vorher, das war doch nichts. Und das, was du machst, dreht sich doch auch bloß um dich. Kein Wunder, daß du nicht mehr hinaussiehst! Kenn ich doch, Anselm. Du kannst praktisch für dich nichts tun, wenn du's nicht für andere tust. Ist doch prima, daß das so ist, oder? Also ich find's prima. Nach Italien, also weißt du? Soll ich dir Adressen geben von Genossen? Wenn du in die Partei eintrittst, lass ich dich noch einmal. Und das ist ein Versprechen, das ich nicht einmal halten muß. Wenn du nämlich eingetreten bist, willst du gar nicht mehr. Verstehst du? Das ist die Dialektik. Mensch, mich kitzelt es überall heute. Vor allem landeinwärts.

Weil sie sich rückwärts abbiegt, kann ich eine Nagelschere erwischen und mir vom linken kleinen Finger rasch ein Stückchen Kuppe abschneiden. Das Blut stürzt breit heraus, es schmerzt, das lenkt fast ab, ich höre sie nicht mehr so direkt.

Ich bin euer Klima nicht mehr gewöhnt. Ich müßte mich jetzt scharf bürsten. Diese Luft ist ja wahnsinnig. Daß du das aushältst. Ich könnte hier dauernd hinliegen und jaulen. Also wirklich, so eine Luft. Das reinste Kommando. Kommt das vom See oder von den Bäumen? Hier blüht einfach zuviel. Das tropft ja bloß so. Das ist doch nicht auszuhalten. Komm, wir rennen in die Küche und schauen, ob Herbert den Apparat schon geschafft hat. Herbert kann in kein Haus kommen, ohne daß er gleich was zum Flicken findet, also wirklich, der repariert dem Herrgott die Stelze.

Ich habe den Finger im Taschentuch geborgen. Wenn es gelingt, die Küche zu erreichen, ist das Schlimmste vorbei. Keinesfalls darf sie in dem langen, nicht ganz hellen Gang zur Küche vor mir gehen. Ich muß vor ihr gehen. Sie hinter mir. Ich muß so schnell gehen, daß sie kaum mitkommt. Ich muß vor mich hinsagen: Die Cousine täuscht. Wie unter Trommelwirbeln vor der Cousine her und aus dem Leben hinausschreitend, sehe ich vor mir, wie Alissa sich neuerdings auszieht: den BH holt sie unter dem Hemd heraus, dann streift sie die Träger des Hemds von den Schultern, schlüpft aus den Trägern heraus, stülpt den Unterkörper vor und stellt die Beine breit aus, daß das Hemd nicht rutscht und fällt, hat schon das Nachthemd, das undurchsichtigste, in der Hand und schlüpft hinein: dann erst darf das Hemd fallen.

Und treten auf den hellen Boden der Küche. Alissa und Herbert knien am Mikrowellenapparat. Herbert hat schon einige Bleche abgeschraubt. Die Cousine steckt ihren linken kleinen Finger in eine Saucenkasserolle und dann in den Mund.

8

Es wird sein wie Gleiten. Die Konzentration wird darauf gerichtet sein, nicht zu früh einzusinken. Immer wieder eine Entkommensfinte. Immer wieder rechtzeitig. Wir müssen nicht den Eindruck machen, als fiele es uns leicht. Keiner verlangt von uns zwei das amerikanische Lächeln. Wir dürfen jede Anstrengung zugeben. Die Vorstellung, daß wir alles vor Zuschauern oder Zeugen täten, ist überwunden. Es geht wirklich nur um uns zwei. Und wenn wir zwei glauben, daß wir hinauskommen, dann kommen wir hinaus. Am Abend vor der Abreise segle ich die *Hanna* zum letzten Mal und mit halbstocks gesetzter Flagge durch das grüne Glas des Sees nach Lindau, lasse sie vom Kran aus dem Wasser heben und auf den Trailer laden. Wenn Heinrich Müller, der jetzt andauernd mit den 4 Dalmatinern durch den Park spaziert und Anweisungen erteilt und grinsend und leutselig stehen bleibt, mich ertappt, schlag ich ihn mit einem Stock, den ich von jetzt an bei mir führe, zusammen. Der Trailer mit der *Hanna* drauf bleibt über Nacht in Lindau. Wir schleichen uns am nächsten Morgen um 5 aus dem Haus. Froni und Elmar kriegen am Vorabend Schlafmittel ins Glas. Elmars Manuskripte lege ich ihm vor die Tür, dazu ein Blatt, darauf steht: Ihre Arbeiten haben mich wirklich beeindruckt, aber wer bin ich, aber Sie sollen's nicht aufgeben, aber versprechen Sie sich keine Wunder, aber das wissen Sie ja selbst, aber das können Sie ja verheimlichen, aber leicht wird es nicht sein, aber wem sage ich das. Ihr Anselm Kristlein. Froni und Elmar dürfen uns nicht hören. Elmar würde versuchen, sich uns ein weiteres Mal aufzudrängen. Der Abschied von Froni wäre unerträglich. In welcher Küche wird sie enden? Ausrutschen im Bodenschmotz auf PVC und die Schläfe gegen die Sockelschrauben der Spülmaschine schlagen?

Wir müssen entschlossen sein, Elmar und Froni sitzen zu lassen, sonst kommen wir nie über die Alpen. Also leise Ausfahrt. Die Koffer haben wir allmählich gepackt. Die trage ich noch nachts zum Auto. In Lindau kuppeln wir den Trailer an unseren guten alten Mercedes 190, dem niemand seine 160 000 km ansieht. Dann geht's ab nach Österreich und gleich in die Schweiz. Nur das Gesicht wahren. Von Buchs an wird der Himmel dunkler. Wir fahren im Regen weiter. Wir fahren nicht schnell. Die *Hanna* ist an die 7 m lang. Das will natürlich pendeln und schwanzen. So wird es fast Mittag, bis wir in Chur sind. Essen und weiter. Kurz nach Chur versagt der Scheibenwischer auf meiner Seite. Ich sehe fast nichts mehr. Im Schritt weiter. Die nächste Ortschaft heißt Bonaduz. Es gibt keinen Scheibenwischer. Der Regen läßt nach. Komm, komm, Alissa, weiter. Kaum sind wir wieder auf der Straße, regnet es stärker als zuvor. Immer wieder fahre ich rechts ran und wische die Scheibe frei. Die nächste Ortschaft heißt Cazis. 2 km weiter, sagt man, in Thusis, sei uns zu helfen. So eine

Kleinigkeit, und solche Mühen. Ein Tasten mehr als ein Fahren. Die Angst, daß es jetzt gleich krachen werde. In Thusis wird uns geholfen. Mit munter zirpenden Scheibenwischern – wir haben gleich beide Blätter ausgewechselt – fahren wir hinein in die Via Mala und hinauf die Straße zum San Bernardino. Wir singen nicht. Aber es hört auf zu regnen. Die enger fassenden und höher ragenden Felsen tragen nicht mehr die Gesichter früherer Bekannter aus München. Alissa sitzt, als fahre *sie*. Sie reicht nicht ein Mal die Hand herüber. Hoffentlich brennt das Bremslicht am Trailer. Diese vielen Tunells, diese Intimität. Ich glaube, ich singe. Wir werden heute nicht mehr über den Paß fahren, Alissa. Heute bleiben wir droben in einem Bündner-Dorf. Sagen wir doch gleich in Splügen. Und fahren bis auf den größten Platz und der ist vor dem größten Hotel und gehen hinein, obwohl wir wissen, das wird wieder viel zu teuer. Du sagst ja auch erst was, wenn wir im Zimmer dem Preis-Anschlag begegnen.

9

Oft wird es schwer sein. Guido in Hiltmannsberg! Man erschrickt, wenn man plötzlich daran denkt. Josef sagt, Guido soll doch die Gravensteiner auflesen, die heute nacht gefallen sind. Guido nimmt den Korb und geht hinaus. Er ist guten Mutes. Also in die Hocke. Mit der Hand ins nasse Gras, den Apfel finden, fassen, ihn in den Korb legen, auf den Boden des Korbes. Den nächsten. Das schleimige Weichtier, das an diesem Apfel klebt, wegschieben wollen. Mit einem Aststückchen. Das blaugraue Weichtier läßt sich auf der glatten Schale rund um den Apfel verschieben, ohne von ihm zu lassen. Diesen Apfel wird Guido aufgeben. Wenn Josef das sieht, wird er abends sagen: Guido, was nicht geht, das geht nicht, daß wir uns da ganz klar sind, Kruzifixsackermentsackerment. Ich werde Alissa bewachen müssen, sonst rennt sie zum Telephon. Sie könnte ohnehin nur Mathilde anrufen und nach Drea fragen. Erwin, Josef, und 's Agathle haben keine Anschlüsse. Aber Alissa ist imstande, die Kinder über *Öffentliche Unterreitnau* u.s.w. an den Apparat holen zu lassen.

Dein Gesicht glänzt graugelb, jederzeit zittern deine Lippen. Die Haut rutscht von den Knochen. Dein Blick steht starr.

Auch kann ich nicht in einem Land bleiben, in dem es peinlich ist, 50 zu sein.

Auch wenn jetzt der See ein dunkelblauer Spiegel ist, am Rand mit Rüschen. Da droben, von wo das ganze Wasser kommt, weiß ich noch etwas.

Ich werde also das teure Zimmer verlassen, mich vor dem Geschäftsführer aufbauen und warten, bis er mich sieht. Ich will nämlich keineswegs jetzt gleich hinüber auf die Alpensüdseite. Plötzlich stünden wir ratlos am Stadtrand von Genua. Der Geschäftsführer lacht laut, sobald er mich entdeckt, und sagt: Da is ja unsee liebe Euleschbischl. Er kann, da er in mir den Bewerber entdeckt hat, sagen, was er will. Ich werde ruhig sagen: Meine Frau und ich sind vom Fach, Herr Geschäftsführer, ich: Ober, die Frau: am Buffet, Annoncieren, was Sie wollen. Was er braucht, ist ein Hausl und eine an der Spülmaschine. Ich akzeptiere.

10

Wir werden zurückfahren über den jungen Rhein, der grün über helle Steine kommt. Der Empfangschef hat befohlen, das Auto mit der *Hanna* auf den Parkplatz neben der Splügenstraße zu stellen. Und dalli-dalli, hat er gesagt und dazu mit der Hand gewinkt. Damit wir, was wir in den paar Tagen verdienen, behalten können, schlage ich Alissa vor, in der Bootskajüte zu schlafen. Sie erschrickt und nickt. Ich renne nach den Koffern, Alissa rennt nach dem Geschirr. Die Höhenluft ist wunderbar. Trotzdem bin ich, sobald ich nicht mit Koffern behangen bin, in Versuchung, zum Empfang hinzurennen und den Empfangschef zu verprügeln. Der würde mich ganz schön zusammenschlagen. Das schließe ich allein schon aus der Mischung aus Wiener und Berliner Dialekt, die er spricht. Das is sehr klass', ruft er aus und fährt, ohne Atem zu holen, fort: wem sin' die Kohlen. Auf dem Hocker, den ich nicht verlassen darf, muß ich jedes Wort hören, das er sagt. Selbst wenn er mit der Empfangssekretärin flüstert, höre ich alles. Er flüstert auch gar nicht, um etwas vor mir zu verbergen, das bemerke ich sehr schnell, sondern weil dem, was er dem aus England stammenden Mädchen sagen will, durch Flüstern unheimlich nachgeholfen werden kann. Es beliebt ihm, einen banalen Satz wie It is fifty, see, gimmi forty durch abgesenktestes Flüstern in eine Art Obszönität zu verwandeln. Sobald sein Geplapper 1 Sekunde lang nicht stattfindet, beginne ich gleich Loblieder zu träumen auf die Schönheit der Welt, insbesondere der Bergwelt. Aber dann knallt mir nach $2^{1}/_{2}$ Sekunden spätestens seine Stimme ins Ohr: Are you angry or are you hungry? Es gilt natürlich wieder ihr. I'm not angry and I'm not hungry, I'm just pleased to be here, sagt sie mit ihrer faden dünnen Stimme.

Jetzt beugt er sich wirklich auf Millimeternähe an ihr Ohr. Zum 1. Mal höre ich nichts. Nur ihre Antwort: Can I take a raincheck? Er rennt schon hinter dem Pult hervor, öffnet aber der jungen Frau nicht etwa die Tür zur Alten Stube, auf die sie in violetten Stiefeln mit silbernen Absätzen zugeht, sondern bleibt neben der Tür stehen, verbeugt sich opernmäßig, hat aber noch eine Hand frei, mich zur Tür zu winken, daß ich sie öffne. Ich renne also hin. Er darf eine Tür nicht in die Hand nehmen. Alissa sagt, die Spülmaschine sei eben keine *Winterhalter*. Während ich in der Kajüte die Betten aufschlage, sitzt sie reglos und sagt nichts mehr. Dann legt sie sich hin. Bald röchelt sie leise. Ich liege wach und horche. Das Boot zittert unter den Stößen des Windes favugn, der vom Splügenpaß herunterkommt.

11

Die paar Stufen der Terrasse auf die Bsetzi hinab werde ich in einem Sprung nehmen, ich werde schon fast an der Wagentür sein, dann erst werde ich merken, die Dame, die am Steuer sitzt, ist Frau Dr. Zerrl. Sie trägt ein Jägerkostüm und einen Jägerhut mit flaumiger Feder dran. Unter der offenen Jacke ist sie prächtig geschnürt. Sobald sie ausgestiegen ist, räkelt sie sich kräftig und läßt ein schnurrendes Stöhnen hören. Dann winkt sie mich zum Kofferraum, öffnet mit einem Fingerdruck den Deckel, zeigt auf ein paar Leichtmetallkrücken. Ich begreife. Von vorne kommt schon die quäkige Stimme! Wird' bald. Ich packe die Krücken, renne nach vorne, reiße die Tür auf, reiche Herrn Dr. Zerrl die Krücken. Aber er verlangt, daß ich ihm helfe. Jetzt ist schon alles egal, denke ich, soll er hinein zum Empfangschef und mitteilen, daß er nicht in einem Hotel zu übernachten gedenke, dessen Hausl schon mehrfachen Mords angeklagt gewesen sei. Ich wuchte, hebe, ziehe ihn auf seine Krücken. Er wiegt fast nichts mehr. Ein lächerlicher leichter bleicher Vogel ist er nur noch. Seine braungebrannte, rotwangige Frau wartet unter ihrem blonden Haarturm, bis er steht, dann geht sie uns voraus ins Haus. Ich helfe dem elenden Doktor bei der Überwindung der Terrassenstufen. Drinnen brüllt schon der Empfangschef, weil ich eine Dame die Tür aufmachen ließ. Noch wirkungsvoller als die Lautstärke ist sein rücksichtsloses Duzen. Herr und Frau Dr. Zerrl haben mich nicht erkannt. Wahrscheinlich haben sie mich überhaupt nicht angeschaut. Das kommt mir vor wie ein großer Erfolg. Es verleiht mir eine Sicherheit, die mir neu ist. Ich tanze denen geradezu vor der Nase herum. Wenn sie mich jetzt noch anriefen, würde ich in der Einheimischensprache, von der ich in der Küche und im Haus täglich ein paar Brocken sammle, sagen: Jeu pos buca Vus cumprender, Signur. Ich weiß jetzt ganz sicher, daß ich ihnen entkommen bin.

12

Der Empfangschef wird natürlich zum Geschäftsführer rennen und dem den Verdacht mitteilen, daß ich überhaupt kein Hoteldiener sei. Und was sei ich dann? Wenn ich einer bin, der sich, obwohl er nie Hoteldiener war, doch Hoteldiener nennt, dann bin ich ein Hochstapler. Der Geschäftsführer nickt. Logisch. Beide kommen heraus. Ich stehe auf der Terrasse und studiere die Sonnenuhr auf dem Haus schräg gegenüber. Das heißt, sobald ich die Stimmen der beiden Herrn höre, tue ich so, als studierte ich die Sonnenuhr. Dreimal schaue ich rasch zwischen meiner Taschenuhr und der Sonnenuhr hin und her. Die Jagd beginnt. Ich werde mit meinem alten Fehler konfrontiert. Ich erwecke nicht den Anschein von Bestimmtheit. Das macht den, der mit mir zu tun hat, nervös, bzw. unglücklich. Meine Handlungen sind schwach, leise, uneinprägsam. Deshalb glaubt man um mich herum, ich tue alles nur halbherzig. Wahr ist, daß ich alles, was ich tue, nur unter dem Druck der Notwendigkeit tue. Aber – ich sage es noch einmal, und das muß ich, weil meine Stimme (fast wie die Alissas) täglich leiser wird – da meine Kraft, verglichen mit den Kräften der anderen Menschen (die mir dazu noch wie gegen mich summiert erscheinen), minimal ist, kann eben alles, was ich tue, nicht anders wirken, als wenn ein Blatt zu Boden fällt. Dem Zuschauer scheint es zwar, als könne das Blatt dahin fallen oder dorthin, und für den Zuschauer ist es auch ganz unwichtig, ob es nun dahin oder dorthin fällt, nicht aber für das Blatt. Es fällt, ja es stürzt sogar, und die Unaufhaltsamkeit, mag man sie nun hassen oder lieben, ist das Wichtigste bei diesem Sturz; eben der völlige Mangel an Beliebigkeit. Und deshalb ärgert man sich natürlich ein bißchen, wenn Umstehende, die aus komischen Gründen grad mal herschauen, behaupten, alles was man tue, könne dies oder das oder jenes heißen, so unbestimmt sei es.

Müßte, frage ich mich heute – d. h. etwas spät –, nicht jeder in die Schauspielschule, damit er auszudrücken lerne, was er meint, wenn er etwas tut? Vor allem der, der für andere, zur Zufriedenheit anderer arbeiten muß, sollte seine Ausdruckskraft schulen. Der Aufseher schaut ja weniger auf die wirkliche Handlung, sondern auf die Darstellung der Handlung beim Handeln. Arbeitsfreude, Können u.s.w., das alles will ja dargestellt sein. Und ich bin ein schlechter Selbstdarsteller. Und das nicht von ungefähr. In meinem Fall ist der Mangel an Darstellungsfähigkeit ein Ausdruck für einen Mangel im Darzustellenden: das ist meine Person. Ich will tatsächlich diese Arbeit, die ich kriegen kann, nicht tun. Leider gelingt es mir nicht, diesen Mangel durch Darstellungskünste zu verbergen.

Die beiden Herren kommen also, stolz darauf, alles bemerkt und richtig beurteilt zu haben. Ich lasse mich auf keinen Disput ein. Ich löse die grüne Schürze und gehe. Alissa muß mir das, was ich in den paar Tagen verdiente, auf dem Büro holen. Wenn ich also Alissa nicht hätte, könnte ich mir diese feine Art der sofortigen Durchtrennung meiner Beziehungen zum Hotel Post-Bodenhaus nicht leisten. Andererseits kann ich nicht in Splügen herumlungern und Alissa an der Spülmaschine schuften lassen. Also sollen die sofort auch ihre beste Spülerin verlieren. Alissa, die seit einiger Zeit nicht mehr antwortet, sondern nur noch schaut, schaut diesmal wie überrascht. Aber gleich darauf schaut sie wieder ohne besonderen Ausdruck. Wir könnten die schönen Herbsttage noch für Wanderungen nutzen. Sie widerspricht nicht. Ich weiß nicht, was mich zurückhält. Spätestens in 2 Stunden könnten wir in Italien sein. Vielleicht doch das Wetter. Weil es nördlich des Alpenkamms noch so schön ist, will ich nicht hinüber. Oder ist es die verstummte Alissa? Daß sie alles zwischen uns zu einem Monolog von mir werden läßt –, ist es das? Sie ist schon wie nicht mehr da. Wenn ich plötzlich daran denke, fange ich an, meinen Atem zu pressen, daß ich glaube, ich könnte mich zum Zerspringen bringen, oder wenigstens schieße gleich das Blut aus den dunkel anlaufenden Fingernägeln. Natürlich passiert nichts dergleichen. Komm, gehen wir mal an diesem Bach hinauf, der da unten in den Rhein hineinsprudelt. Wie ertrage ich Alissas Stummheit? Am besten dadurch, daß ich denke, sie sei mir einfach voraus und ich müsse ihr nacheifern.

13

Unsere Schritte werden kräftig sein durch eine zwischen uns nicht besprochene, aber spürbare Einigkeit. Es ist eine Einigkeit, die zwischen uns wie etwas Drittes ist, aber wir haben beide gleichermaßen daran teil. Ich muß nicht sagen: jetzt bleib doch noch. Du selber, Straßburgerin, willst, bevor wir den Alpenkamm überwinden, noch die Rheinbuben zählen. Schön verbissen steigen wir gegen die weiße Glut. Schnaufend warte ich auf dich, weil du noch eine Kehre eingelegt hast. Bis du eintriffst, habe ich die Hände voller Himbeeren und dränge sie dir auf, weil ich kein größeres Glück kenne, als keine dieser Himbeeren selbst zu essen.
Wir erreichen also das gewaltig gebogene Hochtal, durch das wieder ein junger Rhein heraustänzelt. Wir werden der Riesenbiegung folgen, nachschauen, woher der überhaupt kommt. Mehrere Male wechseln wir über Steine oder Schneebrücken das Ufer des weißer und grüner werdenden Wassers. Ich probe den Schritt. Ich finde Sprünge, daß dein Sprung genau hinreicht. Gegen Mittag wirken wir verdrossen. Weil wir zu zweit sind, sieht jeder den anderen verdrossen, und es kommt ihm vor, er sei an dieser Verdrossenheit schuld. Wir sind in ein Hochmoor hineingeraten. Wir müssen von Stoppel zu Stoppel springen. Diese Stoppeln sind 50 bis 100 Zentimeter von einander entfernt. Lauter kleine Säulen. Höhe: 1 m bis 1,50 m. Es wird anstrengend, 100 mal zu springen. Jedesmal muß man sich

auf die nächste Sprungweite konzentrieren. Und je weiter wir in die Flußbiegung hineinsehen, desto weiter dehnt sich das Stoppelmeer. Ich kann Alissa auch nicht helfen bei den Sprüngen, weil jede Stoppel gerade soviel Fläche hat, daß einer darauf stehen kann. Diese kleine Fläche muß man beim Sprung genau treffen, sonst fällt man in den dunklen Moorgrund zwischen den Stoppeln, müßte wieder heraufklettern, mit weniger Zutrauen weiterspringen, fehlte um so rascher ein zweites Mal, ein Bruch wäre nur zu leicht möglich. Vom Schweiß geblendet, springen wir von Stoppel zu Stoppel. Mit rudernden Händen versuchen wir nach jedem Sprung wieder ins Gleichgewicht zu kommen. Plötzlich springt Alissa nicht mehr. Sie steht und schaut. Ich spüre, daß ich sie nicht ansprechen kann. In mir sammelt sich die Wut. Diese Unansprechbarkeit sammelt die Wut in mir. Sammelt sie in einem einzigen Punkt. Ich sollte etwas tun können. Wenigstens eine Bewegung machen. Alissa schaut mich an. Ich sehe, was sie jetzt denkt. Ich habe sie absichtlich hier heraufgeführt, denkt sie. Ich will sie hier umbringen, denkt sie: Sie hat Todesangst, das sehe ich. Also sage ich ganz hastig: Alissa. Nein, schreit sie irrsinnig grell, nicht. Und dreht sich schon um und rennt los. Wieder Juf zu. Alissa, schreie ich jetzt noch lauter. Sie springt. Ich mache den Fehler und folge. Vielleicht komme ich an ihr vorbei, kann sie stoppen. Wenn sie nämlich in 40 oder 50 Metern Entfernung stürzt, kann es Stunden dauern, bis ich sie zwischen den Stoppelstümpfen finde. Sie hört mich. Sie springt schneller. Komischerweise höre ich, während ich so hinter ihr her bin, in der Luft über mir Konrad Schnell lachen. Als ich schon fast bei ihr bin, verfehlt sie einen Sprung und stürzt. Ich springe auch hinunter. Sie liegt in dem braunen Moder und schaut mir entgegen, als käme ich mit einem Messer. Sie zittert nur noch. Ich lasse mich sofort neben sie fallen, an sie hin. Ich dränge mich an sie, lege meinen Kopf auf ihre Brust, daß sie endlich aus der Angst herausfinde. Aber obwohl ich nun so liege und ihr nichts tue – im Gegenteil, ich biete ihr meinen Hals an –, bleibt sie starr. Aber sie zittert kaum noch. Ich erinnere mich daran, daß du mir einmal im oberen Gang begegnet bist und dich, als ich routinemäßig nach dir griff, um dich in dem halbhellen Gang ein bißchen anzufassen, umdrehtest und schreiend in das nächste Zimmer ranntest und dich dort verriegeltest bis zum Abend. Zum Glück, denke ich dann, hat sie wieder Angst.

14

Hör zu, Bändigerin, hör wenigstens zu, mein Gott, warum red ich denn noch? Und warum immer ich? Du voll des Wahnsinns, Frau. Weil du nichts hast in dir als diesen einen Befehl, mich dir anzutun. Ich knie da vor dir, Menschenskind, kein sicheres Haar mehr an mir. Ich krieg nicht genug von dir. Mir ein Rätsel. Wann endlich willst du unansehnlich werden, Alte! Oder ist da, Kruzifix, etwas im Gang mit meinen Augen? Altern die total synchronisiert mit dir und deshalb bist du mir, seit ich dich zuerst sah, nicht EINEN Tag älter geworden? Wie kommt denn das, Hexerin, sag? Ich liebe dich. So, jetzt ist es raus. Natürlich gehst du mir auf die Nerven, weiß Gott. Immer einunddieselbe Frau, sich darin zu verkriechen. Wenn einem das nicht auf die Nerven gehen darf! Und da werden eine Menge Burschen radikal, weil denen wer oder was dieses ganze Bedürfnis versaut hat. Und unsereinen, der daraus noch Befriedigung schmiedet, schauen sie schief an. Weil sie nicht wissen, was ihnen da erspart geblieben ist. Wenn etwas aufgeht zu Null und Nichts, dann dieses Hin und Her namens Geschlechtsverkehr. Vergleichbar den nihilistisch leichten Ländlern, die Josef in Hiltmannsberg immerzu spielt. Du weißt, ich habe nie etwas lieber getan als das. Und es ist das einzige, was ich jemals gern getan habe. Alles andere war Arbeit. Heute, Bändigerin, gehöre ich dir. Weißt du das? Du weißt es nicht. Du hast nichts davon. Du spürst es gar nicht. Du fängst nichts an damit. Es ist ein Besitz ohne jeden Sinn, weil du es nie glauben wirst, daß es dir gelungen ist, mich in deinen Besitz zu bringen. Ein anderes Verhältnis als den totalen Besitz hättest du nicht ausgehalten. Und genau an den glaubst du nicht. Das ist deine Menschlichkeit. Mich aber ergreifen, um deinetwillen, Angst und Schrecken, wenn ich nur – und das muß ich – an andere denke. Du bist, was mich angeht, nicht weniger als allwissend. Ich bin von dir immerzu durchschaut. Das hältst du so wenig aus wie ich. Ich bin also ganz dein. Hörst du? Es macht auf dich keinen Eindruck mehr. Du hast dein Leben dem einen Kommando geweiht, du hast gesiegt, aber das von dir verlangte Siegen hat dich so erschöpft, daß du nicht mehr die Kraft hast, die Siegesmeldung entgegenzunehmen. Das einzige, was mich vermuten läßt, du hörtest mich doch noch und schlürftest geradezu, in all deiner Erschöpftheit, jedes Wort deines Eigentums, ist deine Schönheit. Du wärst nicht schöner geworden von Jahr zu Jahr, wenn nicht die Ströme des Sieges dich erfrischt hätten. Glaube ich. Ich aber, der Besessene, komme mir vor wie ein Arrangement und nichts wert bei dir. Aber das sage ich nicht dir, sondern dieser Gesellschaft, deren Bewertungen mich böse gemacht haben. Wir haben beide vor diesen Scheusalen tanzend das Leben verbracht. Sie haben aus uns Artikel gemacht. Wir haben sie machen lassen. Jetzt können wir einander nur noch rasch auf die Hände kriechen und einander inständig behauchen. Aber das können wir. Und mit wenig Gift und viel Gelächter machen wir uns einen tollen Abend. Mit Ländlermusik. Bitte, sei so gut, und mach mit. Ohne dich wär ich nämlich glatt aufgeschmissen.

15

Einmal geraten wir also in diese schon heimwärts ziehende Ziegenherde. Kein Hirte, kein Hund. Ein Bock mit langen gebogenen Hörnern führt an. Der graue und grüne Schiefer färbt sich schon. Je riskanter es wird, noch weiterzugehen, desto hinreißender wird das Gehen. Ich glaube nicht, daß wir die Quelle dieses Rheins heute noch erreichen. Die Ziegenherde teilt sich nicht nur an uns und flutet vorbei, sie bleibt stehen. Wir müssen auch stehen bleiben. Wenn wir mit denen gingen, dann gingen sie sicher weiter. Der Leitbock steht und schaut zurück. Er hat den Halt veranlaßt. Sein Blick und mein Blick treffen sich. Dann sage ich: Vorwärts! drehe mich und arbeite mich mit Alissa durch die braunen und schwarzen Fellrücken durch. Wir gehen weiter. Die gehen weiter. Wir sind rasch wieder allein. Sobald wir aus dem Sonnenlicht in den Schatten eintreten, bleibt Alissa stehen. Ich berühre sie leicht am Arm. Sie kommt wieder mit. Der Pfiff eines erschreckenden Murmeltiers erschreckt uns. Eine Zeit lang klingen unsere Schritte auf Stein. Alissa sagt: Stein. Wenn wir wieder auf ein Stück Holz treffen, sagt sie: Holz. Wenn wir um eine Biegung herum sind und vor einem Wasserfall stehen, sagt sie: Ein Wasserfall. Wenn der Wind ganz plötzlich laut wird, sagt sie: Der Wind. Wenn ich ein Stück Moos untersuche, sage ich: Moos. Wenn einer von uns zweien während einer kurzen Rast schauert, sagt der andere: Kühl. Wenn ich stehen bleibe und angestrengt schaue, wie der Weg weitergehen könnte, sagt Alissa: Du schaust nach dem Weg. Wenn ich mir den Schweiß von der Stirn wische, sagt sie: Du schwitzt. Wenn am Felsband über uns die ersten Eiszapfen auftauchen, sagt sie: Die ersten Eiszapfen. Wenn wir auf der Felsleiste das kleine Edelweiß entdeckt haben, sagt einer von uns: Ein Edelweiß.

Das Eis hat jede Biegung streng verglast. Ich finde uns eine Nische. In unserem Schlafsack kehren wir ein. Aus seinem ganz genauen Bett hört man den Rhein. Ich sage: Der Rhein. Der Mond tritt auf. Wir sind die Zuschauer. Alissa sagt: Der Mond. Mich hält es nicht im Schlafsack. Ich muß noch einmal heraus und auf der Felsleiste vor unserer Nische auf und ab gehen. Die Einsamkeit, in der wir uns befinden, regt mich auf. Nimm es mir nicht übel, Alissa, sage ich, ich bin sozusagen betrunken. Aber das Glück kommt nicht durch. Ich könnte kotzen. Du hast dich wenigstens noch selber kaputt gemacht. Alle Achtung vor dir, Alissa. Aber wenn ich die Namensliste für die Küche ausschrieb und hinter diesen Namen Diät I, hinter den Diät II und hinter den und den und den Diät III setzte, da wunderte ich mich immer, wie gut ich das aushielt. Weißt du noch, wie wir die Kinder ziehen mußten, uns von den Spielplätzen keine jugoslawischen, griechischen, spanischen, türkischen, arabischen, äthiopischen Kinder mitzubringen, weil die dann einfach bei uns bleiben wollten, weil bei uns mehr Quadratmeter waren? Unsere wollten einfach jedem helfen. Die waren sowas von solidarisch. Wir hatten ihnen das abzugewöhnen. Nicht ohne Bedauern natürlich. Durchaus klagend darüber, daß es nun mal so sei undsoweiter. Siehe die Hausordnung. Wir sind also abgehauen. Sobald ich an die Hausordnung denke, wird mir schlecht. So rede ich unter dem milchigen Gletscher. Es wird mir nicht schlecht. Aber das Glück kommt nicht durch.

16

So hoch noch über Heidelbeeren, Preiselbeeren und Eisenhut werde ich mich nicht mehr fragen müssen, warum ich mitten in der Hitze friere. Wie es eine Baumgrenze gibt, gibt es eine für Paradoxe.
Über dem Alpenkamm steigen Wolken rasch in die Höhe. Als würden sie hochgeschossen. Sie sprühen geradezu hoch. Oder: sie werden richtig hochgeschleudert. Oder: hochgejagt. Von der Gemeinde Splügen kommt einer und fragt, ob wir Hilfe bräuchten. Viele im Dorf haben durch uns zum 1. Mal ein Segelschiff gesehen. Sie würden gern etwas tun für uns. Daß dieses Schiff seit Tagen auf dem Parkplatz steht, weckt ihr Bedauern. Die kommen nicht weiter, denken sie. Abends kommen Neugierige. Alissa legt sich sofort hin, wenn wir von einer Wanderung zurück sind. Ich ziehe die Vorhänge über die beschlagenen Bullaugen. Draußen Dorfkinder. Ein Mädchen sagt vielleicht: Ses cavels ein tut grischs. Aus dem Propankühlschrank hole ich mir etwas zu essen. Alissa ißt nur noch am Morgen etwas. Bei ihr weiß man nie, ob sie nicht einfach sparen will. Sie liegt auf dem Rücken, ihre Augen sind offen, sie rührt sich nicht. Ich fange des öfteren von den Kindern an. Sie zeigt nicht, daß sie zuhört, aber ich habe, solange ich von den Kindern spreche, das Gefühl, sie höre zu. Ich schildere ihr die Vorteile unserer Kinder gegenüber anderen Kindern in dieser Welt. Unsere Kinder werden nicht sprechen, sage ich, weil sie wissen, daß man ihnen nicht zuhört.

Außer Philipp. Der redet ununterbrochen. Aber er ist überhaupt nicht darauf angewiesen, daß man ihm zuhört. Wir haben doch unseren Kindern die Zungen praktisch ausgerissen, das können wir doch sagen, oder? Sie widerspricht nicht. Also, was kann ihnen dann noch passieren? Du wirst sagen, sie hörten doch noch. Aber wie, Alissa, wie scharf. Mit der Schärfe dessen, der selber nicht spricht. Einer, der nicht spricht, Alissa, der nur zuhört, der bekommt dadurch die Überlegenheit über den, der noch spricht. Aber wem sage ich das? Meiner schweigenden Frau. So frag doch, bitte, wenigstens nach Apollo! In was alles hast du ihm die Opiate gewickelt, die seinen erschütternden Husten mildern sollen! Hast du Apollo vergessen. Ich nicht. Ich habe ihn nur aufgespart. Er muß ja dran glauben. Dieses erschütternde Husten und keuchende Auswerfen geht uns auf die Nerven. Im Auto wäre es nicht auszuhalten. Also zu Vetter Arthur nach Ramsegg. Er gibt mir das Gewehr. Dann fahren wir hinaus an den Waldrand. Ich ziele nach Krähen, die hochfliegen. Apollo folgt der Bewegung des Laufs, der den Vögeln folgt. Vetter Arthur kann die Pistole genau ansetzen und abdrücken. Den Preis für die Patrone hat Vetter Arthur im Voraus kassiert. Apollo bricht über die Vorderläufe zusammen. Wir graben ihn ein. Am ganzen Leib schwitzend, schaue ich noch zweimal hin, als müsse ich mir die Stelle einprägen, weil ich vielleicht noch einmal wiederkäme. Wie hieß jetzt der, den wir vor Apollo hatten? Ich komm einfach nicht mehr auf den Namen. Komisch, mit diesem Namen habe ich einfach Schwierigkeiten. So ähnlich wie Sinatra. Natürlich nicht Sinatra. Sinatra, das ist ja, Moment, natürlich, dieser italienische Unternehmer in Amerika, der zuerst gesungen hat, den ich immer verwechselt habe mit dem Tänzer, dessen Vorname mit dem selben Buchstaben beginnt wie der Vorname Sinatras, nämlich mit...mit...F...Fred Astaire. Der von

Dr. Fatzenmoser schwer verwundete Hund hieß Miki. Das werde ich nie vergessen. Bei Dr. Zerrls landete die wie wild weggeworfene Wäsche jeden Abend am selben Ende des zum Leuchter umgearbeiteten Hirschgeweihs, das werde ich nie vergessen. Blomichs viere heißen Telmon, Ajas, Medon und Teuker. Aber wie Apollos Vorgänger hieß, weiß ich nicht mehr. Eine Zeit lang hatten wir sie ja beide. Fritz und Apollo. Komisch, jetzt hab ich ihn wieder. Da war sicher Fritz Hitz blockierend in der Leitung. In der er verschmorte. Das werde ich nie vergessen. Ich werde meine blaue Weste herausholen, die blaue Hose, das blaue Hemd, das ist nämlich die von mir für die Überquerung gewählte Kleidung. Obwohl Sylvia Plath blau angezogene Männer lächerlich fand. In der Brusttasche der blauen Weste finde ich ein trockenes Nachtfalterpaar. Nuptioptera. Sollen wir vor der Überquerung noch ein paar Karten schreiben? An Mrs. Rosa Dunhill, N. Y., nutzen Sie die nächsten Tage für Verkäufe französischer Werte: auf Bussois, Lyonnaise des Eaux und Saint-Gobain liegen je 30–40% Gewinn. Ihr Mann, der Broker, möge sie hindern, den Titeln um jeden Preis nachzulaufen. Denken Sie an Ihre experiences mit Holiday Inns! Übrigens: Bordeaux-Preise ziehen an. Füllt eure Keller. Und 1 kg Wolle kostete Anfang des Jahres 3,87 DM, jetzt schon 5,15 DM. Kauft Wollteppiche. O kauft doch. Kauft. Alles zieht an. Steigt. Alles ist schon in der Gipfelregion. Alles kann nicht mehr steigen. Also wird alles fallen. Verkauft. O verkauft. Alles fällt, Rosa, schöne Brokerin, inmitten deiner stürzenden Kurse, deiner berstenden Werte. Und noch an Elmar. Alissa, weißt du noch Elmars Familiennamen? Jetzt können wir nicht einmal Elmar eine Karte schreiben. An die junge Frau Müller mag ich nicht denken. Mit 5facher Schallgeschwindigkeit breiten sich Glassprünge aus, sagte Frau Fürschläger im Rohrach. Wußtest du das, Alissa? Ich bin drauf und dran,

alles, was ich noch weiß, mit unheimlich sich steigernder
Geschwindigkeit aufzusagen. Mit einem Riesengriff bremse
ich die schon anlaufende Bewegung. Stoppe sie. Ruhe. Morgen fahren wir.

17

Wir werden, das verspreche ich dir, abfahren, solange noch
der Bodennebel liegt. Der wird dem Auto bis fast zu den
Scheiben reichen. Du wirst das Gefühl haben, wir schwebten. Ich muß wahnsinnig lachen. Nicht im Zimmer, sondern in meiner Vorstellung. Ich bin glücklich über die ununterbrochen leitende Kraft, die von meinen Vorstellungen
ausgeht. Dadurch weiß ich, was ich tun muß. Wäre ich
allein, gäbe es kein Problem. So aber muß ich mich verständlich machen und dann fragen, ob ich verständlich bin,
und dann hören, ob du auch solche Vorstellungen hast und
ob dich deine Vorstellungen zu Handlungen veranlassen wie
meine mich und ob unsere Handlungen eins werden können. Sieh mich an als einen, dem der Boden unter den Füßen zu heiß geworden ist. Wo er hintritt, verbrennt er sich.
Das führt zu einem Hampeltanz. Also bittet er, ihn an den
Schnüren hochzuziehen, ihn aus dem Spiel zu nehmen.
Oder sieh mich als einen wirklich rohen Menschen, der sich
sofort auf einen, mit dem er gerade noch gütig spricht, stürzen würde, wenn er sich nicht unmäßig beherrschte. Andauernd sieht er den Augenblick voraus, in dem er sich
nicht mehr wird beherrschen können. Er hat einfach das
Gefühl, der andere nimmt ihm den Platz weg, den er
braucht. Ich fühle mich angefüllt mit Feindseligkeit. Sobald
ich mich nur bewege, bricht sie heraus aus mir. Und ich war

doch freundlich früher, Alissa, das weißt du. Ein Tolpatsch u.s.w. Und jetzt ein Feind. Warum. Ja, siehst du denn nicht, daß die Leute andauernd wie verrückt das Geld von unseren Konten holen, keiner aber zahlt etwas ein! Und gibt es nicht welche, die uns diesen oder jenen Betrag schuldeten? Gut, es sind lächerliche Beträge, verglichen mit denen, die abgehen. Aber auch ein lächerlicher Betrag könnte in unserer Lage einen gewaltigen Eindruck machen. Sie werden uns auf den Markt treiben müssen als ein älteres Sklavenpaar, Alissa. Und ich werde mir die Füße verbrennen bei jedem Auftreten. Ich werde ein enormer komischer Veitstanz-Erfolg sein, aber schließlich wird doch wieder über den Preis geredet werden, und sofort werde ich wieder nichts zu sagen haben.

Jenseits des Nadelöhrs aber wären wir gerettet. Wie vor der Aborttür stehen wir trampelnd vor'm Nadelöhr an. Stimmt doch, oder? Wir können uns nicht vorstellen, wie wir durchkommen. Na schön. Geht anderen auch so. Vorstellungen können alles enthalten, nur nicht die Tat. Wenn du dich schnell hingelegt hast nach dem Mittagessen und, wider alles Erwarten, sogar eingeschlafen bist, wachst du irgendwann auf mit einem Geschmack im Mund, der anders ist als der, mit dem du vorher eingeschlafen bist. Sozusagen ein fremder Geschmack jetzt in deinem Mund. Der, der sich dann die Zähne putzt, den Mund spült, wird schon bald wieder keinen Geschmack mehr im Mund haben. Er wird sich vielleicht auf das Abendessen freuen. Auf jeden Fall muß er es bezahlen. Und damit zermürbt ihn schon wieder das Problem. Er ist sein Abendessen nicht wert. Das ist doch dramatisch. Nun stell dir vor, er wäre nicht aufgewacht von diesem Mittagschlaf, er wäre sich nicht durch diesen Geschmack aufgefallen, stell dir das vor. Was wäre die Folge? Es unterbliebe etwas. Wäre erspart. Eine Leichtigkeit herrschte. Die herrlichste Unvorhandenheit. Die schmerzlose Verwandlung einer blutigen Sache ins Weiße. Und warum wage ich, Alissa, dir das nicht zu sagen? Als handelte es sich um das Schlimmste, drück ich herum. Es handelt sich um das Beste. Was ich herausbringe, ist: Morgen, Alissa, fahren wir.

18

Eis de viadi. Ei sedi: meglier tard che mai! Auf, Alissa, der Tag ist angebrochen. Den Trailer habe ich angekuppelt. Getankt ist auch. Es wird Zeit, hinüber zu kommen. Dunkler kann ein Tag nicht sein als der. Ich spüre schon den Schnee. Wir bohren uns geduldig in die Wolke hinein. Das ist schön, verglichen mit dem Traum der letzten Nacht, da quoll mir, als ich talaufwärts ging, eine Masse Eiter entgegen und es war kein Dranvorbeikommen, ich mußte durch. In einem der Briefe aus Hampstead schrieb Michel Enzinger, er müsse jeden Tag an Perkins De Lux Cleaning vorbei und da drin säße immer ein riesiger Bleicher mit Brille und nähe immer gleich heftig. Der nejt und nejt, schrieb Michel. Du über alles hinaus Liebe erregende Alissa, mit solchen Bildern bewaffnet, fährt es sich wohl bergan. Und verzeih, daß ich nicht noch lang wendete und wieder durch die Unterführung hinunterfuhr auf den modern scenic highway from which awe-inspiring massive rock formations can be seen. Wir standen schon bergauf, Richtung Splügen. Au cœur de l'hiver. Es ist die alte Paßstraße. Sie führt durch kein Tunell. Sie führt oben drüber. Wie ein an den Berg geworfenes Seil liegt sie am steilen Massiv. Sie scheint sich nach jeder Kehre in sich selbst zurückbiegen zu wollen. Eine andere als die unauffällige Aufstiegsart erlaubt die Abschüssigkeit dieses Berges offenbar nicht. Bevor wir noch den von dort kommenden Bach verlassen, geraten wir in die ersten Flocken. Unsere neuen Scheibenwischer schieben die riesigen Dinger aus unserem Blick. Es schneit und schneit. Der kranke Schneider nejt und nejt. Und Alissa, die Straßburgerin, hat es nicht bemerkt, daß wir, statt aufs Bernardino-Tunell zuzufahren, uns zum Splügen hinaufzuwinden versuchen. Ich möchte keinesfalls schon an einer dieser unteren Kehren ausrutschen und hängenbleiben. Ich biege zügig aus, hole uns mit Vollgas in die nächste Gerade. Ich weiß nicht, wie wir es schaffen werden. Ich weiß nur, daß es der richtige Tag ist und die richtige Strecke. Ich muß fahren, so gut ich kann. Ich muß alles aus dem Auto herausholen. Ich muß Vertrauen haben. Der Mercedes spurt. Es ist eine schreckliche Spannung. Ich glaube, man nennt das eine lähmende Spannung. Irgendwelche Schreie möchte ich jetzt nicht hören. Ich habe das Gefühl, ich zerbräche. Ich schalte das Autoradio ab. Ich weiß, daß wir bei diesem Wetter mit Sommerreifen und einem 7 Meter langen Segelschiff nicht ohne weiteres über den 2117 Meter hohen und nicht gut gebauten Paß kommen werden. Aber ich weiß nicht, wie wir hängen bleiben werden. Drunten an der Abzweigung wird der Paß längst als geschlossen angezeigt. Zeugen sind also nicht zu befürchten. Daß uns doch jemand in Richtung Paß abfahren sah, ist nicht ausgeschlossen. Nehmen wir an, er werde nicht gleich von der Barmherzigkeit uns nachgejagt. Besser, er bleibt kopfschüttelnd stehen und spart sich's auf heute abend im Wirtshaus. Es ist doch Samstag. Das wirkt sich auf mich aus. Ich möchte diese Fahrt nicht am Montag machen. Daß dieses Wetter uns gerade an einem Samstag beschert wird, ist für mich wie eine Hilfe. Edmund hätte gesagt: ein Schub. Ich fahre die Kehren mit voller Konzentration. Ich kann nicht anders.

Selbst wenn es uns so gelingen sollte, ins ennetbirgische Misox zu kommen, kann ich es nicht ändern. Dann sind wir eben entkommen und rutschen irgendwie ermattet ins Italienische, in die Kastanienwälder Chiavennas hinunter. Und stechen noch einmal in See. Die aufgeschobene Hochzeitsreise. Dann werden wir, wie die Kinder waren, bevor wir sie triezten. Ja, haben wir denn je auf Individualität Wert gelegt? Zumindest nicht mehr, seit wir spitz kriegten, daß wir, was Rechtschaffenheit, bzw. Boshaftigkeit angeht, nicht mithalten konnten. Also bitte: dann eben über Italien nach München. Dahin, dahin, Alissa. Es kann ja, wie alles eingefädelt ist, nur noch glückliche Enden geben. Auf jeden Fall kann ich die Fehler nicht absichtlich machen. Ich bin kein Schauspieler, der für die Kamera einen Unfall baut. Ich fahre, so gut ich kann. Ich lasse den Gedanken wachsen, daß wir's auch *nicht* schaffen könnten. Und mir wäre wohl, wenn ich jetzt mit Alissa ununterbrochen hin- und herreden könnte: schaffen wir's, schaffen wir's nicht. Ein paar Rauchfleischbrote, mit Senf bestrichen, habe ich noch gegessen und 1 l Veltliner getrunken. Alissa hat nur Tee getrunken. Ich trage meine blaue Kleidung. Alissa trägt schwarze Kordhosen, einen schwarzen Alpacca-Pullover mit rundem Ausschnitt, darunter eine rote Bluse. Und um den langen Hals einen kleinen indischen Schal. Von Kehre zu Kehre wird mir unwohler. Ich schwitze. Einfach weil ich dieser Fahrt zu lange entgegengesehen habe und mich jetzt gewissermaßen schäme oder ärgere, oder schäme und ärgere, daß doch nichts vorbereitet, nichts geplant ist: so gut wie alles ist offen. Ich finde, von meiner Spontaneität wird jetzt zuviel verlangt. Natürlich hängt, wozu man im Stande ist, auch davon ab, woran man denkt. Ob ich an Michel Enzinger und Berthold Traub oder an Annelies Frohwein und Konrad Schnell denke, macht einen Unterschied. Andererseits sage ich mir: du fährst, so gut du kannst, basta. Von den Suvrettastöcken keine Spur. Ei neiva da spess. Las scrottas alvas vegnan purtadas dal suffel. Las alps ein gia curcladas della nevada. Ina cozza loma e fina. Vom Schnee eingenommen. Irre geworden vom Blick in den immer dichter fallenden Schnee. Hatte ich das gewußt, erhofft? Jetzt würden mich plötzlich hereinbrechende Schreie schon weniger stören. Meine Sinne sind im Verbund mit dem Schnee. Das An- und Abschwellen des Motors in den Kehren mummelt zusätzlich ein. Alissa schaut, wenn ich mich nicht täusche, auch schon ziemlich verloren hinaus. Das ist eben doch das Schönste, was es gibt, dieser uns restlos einhüllende Schneefall. Obwohl ich den in dieser Weltverschließungskraft noch nie erlebt habe, wirkt er jetzt auf mich, als habe ich genau dieses Schneevermögen gekannt, also erwartet und eingeplant. So wird uns die größte, schönste weiße Binde angelegt, die der Planet zu vergeben hat. Alissa, ob du mir wohl noch ein Kompliment machen könntest für meine Superwahl? Oder willst du erst drüben in Chiavenna aufatmen und mich dann umarmen und, mir am Hals, glücklich über die Rettung weinen. Sozusagen dankbar dafür, daß ich dir durch die Reise durch die Gefahr die Lebensfreude wieder anstachelte. Der Schnee ist nicht mehr ganz so naß wie auf den unteren Kehren. Die *Hanna* rutscht schon mal etwas weg oder ein Antriebsrad dreht schnell durch. Die Scheibenwischer schaffen die Flocken, die Herr Kaiser Kindslumpen genannt hätte, kaum noch. Oder war das König? Welcher war Kaiser? Meine alte Schwäche, Gegensätze verschwimmen mir in eins. Inzwischen las ich – ich lese immer und mit der Hast und Verbissenheit und Hoffnungszähigkeit des alternden Goldgräbers –, die ältesten Sprachen hätten Gegensätze durch das nämliche Wort zum Ausdruck gebracht. Geradezu selig entspannt, lasse ich Kaiser und König in einander fahren. Und anderes auch. Etwa Blomichs Ohren. Nicht aber seine ihn überlebende Macht und meine mich überlebende Ohnmacht. Schon einmal, weißt du noch, bohrten wir uns, als wir auch nach München zogen, durch die Schneetücher durch. Im Augenblick scheint es, als hätten wir nie etwas anderes getan. Immer dieses enorme weiße Entgegenkommen. Festiv. Und so kommt denn die sich zurückbiegende Kehre, die schon so glatt ist, daß wir ins Schwimmen geraten. Kein Gasnachlassen hilft. Ich spür's, wir fassen nicht mehr. Wir schwimmen. Die *Hanna* hängt nicht mehr, sie fängt schon an zu schieben. Ich drücke durch. Ich muß uns wenigstens aus dem Schub des Trailers reißen, sonst schiebt er uns einfach von der Straße. Aber je mehr ich jetzt Gas gebe, um so rascher rutschen wir nach links weg und ab. Der Trailer steht schon fast senkrecht zu uns. Jetzt knackt schon Blech. Etwas splittert. Wir kippen. Wir sind nicht mehr auf der Straße. Es geht hangabwärts mit uns.

19

Wenn ich, wenn ich wieder zu mir kommen würde, gleich wieder sprechen könnte, würde ich sagen, daß mir jemand einen nassen Lappen über die Augen gelegt habe. Ich würde sagen, daß jemand den Lappen wegziehen möge. Ich würde sagen, jemand liege auf meinen Händen. Ich würde sagen, daß du es seiest. Ich würde sagen, der Lappen sei dein Schal. Ich würde versuchen, meine Hände unter dir hervorzuziehen. Das Auto läge auf dem Dach. Wir lägen im Dach. Die Sitze über uns. Es wäre ziemlich dunkel. Mehr als mit dem 1. Blick wäre auch mit dem 2. nicht zu sehen. Oder wäre es nach 1 Stunde heller als 1 Stunde zuvor? Draußen ginge die Sonntagsonne auf. Es hätte aufgehört zu schneien? Scharen schwarzer Spinnen zögen, vom Schneefall überrascht, rasch abwärts. Ich hätte keine Lust, mich zu rühren. Wenn ich sicher wüßte, daß du keine Schmerzen hättest, würde ich sagen, ich sei schier zufrieden. Etwa so: Alissa, branchein nus, camein nus, alter pursanavel, alte pugniera, alte vaschigna, veglietta da vegl innan, schnaufst du noch oder schnaufst du nicht mehr? Die Tür auf meiner Seite, würde ich sagen, sei weg oder offen. Ich griffe in den Schnee und sagte: La feffa festiv. Ich kröche hinaus, machte eine Höhle, es würde heller, ich sähe jetzt schon am Licht, wo oben ist, ich kröche zurück, griffe nach dir, erlangte dein Gesicht, fände es kalt, kälter noch als damals in Weißenau. Nach deinem Atem forschte ich umsonst. Dann hörte ich Stimmen, ad ota vusch, Rufe, Retter, ich kröche hinaus, aber bevor ich die Hand nach oben durch die lichte Schneedecke streckte, fiele mir noch ein, nicht zu strecken. Im Kopfinnern würde ich mir Punkt 11 der Hausordnung vorsagen: Es sei nicht erwünscht, würde ich mir vorsagen, während des Erholungsaufenthaltes Besuche zu empfangen oder, würde ich mir vorsagen, Besuchsfahrten in die nähere oder weitere Umgebung zu unternehmen, da, würde ich mir vorsagen, der Erholungserfolg dadurch beeinträchtigt werde. Beurlaubungen, würde ich mir vorsagen, während des Erholungsaufenthaltes und eine vorzeitige Beendigung seien, würde ich mir vorsagen, nur bei nachgewiesenen schweren Erkrankungen und Todesfällen der nächsten Angehörigen zulässig, würde ich mir vorsagen. Das mir kopfinnerlich vorsagend, würde ich reglos kauern. Die Stimmen wären näher gekommen. Kein Entgegenkommen meinerseits. Ich würde sagen: Ich bin ein Deserteur. Jeu vi pischier aung inaga. Die Stimmen wären noch näher gekommen. Ein wahnsinnig schnelles Herzschlagen würde mich schütteln. Hände und Füße würden plötzlich voller Glasscherben stecken. Die Stimmen würden sich auch wieder entfernen. Wat fir'n ulkjet Zeuch iss'n dat? würde ich sagen. Blut! Sehr klass. Ich werd schon ganz dormulent. En suspir vantiraivel perpeten. Alissa, du hast erreicht, daß Arbeiter, die 25 Jahre und länger bei Blomich waren, ihre Ehegatten in den Erholungsaufenthalt mitbringen durften. Du hast nicht umsonst gelebt, Alissa. Und mit den Doppelzimmern war das ja sowieso immer ein Belegungsproblem. Die Stimmen wären immer noch hörbar. Ich würde nicht strecken. Ich würde mich an den Vormittag erinnern, als Elmar – Glatthaar heißt er, natürlich! – herunterkam und sagte, es sei ihm klar, daß er jetzt gehen müsse, ja hinausgeworfen werden müsse, warum, fragten wir, edel von uns, daß wir täten, als wüßten wir's nicht mehr, sagte er, er aber wolle nicht unter einem Vorwand hinausgeworfen werden, er wolle, während er schon gehe, noch sagen, daß er den Grund kenne: gestern abend, als er in einem Anfall von Vertrauensseligkeit uns über sein wahres Leben, das dem Schreiben gewidmete, berichtet habe, habe er gestanden, daß er die abendlichen Unterhaltungen mit uns als eine Zeitverschwendung betrachte, die er sich nur nachsehe, weil ihn die Auftritte als Vertreter täglich noch mehr erschöpften, er könne eben, so erschöpft, nachts nichts mehr lesen oder schreiben – was für ihn ein und dasselbe sei –, also soviel wisse er auch, daß er sich eine solche Meinung wie die gestern abend geäußerte, einfach nicht leisten könne; ab welchem Grad der Anerkanntheit oder bzw. und des Einkommens man sich erlauben dürfe, diese Abendunterhaltungen als das Geschwätz zu bezeichnen, das sie seien, wisse er natürlich am wenigsten, ihn schmerze sogar, daß er das gerade uns gesagt habe, da er uns doch möge, nun gut, er erwarte jetzt einfach den Hinauswurf. Ich widersprach ihm gnädig, obwohl ich am Abend zuvor, als er das mit der Zeitverschwendung gesagt hatte, gedacht hatte: der hat's nötig, stiehlt uns die Zeit, versaut uns die Abende, und dafür sollen wir uns bei ihm noch entschuldigen, was! Hinauswerfen sollte man ihn! Was glaubt denn der eigentlich! Das kann sich der doch überhaupt nicht leisten! Als ich auf seinen Pfiff nicht schon vor ihm stand, sondern mich erst heranarbeitete, schüttelte der Empfangschef den Kopf, zeigte mit langem Arm auf mich und sagte zur Sekretärin: Der denkt aach immer nur an saane Karriär. Dann lachte er unsinnig, stoppte das Lachen vollkommen plötzlich und rief einer Dame zu: Wann wir's finden, schicken's wir Ihnen nach, Gnäje Frau, un' wat ick sare, det jilt. Natürlich würde es mir irgendwie weh tun, wenn ich denken müßte, daß ich nie mehr Alissa stehen sehen würde, mühsam das Nachthemd dem Hemd nachziehend, nie mehr das Zischen ihres Haarsprays hören würde. Alissa, am liebsten teilte ich in deinenmeinem Namen mit: Beide Seiten kamen überein. Beide Seiten haben ein hohes Maß an Übereinstimmung erzielt. Aber deine Handflächen sind hart, glatt, wie lasiert. Meine nicht. Als ich für den Timche Dr. Bdejan nach Rom flog, wurde in Riem ausgerufen: Miss Carmen Aida Gonzales Rosario please contact the information desk. Das werde ich nie vergessen. Daß andere weniger lächerlich sind, ist deren Sache. Froni, des trobar clus Meisterin, schreit immer noch gegen jedermann: Ich schlag dir ein Horn ab. Ein furchtbarer Anblick bot sich den Eintretenden. Sse tscheensching feeß of liträtscher. Das war also das Leben. Dieser dünne Geräuschfaden einer Einmotorigen, die an der Gewitterfront entlangfliegt. Die Luft, die unter den Schlägen der Flügel fliegender Schwäne richtige Seufzer entbindet. Jetzt hängt mein Kopf ins Tal, unterm Kraut schläft mein Schuh. Du warst naß wie ein Kirschkern und genau so rötlich und frech. Und jetzt: hart, glatt, wie lasiert, deine Handflächen. Und hörten beide lachend zu, wenn Froni bei der Suppe wieder ihren letzten Wunsch erzählte. Einen Zwetschgenkern soll man ihr, wenn sie tot sei, in den Hintern stecken, daß aus ihr dann ein Baum wachse. Seelenruhig, sagte sie, wünsch sie sich das, weil sie den Schwestern im Kloster, wo sie hab kochen gelernt, den Wunsch, es sei eben ein Wunsch von Kinderlosen, oft genug habe erfüllen müssen. Ich sei, würde ich sagen, vielen etwas schuldig geblieben. Schneeweiß, bzw. papierweiß hat man sich den Tod vorzustellen. Am besten stellt man sich uns also vor, wenn man sich vorstellt, daß wir schneeweiß, bzw. papierweiß, bzw. papierschneeweiß liegen zwischen Autoteilen, Felsen, Steinen, Wegzeichen, Satzzeichen. Und ich sage gerade in die durch das Verenden der Bündner Stimmen rasch wachsende Stille hinein: Sta bein, Alissa, car cumpogn da tant plascher e passiung. Und dann würde ich noch, wie zur Übertölpelung meiner selbst, hinzufügen, daß es wunderbar sei, sich in Umständen zu finden, die einem entsprächen, und daß das, wenn es einmal möglich sei, immer möglich sei, und daß sich solche Umstände für alle nur von allen machen ließen, und daß ich am liebsten pfeifen würde, und daß Glücklichere gelebt hätten, und daß wir jetzt die Reise machen wollten: lang genug seien wir an einem Ort gewesen, also dürften wir uns, wenn wir die Kinder und die Arbeit losgeworden seien, auch einmal verändern. Es sei jetzt geradezu Zeit für uns, uns zu verändern, und das und nichts anderes sei unser Ziel. Ich empfände natürlich auch Angst. Aber ich sei doch froh über die Unmißverständlichkeit der Umstände. Es fielen jetzt Glück und Ende zusammen wie Ober- und Unterkiefer beim Biß.

Anhang

Seite 106	El Sobh	Morgengebet
	El Maghrib	Abendgebet
	insha Allah	Gott will es
Seite 107	ma sha' a-llah	ganz wie es Gott gefällt
	Labbayka	hier komme ich, o Herr
	Bi-smi-llahi-r-Rahmain--r-Rahim	in Allahs Namen, des Gütigen, des Gnädigen
Seite 108	takbir	Gott ist groß
Seite 137	Els on e pon	Sie haben und sie können
Seite 145	üm schtejns gesagt	Ausruf des Bedauerns
Seite 151	Fonjess	Russen
	Tschort egó prinëss	der Teufel hat ihn gebracht
Seite 197	ubaschaemui i dorogoi drug	Geschätzter und lieber Freund
Seite 198	xpucmoc bockpec	Christus, der Auferstandene
	welcher pischt hier a ze- lem, daß in B. pejgert a galoch	welcher hier ein Kreuz pißt, daß in B. ein Geistlicher ver- reckt
	Bam Michel	Ihr Michel
Seite 221	Raskasali mne	Erzählen Sie mir
	Aschrej Blomich	Heil Blomich
	Tinüf	Unrat, Dreck
	Buri-li	es ist mir klar
	obzasses	Absätze
	nor dus drite	Beischlaf
	ubaschaiuschtschij boë	hochachtungsvoll Ihr
Seite 222	a pujdsjesch	zu den Hunden; weg!
	Baal-kiss	Mann des Beutels, Kapitalist
	kejn tschüwu is auch a tschüwu	Keine Antwort ist auch eine Antwort
	burüch hü	gelobt sei er
	Buwel	Pofel, Plunder
Seite 223	Nor auf Zurojss is kejn Kojne	Nur für Plagen findet sich kein Käufer
	Ale Ejwurim wilen pi- schen, ober nor dem Klejnem schtelt men ar- aus	Alle Glieder wollen pissen, aber nur den Kleinen stellt man her- aus
	Schpizlech	Streiche
	üm schtejns gesagt	Ausruf des Bedauerns
Seite 224	Bojschess-punim	schüchterner Mensch

verschwiegener Mensch
Sehr geehrter Herr Kristlein!
Wie wollen Sie stürzen, allein
oder zu zweit? Das ist wichtiger
als all Ihr Deklamieren. Alissa
schreit genau so nach Ihnen wie
Ihr Michel Enzinger

Föhn

Ich kann Sie nicht verstehen,
mein Herr

Seine Haare sind ganz grau

Bist du fertig. Man sagt: besser
spät als nie

Es schneit dicht. Die weißen
Flocken werden vom Wind getragen. Die Wiesen sind schon
vom Schnee bedeckt. Eine
weiche, feine Decke.

Alissa, umarmen wir einander,
ruhen wir, alter Alpgenosse,
alte Heerkuh, alte Nachbarin,
Alterchen von alters her

Der festliche Neuschnee (auch
Rahm)
mit hoher Stimme
Ich möchte noch einmal pissen

Ein ewiger glücklicher Seufzer

Leb wohl, Alissa, lieber Ge-
fährte von soviel Freude und
Leid

Kapitelfolge

Zeittafel

1927   Geboren in Wasserburg/Bodensee, am 24. März

1938–1943 Oberschule in Lindau

1944–1945 Arbeitsdienst, Militär

1946   Abitur

1946–1948 Studium an der Theologisch-Philosophischen Hochschule Regensburg, Studentenbühne

1948–1951 Studium an der Universität Tübingen (Literatur, Geschichte, Philosophie)

1951   Promotion bei Prof. Friedrich Beißner mit einer Arbeit über Franz Kafka

1949–1957 Mitarbeit beim Süddeutschen Rundfunk (Politik und Zeitgeschehen) und Fernsehen
In dieser Zeit Reisen für Funk und Fernsehen nach Italien, Frankreich, England, ČSSR und Polen

1955   *Ein Flugzeug über dem Haus und andere Geschichten*
Preis der »Gruppe 47« (für die Erzählung *Templones Ende*)

1957   *Ehen in Philippsburg*. Roman
Hermann-Hesse-Preis (für den Roman *Ehen in Philippsburg*)
Umzug von Stuttgart nach Friedrichshafen

1958   Drei Monate USA-Aufenthalt, Harvard-International-Seminar

1960   *Halbzeit*. Roman

1961   *Beschreibung einer Form* (Druck der Dissertation)

1962   *Eiche und Angora*. Eine deutsche Chronik
Gerhart-Hauptmann-Preis

1964   *Überlebensgroß Herr Krott*. Requiem für einen Unsterblichen
Lügengeschichten
Der Schwarze Schwan (geschrieben 1961/64)

1965   *Erfahrungen und Leseerfahrungen*. Essays
Schiller-Gedächtnis-Förderpreis des Landes Baden-Württemberg

1966   *Das Einhorn*. Roman

1967   *Der Abstecher* (geschrieben 1961)
Die Zimmerschlacht (geschrieben 1962/63 und 1967)
Bodensee-Literaturpreis der Stadt Überlingen

1968   *Heimatkunde*. Aufsätze und Reden
Umzug nach Nußdorf

Wer ist ein Schriftsteller?
edition suhrkamp 959

edition suhrkamp. Neue Folge
Frankfurter Vorlesungen über Ironie
edition suhrkamp. Neue Folge 90

suhrkamp taschenbuch
Gesammelte Stücke
suhrkamp taschenbuch 6
Halbzeit. *Roman*
suhrkamp taschenbuch 94
Das Einhorn. *Roman*
suhrkamp taschenbuch 159
Der Sturz. *Roman*
suhrkamp taschenbuch 322
Jenseits der Liebe. *Roman*
suhrkamp taschenbuch 525
Ein fliehendes Pferd. *Novelle*
suhrkamp taschenbuch 600
Ein Flugzeug über dem Haus
und andere Geschichten
suhrkamp taschenbuch 612
Die Kristlein-Sage (Halbzeit; Das Einhorn; Der Sturz)
suhrkamp taschenbuch 684

Schallplatten
Der Unerbittlichkeitsstil.
Rede zum 100. Geburtstag von
Robert Walser
Mein Schiller.
*Rede bei der Entgegennahme des Schiller-Gedächtnis-Preises 1980
des Landes Baden-Württemberg*

Über Martin Walser
Herausgegeben von Thomas Beckermann
edition suhrkamp 407

Der Band enthält Arbeiten von:
Klaus Pezold, Martin Walsers frühe Prosa.
Walter Huber, Sprachtheoretische Voraussetzungen und deren Realisierung im Roman »Ehen in Philippsburg«.
Thomas Beckermann, Epilog auf eine Romanform. Martin Walsers »Halbzeit«.
Wolfgang Werth, Die zweite Anselmiade.
Klaus Pezold, Übergang zum Dialog. Martin Walsers »Der Abstecher«.
Rainer Hagen, Martin Walser oder der Stillstand.
Henning Rischbieter, Veränderung des Unveränderbaren.
Werner Mittenzwei, Der Dramatiker Martin Walser.
Außerdem sind Rezensionen abgedruckt von Hans Egon Holthusen, Paul Noack, Walter Geis, Adriaan Morriën, Rudolf Hartung, Roland H. Wiegenstein, Karl Korn, Friedrich Sieburg, Jost Nolte, Reinhard Baumgart, Wilfried Berghahn, Werner Liersch, Urs Jenny, Rolf Michaelis, Günther Cwojdrak, Rudolf Walter Leonhardt, Katrin Sello, Rémi Laureillard, Joachim Kaiser, Rudolf Goldschmit, Hellmuth Karasek, Christoph Funke, Johannes Jacobi, Ernst Schumacher, Jean Jacques Gautier, Clara Menck, Jörg Wehmeier, Helmut Heißenbüttel, Ingrid Kreuzer, Ernst Wendt, André Müller, François-Régis Bastide und Marcel Reich-Ranicki.
Er wird beschlossen durch eine umfangreiche Bibliographie der Werke Martin Walsers und der Arbeiten über diesen Autor.

st 648 Ernst Weiß
Georg Letham
Arzt und Mörder
Roman
512 Seiten
Georg Letham entgeht der Todesstrafe als Sühne für den
Mord an seiner Frau, um zu lebenslänglicher Zwangsarbeit auf eine gelbfieberverseuchte Insel verbannt zu
werden. Dort erlaubt man ihm auf Grund seiner wissen-
schaftlichen Verdienste, als Arzt sich an der Erforschung
des Gelbfiebererregers zu beteiligen.

st 649 Silvio Blatter
Zunehmendes Heimweh
Roman
496 Seiten
»Silvio Blatter hat schon in einer früheren Arbeit eine
eigene Art entwickelt, Situationen und Konflikte über-
präzis zum Ausdruck zu bringen, ›überhöht‹ in einer Ge-
nauigkeit, hinter der Phantasie wirkt. So kann der Leser
keine Zeile auslassen, wird verführt (oder gezwungen),
Satz für Satz, Wort für Wort, Abschnitt für Abschnitt zu
›entfalten‹, und er wird in eine Ruhe hineingeholt, die
voller Konflikte ist, in der Zündschnüre schwelen.«
Heinrich Böll

st 650 Werner Koch
Pilatus
Erinnerungen
192 Seiten
Vor allem ist der Pilatus Werner Kochs ein Herr, ein
etwas verdießlicher Herr zwar, denn er ist beim Kaiser
in Ungnade gefallen und man hat ihn verabschiedet.

Werner Koch übersetzt die mythologisch-starre Gestalt des Pilatus in eine menschlich-lebendige. Aus der Geschichte wird Gegenwart, der Pilatus Werner Kochs wohnt sozusagen zwei Häuser um die Ecke.

st 652 Bernd Ulbrich
Der unsichtbare Kreis
Utopische Erzählungen
Phantastische Bibliothek Band 46
264 Seiten
Zehn Geschichten über unvorhersehbare Zwischenfälle im Raum und auf der Erde. Menschliche Beziehungen werden Belastungen ausgesetzt, die Menschenkraft übersteigen. Niemand kann sich dem Zwang der Situation entziehen, ohne auf die Frage nach seiner moralischen Beschaffenheit zu antworten.

st 653 Hans Erich Nossack
Nach dem Letzen Aufstand
Ein Bericht
Mit einem Nachwort von Eugen Biser
412 Seiten
»Nossack ist ein Meister sprachlicher Verstellung. Sein Stil wechselt mit unerhörter Wendigkeit zwischen Ferne und Nähe. Das Mysterium, das der ›Bericht‹ unablässig umkreist, ist der Vollzug des Schweigens durch die Sprache.«   *Frankfurter Allgemeine Zeitung*

st 654 Peter Handke
Begrüßung des Aufsichtsrats
144 Seiten
Handke beschreibt in diesen Prosatexten, wie der Schrecken von Ausbeutung, Zerstörung, Totschlag und Mord – verbal in Einzelteile zerlegt – verschleiert werden kann. Damit gibt er den Schlüssel zu unserer Gesellschaft, in der die Ideologie der technischen »Sachzwänge« den Blick auf gigantisches Unrecht beständig verstellt.

st 655 Katja Behrens
Die weiße Frau
Erzählungen
128 Seiten

Die Einsamkeit und zugleich die Unabhängigkeit, der Frau und des Menschen schlechthin, sind das Thema dieser Prosatexte. Katja Behrens erzählt Episoden erfüllt von exotischer Farbenpracht, Geschichten über die Liebe und eine hintergründige Gaunerromanze. Doch die Isolation und Entfremdung, die im scharfen Kontrast von Innen- und Außenwelt, von Traum und Wirklichkeit herausgearbeitet wird, bleibt letztlich Realität.

st 657 H. H. Stuckenschmidt
Neue Musik
Mit einem Vorwort von Carl Dahlhaus
450 Seiten
Von den Spätwerken Richard Strauss' bis zu Kurt Weill, von Schönbergs zwölftonigen Arbeiten und Igor Strawinskys Neoklassik bis zu Hanns Eislers sozialistischen Funktionsliedern werden die Wurzeln einer Entwicklung freigelegt, die bis heute nicht abgeschlossen ist. »Stuckenschmidts *Neue Musik* ist für jeden, der in der Auseinandersetzung um die einschlägigen Fragen steht, unentbehrlich.« *DIE ZEIT*

st 658 Stanisław Lem
Imaginäre Größe
Aus dem Polnischen von Caesar Rymarowicz und Jens Reuter
Phantastische Bibliothek Band 47
208 Seiten
Der Leser wird es sicher bedauern, in dieser Sammlung nur mit Vorworten vorlieb nehmen zu müssen, imaginären Vorworten, die Stanisław Lem zu Werken wie der Lehre von den sprechenden Bakterien, zur *Geschichte der Bitischen Literatur,* enstanden aus bits, mit denen Großcomputer in ihrer »Ruhezeit« frei assoziieren, oder über den amerikanischen Großcomputer *Golem* XIV geschrieben hat.

st 659 Hermann Lenz
Tagebuch vom Überleben und Leben
Roman
318 Seiten
Mit diesem Werk setzt Hermann Lenz seine schwäbische Familienbiographie fort.

»Das sind Szenen und Bilder ..., in denen, ganz beiläufig, unwiderrufliche Wirklichkeit entsteht. Dann wird wirklich etwas spürbar, von dem, ›was dahinter vorging, wenn etwas Alltägliches geschah‹. Dann wird auch etwas von der Artistik dieses Schriftstellers klar, schlicht gesagt, von seiner Kunst.« *Süddeutsche Zeitung*

st 660 Ernst Augustin
Raumlicht: Der Fall Evelyne B.
Roman
272 Seiten
Ernst Augustins *Raumlicht* ist der Roman einer Heilung. Die Heilung von einer Krankheit, der Schizophrenie, die unsere Zeitepoche heimlich und unheimlich zu prägen begonnen hat. Ihre Entdeckung, dargestellt in einer Behandlungsszene, ist Ausgangs- und Zielpunkt dieses Buches, das ebensosehr der phantasievolle und brillant erzählte Roman des Schriftstellers wie auch der autobiographische Bericht des Psychiaters Augustin ist.

st 661 Juan Carlos Onetti
Das kurze Leben
Roman
Aus dem Spanischen von Curt Meyer-Clason
372 Seiten
Der Protagonist des Romans macht die Erfahrung, daß er nicht zu einem einzigen Leben verurteilt ist. Er nimmt eine Zweitexistenz an und wird der Geliebte einer Prostituierten. Zugleich entwickelt er eine imaginäre Stadt, Santa María. Als der Zuhälter seiner Geliebten die Prostituierte umbringt, fühlt er sich verpflichtet, diesen zu retten, da er den Mord eigentlich selbst begehen wollte. »Der Roman wirkt wie ein taghell erleuchteter Alptraum.«
Österreichischer Rundfunk

st 662 George Steiner
Der Tod der Tragödie
Ein kritischer Essay
Aus dem Amerikanischen übertragen von Jutta und Theodor Knust
276 Seiten
»... ein brillant-gedankenreiches und überzeugendes Buch, das man mit größter Aufmerksamkeit und höchstem Respekt lesen muß.« *The Observer*

st 663 Moshé Feldenkrais
Abenteuer im Dschungel des Gehirns
Der Fall Doris
Deutsche Übertragung von Franz Wurm
100 Seiten
Doris, Geschäftsfrau, Anfang sechzig, wacht eines Morgens mit schweren Störungen ihres Sprech-, Lese- und Schreibvermögens auf. Ebenso ist ihr räumliches Orientierungsvermögen beeinträchtigt. Feldenkrais beschreibt, auf welche Weise es ihm gelang, die beschädigten Funktionen neu herzustellen. Er stellt dem konventionellen beschränkten Begriff bloßer »Heilung« einen neurophysiologisch fundierten Begriff des *Lernens* gegenüber.

st 664 Herbert W. Franke
Paradies 3000
Science-fiction-Erzählungen
Phantastische Bibliothek Band 48
148 Seiten
Der Mensch inmitten einer künstlichen Umwelt, konfrontiert mit ungewöhnlichen Gefahren, aber auch mit überraschenden Chancen, Extrapolationen von Entwicklungslinien, weit über den heutigen Stand hinaus: Die Wohnmaschinen der modernen Stadt, Laboratorien und Forschungsstätten, aber auch Raumstationen und Planeten, weitab von den Geschehnissen des Alltags, sind die Schauplätze der Handlungen.

st 665 Adolf Muschg
Gegenzauber
Roman
432 Seiten
»Wenn heute darüber geklagt wird, daß die moderne Literatur im wesentlichen Tristesse biete, so findet der Leser sich hier aufs amüsanteste unterhalten. An Eloquenz und Satire hat Muschg in diesem Buch sein Idol Robert Walser erreicht, an augenzwinkerndem Humor übertrifft er ihn.« *Hannoversche Allgemeine*

st 666 C. I. Gulian
Mythos und Kultur
Zur Entwicklungsgeschichte des Denkens

Autorisierte Übertragung aus dem Rumänischen
von Friedrich Kollmann
202 Seiten
Der rationalistischen Aufklärung, die den Mythos als
bloßen Aberglauben abtat, folgte der Irrationalismus der
Romantik, die der ›platten‹ Vernunft mißtraute und den
Mythos als ›tiefere Wahrheit‹ verherrlichte. Aus diesen
beiden gegensätzlichen Tendenzen sucht die moderne
Wissenschaft eine Synthese zu ziehen: es gilt, die Entwicklung der Menschheitskultur in ihrer Kontinuität zu
erforschen, um zu erklären, wie die heutige Denkweise
aus den früheren entstanden ist.

st 667 Graciliano Ramos
Karges Leben
Roman
Aus dem Brasilianischen von Willy Keller
150 Seiten
Schauplatz ist der arme, unterentwickelte Norden Brasi-
liens mit seinen Dürrekatastrophen, die die Bewohner zu
immer neuen Wanderungen durch die ausgedörrte, schat-
tenlose Landschaft treiben auf der Suche nach Arbeit und
einer Bleibe. Für Fabiano führt die Auflehnung gegen
das Unrecht zu immer neuen Erniedrigungen, denn Ge-
rechtigkeit heißt Recht für die Stärkeren, die Reichen.

st 668 Frantz Fanon
Die Verdammten dieser Erde
Vorwort von Jean-Paul Sartre
Deutsch von Traugott König
268 Seiten
»Habt den Mut, Fanon zu lesen, aus diesem ersten Grund,
daß er auch beschämen wird, und weil die Schande, wie
Marx sagt, ein revolutionäres Empfinden ist. ... Als
Europäer stehle ich einem Feind sein Buch und mache es
zu einem Mittel, Europa zu helfen. Profitiert davon!«
Jean-Paul Sartre

st 669 Hans Prinzhorn
Gespräche über Psychoanalyse
zwischen Frau, Dichter und Arzt
Mit einem Nachwort herausgegeben von Bernd Urban
94 Seiten
»Was geht da rein menschlich eigentlich vor, wenn ein

Arzt und ein Patient mittels psychoanalytischer Erfahrungen und Methoden eine Gemeinschaft vom Typus Führer – Geführter bilden? ... Was geht da menschlich vor? Im Einzelnen, in der Zeit?«   *Hans Prinzhorn*

st 671 Franz Böni
Ein Wanderer im Alpenregen
Erzählungen
132 Seiten
In den acht Erzählungen des *Wanderers* ist von jungen Leuten die Rede, denen nichts geschenkt wird: von Außenseitern, Menschen mit schweren Schuhen, Einzelgängern. »Um nicht krank zu werden, begann ich so, ich war einundzwanzigjährig, Erzählungen zu schreiben, als Antwort an meine Freunde.

st 672 Julio Cortázar
Die geheimen Waffen
Erzählungen
Aus dem Spanischen von Rudolf Wittkopf
200 Seiten
Die guten Dienste; Briefe von Mama; Teufelsgeifer; Die geheimen Waffen; Der Verfolger.
»Die Erzählung ist in meinem Fall immer eine Art Blitz, die mich trifft und besonders aus den Schichten des Unbewußten oder Nicht-Bewußten kommt. Viele meiner Erzählungen sind Träume, manchmal keine Nacht-, sondern Tagträume.«   *Julio Cortázar*

st 673 Adrian Hsia
Hermann Hesse und China
Darstellung, Materialien und Interpretation
360 Seiten
»Diese Arbeit bietet dem Kenner des Hesseschen Œuvres jede nur gewünschte Auskunft über bestimmte literarische Motive und ihre Entstehungsgeschichte, dem Sinologen und Vergleichenden Kulturwissenschaftler ausreichendes Material aus Dichtung und Literatur, und schließlich dem an der Tiefenpsychologie C. G. Jungs Interessierten hin und wieder besondere Erklärungen über Themen, die den Schriftsteller mit dem Psychologen verbanden.«
          Die Tat, Zürich

st 674 Katharina Mommsen
Goethe und 1001 Nacht
332 Seiten

In vielen Fällen, wo Goethe als Fabulierer bestrebt war, eine Atmosphäre von Traum und Zauber in seiner Dichtung zu verbreiten, zieht er mit Vorliebe Motive, Situationen, ja ganze Handlungsabläufe aus *1001 Nacht* heran. Für das Verständnis dieses Goetheschen Schaffensbereichs ist es eine unentbehrliche Voraussetzung zu wissen, in welchem Ausmaß und welcher Art die Scheherazade hier mitwirkte.

»Es dürfte in der gesamten Goethephilologie nicht viele Arbeiten geben, die hinsichtlich der Quellenforschung zu so klaren und wertvollen Ergebnissen geführt haben.«

Germanisch-Romanische Monatsschrift

st 677 Mongo Beti
Perpétue und die Gewöhnung ans Unglück
Roman
Aus dem Französischen von Heidrun Beltz
Mit einer Nachbemerkung von Renate Brandes
218 Seiten

Perpétue und die Gewöhnung ans Unglück ist ein Gesellschaftsroman aus dem heutigen Afrika. Er schildert das Schicksal einer jungen Frau, die sich in der beklemmenden Atmosphäre von Terror und Elend – Schauplatz der Handlung ist ein fiktives, von einer reaktionären Clique beherrschtes Land – nach einem menschenwürdigen Leben sehnt und nicht bereit ist, ihr Unglück widerspruchslos hinzunehmen.

st 678 Stanisław Lem
Summa technologiae
Aus dem Polnischen übersetzt von Friedrich Griese
672 Seiten

Das Buch handelt von einigen möglichen »Zukünften« der menschlichen Zivilisation. Was können wir machen? Was ist möglich? Fast alles – nur das nicht: daß sich die Menschen in einigen zigtausend Jahren überlegen könnten: »Genug – so wie es jetzt ist, soll es von nun an immer bleiben.«

st 683 Marieluise Fleißer
Der Tiefseefisch
Text. Fragmente. Materialien
Herausgegeben von Wend Kässens und Michael Töteberg
188 Seiten
Der Tiefseefisch gibt ein satirisches Portrait von Bertolt
Brecht als literarischem Bandenführer; zugleich ist das
Stück ein Ehedrama: Fleißers Verbindung mit dem kon-
servativen Publizisten Hellmut Draws-Tychsen. Dieser
Band veröffentlicht erstmals die erhalten gebliebene erste
Fassung des Stücks sowie Fragmente und Arbeitsnotizen.
In einem Nachwort erläutern die Herausgeber den zeit-
genössischen literarischen Kontext und geben Interpreta-
tionsansätze für die heutige Aktualität des Dramas.

st 685 Gertrud Leutenegger
Ninive
Roman
192 Seiten
».. . wieder die Mischung aus poetischen Erinnerungen an
die Kindheit, Traumsequenzen, Beschwörung der Natur,
Beschreibung alltäglicher Ereignisse und dem leisen, gerade deshalb unüberhörbaren Protest gegen den Zustand
der Welt. ...Diese stille, vor verhaltener Leidenschaft
bebende Erzählung einer glücklich-unglücklichen Liebe
wird gespeist von einem maßlosen Lebenshunger nach der
wahren Welt.« _Rolf Michaelis, DIE ZEIT_

st 687 Johanna Braun
Günter Braun
Der Fehlfaktor
Utopisch-phantastische Erzählungen
Phantastische Bibliothek Band 51
208 Seiten
Die Autoren veranstalten mit Witz und Humor bildhafte
Denkspiele, zu denen sie den Leser einladen. Dabei ver-
zichten sie nicht auf Spannung. Wie in ihren früheren
utopischen Büchern legen sie Wert auf lebendige, vor-
stellbare Charaktere, ihre utopische Welt ist keine tote
Kulisse technischer Gegenstände. So sind acht Geschich-
ten entstanden, verschieden in Farbe und Temperament,
aber allesamt vergnüglich zu lesen.

st 688 Judith Offenbach
Sonja
Eine Melancholie für Fortgeschrittene
400 Seiten
Die Geschichte der Liebe zwischen Sonja und Judith
1965–1976. Sie studieren an der Hamburger Universität,
wohnen in einem Studentenwohnheim, später in einer
eigenen Wohnung, sie probieren ein »normales Leben«
zu zweit, das doch von vornherein ausgeschlossen ist. Die
gelähmte Sonja bringt sich um. »Eine Melancholie für
Fortgeschrittene« ist das Protokoll einer Trauer. Der nicht
spektakuläre, sehr detaillierte Bericht über den verbor-
genen Alltag lesbischer Paare und über das Leben mit
einem behinderten Menschen.

st 700 Max Frisch
Montauk
Eine Erzählung
224 Seiten
»... diese Erzählung übertrifft in mancherlei Hinsicht
alles, was wir bisher von Frisch kannten. Es ist sein in-
timstes und zartestes, sein bescheidenstes und vielleicht
eben deshalb sein originellstes Buch.
Marcel Reich-Ranicki, FAZ

st 729 Stanisław Lem
Mondnacht
Hör- und Fernsehspiele
Aus dem Polnischen übersetzt von Klaus Staemmler,
Charlotte Eckert, Jutta Janke und I. Zimmermann-
Göllheim
Phantastische Bibliothek Band 57
288 Seiten
»Lem hat die Gattung der Science-fiction neu abgesteckt
und ihr literarische Hochflächen erobert, die auf dem
Niveau des philosophischen Traktats liegen, zugleich aber
spannend sind wie ein gelungener Kriminalroman.«
Frankfurter Rundschau

st 730 Herbert W. Franke
Schule für Übermenschen
Phantastische Bibliothek Band 58
160 Seiten
Wo liegen die physischen und psychischen Grenzen des
Menschen? Sind seine evolutionären Kapazitäten er-

schöpft oder ist er einer Anpassung an jene besonderen Aufgaben fähig, die die lebensfremden Räume der Tiefsee und des Weltraums mit sich bringen? Das »Institute of Advanced Education« schult die Elite von morgen. Zu den Mitteln gehört körperlicher Drill ebenso wie ein erbarmungsloses Überlebenstraining.

st 731 Joseph Sheridan Le Fanu
Der besessene Baronet
und andere Geistergeschichten
Deutsch von Friedrich Polakovics
Mit einem Nachwort von Jörg Krichbaum
Phantastische Bibliothek Band 59
304 Seiten
Le Fanus Geistergeschichten zeichnen sich durch die Schärfe der psychologischen Beobachtung und den in ihnen zutage tretenden Konflikt zwischen Traum und Wirklichkeit aus.

st 732 Philip K. Dick
LSD-Astronauten
Deutsch von Anneliese Strauss
Phantastische Bibliothek Band 60
272 Seiten
»Ein wenig ist die Lust zur Lektüre von Science-fiction verwandt mit der Lust zur Lektüre von Horrorgeschichten. Offenbar besteht eine Bereitschaft, das, was an Angstphantasie die säkularisierte Menschheit bedrängt, in der Form der Lektüre sich vorsagen zu lassen, sich einreden zu lassen. Mit therapeutischem Effekt?«
Helmut Heißenbüttel

st 733 Herbert Ehrenberg
Anke Fuchs
Sozialstaat und Freiheit
Von der Zukunft des Sozialstaats
468 Seiten
»Herbert Ehrenberg und Anke Fuchs gelingt es, manche Frage zu beantworten, manche Unstimmigkeit zu widerlegen, Klischees in Zweifel zu ziehen, die Richtung künftiger Reformen darzustellen und das Erfordernis einer eigenständigen Sozialpolitik zu begründen. ... Noch lange wird man mit Gewinn nach diesem Buch greifen können, um etwas über die einschlägigen Teilbereiche der Sozialpolitik nachzulesen.« *Deutschlandfunk*

Alphabetisches Gesamtverzeichnis der suhrkamp taschenbücher